Richard Linxweiler

Pockenmond

Buch:

Nach über fünfundzwanzig Jahren weltweiter Verbannung des gefährlichen und gefürchteten Pockenvirus taucht plötzlich bei einem erkrankten Patienten in einer saarländischen Klinik eine bisher unbekannte Variante dieses Erregers auf und löst höchsten Alarm aus. Seine Herkunft ist für die Experten vollkommen unerklärlich. Alle verfügbaren Impfstoffe sind wirkungslos. Es besteht die Gefahr einer unkontrollierbaren weltweiten Epidemie durch einen Terroranschlag, da die Pockenproben in die Hände von Unbekannten geraten sind.

Der Patient behauptet, sich die Krankheit in einem mysteriösen *Alten Dorf* geholt zu haben. Es beginnt eine spannende Reise in jenes *Alte Dorf* sowie eine nervenaufreibende Jagd nach einem Impfstoff des Virus. Dieser soll die zerstörerische Wirkung der Pocken aufhalten, ehe finstere Kräfte einen Weltenbrand damit entfesseln können. Die Lösung ist genau so unerwartet wie überraschend.

Autor:

Richard Linxweiler ist Designer und Hochschullehrer für Marketingkommunikation und Markenführung. Er wuchs in dem Ort auf, der in diesem Buch beschrieben ist. Heute wohnt er in der Nachbarschaft seines Geburtsortes.

Richard Linxweiler

Pockenmond

Eine Geschichte aus dem Saarland

Roman

SEHNERT

Die Deutsche Bibliothek – CIP - Einheitsaufnahme

Linxweiler, Richard:

Pockenmond: Eine Geschichte aus dem Saarland – Groß-Umstadt
Sehnert, 2008

ISBN 978 - 3 - 9807541-3-2

Druck und Bindung: Druckerei Lokay e.K., Reinheim

Printed in Germany

Für Marion….

...und Raimund, Winfried, Armin, Norbert und Gerlinde, die im Meierhaus wohnt. Besonderen Dank an Sami für ihr unermüdliches Lesen und die wertvollen Tipps.

Kannst du wissen, ob von deinem Hauche
Nicht Atome sind am Rosenstrauche?
Ob die Wonnen die dahingezogen,
Nicht als Röslein wieder angeflogen?
Ob dein einstig Kindesatemholen
Dich nicht grüßt im Duft der Nachtviolen?

Christian Wagner

Hinweis: Alle in der Gegenwart handelnden Personen und Ereignisse in dieser Geschichte sind frei erfunden und entsprechen nicht der Wirklichkeit. Vor Nachahmungen, besonders vor ungenehmigten Stollenbegehungen wird gewarnt!

I.

„Als ob ich es nicht geahnt hätte!“ Professor Meyer-Gass rieb sich angestrengt die Stirn, während er noch einmal die Befunde und Berichte überflog. Sein Oberarzt, der noch in der Türe stehen blieb, hatte sie ihm soeben hereingereicht. Die Laborergebnisse der zum wiederholten Male durchgeführten Real-Time PCR-Tests vom Institut für Virologie sowie die per Telefax eingetroffenen Untersuchungsbefunde des Konsiliarlabors für Pockenviren vom Robert-Koch-Institut in Berlin ließen keinerlei Zweifel zu.

Die Serologie zeigte Pockenvirus-spezifische Antikörper der Klassen IgM und IgG. Parallel hierzu waren elektronenmikroskopische Untersuchungen durchgeführt worden, die eine genauere Eingruppierung der Erreger vornahmen. Es handelte sich, nach den Befunden dieser Diagnoseverfahren, bei der vorliegenden Erkrankung übereinstimmend um das hoch ansteckende Pockenvirus der Klasse Variola Major: Menschenpocken - die in bis zu fünfzig Prozent aller Fälle tödlich enden. Sie waren in einer bisher unbekannten Variante wieder da! Und dies, nachdem sie im Jahre 1980 für weltweit ausgerottet erklärt worden waren!

Meyer-Gass nahm seine Brille ab. Er kniff die Augen zusammen, setzte die Gläser wieder auf. Seinen Oberarzt, der die Berichte bereits überflogen hatte, blickte er ernst über die Brille hinweg an: „Sie wissen, was das heißt, was jetzt auf uns zu kommt. Rufen Sie bitte den Steuerungskreis des Instituts ins obere Besprechungszimmer.“ Der Arzt verließ wortlos das Büro seines Chefs. Meyer-Gass griff zum Telefon um seine Ansprechpartnerin im Gesundheitsministerium zu informieren. Die Direktion der Klinik und die Präsidentin der Universität hatte er bereits vorgewarnt.

Zwanzig Minuten später waren der Verwaltungsdirektor der Klinik sowie die zum Steuerungskreis zugehörigen Laborleiter eingetroffen und rückten murmelnd auf ihren Stühlen hin und her. Als die benachrichtigten Teilnehmer vollzählig anwesend waren, ließ Meyer-Gass die Tür schließen. Dann begann er bedrückt und fahrig mit seinen Ausführungen:

„Kolleginnen und Kollegen, danke, dass Sie so schnell herkommen konnten. Bei uns in der Klinik oder vielmehr im hiesigen Institut, ist heute, genauer gesagt, vor wenigen Minuten, eine Situation eingetreten, die mich dazu veranlasst hat, Sie umgehend über eine aktuelle Erkrankung zu unterrichten.“

„Die Sache, das muss ich gestehen, ist völlig neu für uns. Sie gibt uns, auch wegen seiner Ungewöhnlichkeit, zu äußerster Sorge Anlass. Es handelt sich um den Fall einer Infektionserkrankung, die uns hier am Institut, in der gesamten Klinik, womöglich sogar weit darüber hinaus, vor Auswirkungen erheblichen Ausmaßes stellt oder stellen könnte. Wie Sie wissen, nimmt unser Institut seit einiger Zeit die Funktion der Medizinaluntersuchungsstelle wahr, womit auch, im Falle eines Auftretens von hoch ansteckenden und gefährlichen Erregern, die Koordination der Seuchenbekämpfung und in Verbindung damit auch der Biowaffenprävention verbunden ist. Dieser Fall ist heute eingetreten."

Der Redner machte eine kurze Pause. Er blickte in erstaunte Gesichter.

„Ich will nicht lange Vorreden halten, nun also, lassen Sie mich gleich zur Sache kommen: vor drei Tagen wurde uns vom Notarztwagen ein Patient gebracht. Sein Name ist Peter Holger Neufang, er ist Ende zwanzig. Er klagte bei seiner Einlieferung über starke Kopf- und Rückenschmerzen, bekam wiederholt Brechreiz und berichtete dem Diensthabenden Arzt von unregelmäßigen aber wiederkehrenden Bewusstseinsstörungen. Wir haben nach der Erstuntersuchung am Rumpf rosa Punkte, Knötchen sowie bis zu sechs Millimeter große, harte Bläschen tief in der Haut vorgefunden. Typischerweise waren sowohl der Kopf als auch die Gliedmaßen des Erkrankten stärker befallen als der Rumpf. Dieser erste Augenschein hat unser Personal dazu veranlasst, den Patienten mit Pockeninfektionsverdacht unter entsprechender Erstversorgung in die Quarantäneabteilung zu überstellen. Da eine ursächliche Behandlung nach dem Ausbruch von pockentypischen Symptomen, wie sie bei diesem Patienten vorlagen, nicht möglich ist, können wir hier nur unterstützend therapieren. Wir behandeln ihn gegenwärtig medikamentös mit den üblichen fiebersenkenden Mitteln. Zusätzlich unterstützen wir ihn vorsichtshalber mit Cidofovir, das wir normalerweise bei der HIV-Behandlung einsetzen."

An den fachfremden Verwaltungsdirektor gewandt, sodann in die Runde blickend, fuhr der Institutsleiter fort: „ich möchte Sie darauf hinweisen, dass dieses Virus hoch ansteckend, dass es äußerst gefährlich ist. Wir haben alle gefährdeten Personen bereits mit Seren aus unseren Impfstoffvorräten behandelt. Die Impfungen der Personen dauern zurzeit an. Ich möchte auch an Sie appellieren, sich vorsorgehalber für eine Vakzination bereit zu halten. Ich muss jedoch ausdrücklich erwähnen, dass niemand - jedenfalls zurzeit noch nicht - gezwungen werden kann, sich impfen zu lassen, aber mein dringender Appell gilt dennoch."

Im Raum entstand leises Gemurmel, das jedoch wieder verstummte, als Meyer-Gass fortfuhr:

„Wir haben sofort nach der Verdachtsdiagnose alle erforderlichen Vorsichtsmaßnahmen wie Desinfektionen, Quarantäne, Absperrungen der im Umfeld kritischen Bereiche und so fort, ergriffen. Die notwendigen Informationen der zuständigen Stellen sowie alle Vorbereitungen zu etwaigen Ringimpfungen sind bereits veranlasst. Da die Ansteckungszeit beim Pocken-Virus etwa zwölf bis vierzehn Tage dauert, können wir derzeit nichts über eine mögliche Infektion unseres Personals sagen. Bei diesem hochinfektiösen Virus ist jedoch mit allerhöchster Wahrscheinlichkeit davon auszugehen, dass es bereits zu weiteren Ansteckungen gekommen ist. Bis jetzt sind uns Fälle mit verdächtigen Symptomen von außen nicht gemeldet worden, was durchaus ungewöhnlich ist."

„Der Patient Neufang hat auf unsere Nachfragen hin angegeben, dass er selbst in den letzten vierzehn Tagen mit keiner weiteren Person in Kontakt gekommen sei. Er habe lediglich zweimal telefoniert. Einmal mit seiner Schwester und einmal mit dem Notarzt. Er wohne alleine, habe keine Lebenspartnerin und wüsste auch nicht, wen er sonst infiziert haben könnte. Das wird natürlich alles gründlich überprüft. Wo der Mann sich angesteckt haben könnte, darüber konnte er nach wiederholtem Befragen keine schlüssigen

Aussagen machen. Wir müssen abwarten, bis der Patient wieder normal ansprechbar ist."

Meyer-Gass machte eine kleine Pause. Er schaute in die Runde, als ob er Zwischenfragen erwarte. Dann fuhr er fort:

„Nun haben wir vor knapp einer Stunde die Laborergebnisse vom RKI, vom Robert-Koch-Institut in Berlin erhalten, die sich weitgehend mit den unserigen decken. Ja, unser Verdacht hat sich leider bestätigt: es handelt sich hier zweifelsfrei um eine erste Neuinfektion mit dem Variola-Virus des Typus Variola Major aus der Art der Menschenpockenviren. Und zwar um den seit über dreißig Jahren weltweit einzigen Fall."

Der Institutsleiter wandte sich jetzt an den erstaunt dreinschauenden Verwaltungsdirektor, um sich ihm näher zu erklären:

„Das Pockenvirus ist ein zweihundert bis vierhundert Nanometer großer quaderförmiger DNA-Virus, er ist für ein Virus somit riesig groß. Beim Menschen können grundsätzlich zwei Arten von Pocken auftreten: Variola Major, mit einer Sterblichkeitsrate von zwanzig bis fünfzig Prozent und hervorgerufen durch das Variolavirus, sowie Variola Minor mit einer Sterblichkeit von einem bis fünf Prozent. Dieses wird durch ein anderes, das Alastrimvirus, erzeugt."

„Das Virus beider Varianten kann im trockenen Zustand sehr lange infektiös bleiben. Das macht es leider so unberechenbar. Die Mutationsrate, das heißt, die Veränderungsrate, ist nach aller bisherigen Erfahrung bei diesem Virus gering. Die uns momentan verfügbaren Impfstoffe, mit denen wir unsere Mitarbeiter behandelt haben, wirken gegen alle zivilen Virenstämme. Deshalb hoffen wir, dass eine Impfung auch gegen diese Unterart wirksam ist, ich betone: wir können es nur hoffen, noch wissen wir es nicht!"

„Bei der Erkrankung unseres Patienten handelt es sich um eine Infektion der ersten, der schwereren Art. Herr Neufang zeigt übrigens die Impfmahle einer früheren Schutzimpfung, die er als zweijähriges Kind im Jahre 1976, kurz vor der Einstellung der Pockenschutzimpfpflicht, noch erhalten hatte. Es ist wenig wahrscheinlich, aber wir sehen eine kleine Chance, dass der Krankheitsverlauf durch die frühere restwirksame Impfung zumindest etwas abgeschwächt wird. Das müssen wir abwarten."

„Nun hat dieser Fall bedauerlicherweise neben der rein medizinischen Seite, die für sich alleine genommen schon besorgniserregend genug ist, eine womöglich sehr viel unberechenbarere, nämlich eine politische. Und das ist der andere, der zweite Grund, weswegen ich Sie hergebeten habe."

Meyer-Gass blickte abermals in die Runde und gewann, nachdem jetzt alle wie gebannt auf ihn blickten, in seinen Erklärungen allmählich seine gewohnte Sicherheit zurück. Er blickte den Verwaltungschef an, um, wieder an diesen gewandt, mit seinen Ausführungen fortzufahren:

„Wie Ihnen vielleicht bekannt ist, wurde im Jahre 1980 von der WHO, der Weltgesundheitsorganisation, eine feierliche Erklärung verlesen, wonach die endemischen Pocken des Typus Variola major weltweit nicht mehr existierten. Das ist jetzt fast dreißig Jahre her. 1975 trat in der Bundesrepublik Deutschland der letzte Pockenfall in Hannover auf. Ein weltweites Ausrottungsprogramm kam 1967 in Gang und 1977 wurde die letzte Pockenerkrankung aus Somalia gemeldet. Weil das Pockenvirus kein Tier als Wirt besitzt, weil es ausschließlich im Menschen lebt, wurden ihm durch die generell erzielte Immunität die einzigen in Frage kommenden Fortpflanzungs- und Übertragungswirte genommen. Dadurch ist das Virus mit der Zeit praktisch ausgestorben."

„Heute existieren Restbestände von Pockenviren nach offiziellen Angaben weltweit nur noch in zwei staatlichen Laboratorien: im russischen Forschungszentrum für Virologie und Biotechnologie Kolzovo bei Novosibirsk sowie bei der amerikanischen Seuchenbehörde Center of Disease Control & Prevention in Atlanta, Georgia. Die Überwachung dieser Virenstämme obliegt der WHO in Genf. Mit diesen Beständen darf, so eine Übereinkunft der Vollversammlung der Weltgesundheitsorganisation, nicht experimentiert werden. Sie liegen gewissermaßen als Belegexemplare in verschlossenen, streng bewachten Archiven. Dennoch scheint die Welt den Hütern dieser gezähmten *Bestien der Menschheit* nicht recht zu trauen. Denn schon im Jahr 2002 hat die deutsche Bundesregierung die Bereitstellung von über achtzig Millionen Euro für die Beschaffung von Pockenimpfstoffen angekündigt. Ich will hier nicht alte Geschichten aufwärmen. Aber es dürfte allseits hinlänglich bekannt sein, dass damals Informationen die Runde machten, es gäbe Erkenntnisse der Sicherheitsdienste, dass weitere Stämme von menschlichen Pockenerregern außerhalb der offiziellen Labore auch im Irak, ja sogar im kommunistischen Nordkorea gelagert würden. Ebenso gäbe es Hinweise, wonach sich Terrorgruppen um die Herstellung biologischer Kampfstoffe bemühten."

„Damals hieß es in den Verlautbarungen, die Anzeichen für einen möglicherweise kurzfristig bevorstehenden Angriff der Vereinigten Staaten auf den Irak verdichteten sich. Es stehe zu befürchten, dass der Irak in einem solchen Fall mit allen ihm zur Verfügung stehenden Mitteln, darunter auch biologischen Kampfstoffen, also wahrscheinlich auch mit Pockenviren, reagieren könnte. Was daraus geworden ist, wissen wir."

„Dennoch hält man in den Industrieländern die Gefahr eines terroristischen Pockenanschlages weiterhin für gegeben. Die USA haben längst Impfstoff für die Bevölkerung eingelagert. Sie können darüber schnell verfügen. Auch haben sie längst die Angehörigen aus dem Gesundheitswesen vollständig geimpft. Israel rechnet schon lange konkret mit dem Risiko eines Terroranschlags mit Pockenviren. Das Land ist selbstverständlich genügend mit Vorräten ausgestattet. Wie die Versorgung in Deutschland mit Pockenimpfstoff ist, dürfte den meisten in dieser Runde bekannt sein. Auch über die verschiedenen Probleme mit der Verträglichkeit sowie die Diskussionen um neue, nebenwirkungsfreie Impfstoffe ist oft genug debattiert worden."

Meyer-Gass setzte einen nachdenklich bekümmerten Gesichtsausdruck auf. Er wurde jetzt im Ton leiser aber eindringlicher:

„Wenn nun bekannt wird, dass gerade bei uns, in der Nähe des Herkunftsortes unseres Patienten - keine vierzig Kilometer entfernt von der größten amerikanischen Airbase auf europäischem Boden, Ramstein - ein neuer Pockenfall aufgetreten ist, und das wird, das muss bekannt gemacht werden, dann können Sie sich ungefähr ausmalen, was hier bei uns demnächst los sein wird. Ich möchte hier nicht Öl ins Feuer kippen, aber Sie sollten bedenken, was da auf uns zukommen kann. Wenn sich die einschlägige Presse mit den üblichen Sensationsmeldungen und Aufmachern à la *Seuchenherd Universitätsklinik* einschaltet; welches Licht das auf uns werfen könnte, dazu bedarf es keiner allzu großen Phantasie. Denken Sie an unsere Patientenschaft, die Studierenden, wenn die davon erfahren! Hier müssen wir uns vorbereiten, wir müssen auf unbequeme Fragen von allen Seiten gerüstet sein!"

„Denken Sie auch an die Diskussionen, die wir alle schon längst hinter uns zu haben glaubten. Wenn die Thematiken terroristischer Anschläge mit Biowaffen bei uns in Deutschland wieder neu aufgelegt werden, dann stehen wir als der Ursprungsort eines neuen, womöglich außer Kontrolle geratenen Virus im Rampenlicht! Wir wissen nicht - noch nicht - woher das Virus stammt, aber es stehen, wie Sie sich leicht vorstellen können, Tür und Tor zu den wildesten Spekulationen für die Medien offen."

„Ich möchte aus medizinischer Sicht daran erinnern, dass die Bevölkerung bei uns in Deutschland - auch die bis in die siebziger Jahre geimpften Personen - schon längst keine ausreichende Immunität gegen eine Pockeninfektion mehr aufweist. Es wären bei uns, im extremsten Fall einer unkontrollierten Ausbreitung des Virus, mit dreißig bis vierzig Prozent Todesfällen zu rechnen, also mit etwa fünfunddreißig Millionen Menschen! Was aus der heutigen Sicht mindestens genau so besorgniserregend ist, ist das Risiko einer unkontrollierten Reaktion unserer Bevölkerung auf die Nachricht selbst: das öffentliche Leben könnte im Fall einer Ausbreitung der Infektion bei den dargestellten Aufmachern der einschlägigen Medien schon Tage vor den ersten konkreten Auswirkungen der Seuche innerhalb kurzer Zeit zusammenbrechen."

In der Runde gab es Kopfschütteln, es setzte erneut leises Gemurmel ein. Der Institutschef machte eine kleine Pause und wischte sich mit seinem Taschentuch über den Mund. Dann nahm er seinen Monolog wieder auf:

„Ich bin mir bewusst, dass dies alles Extremszenarien sind, die ich Ihnen hier darstelle. Natürlich habe ich kein Interesse daran, diesen Fall zu überzeichnen, wenn es bei diesen Geschehnissen überhaupt etwas zu überzeichnen gibt.

Ich sehe leider genauso wenig Raum, die Situation zu bagatellisieren. Nach unseren augenblicklichen Erkenntnissen sind wir gut beraten, uns auf das Äußerste einzustellen. Wenn ich Sie heute umfassend über den Fall informiere, dann tue ich das, weil es die gegenwärtige Lage gebietet, Sie ins Bild zu setzen. Ich möchte an Sie alle appellieren, diese Informationen als vertraulich zu behandeln und nicht weiterzugeben um nicht auch noch dazu beizutragen, eine unkontrollierte Informationsepidemie loszutreten. Es darf unter keinen Umständen, ich wiederhole, unter keinen Umständen etwas von diesem Fall von hier aus nach außen gehen. Ich bitte Sie, niemandem irgendeine Auskunft über die Vorfälle bei uns im Institut zu geben. Die Information der Medien ist strikt Sache unseres Pressesprechers in Verbindung mit den zuständigen politischen Instanzen. Beide sind von uns ausführlich ins Bild gesetzt worden und die Letzteren haben vorab zu entscheiden, wann und wie viel von diesem Fall in die Öffentlichkeit getragen werden soll und was weiter zu geschehen hat. Haben Sie das verstanden?“

Meyer-Gass machte eine Pause. Er wurde jetzt noch ernster. Seine Stimme wurde langsamer, noch ein wenig leiser. Er räusperte sich, dann erklärte er:

„Ich habe vorhin davon gesprochen, dass die Impfung unserer Mitarbeiter - hoffentlich - anschlägt. Damit komme ich zum brisantesten Thema meines Anliegens, das mich offen gestanden in diesem Zusammenhang aufs äußerste beunruhigt:“

„Der spezifische Typus des vorliegenden Pockenvirus beim Patienten Neufang scheint nach allen Befunden ein Mutant des Variolavirus zu sein. Und zwar ein solcher, der nach allen unseren Informationen bisher nicht dokumentiert ist. Wir wissen offen gestanden nicht einmal, ob wir diesen

Viren-Typus mit unseren derzeitigen Impfstoffen überhaupt wirksam behandeln können. Wir stehen, das muss ich leider einräumen, gegenwärtig vor einem Rätsel: wir haben keinerlei Anhaltspunkte darüber, woher diese beim Patienten gefundene neue Mutationsvariante stammt. Wir haben, auch das muss ich leider konzedieren, keine Idee, wo er sich infiziert haben könnte. Wir haben ihn intensiv befragt, aber es gibt bisher keine Informationen von seiner Seite, die uns hier weiterbringen könnten."

„Die vorliegende Pocken-Variante kommt weder aus den Beständen des russischen Staatslabors noch aus dem Center of Disease Control & Prevention. Die DNA-Daten über diese beiden offiziellen Variola-Stämme liegen mir vor, ich habe sie mir angesehen. Ich kann es kaum glauben, aber wir dürfen nun nicht mehr ausschließen, dass dieses Virus aus einer dritten, bisher unbekannten Quelle stammt und dass, wie soll ich es ausdrücken, daran gearbeitet wurde. Es ist auch nicht auszuschließen, dass das Virus absichtlich modifiziert worden ist, zu welchen Zwecken auch immer. Ob in seine DNA womöglich das menschliche Interleukin-4-Gen eingebaut worden ist, um die Immunabwehr von geimpften Personen zu unterdrücken, ist bis jetzt noch offen, die Labortests laufen gegenwärtig. Wenn ja, dann müssen wir damit rechnen, dass unsere aktuell verfügbaren Impfstoffe nicht wirken. Die Folgen wären kaum zu übersehen!"

Meyer-Gass machte eine Pause, nahm seine Brille ab und blickte in die Runde:

„Sie werden jetzt wohl zu Recht fragen, was unsere Rolle in diesem ganzen Problemkomplex ist. Was ist von unserer Seite aus zu tun?"

„Hier bei uns an der Universitätsklinik ist, nach fast dreißig Jahren weltweiter Absenz, erstmals wieder ein Pockenfall aufgetreten, hier bei uns, in unseren Mauern, nicht irgendwo anders und dazu mit einem Virus, das bisher niemand wirklich kennt, das niemand einschätzen kann. Das klingt jetzt pathetisch, aber lassen Sie es mich dennoch sagen: wir werden hier bald im Rampenlicht stehen. Wir befinden uns, ob wir es uns eingestehen wollen oder nicht, mitten drin in einer höchst unberechenbaren Situation, die in kürzester Zeit, vielleicht schon in wenigen Tagen, zu einer Katastrophe mit möglicherweise unübersehbaren Folgen ausarten kann. Wohin das alles führt? Ich weiß es nicht. Wir haben jetzt alles was in unserer Macht steht zu veranlassen, um das Leben der Infizierten zu retten und eine Ausbreitung des Virus zu verhindern.“

„Ich habe es als meine Pflicht angesehen, Sie wissen zu lassen, was sich bei uns im Institut gegenwärtig zuträgt. Sehen Sie es als Ihre Pflicht an, meinen zuvor geäußerten Bitten um Ihre Diskretion über diesen Fall strikt zu entsprechen. Ich danke Ihnen.“

Nach dem ausführlichen Monolog des Institutsleiters, er blieb wie zum nachdrücklichen Appell an seine soeben gemachten Ausführungen noch eine Weile stehen, ließ er sich langsam auf seinen Platz nieder. Im Besprechungsraum herrschte Schweigen, betretene Stille. Bestürzung stand in den Gesichtern der Anwesenden zu lesen, Betroffenheit und Ratlosigkeit. Der Verwaltungsdirektor sprang von seinem Stuhl auf und verließ kommentarlos und im Eilschritt das Gebäude.

Noch am selben Nachmittag fuhren zwei Limousinen am Institutsgebäude vor. Der sofort herbeigeeilten Präsidentin der Universität, dem Institutsleiter Meyer-Gass sowie dem

Verwaltungsdirektor und dem Pressesprecher des Klinikums wurden mehrere Herren vorgestellt.

Nach neun Tagen hatte sich der Gesundheitszustand des Patienten Neufang deutlich zum Positiven gewendet. Der kritische Zeitpunkt war überstanden. Die eingetrockneten Pusteln waren abgeschorft, die Narben auf der Haut und im Kopfbereich kaum noch zu erkennen. Innerhalb von insgesamt neunzehn Tagen konnte die Krankheit nach den vorliegenden Untersuchungsbefunden als insgesamt ausgeheilt betrachtet werden. Das Fieber hatte sich bereits wenige Tage nach Beginn der Quarantäne deutlich gesenkt und war dann bald zur Gänze verschwunden. Nur einzelne kleine Temperaturschübe, als solche kaum erwähnenswert, traten gegen Abend noch auf. Der Patient erholte sich rasch, so dass er schon nach gut dreiundzwanzig Tagen aus dem Quarantänetrakt entlassen werden konnte. Er verbrachte freiwillig noch einige Zeit zur Beobachtung in der Klinik. Jedoch war eine junge Pflegerin trotz sofortiger Impfung ernsthaft erkrankt. Sie entwickelte leider eine schwere Hirnhautentzündung sowie tiefe hässliche Pockennarben im Gesicht und an den Beinen. Aber sie überlebte.

Die Klinikmitarbeiter und das Personal des Notarztwagens, die mit dem Patienten Peter Holger Neufang in Kontakt gekommen waren, hatten keine Krankheitssymptome entwickelt. Sie wurden nach zweieinhalb Wochen aus der Quarantäne entlassen. Während seiner Rekonvaleszenzzeit durfte der Patient nicht besucht werden. Er traf während dieser Tage jedoch wiederholt mit Personen zusammen, die beauftragt waren, Informationen über den Erwerb seiner Infektion einzuholen. Die Besucher stellten sich dem Patienten als Mitarbeiter des Gesundheitsministeriums und der Ermittlungsbehörden vor. Sie versicherten ihm ausdrücklich, striktes Stillschweigen über alle persönlichen Angaben, die der Patient generell, aber auch zu seiner Krankheitsherkunft mache, zu bewahren. Seine Krankheit, so gaben sie ihm zu verstehen, sei ein meldepflichtiger, hoch ansteckender Infekt gewesen, dessen Herkunft im Interesse der Bevölkerung sowie der Gesundheitsvorsorge restlos geklärt werden müsse. Er möge sich jetzt dazu äußern.

Bei dieser ersten Befragung gab der Patient Peter Holger Neufang an, sich im *Alten Dorf*, wie er sich ausdrückte, infiziert zu haben. Diese durchaus nebulöse Aussage veranlasste die Herren, um Präzisierung seiner Angabe *Altes Dorf* zu bitten.

Nach einer Weile brachen sie, bestimmt aber höflich, das Gespräch ab. Sie waren sich bei ihrem Anschlussgespräch darüber einig geworden, dass der Patient noch einige Tage benötige, um sich, insbesondere auch mental, soweit wieder herzustellen, dass er verlässliche Auskünfte geben könne. Den betreuenden Arzt informierte man über den aktuellen Zustand des Patienten, wobei auch um das Patientenblatt gebeten wurde. Hierbei gab es auch Nachfragen, inwieweit das Blutbild des Patienten Auffälligkeiten zeige, dergestalt, ob es infolge der Infektion zu etwaigen Beeinflussungen im zerebralen System gekommen sein könnte, was durchaus nichts Ungewöhnliches sei. Nach Rücksprache mit dem Direktor des Institutes für Virologie, Professor Meyer-Gass, wurde eine erneute Befragung nach weiteren drei Tagen vereinbart.

Bei diesen zusätzlichen Gesprächen blieb der Patient Neufang im großen und ganzen bei seiner ersten Darstellung. Er gab jedoch jetzt ergänzend zu seinen vorher gemachten Aussagen an, er habe sich wohl an einem Kleidungsstück oder an einer Leinendecke angesteckt, vielleicht auch an Menschen, die er im *Alten Dorf* getroffen habe. Auf die Frage, wo denn das gewesen sei, behauptete der Patient, das alles habe sich in seinem Wohnort zugetragen. Aber, so die Herren irritiert, er habe doch mehrmals angegeben, mit niemandem sonst in seinem Wohnort seit seinen ersten Krankheitssymptomen Kontakt gehabt zu haben. Außerdem sei seither kein einziger Infektionsfall von dort gemeldet worden, weder im benachbarten St. Wendeler Marienkrankenhaus, noch sonst irgendwo in der gesamten Gegend; ob und wie man sich das wohl erklären könne.

Der Patient zeigte während des gesamten Gespräches in seinem Verhalten keinerlei Auffälligkeiten, wie sich die Herren, die zum Teil vom Fach waren, später bei der Rücksprache mit dem ärztlichen Personal ausdrückten.

Beim dritten Treffen war zusätzlich zu dem bisherigen Betreuerteam, das Peter Neufang schon recht gut kannte, ein weiterer Besucher zugegen. Dieser übernahm das Gespräch, vielmehr die Befragung, jetzt weitgehend alleine. Er kam, nachdem er sich verbindlich und nicht unfreundlich als Doktor Karl-Ernst Schönberger vom Bundesministerium vorgestellt hatte, ohne Umschweife zur Sache.

Doktor Schönberger wies den Patienten auf die dringende Notwendigkeit umfassender und verlässlicher, insbesondere für die Ärzteschaft nachvollziehbarer, glaubwürdiger Aussagen hin. Dann bat er ihn nochmals um eine ausführliche Darstellung, wie, vor allem jedoch, wo er die gefährliche Krankheit erworben haben könnte. Neufang wiederholte seine *Alte-Dorf-Version* in groben Zügen. Sein Gegenüber zog die Augenbrauen hoch. Er glaubte dem Patienten kein Wort. Danach wurde er direkt:

„Das ist doch, mit Verlaub, alles aberwitzig, was Sie mir da erzählen. Sie haben das womöglich geträumt, außerdem haben wir das alles längst in Augenschein genommen! Da ist nichts, verstehen Sie, nichts, was ihre Erzählungen auch nur im Geringsten stützen könnte. Wir haben Informationen, aus denen hervorgeht, dass Sie vor Ihrer Einlieferung in die Klinik drei Wochen lang nicht zuhause waren, aber bitte, nicht im *Alten Dorf*! Da waren Sie nämlich nicht, es hat Sie niemand in Ihrem Dorf gesehen und zwar während der gesamten letzten drei Wochen nicht! Können Sie uns also nun bitte möglichst lückenlos schildern, wo Sie während der fraglichen Zeit waren, wo Sie sich vielleicht angesteckt haben könnten?"

Der Patient Neufang schwieg. Er wusste nicht, was er sagen sollte. Doktor Schönberger drängte ihn ungeduldig, versuchte, ihm auf die Sprünge zu helfen:

„Sind Sie mit dem Flugzeug unterwegs gewesen oder über eine längere Strecke mit dem Zug? Haben Sie sich vielleicht bei einer größeren Menschenmenge aufgehalten; hat man Sie zu einer Versammlung eingeladen; haben Sie sich live ein Fußballspiel im Stadion angeschaut, dort, wo immer viele Menschen zusammenkommen? Waren Sie möglicherweise in einem Hallenbad, auf einem Konzert, im Theater, in der Oper, in der Kirche, in einer Moschee? Wo haben Sie sich in den letzten drei Wochen aufgehalten, bitte!"

Der Patient war von dem massiven Insistieren des Mannes jetzt gänzlich eingeschüchtert. Er schaute die übrigen Anwesenden Hilfe suchend an. Diese blickten ernst und Achsel zuckend drein. „Was soll ich sagen", erwiderte Neufang resigniert, „ich habe Ihnen doch schon alles erzählt. Da gibt's weiter nichts zu berichten, was berichtenswert wäre." Dann schwieg er.

Schönberger ergriff nach einer Pause, in der er augenscheinlich um Fassung bemüht war, wieder das Wort. Er drängte den Patienten erneut um Einsicht für den Ernst der Lage:

„Herr Neufang: Sie sind nach unseren bisherigen Erkenntnissen als Ausgangsperson, als Ursprung einer neuen Pockeninfektion, die nach mehr als dreißig Jahren erstmals bei Ihnen wieder aufgetreten ist, anzusehen. Sie sagen uns nicht, wer Sie angesteckt haben könnte, aber wir müssen es wissen, verstehen Sie mich? Wir müssen in Erfahrung bringen, wen Sie selbst alles noch infiziert haben könnten. Ich bitte Sie deshalb eindringlich: Sie dürfen sich nicht dermaßen verantwortungslos gegen uns verhalten, dass Sie mit Ihren Ablenkungsmanövern eine Katastrophe in Kauf nehmen, nur weil Sie sich, warum auch immer, weigern, mit uns zusammenzuarbeiten! Und wenn Sie es nicht besser wissen, dann sagen Sie uns wenigstens die Wahrheit, nämlich dass Sie es nicht wissen. Aber tischen Sie uns nicht irgendwelche Schauermärchen auf, die Ihnen sowieso niemand abnimmt! Unser Job ist es, Schlimmeres zu vermeiden. Dazu müssen wir, gleichgültig wie Sie dazu stehen, den Entstehungsherd der Infektion ausfindig machen, um eine drohende Katastrophe zu verhindern!“

Schönberger hatte sich jetzt beinahe in Rage geredet, er wollte auf Gedeih oder Verderb an die Informationen herankommen, selbst wenn er sie aus dem starrsinnigen Burschen mit allergrößtem Nachdruck herauspressen würde. Aber er hielt sich abermals im Zaum. Er zwängte sich einen Augenblick des Innehaltens auf, dann versuchte er es erneut ein letztes Mal mit dem eindringlichen Appell zur Kooperation:

„Herr Neufang, wir sind auf Ihre Zusammenarbeit angewiesen. Das wissen Sie. Sie sitzen am längeren Hebel.

Das wissen wir. Dennoch bitte ich Sie darum, flehe ich Sie geradezu an, uns behilflich zu sein. Sie sind der einzige, der uns weiterhelfen kann. Sie haben den Schlüssel in der Hand und Sie sind zur Mithilfe verpflichtet, wenn Sie auch nur ein kleines Quäntchen Verantwortungsgefühl besitzen. Es hat keinen Zweck, irgendjemanden aus falsch verstandener Loyalität schützen zu wollen, der vielleicht in der Zwischenzeit mit den Viren einen Weltenbrand entfacht. Es geht hier nicht um eine Person oder um eine Gruppe von Leuten, es geht um viele Tausende, wenn nicht um Millionen von Menschen, die geschützt werden müssen. Wenn uns auch bis jetzt noch keine weiteren Pockenfälle von außen gemeldet worden sind, so kann sich das doch sehr bald ändern, in Tagen, in Stunden! Wir müssen, verstehen Sie mich, wir müssen die Herkunft Ihrer Infektion ausfindig machen. Und, Herr Neufang, Sie sagen uns jetzt auf der Stelle die ganze Wahrheit!“

II.

Von Peter Neufang, mit vollem Namen Johannes Peter Holger Neufang, mit Rufnamen hingegen zumeist *Holle* geheißen, soll, bevor in der Erzählung fortgefahren wird, noch weniges erwähnt werden. Aus der ersten Begegnung mit ihm als Patient in der Klinik mag dem Leser ein doch zu flüchtiger, womöglich eher irritierender Eindruck geblieben sein, der so nicht stehen bleiben kann und der einiger klärender Erläuterungen bedarf.

Der Familienname Neufang ist keiner, der im Ostertal, wo Holle geboren wurde, wo er aufwuchs und noch zum Zeitraum der hier zu berichtenden Geschehnisse wohnte, ureingewurzelt und urheimisch ist. Der Name stammt aus dem Salzburgschen, aus der Gasteiner Gegend. Dort war der Ahnherr der Steinbacher Neufangs, Rupprecht Neufang, 1634 geboren worden. Dieser Rupprecht Neufang war Müller und Salzsieder. Er verließ die Gegend, weil er in seiner Heimat seine protestantische Religion nicht mehr ausüben durfte. Zusammen mit einem Häufchen anderer Familien kam er mit ihnen in die damals ausgeseuchte und ausgemordete Gegend der Pfalz. Er ließ sich mit den Seinen in Steinbach im Ostertal nieder, wo er eine neue Existenz begründete. Rupprecht Neufang, der Ahnherr, starb 1683 in Steinbach. Er wurde in dem Städtchen Ottweiler auf dem dortigen Neumünsterer Klosterfriedhof bestattet. Von Steinbach aus verbreiteten sich späterhin die Neufangs in die gesamte obere Blies- und Saargegend, wo sie auch heute noch ansässig sind. In dem kleinen Orte Steinbach, im Stammhaus der Neufangs, wohnten die Eltern von Johannes Peter Neufang, wo der Knabe in den siebziger und achtziger Jahren des vorigen Jahrhunderts auch aufwuchs.

Zum Zeitpunkt seiner ersten *Erschütterung*, das heißt, seiner schicksalhaften Erlebnisse, die in eine Infektion und schließlich in seinen knapp vierwöchigen Klinikaufenthalt führten, war Peter Neufang achtundzwanzig Jahre alt. Er war körperlich sowie geistig gesund und stand zu jener Zeit, wie man so schön sagt, voll im jungen Erwerbsleben. Seine Physiognomie zeigte ihn von einer fast gedrungenen, jedoch athletischen Gestalt. Er war, nebenbei bemerkt, mit einem minimalen Anflug von rachitischen Krätschbeinen aus der frühen Kindheit ausgestattet, die ihm beim Gehen eine leichte Seitwärtsdrift verliehen. Seine kurzen, stämmigen Arme brachten unter den stets sorgfältig, gleichwohl entschlossen hochgeschlagenen Hemdsärmeln ein Paar für sein junges Alter ungewöhnlich wuchtige Hände und Derbfinger hervor. Sie ließen unmittelbar den Arbeiter erkennen, der es stets gewohnt war, zuzupacken, der sich vor keiner Schramme, keiner Macke scheute. Sein offenes, ja man kann sagen, durchaus freundliches Antlitz, hatte eine sympathische Note. Seine Wesenszüge schienen hingegen durch den etwas dünnsträhnig beflaumten Haarbewuchs über der Oberlippe und am Kinn etwas in Deckung zu verharren. Das Bärtchen verlieh seinem Minenspiel dadurch etwas Abwartendes oder Zögerliches.

Um den Hals trug er, durch eine lederne Schnur gezogen, eine zierliche, aus einem Stück durchbohrten Reh- oder Hirschgeweih zurechtgekerbte Hundepfeife. Deren Sirren ging einem jedes Mal durch Mark und Bein, wenn er seinen Weimaraner damit über Distanz zum Ablegen brachte. Er war nämlich seit seinem zweiundzwanzigsten Lebensjahr ein passionierter Hundenarr und Jägersmann. Dieses Pfeifchen trug er stets wie eine Auszeichnung, wie einen Orden auf der Brust vor sich her. Es kam praktisch nie vor, dass er es sich vom Hals streifte.

Peter Neufang wurde 1974 in Ottweiler geboren. Er wuchs im benachbarten Steinbach im Ostertal zusammen mit seiner älteren Schwester auf. Seinen zugegeben etwas wolkigen Rufnamen *Holle* erwarb er sich bereits im zarten Alter von drei Jahren. Dieser Name ergab sich daher, dass ihm in seiner frühen Kindheit seine Mutter, mitunter auch seine Schwester, hin und wieder aus Grimms Märchen vorlasen. Dabei war der Knabe entschieden am tiefsten von der Geschichte der *Frau Holle* angerührt, weil sie so leicht, so luftig droben auf ihrer Wolke saß, ganz besonders aber, weil sie es nach Belieben schneien lassen konnte. Aber auch die Unterwelt, die Brunnenwelt, in welche das arme Mädchen im Märchen springen musste, die zugleich aber auch über den Wolken war, schien den Knirps geradezu aufs äußerste fasziniert zu haben. Er hatte von dem Märchen sogleich Wort für Wort, Bild für Bild kindlichen Besitz ergriffen und er disziplinierte seine Mutter oder Schwester in der Folge unerbittlich, wenn diese beim Vortragen seiner Geschichte auch nur irgendein Wort, die kleinste Betonung im Gang der Handlungen verändert oder gar ausgelassen hatten. Von seiner Frau Holle war der Jüngling so sehr angetan, so durchdrungen von ihrer überirdischen Erscheinung, dass er sie geradezu kindlich schwärmerisch anhimmelte. Man darf sogar behaupten, er ging förmlich in ihrer Identität auf. Was denn dazu führte, dass er stets unbeirrt *Holle* rief, wenn man ihn nach seinem Namen fragte.

Später war dieser Neck, nachdem er ihn für kindisch erachtet und kaum von sich abgeschüttelt hatte, wie von selbst, sozusagen durch sein Hinterstübchen, wieder über ihn gekommen. Warum? Nun, immer wenn ihm etwa eine besonders beeindruckende Neuigkeit, eine ungeheuerliche Unverschämtheit oder sonstige Aufgeregtheiten zugetragen wurden, kommentierte er seine Verwunderung oder Empörung darüber stets mit dem Ausdruck barsten Erstaunens, nämlich: „muschde Dir mol holle!“ oder „do holle mol!“ Hierbei deutete er mitunter vielsagend auf seine Unterarmhärchen, die sich über der Gänsehaut eindrucksvoll in die Höhe reckten. Und da *Holle* ja auch als Abkürzung für seinen Drittvornamen, Holger, zupass kam, blieb ihm, wie man sich denken kann, ab jenem Zeitpunkt sein Spitzname untilgbar anhaften; er saß fest!

Das Kind entwickelte von frühauf außerdem einen eigentümlichen Hang, ja beinahe Marotte für jedwede Tätigkeit, die Geduld, vor allem aber Sorgfalt abverlangte. Nun kann man gerade diese Dinge zu jenen Tugenden zählen, an denen es vielen jungen Heranwachsenden im allgemeinen mangelt, sind Kinder doch meist besonders ungeduldig oder ungestüm. Nicht so bei Holle, der war anders. Nicht, dass er in seinem Tun besonders behäbig oder gar schwerfällig erschienen wäre. In seinem Falle handelte es sich eher um eine Variante stiller Beschaulichkeit, vielmehr: von respektvoller Achtsamkeit im Umgang mit seinem Umfeld. Die gesamte Gangart seiner Verrichtungen wurde stets von wohlüberlegter Akribie seitens des Knaben bestimmt und geleitet. So meldete er sich etwa in der Schule grundsätzlich immer zuletzt, selbst wenn er das Abgefragte zuerst wusste. Er ging seine Schlüsse, seine Einsichten eben noch mal sehr bedacht in Gedanken durch, bevor er sie als Antwort zu geben bereit war. Auch wartete er beispielsweise nach der Pause beim Aufstellen mit eiserner Beharrlichkeit so lange, bis alle in Zweierreihe ausgerichtet waren. Dann stellte er sich brav hinten an. Die Lehrer redeten mitunter aufmunternd auf ihn ein, er solle sich nicht immer so unwichtig machen, er könne doch viel mehr! Das focht den Schüler nicht an.

Holle zeichnete sich daneben aber auch durch weitere Eigenheiten aus: alle Buchstaben des Alphabets, mehr noch, alle Ziffern, ohne Ausnahme, malte der Jugendliche beharrlich in runden Schnörkeln, gleichviel, ob sie nun rund oder spitz zu schreiben waren. Und dort, wo es angebracht war, die Akzente kraftvoll zackig zu setzen, die stolzen Spitzen der großen *N's* und *A's* und *Zet's*, die Zackenziffern *4,* die *1*, die *7*, wie hielt er es mit diesen? Ja, die unterwarf, die degradierte er allesamt mit seinem Milchgriffel und später mit seinem Füllfederhalter in hingekauerte, sich geradezu armselig duckende, buckelnde, dabei arg verweichlichte Buchstaben- und Ziffern-Krüppel. Ähnliches bewerkstelligte er durch seine ihm eigene Aussprache. Selbst hart klingende Worte formulierte er vermittelst seiner vorgestreckten O-Lippen mit großer Hingabe im Ausdruck butterweich. Er lutschte sie förmlich glatt, anstatt sie einfach nur so auszusprechen, wie sie da standen. Da wurde etwa aus einer *Zuckerzange* eine *Sugersange*, oder aus dem *Kikeriki, die goldene Jungfrau ist wieder hie* wurde ein *Gügürügüh*... und so fort.

Dieses sich ernstlich Mühegeben beim Schreiben- und Lesenlernen durch lautes Buchstabieren war bei den meisten

ABC-Schülern durchaus zunächst nichts Ungewöhnliches, weil ja doch häufig zu beobachten. Solcherlei anfängliche Stockungen wuchsen sich normalerweise mit fortschreitendem Schulalter wie von selbst wieder aus. Nicht so bei Peter Neufang: der Schüler wuchs, im Gegenteil, immer tiefer in seine Lese-Schreibmarotten hinein.

Dabei blieb es jedoch nicht. Er gestaltete viele seiner täglichen Verrichtungen in regelrechte Geduldsproben für sein Umfeld aus. So band er sich etwa seine Schnürsenkel vor dem allmorgendlichen Schulweg, wo doch immerzu Eile angebracht war, mit hingebungsvoller Sorgsamkeit zurecht. Mehr noch, er arrangierte die Schlaufen an seinen Schuhen geradezu in einer Art und Weise, wie zu entsprechenden Gelegenheiten ein Geschenkpaket etwa mit einer Schleife umziert werden wollte. War es vollbracht, so würdigte er sein Werk abschließend mit einem zärtlich zufriedenen Lächeln. Nicht dass er bei diesen Tätigkeiten keine Eile an den Tag legte. Es ging ihm alles nur eben eine Spur bewusster von der Hand, als man es gemeinhin gewohnt war. Wehe, wenn er in diesem ihm eigenen Rhythmus von der oft ungeduldigen Mutter, dem genervten Vater oder der ungestümen Schwester gestört wurde. Dann konnte er bis zur Wunderlichkeit stur, eigensinnig, ja jähzornig werden.

Wer jetzt aus dem Geschilderten den Schluss ziehen sollte, dass Holle in seiner Kindheit ein verweichlichter, in sich gekehrter mädchenhafter Sonderling war, der irrt! Ganz im Gegenteil: der Bengel stieg in seiner Jugend auf die höchsten Bäume. Er sprang ins tiefste Wasser, er holte sich die blutigsten Schrammen. Er stibitzte die prallsten Kirschen und er zog an den blondesten Zöpfen! Wenn es darum ging, die ausgefuchstesten Streiche zu spielen, die mutigsten Mutproben zu bestehen, dann war Holle stets zur Stelle.

Nur eines konnte er nicht: lügen. Der Jüngling benannte die Dinge stets – nach angemessener Vorüberlegung – ohne Umschweife bei ihrem Namen. Er sagte sie sodann geradeheraus, ohne sich darum zu kümmern, ob diese etwa unschicklich, unpassend, beleidigend, entlarvend oder einfach fehl am Platze waren. Kurzum, es fiel ihm nicht ein, klare Tatbestände zu verdrehen, sie schönzureden, sie ohne Not zu verändern oder ihre Inhalte womöglich durch Uminterpretationen zu entstellen. Der Heranwachsende wusste sehr wohl, dass er sich damit nicht allerorten Sympathien eintrug. Er ahnte sogar, dass er sich mit seiner Offenheit gar irgendwann einmal um Kopf und Kragen reden könnte, das war ihm wohl durchaus bewusst. Deshalb war dieses das einzige Feld, auf dem er redlich bemüht war, an sich zu arbeiten.

Dennoch - wenn er demzufolge in der Klinik bei der Befragung nach der Herkunft seiner Infektion geantwortet hatte, er habe sie aus dem *Alten Dorf* mitgebracht, dann war man folglich gut beraten, bei seinen Schilderungen etwas genauer hinzuhören und sie nicht rundweg als wirres Hirngespinst oder gar als Hokuspokus abzutun.

In seinem Heimatort Steinbach hatte Peter Neufang die Grund- und Hauptschule besucht. Mit fünfzehn Jahren wurde der Jugendliche aus der Schule entlassen. Im benachbarten Ottweiler, auf dem Neumünster, erlernte er in einer Schreinerei mit Bestattungsunternehmen bei Meister Rudolf Mühlbacher das Schreinerhandwerk, das er nach drei Jahren mit seiner Gesellenprüfung abschloss. Die praktische Abschlussarbeit, sein Gesellenstück, war eine kleine Kuriosität. Holle fertigte nämlich einen ausnehmend sorgfältig, mit viel Akribie und Hingabe geschreinerten, fast schon als kunsthandwerkliche Arbeit zu bezeichnenden - Hundesarg. Dieser bestand ganz aus feinmaserigem hellem Holz und war innen mit blauer Kunstseide ausgeschlagen. Außen war er ausgestattet mit einem komplizierten, um nicht zu sagen ausgefeilt gestalteten Scharnierdeckel, auf dem ein liegender Hund in Gähnpose eingeschnitzt war, inklusive zweier an der Basis des Sargkorpus eingelassener Schubladenfächer für Leckerli und Wassernapf. Für die praktische Arbeit erhielt der Prüfling nach einer längeren, eingehenden Beratung der Prüfungskommission eine *sehr gut*.

Holle war einverstanden. Er blieb nach dem Abschluss der Gesellenprüfung bis zu seiner Einberufung zur Bundeswehr im Jahre 1993 – er wurde damals zu den Richtkanonieren eingezogen – bei seiner Schreinerei Mühlbacher in der Spitalstraße beschäftigt. Während dieser ersten Anstellungszeit als Geselle, er musste sich einen grauen Anzug mit schwarzer Krawatte zulegen, hatte er fast ausschließlich mit Pietät, mit Einsargungen, hin und wieder auch mit Reparaturen von Fenstern und Türen zu tun. Nach seiner Entlassung aus dem Grundwehrdienst fand er die kleine Schreinerei geschlossen. Holle meldete sich sofort bei Saarberg, wo er als Hilfshauer in die Grube, Schacht Camphausen, einfuhr. Dort war er nicht nur stärker ausgelastet, sondern wurde auch besser bezahlt. Bei Saarberg war Peter Neufang auch noch zum Zeitpunkt seiner Infektion beschäftigt. In der Grube lernte er übrigens seine besondere Passion, nämlich seine Vorliebe für das Vordringen in die Tiefe der Erde, für Stollenbegehungen sowie Höhlenerkundungen kennen. Es handelte sich hierbei um ein Hobby, dem er, neben seiner Jägerei, in seiner Freizeit ausgiebig nachging.

Als Holle sechsundzwanzig war, kamen seine Eltern bei einem Autounfall ums Leben. Das Haus in Steinbach wurde verkauft, die Geschwister ausbezahlt. Er zog nach dem wenige Kilometer entfernt liegenden Ostertalort Werschweiler. Dort war gerade ein passendes Haus, das alte Hirtenhaus zu vermieten. Im dortigen Revier hatte er seit einem Jahr auch die Gelegenheit bekommen, zur Jagd zu gehen. Nach Ablauf eines Jahres wurde ihm das Haus zum Kauf angeboten. Er nahm die Offerte an und ging zum Notar.

Das Hirtenhaus, eine alte und reichlich gebrechliche, aber charaktervolle Kate, war noch ein Fossil aus den Zeiten vor dem Dreißigjährigen Kriege. Es war mit wenigem, dem Allernötigsten, ausgestattet. Einige vierzig Meter vom Haus entfernt schlängelte sich der Osterbach durch die grünen Wiesen. Diese waren im Frühjahr und im Herbst oft überschwemmt. Wer weiß, wie viele Male seine Bewohner im Laufe der Jahrhunderte ihr Hab und Gut vor den Hochwassern auf den Dachboden retten mussten, wenn sich das grüne Tal der Oster nach tagelangen Regenfällen in einen regelrechten See verwandelte.

Einstöckig, mit untergeschobenem Kriechkeller sowie mit außen liegendem Plumpsklo und stark vergilbter Duschkabine mitten in der kleinen Küche, war das Haus von Anfang an für ihn zum Objekt seiner handwerklichen Geschicklichkeit geworden. Es mauserte sich, es putzte sich, es war stets im Bau und nie fertig, auch nicht bei Holles *Erschütterung*. Aber es war sein eigenes Zuhause, sein Reich und er war augenscheinlich zufrieden. Man kann fast sagen, dass er glücklich in seiner Heimstatt war, bis zu dem Tag, an dem Holle auf den Tunnel stieß.

III.

In der Universitätsklinik kam man, trotz allergrößter Anstrengungen, mit den Nachforschungen um die Herkunft des Virus keinen Schritt voran. Der Druck auf die direkt Verantwortlichen nahm von allen Seiten zu. Peter Neufang wurde jetzt mehrmals am Tage intensiv befragt, dabei gleichzeitig sorgfältig ärztlich untersucht. Zusätzlich zum Befrager-Team wurde der Gruppe ein Beobachter-Team beigeordnet. Dieses Team wuchs rasant. Es waren bald auch Leute vom Militär, zuletzt auch vom amerikanischen sowie als Novum und gleichzeitig als Ausdruck der besonderen Brisanz des außergewöhnlichen Falles, vom russischen Militär, bei den Befragungen zugegen. Bei dem Patienten nahm man, er hatte sich freiwillig dazu bereit erklärt, auch Messungen der Hirnwellen mit dem EEG vor. Er wurde darüber hinaus mehrmals in die CT-Röhre geschoben um mit diesem bildgebenden Diagnoseverfahren etwaige Hinweise über Auffälligkeiten in den Funktionen seiner Hirnareale zu gewinnen. Es kam während der Interviews, auch dieses geschah fast auf ausdrücklichen Wunsch des Patienten, ein altes EDR-Gerät zur Messung seiner elektrodermalen Hautreaktion zum Einsatz, wiewohl sich die Interviewer nichts davon versprachen. Mit dem Apparat wurde die innere Aktivierung oder Erregung des Patienten bei der Befragung gemessen, um auf den Aussagegehalt, man könnte auch sagen, auf den Wahrheitsgehalt seiner Antworten schließen zu können. Dieser ältliche EDR-Schreiber mit grünem Hammerschlaglack war aus früheren diversen amerikanischen TV-Krimis als Lügendetektor bekannt. Die Befunde aus den erwähnten apparativen Messungen waren allesamt, zur Besorgnis des zunehmend irritierten und dann ratlosen Befrager-Teams, unauffällig.

Nachdem die Öffentlichkeit vom Krankheitsfall des Patienten Peter Neufang unterrichtet worden war, blieben Panikreaktionen aus. Derlei Meldungen kannte man ja noch von vor wenigen Jahren, als die Diskussionen um Milzbrandbriefchen, BSE, Vogelgrippe, ja auch um Pockenanschläge, hochwallten, bald aber wieder verebbten. Die Reaktion der Bevölkerung war, bis auf einige besorgte Anrufe sowie sarkastischer Leserbriefe, so gut wie nicht vorhanden, was die Verantwortlichen beruhigte, zugleich aber irritierte.

Der Patient Neufang verhielt sich während der gesamten Zeit stets kooperativ, blieb bei den Verhören jedoch im Großen und Ganzen bei seiner Anfangsversion. Er wurde indes in einigen seiner Aussagen nach und nach endlich präziser, denn er gab, nach *einigem in sich Gehens* an, er könne sich eigentlich nur an einem bestimmten Ort infiziert haben, nämlich im Kirschgarten in Werschweiler, in seiner Schlafkoje. Da die übrigen Hinweise des Zeugen allesamt ins Leere gelaufen waren, ging man den Einzelangaben von Neufang auf Druck der vorgesetzten Stellen eben noch einmal nach.

Das Haus im Werschweiler Kirschgarten, auf das sich die Informationen des Befragten Neufang bezogen hatte, war das ehemalige Becke Haus, welches einst von einem Johann Nickel Beck in den 1750er Jahren erbaut worden war und im Jahre 1797 einen größeren Umbau der Scheune sowie seines schon vorher bestehenden Schreinereitraktes erfahren hatte. Der Schlussstein über dem Scheunentor trug die Jahreszahl der Umbaumaßnahmen.

Das gesamte Grundstück um das Haus herum wurde abermals abgesteckt, so dann mit rotweiß gestreiftem Flatterband sowie mit Warnschildern abgesperrt. Tags darauf rückten mehrere Spezialtrupps in Fahrzeugen an, die vor Ort eine peinlich genaue, auch eine noch systematischere Musterung des gesamten Inventars durchführten. Die in weißen Overalls sowie mit Masken und Schutzhandschuhen gekleideten Männer waren insgesamt drei Tage und Nächte mit dem Durchforsten der Immobilie beschäftigt. Sie inspizierten die Fußböden, die Tapeten, die Gipsschichten an den Wänden, die roten Federdecken auf dem Speicher, die glasharten Fettrückstände am Boden des fast zur Gänze durchgerosteten Räucherofens. Sämtliche alten, mit Öl gefüllten, erblindeten Flaschen, die im Keller oder in den angrenzenden Räumen aufzuspüren waren, wurden beschlagnahmt. Alle erdenklichen Rückstände von Ratten- und Mäusedreck in den Ecken sowie in den zerschlagenen Krautsteinen wurden in vorbeschriftete Plastiktütchen gefüllt. Sogar die eingetrockneten Fäkalien in den Jauchegruben nahmen sich die Spezialisten vor. Das ging so weiter, bis nichts mehr zu holen war. Das Ergebnis war bei allen Proben immer dasselbe, immer gleich ernüchternd, weil stets negativ.

In der nächsten Stufe kamen die Leute vom Tiefbau. Die ebenfalls in Schutzanzügen operierenden Trupps führten

Bodenproben mittels Bohrungen aus dem Erdreich durch. Als noch immer nichts Verdächtiges vorlag, wurde das Haus Stein für Stein abgetragen. Die beiden Bewohner, es waren zwei ältere Herren, die schon länger nicht mehr in dem Haus wohnten, wurden entschädigt. Der Bauschutt, der überwiegend aus Ziegeln, Strohresten, Mörtelmaterial, zersplitterten Holzbalken, zumeist jedoch aus Bruchsteinen bestanden hatte, wurde gründlich abgetragen und abgefahren. Vorab wurden die Häuser in der Nachbarschaft des Objekts evakuiert und desinfiziert. An einem ungenannten Ort machten sich sodann Spezialisten daran, alles sichergestellte Material systematisch zu durchforsten um es auch nach den minimalsten Hinweisen auf Virenspuren zu durchfahnden. Die Personen, die mit dem Hausabriss zu tun gehabt hatten, wurden vor Beginn der Abrissaktion genau untersucht und vorsichtshalber geimpft. Nach Beendigung des Abrisses wurde die gleiche Prozedur, bis auf die Impfung, wiederholt. Der alte Hausbrunnen, den man bei dem Abriss nach den ersten negativen Probeentnahmen zugeschüttet hatte, wurde nach dem unerwarteten Auftauchen von neuen Verdachtsmomenten wieder eröffnet. Man entnahm erneut eine Reihe von Proben aus dem Erdreich um den Brunnen herum sowie aus dem Grundwasser. Sämtliche Befunde waren negativ. Sie führten zu nichts.

IV.

Maurice Trambouillet war außer sich! Der Koordinator für Seuchen beim Exekutivrat der Genfer WHO, dem Sekretariats-Hauptquartier der Weltgesundheitsorganisation, hatte es soeben erfahren: der Spezialtransporter, der die einzigen noch existierenden Pockenproben des mysteriösen saarländischen Pockenfalls vom Berliner Robert Koch-Institut nach Genf bringen sollte, war auf der Autobahn nahe Rastatt bei Karlsruhe in einen Verkehrsunfall geraten. Der gepanzerte Wagen hatte sich dabei überschlagen und war an einer Böschung, auf der Seite rutschend, auf der Grasnarbe zum Stehen gekommen. Die beiden Sicherheitsbegleiter sowie der Fahrer wurden dabei nur leicht verletzt, standen jedoch anfangs unter Schock. Sie waren nicht in der Lage gewesen, sofort die vorderen Türen zu öffnen, da sich diese beim Aufprall verklemmt hatten. Die Eingeschlossenen mussten von der Feuerwehr aus der Fahrerkabine geborgen werden und wurden vom Platz direkt in einen Krankenwagen zur Untersuchung gebracht. Den Verlust der beiden Behälter hatten die Begleiter erst nach ihrer Untersuchung bemerkt und unverzüglich gemeldet. Die am Unfallort anwesende Polizei wurde über den sensiblen Transport verständigt. Sie begann sogleich, den Ort des Geschehens abzusperren um die Böschung abzusuchen. Die Beamten fanden nichts. Nach ersten vorläufigen Rekonstruktionen des gesamten Herganges kam man zu der Erkenntnis, dass die Fracht gestohlen worden sein musste. Da an dem Unfall mehrere Fahrzeuge beteiligt gewesen waren, herrschte auf dem Unfallplatz anfangs Unübersichtlichkeit sowie allgemeines Durcheinander. In der Zeit, da der Fahrer des Transports und seine beiden Begleiter vorne eingesperrt waren, hatte durchaus die Möglichkeit bestanden, dass sich jemand ungehinderten Zugang zum Heckbereich des Fahrzeugs hätte verschaffen können, wo die beiden Sicherheits-Behälter aus Edelstahl in je einer Metallkiste fest verschlossen gelagert waren. Die Hecktür des Spezialtransporters war offensichtlich von der Wucht des Überschlags aufgerissen worden, aber von selbst wieder zugeschlagen, wobei das Schloss nicht einrastete. Dies erkannten die Begleiter im ersten Eindruck des Augenblicks nicht. Sie standen, wie gesagt, unter Schock und ließen sich zunächst in den Rettungswagen führen.

Dieser Unfall kam für Trambouillet einer Katastrophe gleich. Er saß erst seit kurzem auf seinem Posten, aber er war ein Karrieremensch. Da er hauptverantwortlich für dieses Projekt, somit auch für die Transportaktion zuständig war, ging das alles auf seine Kappe. Zumal er gegen die Bedenken der Exekutivmitglieder durchgesetzt hatte, dass die restlichen Virenproben, die in der Universitätsklinik zu reinen Diagnosezwecken noch eingelagert waren, sofort unter seiner Aufsicht vernichtet werden sollten, was dann auch geschah. Die einzig noch vorhandenen Pockenviren lagerten jetzt im Robert-Koch-Institut in Berlin, von wo aus sie zunächst in Genf in Verwahrung genommen werden sollten. Von dort aus wäre das brisante Material zur Zwischenlagerung in die USA nach Atlanta gebracht werden. Dort wäre es solange verblieben, bis sich die nächste Vollversammlung der WHO darauf einigte, was weiterhin damit zu geschehen hatte. Und nun waren die einzigen noch vorhandenen Referenzproben aus Berlin auf dem Weg nach Genf verschwunden! Vielleicht sogar gestohlen, geraubt von Terroristen, von Kriminellen, von wem auch immer. Das war sein berufliches Ende, das konnte nur das Ende seiner Karriere bedeuten!

V.

Der Morgennebel erhob sich aus den Wiesen. Er hielt seinen Schleier über dem Tal ausgebreitet und tauchte das Dorf in fahles Dämmergrau. Droben auf der Spitze der alten Wetterfahne, die den Turm der Kapelle überragte, begrüßte indes das Rotschwänzchen schon in geschäftiger Munterkeit den nahenden Tag. Und nebenan, in seiner Nachbarschaft, stolzierten die ersten Schafsstelzen auf den bemoosten Strohfirsten hin und her. In den Wegepfützen planschte die lärmende Spatzenbrut, lange noch bevor die Frühsonne hinter dem Kuhberg hervor blinzelte. Die Maienluft roch grün und frisch nach gemähten Wiesen und nahem Tag. In den Ställen regte sich das Milchvieh mit rasselnden Ketten. Hier und dort wurden durch die ersten klappernden Melkeimer die Katzen aus ihren Strohkuhlen herbeigelockt. Hochbeinig streiften sie um die Bauern herum und labten sich alsbald an den Schälchen aufgestellter kuhwarmer Milch.

Durch den Frühdunst kam ein Mann mit Sichel und Sense über der Schulter den ausgefahrenen Bachweg zur Kapelle herauf geschritten. Es war Jacob Weiler, der junge Ackerer und neue Kapellendiener des Dorfes, der sein erstes Tagewerk schon tätig hinter sich gebracht hatte. Sein Haupt war von einer grünen Filzkappe bedeckt, unter der die Haarsträhnen bis in den Nacken hingen. Über seinem Hemd trug der Mann eine Wolljoppe und an seinen Beinen eine schäbigfarbene Leinenhose. Er kam zu dieser zeitigen Stunde noch reichlich nachtmüde daher. Langsam und schleppend war sein Gang, wie mit einer Last von Jahren auf dem Buckel, die ihm noch längst nicht zukam. Noch schläfrig, beinahe unentschlossen schien er seinen Weg zu machen. Nicht festen Schrittes, sondern eher zögerlich ging er seines Wegs, als würde er beim Nachsinnen über dies und das einhalten wollen um besser mit sich ins Gespräch zu kommen; als würden ihm seine nächtlichen Traumbildnisse hinterher hängen und nicht ganz von ihm ablassen wollen. Seine hellen Augen jedoch gingen schon zunehmend rege hin und her, wie um an allem Erwachen dieses grauen Vormorgens im Dorf selbst erwachend teilzuhaben.

Jacob war bereits vor Tagesanbruch in seiner Wiese am Appelsbetzem hinter der Bleichwiese tüchtig gewesen. Nun kam er auf seinem Rückweg ins Dorf am Gottesacker der Kapelle vorbei, wo er nach dem Rechten sehen wollte, bevor es an die Stall- und die Feldarbeit ging. Danach mussten auf jeden Fall einige dringliche Amtsbriefe für seinen alten Vater, den Meier Adam Weiler, aufgesetzt werden. Aber das lag ihm noch fern, drüben im kommenden Tag. Der Morgen hatte ja gerade erst zu dämmern angefangen. Es war dies der erste Tag seit langem, der Sonnenschein verhieß, wenn man der alten Wetterfahne glauben durfte, denn sie hatte sich noch in der Nacht vom Wind auf Ost gedreht. Das war so, auf die war Verlass.

Der Mai hielt sich bisher fast zur Gänze in Wolken bedeckt. Er hatte Kühle und Nässe ins Tal gebracht, so dass sich das kniehohe Gras schon zu beiden Seiten in die Steintreppe, auch weit in den Zugangspfad zur Kapelle hinein neigte.

Jacob hielt an der Friedhofsmauer inne, wo er seine Sense gegen den Steckenzaun abstellte. Hier, jenseits der Umfriedung, hatte der hiesige Kirchenzensor Johann Valentin Beck für die Kapelle jüngst in aller Eile ein Stück vom Boden des Nachbargartens erworben, um neue Ruhestätten für all die kürzlich Heimgegangenen anlegen zu können, weil der kleine Kirchhof auf dem Hügel den Seuchenzügen der vergangenen Wochen und Monate längst nicht mehr gewachsen war. Er musste erweitert werden. Auf dem kleinen Gräberfeld des alten Totenackers hatte sich für die Blatternopfer des vergangenen Winters nicht eine einzige Begräbnisstätte zwischen die Reihen mehr zwängen lassen. Sogar in einigen Altgräbern lagen die Leichen bereits zu Dreien über- und nebeneinander bis dicht unter die Erdhügel gedrängt. Streunende Hunde oder Wölfe hätten ihre Leiber des Nachts ausscharren können.

Das konnte den Sommer über nicht so bleiben, zumal, wenn er derart heiß werden würde wie vor zwei Jahren. Da mussten einige Verstorbene, auch gegen ihren letzten Willen, noch nachträglich nach außerhalb umgebettet werden. Aber all diejenigen in Gott seliglich Entschlafenen, die noch im Rund der alten Umfriedung aufgenommen worden waren, hatten sich durch emsigsten Kirchgang sowie eifrigste Gottesfurcht ihren Anspruch erworben. Sie hatten noch auf ihrem Sterbelager darauf beharrt, in geweihter Erde bestattet zu werden. So blieben denn die unschuldigen Kinder, diese wehrlosesten Opfer des jüngsten Seuchenzuges, als erstes aus dem Schutz des eingesegneten Kirchhofs ausgesperrt. Sie kamen hinter die Mauer.

Hier, außerhalb des Gottesackers, befand sich auch der Grabhügel von Jacobs einzigem Kind, seines Ungeborenen, das sie erst vor zehn Tagen in die Grube gelegt hatten. Die Stätte lag inmitten anderer kleiner Gräber und sie war als einziges in diesen Reihen nicht mit einem Kreuz bepflanzt worden. Der Dörrenbacher Pfarrer Johann Daniel Engel hatte ein Grabkreuz nicht geduldet, denn Jacobs Kindlein war bei seiner Geburt nicht mehr am Leben gewesen. Es hatte daher die reguläre christliche Taufe nicht mehr empfangen dürfen.

Jacob trat an den Erdhügel heran, ließ seine Mütze vom Kopfe gleiten. Er faltete die Hände zum Gedenken und namenloser Schmerz stieg in ihm auf. Diese grauenvollen Tage voll des blanken Entsetzens, die nicht nur ihn und sein Eheweib, die das ganze Dorf bereits seit Beginn dieses harten Jahres in ihrem Bann hielten, sie wollten nicht vergehen. Wieder drei neue Hügelreihen, die aus dem Boden wuchsen. Abermals Angst und Schrecken über die Eltern. Erneut sinnloses Ringen, vergebliches Hoffen im Kampf um die Rettung der kleinen Kinderseelen vor dem Blatterntod. Was wurde gefleht, was gerungen mit dem Allschöpfer, was wurde gehadert mit dem bitteren Los: Gram und Grauen hatten sich in fast allen Häusern des kleinen Weilers eingenistet. Blankes Entsetzen über das jähe Dahinsiechen der Kindlein vor ihren Augen machte sich ungehindert breit.

Auch Jacob, dem allzu Getreuen, dem namentlich Gottesfürchtigen, dem doppelt eifrigen Diener seines Herrn, auch ihn hatte die volle Wucht des Schicksalsschlags getroffen. Selbst er wandte sich gegen seinen Gott, auch er irrte bei seinen Anrufungen zum Schöpfer umher zwischen Zweifeln und Verzweiflung, zwischen Hoffen und Verzagen, mit Gebeten auf der Zunge und mit Fragen: „Wohin hast Du mich,

Gott, geführt, in Deiner großen Güte, wohin wirst Du mich senden…“

Jahre hindurch war Jacobs junges Weib ohne den sehnlich erwarteten Kindersegen geblieben, der sich doch auch bei den anderen jungen Paaren sogleich nach ihrer Vermählung einstellte. Warum also nicht auch bei ihnen? Sechs Jahre des ehelichen Hausstandes in Kinderlosigkeit, das waren sechs Jahre Harren und Hoffen. Das waren Stunden der Ratlosigkeit, das hieß bald Dorfgetuschel, offene Häme, Fingerzeige über die Gassen, was denn mit den jungen Weilers nicht stimme? Wer von beiden denn wohl die taube Frucht sei? Was sie denn wohl an frommem Eifer und Gottgefälligkeit missen ließen, dass der Allmächtige ausgerechnet den Weilers aus dem Schmidtseck seinen Ursegen vorenthalte?

Am Ende, während der beiden letzten Jahre, begaben die jungen Eheleute sich schließlich drein. Da war es insgesamt nur noch ein sich Ergeben in das Unabänderliche. Man begann, sich mit dem Los abzufinden, das der Gütige ihnen auferlegt hatte. Und dann, vollkommen überraschend, nach all der Zeit des Bittens um die Frohe Gnade des Herrn, war sein Eheweib zum Ablauf des verflossenen Sommers denn doch noch in die lang ersehnte Hoffnung gekommen. Wie seine Maria da erstrahlte, wie sie wieder fröhlich und über alle Maßen zuversichtlich wurde. Nun konnte sie endlich mit ihrem runden Leib und nicht ohne bescheidenen Stolz all den hässlichen Mutmaßungen der Dorfnachbarschaft Lügen strafen.

Aber was war dies für eine Freude? Was war das für eine trügerische Hoffnung? Als würde der Allerhöchste ihr selbst dieses eine Große Mutterglück nicht zugestehen wollen, kam plötzlich, mitten hinein in die Zeit der zuversichtlichen, ja der freudigen Erwartung, das Gespenst der Blattern wie ein Strafgericht übers Dorf, um am Ende auch ihre Wohnstatt heimzusuchen. Zuerst, es war noch vor der Jahreswende, steckten sich die Drittälteste sowie die beiden jüngsten Kinder des Schöffen Nicklas Zimmer an der Fieberglut an. Die sechsjährige Dorothea starb als erste noch im alten Jahr. Dann, am achten und am zehnten Januar des siebziger Jahres, trug man die Kleinsten – sie hatten beide nicht einmal drei Jahre auf der Stiege ihres jungen Erdendaseins erklommen - hinter die Mauer.

Bald darauf folgte Jacobs Nichte Bärbel, sein besonderer Augenstern. Sie war die über alles geliebte Tochter seines ältesten Bruders Johann Georg. Wie war sie so fröhlich gewesen, so sonnig und lebensfroh! Ein jeder im Dorf hätte darauf schwören können, dass dieses eine Kind ein wahrhaft besonderes Gottesgeschöpf sei. Dass der Gütige Gott über dieser - fast Engelsgleichen - Seinen Schutzmantel besonders behutsam ausbreiten und sie schirmen und schonen werde. So dachte ein jeder. Sie war es, die Jacob zu sich nehmen wollte, wenn ihm denn eigene Kinder versagt blieben. Und auch ihr Brüderchen Kaspar würde er ebenfalls als Pflegekind zu sich genommen haben. Aber auch er ging mit seinen kaum vier Jahren auf seinem Fieberlager dahin. Seine kleine Bärbel: keine neun Sommer hatte ihr der Allmachtsschöpfer auf ihrem Lebensweg gewährt. Es waren sechs endlos lange Tage unsäglichen Leides und der grässlichsten Pein, mit welcher der Erlöser das Kind und seine entsetzten Eltern traktierte. Sechs Tage, bis Er sich erbarmte, bis Er schließlich doch noch ein Einsehen hatte mit diesem unschuldigen Geschöpf. Jetzt ruht sie drüben in der Ewigkeit. Jetzt wandelt sie bei ihresgleichen.

Es folgten in der Nachbarschaft innerhalb von nicht einmal zwei Wochen hintereinander die drei Kinder der Beckin aus dem Kirschgarten. Damit war auf einen Schlag die halbe Familie ausgelöscht! Nur ein einziges war ihr - wie zum Trotz - noch geblieben. Deren Nichte Katharina und ihr Brüderchen Jakob Beck, sie gingen Mitte Januar den Weg in die Ewigkeit. Jetzt huben die Weiber im ganzen Dorf allmählich an zu munkeln über Schuld und Sühne derer, die von der Schöpferwut erfasst worden waren. Späterhin blieb auch ihnen nur das Beten sowie das Psalmieren, dass der Große Richter sie doch in Gnade verschonen möge. Zum Schluss war selbst jenen nichts mehr zu tun als zu zetern, weil das Wüten der Seuche sich nicht legen wollte. Und schließlich, in den letzten Apriltagen, als man im Dorf alles schon überstanden glaubte, traf es doch noch, als hätte Man sie mitnichten vergessen, auch Jacobs Weib mitten in der Vorbereitung auf ihre Niederkunft.

Sie war in ihren eigenen Kindertagen von der Bösen Acht verschont geblieben, aber jetzt ereilte auch sie der späte Gotteszorn wenige Tage vor ihrem Wochenbett. Ungeboren starb ihr das einzige Kind noch im Mutterleib. Ach, und seine Maria wäre ihm beinahe ebenfalls ins ewige Licht entglitten, wäre da nicht die alte Amme aus Dörrenbach gerade noch rechtzeitig hinzu gesprungen. Was war das für ein unbeschreibliches Unglück, welch bitterschwere Prüfung war da über seine Wohnstatt herabgekommen? Kann man so ein Leid fassen? Alle Hoffnungen dahin, dass ihnen doch noch der Kindersegen zuteil wurde. Aber seine Maria, wenigstens sie war am Leben geblieben.

Jacob blickte über die Grabhügel hin. Er schritt die Steinstiege hinauf durch das Eisentor in den Kirchhof, wo rechts und links des gepflasterten Aufgangs die Toten im Boden ruhten. Hier im Gräberfeld wechselten hastig aufgeschüttete Hügel mit eingesunkenen Gruftstätten, Knüppelkreuze und solche aus Stein ragten wie hingespickt kreuzquer durcheinander.

„Die haben es hinter sich, die da liegen“, sinnierte er beim Ausputzen des Kapellenpfades hinauf zum Eingangstor, „die haben längst ihren Frieden.“ Der Mann stieg nun auch zwischen die bereits kniehoch verkrauteten Gräberreihen hinein, wo er putzte und mähte, dass seine Beinkleider alsbald schwer vor Nässe schlappten.

Um die schräghin in Reihe an die Außenwand der Kapelle beiseite gewuchteten Gedenksteine herum ließ er all die Büschel von Vergissmeinnicht, die üppig blauen Ehrenpreis-Teppiche und die rot blühenden Stauden des Sauerampfers stehen. „Sichel schonen, in Gnade Gras drüber wachsen lassen“, raunte Jacob, während er sich über die Steine bückte. Daneben reckten sich die Löwenzahnstängel hoch aus dem Gras empor. Ihre gelben Blütenköpfe waren noch geschlossen und taubenetzt.

Über die erblindeten Plaketten der Grabsteine an der Mauer zogen die Rotschnecken ihre Spur. Jacob buchstabierte die Inschriften aus, sie waren kaum noch zu erkennen: Michell Kuffer 1554, Nickel Stroh 1639, Kesel Hanß 1641, konnte er deuten und dort, direkt neben dem Eingangstor zur Kapelle, lehnte der in die Wand halb eingewachsene Stein mit den Namenszeichen des Seligen in Gott Entschlafenen Hensel Boley 1528. Solcher Art mühte sich der Schnitter, der aufrechte Diener seines Herrn, auf dem Gottesacker, sich in seinem Tun und Treiben abzulenken. Aber Bilder der vergangenen Tage und Wochen stellten sich trotzdem immer wieder ein.

Und dennoch, so gestand er sich zu, während er schnitt und schritt, durfte er dem Höchsten dankbar sein, dass ihm seine Eheliebste nicht auch noch mitgerissen wurde, als sie ihr das tote Kind aus dem geschundenen Leib gezerrt hatten. Oh, diese grässliche Nacht des Zitterns, der Verzweiflung, wie dröhnte sie in seinem Körper nach. Wie brachte sie ihn noch jetzt zum Schaudern. Jacob richtete sich auf. Er lehnte sich an die Mauer, dass ihm bloß andere Gedanken kommen mochten. Sein Blick wich den Gräbern aus, er hob sich hinauf auf die Zotteldächer, die noch im Dunst hindämmerten. Hier und da wurden an den Häusern die Hühnerklappen aufgeschoben. Das Geflügelvolk drängte lauthals auf die dampfenden Misthaufen. Die Hähne, die den Morgen schon zeitig früh in ihren Verschlägen angekündigt hatten, gluckten emsig flügelkurvend ihre Hühnerschar zusammen.

Jacob begann von neuem freizusicheln. Er tat nun in eifriger Geschäftigkeit, während er sich seinen Frühplan zurechtlegte: „Schnell hinauf in die Kapelle. Dann hinein in den Altarraum, nach dem Rechten sehen. Dort den Rundgang machen, danach nach Hause. Hinterher in den Stall und das Futter in die Raufen gestreut, dass das Vieh beim Melken ruhig stand. Wenn alles getan war, Kühe losketten, rauslassen mit ihren Kälbern auf den Trieb, dann den Stall ausmisten und mit Laubstreu einstreuen."

An der Eingangstreppe angekommen, legte er seine Sichel auf der Sandsteinbank neben der Kapellenpforte ab und ging die wenigen Stufen zum Tor hinauf. Die Eichentür, die dicht mit groben Kopfnägeln in Kreuzesmuster beschlagen war, die schon manchen Wettern und Anstürmen durch die Jahrhunderte hindurch getrotzt hatte, die von Schwerthieben und vom Axtwüten, von schwerem Kugelhagel, von Rammböcken und von Brandmalen heftig zugerichtet war, sie knarrte, als Jacob in den Glockenraum trat. Hier baumelten rechter wie linker Hand die beiden Geläutestricke wie Galgenstränge durch die Rundlöcher der Bohlendecke. Der Vorraum, in den er eingetreten war, lag nur durch einen niedrigen sandsteinernen Spitzbogen vom Kapellen- und Altarraum getrennt.

Mit seinen Stiefeln schritt er über die Sandsteinplatten, die hier und da an ihren Kanten grün bemoost und schon stark in die Erde hineingetreten waren. Dort drunten , ja, da schlummerte noch so manche Urgruft in der Tiefe, drüben aber, in der Ecke, hinter der Kanzel, war jetzt noch deutlich die Stelle zu erkennen, wo unter einer mächtigen Bodenplatte die Sandsteinstiege hinab in den vor Jahren schon eingestürzten Fluchtstollen führte. Dieser lief von hier hinüber in den Kirschgarten, von wo er sich sodann gegen den Höhgraben hinauf verschlich. In der *Sang*, irgendwo an einer längst vergessenen Stelle, kam dieser Tunnel vor Zeiten unter einer Steinplatte heimlich wieder zum Vorschein. Wie oft wohl mochten die Menschen hier vor den Horden von Banditen und Barbaren ihr Heil in der Flucht gesucht haben?

Im Hauptraum, in den der junge Küster nun eingetreten war, schwebte noch, wie eh, der Ruch von kaltem Weihrauch aus ganz alter Zeit. Er war auch nach über zweihundert Jahren nicht heraus zu bannen gewesen. Rußig schwarz hatte er sich in die Gewände hinein gesengt und hinauf gefressen bis unter die Bohlendecke, die über vier mächtigen Querbalken ruhte. Diese hielt hier und da noch Farbreste einstiger Girlandenzier mit dem Lamm Gottes und strahlenumflortem Kreuz auf dem hellgrau getünchten Holz in ihren Ehren. Das Bild war dort droben allenfalls noch zu erahnen.

Auch die verwaiste, ebenfalls verrußte Nische in der Wand hinter der Kanzel behauptete noch stolz ihren Platz. In diesem geweihten Winkel wohnte vormals, bis weit in die nachreformatorische Zeit hinein, die Steinfigur der zuversichtlichen Madonna, bis sie im großen Dreißigjährigen Kriege eines Nachts verschwand. Sie hatte über Jahrhunderte hindurch das kleine Gotteshaus behütet. Rings um ihren Standort herum war noch ein Anflug von grün wuchernder Efeumalerei an der Wand zu erkennen, mit der die Nische der Schutzpatronin einstens umkränzt war. Schon seit ewigem Gedenken war die leere Madonnen-Ecke in der Karwoche sowie in der Adventszeit von zwei unruhig tränenden Wachslichtern zum steten Gedenken an ihre Heilige erhellt worden.

Nur die Sandsteinkanzel rechtsseits der Stirnwand, die vor gut fünfundachtzig Jahren neu errichtet worden war, sie erglänzte noch in sauberer Pracht. Mit ihrem kunstvollen in den roten Stein eingehauenen Blendmaßwerk rund um den Kanzelkorb war sie dem Dörrenbacher Vorbild peinlich genau abkopiert worden. Dafür hatte der damalige Pfarrer Johann Kaspar Riemenschneider im 1675er Jahr ihrer Weihung schon gesorgt, dass ihm die Filialkapellen keine eigenen Wege gingen.

Der Geistliche hatte seinerzeit beim Presbyterium durchgesetzt, dass das zerfetzte Strohdach endlich beseitigt wurde. Die Werschweiler Kapelle bekam damals das erste Ziegeldach des Ortes. Obenauf auf das Satteldach des Stumpfturmes wurde eine geschwungene Wetterfahne aus Blech mit Spitze und Kugel aufgepflanzt. Sie war der Blickfang für das ganze Dorf. Hier hinauf schielten die Bauern jeden Morgen beim Ausfahren auf die Äcker und hier hinüber spähten sie jeden Abend beim Zurückkehren aus den Feldern und den Gärten. Einmal, im Jahre 1712, fuhr der Blitz in die Spitze hinein. Da blieb die Wetterfahne stehen und die Bauern waren ratlos.

Jacob ließ sich auf einer Holzbohle nieder. Er richtete seine Augen hinauf zur Wand auf das Holzkreuz hinter dem Altar, während er die Hände faltete. „Nur ein paar Minuten des Gedenkens“, begann er seinen inneren Zuspruch, „dann weiter nach Hause und auf den Acker.“

„O Du unser Erlöser, dass Du mögest Erbarmen mit uns und mit unseren Kindern haben, dass Du Deine Prüfungen lassest bald in Gnade vorübergehen. Dass doch diese harten Zeiten bald zur Neige gehen mögen. Du nimmst uns unsere Kinder, diese Deine armen Gottesgeschöpfe, die uns so das Herz erfreuen in ihrer unschuldigen Lebensfreude. Gib uns ein Zeichen, Herr und Gott, wann das alles ein Ende haben mag.“

Der Betende senkte sein Haupt auf die gefalteten Hände. Einhalt versuchte er sich in Gegenwart seiner verzagten Gedanken zu gebieten, Buße legte er sich in seinem Bangen, in seinem Zweifeln auf. Und doch ließen ihn die erbitterten, auch die bald aufmüpfigen Fragen nicht los, die sich in sein Gebet einmischten: „Seid fruchtbar und mehret Euch, sagest Du Herr – machet Euch die Erde untertan, sagest Du Herr! Sprichst Du nicht auch zu uns: Ihr seid die Lämmer und Ich bin Euer Guter Hirte? Vertrauet, bauet auf Mich, glaubet und folget Mir nach, so wird Euch nichts geschehen, so seid Ihr in guter Hand. Und dann nimmst Du uns, Guter Hirte, alles fort, während Du uns in Verzweiflung, Ratlosigkeit und Zorn darben lassest! Das sei die Strafe für unsere Schuld, für unsere Sünden, sagt die Predigt! Dass wir alle Sünder seien, kündest Du, Herrgott, durch den Mund Deines Hirten, des Pfarrers Engel.“

„Du sprichst aber auch, dass der Sünder, der ehrlich bereut, vor Dir mehr wert ist, denn tausend Selbstgerechte! So hadere ich, Jacob, vor Dir. Ja, ich mache mich zum Sünder gegen Dein Wort. Aber hat nicht auch Dein eingeborener Sohn geklagt und gezagt in unserem Namen: „Mein Gott, mein Gott, warum hast Du mich verlassen?“ Ist uns dieses Klagen im Namen Jesu Christi denn versagt, dieses Flehen nach Verstehen, welches doch auch etwas Tröstliches hat, wenn wir nur begreifen könnten, warum Du uns solch bittere Prüfungen auferlegst?“

„Hat uns aber unser hochlöblicher Pfarrer Engel nicht immerfort von der Kanzel herab gepredigt: „Fraget nicht, fordert den Gleichmut Eures einzigen Gottes nicht heraus, ergebet Euch in Seine Fügung, so Er Euch zu Sich ruft?“

Was hob er, Jacob, an zu klagen ob seines Loses? Dem hochwürdigen Pfarrer zu Dörrenbach waren im Jahre des Herrn Siebenundvierzig gleich drei Kinder in einer einzigen Woche an der Pockenseuche hinweg gestorben! Begehrte jener, der aller treueste Verkünder des Wortes, damals auf? Haderte er, der pflichtschuldigste Hirte seines Herrn, mit seinem Gebieter? Wagte er, der eifrigste Hüter der Schrift, nach dem Ansinnen seines Schöpfers zu fragen? Nein! Zornig und Gottergeben predigte er in seiner kurzen Totenandacht für seine zwei dahingegangenen Töchterlein und das Bübchen vom großen, unergründlichen Willen des Allmächtigen, dem wir uns zu beugen haben: „denn Ihn ergründen zu wollen sollen wir nicht begehren noch trachten. Er allein befielt uns unsere Wege. Unser Wille ist nicht Sein Wille und unser Plan ist nicht der Seinige! Er allein richtet darüber, wann Er Seine Kindlein zu sich nimmt und da erdreisten, erfrechen wir armseligen Menschlein uns, uns dareinmischen zu wollen in Seine Große Schöpfung? Sein Wort und nicht das unserige befiehlt, für wie lange Er Seine Geschöpfe, ob Mensch, ob Tier, ob Gras ob Stein, in diesem irdischen Jammertal herumgehen lässt, denn dieses ist allein Sein Wille und dieser Sein all einiger Wille geschehe und Amen!“

Derart, Jacob, wütete es damals aus des ehrwürdigen Pfarrers Johann Daniel Engels Mund von der Kanzel herab, während seine Tränen auf die aufgeschlagene Schrift pochten!

So hin und so fort versuchte der verbitterte Jacob an diesem Maienmorgen in der Kapelle dennoch zu ergründen, zu verstehen, während sich draußen die Nebelschleier lichteten. „Und doch lehrst Du uns, Herr“, so rang der Mann in der Bank mit seinem Gott weiter, „uns die Erde untertan zu machen. Ist denn damit nicht auch ein Verstehen Deines gewaltigen Erschaffens verbunden? Nur wer versteht, kann doch auch erkennen, nur wer erkennt, kann gestalten! Ist es uns nicht gewährt, Deine Schöpfung zu begreifen mit unserem Menschenverstand, den Du uns in Deiner großen Güte eigens verliehen hast, wo wir selbst doch auch Teil Deines unermesslichen Erschaffens sind? Wo wir selbst doch mitten drin in Deinem Werke stehen, da sollten wir unsere Geistesgaben doch auch schöpferisch zu unserem Nutzen gebrauchen! Wir wollen doch nur verstehen! Und wenn Du es uns versagst, zu ergründen und zu begreifen, was es mit uns Schöpfungskindern in diesem irdischen Leben auf sich hat, was dann?“

„Dann können wir auch sein wie die Tiere! Dann können wir auch so dumpf wie jene vor uns hin leben, können ohne Trost sterben und nichts von Dir wissen! Und alles, was wir uns geschaffen haben mit unseren diesseitigen Einsichten: den Gebrauch der Werkzeuge, das Säen und das Ernten, das

Häuserbauen, das Vieh züchten, das Beten zu Dir, die Druckkunst, durch die wir Menschen das Wort, Dein Gotteswort verbreiten, das Lesen, das Schreiben, das uns Dein Evangelium nahe bringt: ist das von Übel, ist das wider den Herrn?“

Die ersten Sonnenstrahlen des jungen Morgens fielen grell durch das trübe Oberlicht der Glasfenster. Sie zeichneten smaragdgrüne, rubinrote, schwefelgelbe und kobaltblaue Lichtmuster auf die Innenwand des Raumes. Jacob blickte hinauf: „Das irdische Leben ein Jammertal? Wo dieses Erdendasein doch auch ebenso reich ist an Licht, an Liebe, an Glück und Freude, an Muse und Schönheit. Ja, auch dies!“

Aber, so grübelte der Mann in der Kapelle schlichten Sinnes nach: was konnte er schon wissen? Nichts wusste er! Er ahnte nur, dass auch er ein erbärmlicher Sünder sei, dass auch er die Erbsünde vom Baum der Erkenntnis, ebenso wie all die anderen, in sich trage. Sein Grübeln unter dem Kreuz hatte sie gerade wieder hervor gebracht. Er hatte sein Stück Last der Buße auf seinen Schultern zu ertragen.

So spricht der Herr: „Im Schweiße Eures Angesichts sollt Ihr Euer tägliches Brot essen, so wie vor Euch Eure Väter und deren Väter und wie sie allezeit in Demut und Gehorsamkeit ihr Leben gelebt und ihre Schuldigkeit getan haben, vor Gott und unter der gnädigen fürstlichen Herrschaft. Auch so sollt Ihr um Euer irdisches Auskommen ringen.“

Jacob erhob sich, faltete erneut die Hände und sprach das Vaterunser gegen das Kreuz an der Wand. Dann verließ er die Kapelle, verschloss das Tor und nahm die Sichel von der Steinbank auf, um nach Hause zu gehen.

Doch der Morgen mit seinem strahlenden Licht, in das die Sonne, die jetzt über dem Kuhberg hervorlugte, die Häuser tauchte, war dem Verzagten wie ein Wink, abermals einzuhalten und sich zu bedenken: „Ist denn diese Frühe in all ihrer Frische, in all der Kraft des grünenden, wachsenden Maiens, nicht auch Gottgegeben? Ist die Schönheit des Lichtes, der Duft der Wiesen, ist das Konzert der Vögel, die Morgenluft, der Nebel über dem Tal, nicht auch Teil der Schöpfung, wie wir sie bewundern, ehren dürfen? Ist uns nicht auch dieser Augenblick von Gott gesandt, ist dieses alles denn nicht ebenso wohlige, freudige Erkenntnis von jenem Baume, den Du, Herr und Gott, den Hort aller Ursünde nennst?“

Würde ihm dieser Morgen, die Botschaften der Natur - nicht die der Schrift - die ihm den Frühling ins Herz brachte, vielleicht einen Teil seiner Last, seiner Bekümmernisse von den Schultern nehmen, könnte der junge Tag ihm nicht doch noch ein Trost sein? So ließ Jacob sich auf der morgenkühlen Steinbank nieder und hielt ein zweites Mal eine stille Andacht, jetzt mit der erwachenden Natur.

Jacob saß noch immer vor der Kapelle. Die Morgensonne schien ihm nun voll ins Gesicht. Im Dorf hatte der Tag längst begonnen. Drüben, auf der anderen Seite, im Schäferhaus, machte sich der junge Senft fluchend und lamentierend an einem Bretterverschlag, seinem Schafsstall, zu schaffen, wo er seine wenigen Tiere heraus trieb. Auch seine einzige Kuh führte er aus dem Stall. Er war nun bereit zu seinem allmorgendlichen Gang mit dem Weidevieh des Dorfes auf die Brachen.

Von allen Seiten trotteten jetzt die Kühe mit ihren Kälbern aus der Nachbarschaft in gemütlich schaukelndem Quastentrott oder in wilden Sprüngen auf den Schäferhügel zu, wo sie, wie durch ein unsichtbares *Halt,* zum Stehen kamen und ausharrten. Der Schafs- oder Schäferhügel war eine kleine

Erhebung zwischen Kapelle und Schäferhaus, wo sich die Tiere allmorgendlich versammelten. Jacob langte nach der Sichel, während er sich erhob. Er stieg die schmale Steintreppe herunter, grüßte den Kuhhirt pflichtgemäß, bekam keine Antwort und machte sich mit seiner Sense noch am hochbewachsenen Mauergrund zu schaffen, bevor er den Heimweg antreten würde. Es war schon reichlich spät geworden.

Der junge Bauer war mit dem Mähen fertig. Er machte sich nun daran, seinen Schnitt zusammen zu sicheln um ihn in sein ausgebreitetes Grastuch zu häufen. Drunten, vom alten Hirtenhaus her, das hinter der Bleichwiese, nicht weit entfernt von der Lautenbach stand, mühte sich der Schweinehirt Johann Schnable, einen stattlich schlanken Hund am Strick mit sich führend, den Weg zum Dorf herauf. Jacob erkannte sogleich, dass es sich bei dem Vierläufer um einen fremden Rasseschlag handelte. So einen hatte er hier noch nicht gesehen. Dem Schnable jedenfalls gehörte der nicht, darauf konnte er schwören.
„Was führst Du da so früh am Morgen spazieren, Schnable, den willst Du doch nicht Deine Schweine hüten lassen, so edel wie der vor Dir herstolziert?"
Der Hund war nervös, er zog am Strick nach der Seite.
„Ist mir gestern Abend zugelaufen, hab ihn gleich an die Kette gelegt", brummte Schnable unwirsch, „jetzt geh ich zu Deinem Vater. Der soll ihn da wieder abliefern, wo der Streuner von Hund seinen Reißaus genommen hat. Der wird wahrscheinlich den Herrschaften bei der Jagd oder dem Hunds-Christian ausgebüchst sein, was weiß ich? Geht mich auch nichts an."

Jacob grinste: „Aha, Du musst ja ein ebenso feiner Herr sein wie einer von den Herrschaftlichen Jägern oder gar wie der Herzog, der Vierte Christian dort hinten in Zweibrücken, dass Dir so mir nichts Dir nichts ein Adelrüde zuläuft. Und ganz ohne Dein Zutun?“

„Musste ihn nicht einfangen“, brummte Schnable, worüber sich sein Gesicht merklich aufhellte, „hab ihn nur wo runtergeholt, ist schön stur stehen geblieben beim Anleinen, hat nur ein bisschen geknurrt. Jaha, runtergeholt von meiner Axa, meiner läufigen Zottelhündin. Soll doch auch ihren Spaß haben. So ganz was Schlechtes kann, wenn man sich den recht besieht, doch wohl auch nicht dabei herauskommen, oder?“

Dabei strahlte er nun durch seine verrotteten Zahnlücken und war gerade im Begriff, weiterzugehen. Doch dann tat er, als besinne er sich über Wichtiges, wobei er aus seiner Tasche etwas hervorkramte, was Jacob im selben Maße erstaunte, wie erschreckte: Es war ein knapp handbreites, leuchtend rotfarbenes Band aus einem textilen Material, das er noch nie zuvor gesehen hatte.

„Da, das hatte der Köter um den Hals gebunden“, sagte Schnable und reichte es Jacob, „kannst Du Dir darauf einen Reim machen? Ich nicht.“

Der nahm es in die Hände, beschaute, befingerte es ahnungs-, wie fassungslos von allen Seiten, dann legte er die beiden Enden des seltsamen Bandes übereinander und – augenblicklich waren sie fest verbunden, ohne jegliches Geschnür, sogar ganz ohne Geknöpfe! Sodann nahm Jacob die Enden unter einem Rrrritsch wieder auseinander.

„Jetzt schau sich das einer an, das ist ja wie ein Band, wie ein Band aus - Kletten!“, entfuhr es ihm, „und es trägt eine Aufschrift in lateinischer Druckschrift: P. Neufang, 66606

Werschweiler, Kleinbachstraße, Tel: 0155 etc. etc. Was um alles in der Welt hatte denn das zu bedeuten?“

Jacob stand wie gebannt. Er war verwirrt und begriff nichts!

VI.

Das Amtstelefon beim Genfer Sekretariat der WHO blinkte, Maurice Trambouillet hob ab. Das angekündigte Ferngespräch aus Deutschland wurde ihm durchgestellt. Am Ende der anderen Leitung war die Stimme eines leitenden Ministerialbeamten vom Innenministerium, der den WHO-Koordinator über den Fund eines der vermisst gemeldeten Spezialbehälter informierte: „Monsieur, ich habe gute Neuigkeiten für Sie: wir haben nun endlich den verlorenen RKI-Edelstahlbehälter vom Rastatter Unfall zurück. Heute Morgen hat uns die Freiburger Polizei informiert."

Trambouillet richtete sich in seinem Sessel auf: „Was sagen Sie, Sie haben tatsächlich den Behälter? Ist er heil, ist er beschädigt?"

„Nach meinen derzeitigen Informationen ist der Behälter unversehrt", antwortete der Ministeriale, „man hat uns berichtet, das Schloss sei noch verplombt und zeige keinerlei Spuren von äußerer Einwirkung. Allerdings soll die Kiste selbst vom Herausschleudern aus dem Wagen eine Delle an der Seite abbekommen haben, sonst sei jedoch alles in Ordnung."

„Wie sind Ihre Leute an den Behälter gekommen? Wo haben Sie ihn gefunden“, drängte Trambouillet aufgeregt.

„Der Behälter ist heute Morgen von einem Mann im Freiburger Polizeipräsidium abgeliefert worden. Nach den Angaben unserer Leute soll der Mann die Box in einem Müllcontainer auf einem Autobahnrastplatz bei Appenweier aufgefunden und eingeladen haben, angeblich, weil der ihn für eine weggeworfene Alubox hielt. Der Fundort unseres Containers liegt ungefähr fünfundsechzig Kilometer südlich von der Unfallstelle entfernt. Wie er vom Unfallort zum Rastplatz gekommen ist, wer die Box dorthin gebracht haben könnte, darüber können derzeit nur Vermutungen angestellt werden. Wie gesagt, sie war noch verschlossen. Die Kiste befindet sich gegenwärtig beim Erkennungsdienst. Der Mann, der die Box aus dem Müllcontainer beim Rastplatz gezogen hat, hat zu Protokoll gegeben, dass er sie ein paar Tage in seinem Wagen liegen hatte und seinen Fund über anderen Dingen ganz vergaß, man kennt ja solcherlei Erklärungen: dringende Erledigungen, Termine, na ja, als er an dem Behälter die Plombe entdeckte, sei er dann doch stutzig geworden und hat seinen Fund bei der Polizei gemeldet.“

Trambouillet schwankte zwischen Erleichterung und Sorge. „Wo zum Teufel“, dachte er „war der andere Behälter hingekommen?“ Die Virenproben waren, wie stets bei derart brisanten Transporten, auf zwei Behälter verteilt, gelagert worden. „Hat der Mann noch weitere Angaben zu seinem Fund gemacht, wissen Sie da was?“ Die Stimme an anderen Ende der Leitung zögerte: „Monsieur, der Mann wird nach den Angaben der Freiburger Polizei zur Zeit noch verhört, aber nach dem Erkenntnisstand, den wir haben, gibt es sonst keine nennenswerten Details, das ist eigentlich auch der Informationsstand, den ich habe. Ich werde Ihnen selbstverständlich sofort mitteilen, wenn es in dieser Sache irgendwelche berichtenswerten Neuigkeiten gibt. Wir haben unsere Leute von der Freiburger Polizei dementsprechend angewiesen."

„Nun gut, das ist immerhin etwas; ich danke Ihnen jedenfalls bestens für Ihren Anruf. Wir schicken noch heute eine Spedition hinüber nach Freiburg, die werden die Kiste abholen. Sie wissen, die Sache ist sehr eilig. Wenn Sie so freundlich wären, bei Ihren Behörden dafür zu sorgen, dass die nötigen Ausfuhrgenehmigungen sowie die Freigaben schnellstmöglich erfolgen können, dafür wäre ich Ihnen sehr dankbar. Ich habe noch eine Bitte: können Sie das dortige Präsidium freundlicherweise darüber informieren, dass von der WHO bereits ein Auslieferungsdokument vorliegt. Ich wäre Ihnen verbunden, wenn Sie unseren Transport bis zur Grenze mit einer Polizeieskorte begleiten lassen könnten." Trambouillet und der Ministerialbeamte klärten noch ein paar organisatorische Details, tauschten einige Höflichkeiten aus, dann beendeten sie das Telefonat.

Trambouillet atmete auf. Nun bot sich endlich wieder ein neuer Handlungsspielraum für ihn, für seine Arbeit. Jetzt waren sie wieder am Virus dran. Das würde die ganze angespannte Situation der letzten vierzehn Tage doch wenigstens etwas entschärfen. Sobald das Material in den USA eingetroffen sein würde, konnte mit den dringend notwendigen Labortests begonnen werden.

Wegen dieses außergewöhnlichen Falles von neuen, bisher unbekannten Variola-Viren in Deutschland, hatten sich die Delegierten der Gesundheitsorganisation erst vor wenigen Tagen in einer Dringlichkeitssitzung zu einer zeitlich befristeten Ausnahmeregelung im Umgang mit den Pockenviren durchgerungen. Diese Übereinkunft sah vor, dass zum

Zwecke der Gefahrenabwehr sowie der -prävention, das Verbot des experimentellen Umgangs mit Pockenviren vorübergehend aufgehoben werden sollte. Diese von der WHO vorgelegte, sodann von den Mitgliedsstaaten ratifizierte Sonderregelung galt nur für die Wirksamkeitsüberprüfung von verfügbaren und von der FDA, der amerikanischen Zulassungsbehörde, zugelassenen Impfstoffen. Sie galt ausschließlich für die Mutationsvariante des *Neufang-Virus*, bei der, wie von Experten vorab vermutet, der verfügbare Impfstoff an der Universitätsklinik teilweise nicht die erhoffe Wirkung gebracht hatte. Von den zugelassenen Impfstoffvarianten gab es höchstens eine Handvoll auf der ganzen Welt. Der Umgang mit den Stoffen war somit einer strengen Limitation unterworfen, aber nach einhelliger Meinung der Mitglieder des Exekutivrates der WHO im Rahmen ihrer restriktiven Bestimmungen noch vertretbar. Die Tests sollten mit neuartigen experimentellen Labormethoden vorbereitet und durchgeführt werden. Es waren damit keine Tests am Menschen verbunden.

Bei den zusätzlich eingeschalteten deutschen Behörden, insbesondere beim zuständigen Landeskriminalamt, verfolgte man unterdessen fieberhaft jeden halbwegs ernstzunehmenden Hinweis nach dem zweiten Behälter. Die spärlichen, anfangs heißen Spuren bei der Fahndung nach den Behältern hatten sich, bis auf zwei unsichere, gleichwohl verfolgenswerte Hinweise, als völliger Fehlschlag herausgestellt. Diesen Spuren war man umgehend nachgegangen. Leider erwiesen sich auch die in diesem Zusammenhang gefundenen Behälter als harmlose Dokumentenboxen einer Businesstrainerin, die mit dem Vorfall in Rastatt aber auch nicht das Geringste zu tun hatte. Dass keiner der Hinweise auf den Mann gedeutet hatte, der sich mit einem der Behälter jetzt bei der Polizei gemeldet hatte, sorgte im Nachhinein bei den zuständigen Stellen für einige Aufregung. Der Finder wurde, nachdem bei wiederholten Befragungen keine Verdachtsindizien für eine Untersuchungshaft vorlagen, mit seinem Einverständnis gegen die Pocken geimpft und nach Hause geschickt.

VII.

An dieser Stelle muss sich der Erzähler kurz einschalten. Holle hatte ihn gebeten, den Bericht über die Umstände, die zu seiner mysteriösen Pockeninfektion führten, für ihn aufzubereiten. Der Erzähler war von ihm angehalten worden, die Ereignisse atmosphärisch vielleicht ein wenig zu würzen, abzuschmecken und auszuschmücken, denn Holles Terrain war die Tat, nicht das Wort. Außerdem, so meinte der Held, klänge das, was er über die folgenden Begebenheiten berichtete, aus seinem Munde für die kritische Leserschaft nur mit Mühe glaubwürdig. Wie wir wüssten, habe er sich darüber beklagt, dass ihm in der Klinik niemand glauben wollte, obgleich wir auch schon an anderer Stelle gehört haben, dass der Mann im Flunkern eigentlich nicht Zuhause war.

An jenem Winterabend als es geschah, es war an einem Sonntag Ende Januar, saß Holle der Jäger, mit seinem Weimaraner namens Areus im Revierteil des vorderen Katzenloches. Dieser war ein schmales, dicht mit Hasel- und Hainbuchengesträuch zugewuchertes Tal bei Werschweiler, wo er gerne saß. Seinen Wagen hatte er für heute Zuhause gelassen. Er hatte sich selbst einen kleinen Spaziergang hierher verordnet, weil er nach einem ausgiebigen Essen am Mittag sowie Kaffee und Kuchen am Nachmittag etwas Bewegung brauchte. Seine Schwester hatte ihn zum Geburtstag eingeladen. Die nachtfrische Luft tat ihm gut und bei seinem vierläufigen Begleiter schien der Abendgang auch schon mehr als fällig zu sein. An seinem Standort angekommen, verkroch er sich in seinen Erdsitz. Dieser war ein vor Jahren hastig wie zu einer kleinen Klause gezimmerter Bretterverschlag mit Sichtklappe nach vorn. Seinen Hund Areus platzierte er zu seinen Füßen auf einen ausgelegten Jutesack. In gewohnter Sorgfaltsmanier arrangierte Holle sodann seinen Rucksack, Thermoskanne, Tabakspfeife sowie Jagdglas neben sich auf das Sitzbrett. Abschließend lud er seine Waffe, die er gesichert in die Ecke stellte. Der Bretteransitz stand, knapp knietief eingegraben in die Böschung, oberhalb der Bachsenke. Er gewährte einen schmalen Auslug direkt hinunter auf den kaum fünfzehn Schritt entfernten Schneematschsuhlplatz am Grabengrund des Dankelsbaches. Sein obligater Heißtee dampfte im Becher, die Luft schmeckte schon lau. Der Boden roch bereits erdig nach verrottetem Laub und dem kommenden Vorfrühling. Aber in den Wipfeln wisperte immer noch das bescheidene Leben des spätwinterlichen Nadelwaldes. Das sirrend hohe *Tsitsitsi* der Goldhähnchen, die Schatten der huschenden Federbällchen im Geäst waren ihm ein erstes aufmunterndes Erlebnis.

In der abendlichen Luft verschwamm der Vollmond durch die Zweige und beschien trübe Holles Harren, Horchen und Sinnen. Stunde um Stunde versickerten glucksend im Graben, nichts geschah. Die Kälte war ihm allmählich durch die Kleidung ins Kreuz gekrochen und gerade, als es dem Mann nach dem Schmauch der Pfeife verlangte, da horchte er auf! War da nicht ein Brechen? Ein Knicken, ein Knistern? Sehr zart, vorsichtig, beinahe behutsam ging das jetzt hin, als schliche sich ganz in der Nähe Fuchs- oder Katzenartiges durchs Gesträuch. Schrägblick hinab zum Hund. Der hob die Nase in den Wind. Aha, untrügliches Zeichen, dass da draußen was vor sich ging. Behutsam die hohle Handfläche an die Ohrmuschel gepresst, angestrengtes Hineinhorchen in den gegenüberliegenden Hang, dort, wo in die alten Erdlöcher der längst aufgelassenen Kalkstollen Wildkatzen, Füchse, Dachse und Fledermäuse des Nachts ein- und ausfuhren; dort, wo er schon so manche Nacht von fremden Geräuschen, Gemurmel, Schauern und unheimlichen Schatten gefoppt wurde.

Halt, Atem angehalten! War da nicht was? Ein Vorbeihuschen in die Dunkelheit hinein? Jetzt: ein Winseln von den Stolleneingängen her. Areus spitzte die Ohren, sprang auf, setzte an zum Laut geben. „Schschscht, down!" befahl Holle leise. Der Hund gehorchte nur zögernd. Aha, also doch Sauen. Nun rasch aber behutsam das Gewehr hochgenommen, bloß nicht anstoßen. Vorsichtig auflegen, entsichern.

Mit einem Mal begann Areus zu knurren. Zitternd und bebend, erhob er sich erneut. Seine Nackenhaare sträubten sich, wie wenn es ihn von fremder Fährte unheimlich, ja ungeheuerlich anwitterte. Was war denn das plötzlich für ein Verhalten? So vollkommen neu, so ungewohnt? Das kannte er an seinem Hund nicht. Holles Puls kam auf Touren, er bebte, ihn schauderte. Eisige Schauerriesel unter der Joppe - auf seinen Armen reckten sich die Härchen. „Arius, down", war der erneut gezischte Befehl. Das Ganze war ihm jetzt doch nicht mehr recht geheuer. Seine Augen tränten vor Anstrengung. Aber es war im fahlen Mondlicht absolut nichts

Verdächtiges zu erkennen. Kein auffälliges Geräusch drang mehr an sein Ohr, kein Huschen, keine verräterischen Schatten, jetzt beherrschte wieder Winternachtstille den Bachgraben.

Eine Minute verging, zwei, drei, ohne, dass sich draußen etwas tat. Der Jäger war gerade im Begriff, seine Waffe wieder zu sichern und vorsichtig von der Auflage zu nehmen - da sprang der Hund mit einem gewaltigen Satz gegen die verriegelte Tür, die krachend aufflog! Der Vierbeiner nahm mit einem weiten Sprung den Graben und schon war er wutjiffend hinauf durch die schneetriefende Dickung in Richtung der Stollenschlünde verschwunden. „Arius, hierher!“ plärrte ihm Holle nach, „Ariius!“. Dann kam der Trillerpfiff aus der hastig unter der Joppe hervor gewühlten Hundepfeife – viel zu spät! Areus war weg, verschwunden und wenn sich vor einigen Augenblicken hier je Sauen herumgetrieben haben mochten, dann hatten auch sie längst das Weite gesucht.

Der Abendansitz war beendet, passé, aus, fini, vorbei! Alles Wild war verscheucht und vergrämt. Holle fluchte, trat gegen die Tür. Was half es, er musste warten, bis Areus von seinem tierischen Ausrastertrip, von seinem hündisch eigensinnigen Hundeausflug zurückgekehrt war. Beleidigt stopfte er sich seine Pfeife, zündete den Tabak und sog in gierigen Zügen ein: „Was war denn das? Was hatte den über einem Mal bloß derart in Fahrt gebracht?“, grübelte er, „ist doch sonst nicht so meschugge!“

„Nuja, wer kennt den Menschen, kennt den Hund? Mach was dagegen. Nichts kann man machen!“

Erst mal zehn Minuten Rauchwache halten, sich am dampfenden Tee wärmen, sich recken, strecken. Areus würde bald schon wieder bei ihm sein, dann war die Nacht gelaufen. Gut, vielleicht könnte man hinterher ja noch zum Dessert einen Nachtspaziergang, einen kleinen Verdauungsumweg über die Schlechtfelder, Rutzweiler, den Wilpertsgalgen drehen. Mal sehen, was sich dort so alles tummelte. Holle grummelte noch ein bisschen vor sich hin, dann aber richtete er sich wieder ordnend und zuversichtlich abwartend in seiner Hütte ein, während die Tabakswölkchen sich kringelten.

Immer noch Stille um ihn herum. Aber inzwischen war mehr als eine geschlagene Stunde vergangen und seine Gemütsruhe ebenso. Von Areus nicht die kleinste Spur eines Hundes, der Vierbeiner blieb verschwunden. Holles Unruhe wuchs. Nun rief er ihn erneut laut heran, der Pfiff hallte schrill, drang lang anhaltend und ruhestörend durch den nachtstillen Wald. Echo! Dann wieder ein beherzter Ruf: „Aaaariius, hierher!" Abwarten. Wieder nichts. Dort drüben musste was passiert sein, das war seine Eingebung. Die aber gab ihm jetzt ein, nicht länger abzuwarten, sondern endlich zu handeln. Also dann, Sachen zusammenpacken und los, seinen Spuren hinterher!

Die Ballenabdrücke seines Hundes zeichneten sich deutlich im Matschschnee ab, der Suchende ging sie langsam, sorgfältig aus. Hinunter führten sie ihn, über das glucksernde Rinnsal des Baches, auf der anderen Seite in den dunklen Hang hinein, zwischen triefenden Haselsträuchern hindurch, die ihm ihre Schneeklumpen auf die Schultern und eisig in den Nacken rieseln ließen.

Was war denn das? Eine zweite Spur stand plötzlich im Schnee zu der von Areus' hinzu, leider zu verschwommen um sie eindeutig zuordnen zu können. Also, jetzt die LED-Taschenlampe aus dem Rucksack gekramt und lange ausgeleuchtet in die dahin schmelzenden Trittsiegel: Fuchsspur?

Nein, zu groß für eine Fuchsspur, ihr fehlten die typischen, für einen Fuchs sich abzeichnenden deutlich zurückgesetzten seitlichen Zehenballen. Was war's dann? Diese da im Schnee gingen über die Vorderballen hinweg, somit ein unzweifelhaftes, ein klares Zeichen für einen Hund. Aber sie waren ungewöhnlich groß, selbst für einen Hund, jedenfalls deutlich mächtiger als die Trittsiegel von Areus.

Vom Wolff womöglich? Nein, das war eigentlich vollkommen ausgeschlossen! Wölfe waren hier in der Gegend während der letzten zweihundert Jahre nicht mehr vorgekommen. Also doch Hund: Dogge? Aha, da! Hier trafen sich die beiden Spuren. Es waren eindeutig Kampfspuren, denn hier fanden sich vereinzelte Blutstropfen auf der Schneedecke, auch Haarbüschel lagen verstreut umher. Holle war ratlos. Warum nur hatte er nichts gehört – da war kein Jaulen, kein Klagen, nicht einmal Winseln, nur wütendes Gebelle.

Die vier Spurenpaare standen geradewegs auf den alten Stolleneingang zu. Ihnen ging der Jäger hinterher. Der Suchende hastete den Abdrücken nach, hinauf in die Stollensenke und trat vorsichtig an die schwarze Schlundöffnung heran, die da vorn nicht mal halbmeterweit auskragte. Die Spuren verwiesen direkt in die Höhle hinein. Holle kniete sich davor nieder. Er spähte, horchte angestrengt in die Dunkelheit.

„Soll sich doch einer mal einen Reim machen auf das alles. Wo mochte denn jetzt bloß ein zweiter Hund hergekommen sein, mitten in der Nacht? Ein Streuner vielleicht?" Eher nicht, denn den hätte er Tage vorher ausgemacht. Das hätte man längst an der ständigen Unruhe des Rehwildes gespürt. Aber: Hund und Hund im Stollen? Das war doch zu ungewöhnlich. Aber bei einer Rauferei und Beißerei wäre es denn doch auch erklärlich gewesen.

Ja nun, wenn Areus einem Fuchs, einem Waschbären, einem Dachs, einer Wildkatze, oder am Ende vielleicht gar einem Marderhund nachgestellt wäre, das hätte womöglich gepasst. Aber solcherlei Ballenzeichen konnte der Fahnder unter dem Lichtkegel seiner Lampe nicht ausmachen.

Er setzte noch einmal seine Hundepfeife an den Mund. Dann schrillte er mit voller Puste in die Tiefe hinein, so dass sich das gespenstische Echo im unterirdischen Labyrinthwerk vielfach überschlug und schroff zurückbrandete. Warten. Nichts rührte sich.

Holle sott, brodelte, kochte. Wenn er den bloß zu fassen kriegt, diesen Mistköter, macht der da mitten in der Nacht sein eigenes Ding und lässt ihn schmoren. In den offenen schwarzen Höhlenschlund plärrte er hinein: „Arius, gib Laut!"

Kein Zeichen.

Nochmal: „Ariuuus!"

Nichts.

Holle tobte: „Du Sauhund, Du Schweinehund, melde Dich! Ariiius!" Holle war außer sich vor Wut!

Da, auf einmal!

Pssst, jetzt nochmal, erreichte, kaum hörbar, aus dem Inneren des Berges ein leises Winseln, nein, eher ein Hüsteln als ein Winseln, Holles Ohr.

„Arius, aber das war er doch: Ariiius!"

„Der wird am Ende doch nicht etwa dort drinnen im Stollen liegen, geschlagen von wasweißich?"

Da gab es kein Zögern, er musste auf der Stelle hinein, er musste sofort seinen Hund bergen!

Ihm waren die weit verzweigten Stollengänge von seinen früheren Begehungen vertraut, oft genug war er sie schon gegangen, zuletzt auch alleine. Der alte, stabile und solide ausgebaute Kalkstollen war in einer Länge von gut zwei Kilometern leicht begehbar, danach wurde es sehr eng und ungemütlich, dann brüchig, zuletzt gefährlich, weil einsturzbedroht. Das aufgelassene Kalkbergwerk, das direkt vor ihm in den Berg hinein führte, hatte bereits vor mehr als hundertfünfzig Jahren seinen Betrieb eingestellt. Aber es war für ihn als erfahrenen Stollengänger eigentlich keine allzu große Herausforderung. Nur an drei Stellen im vorderen Bereich war Gestein von oben heruntergekommen. Diese Deckeneinbrüche mussten aber schon Jahre zurückliegen. Nur im Eingangsbereich war es ungemütlich schmal und eng, dahinter aber weitete sich der Raum zu einer Stehhöhe von gut einssechzig und einer Breite von etwa einem Meter aus. Von da aus zog sich der Stollen auf diesem Ausbaulevel mit einem leichten, sanften Anstieg in den Berg hinein.

Was sollte er jetzt mit seiner Waffe anstellen, wohin mit seinem Rucksack? Zurücklassen? Vielleicht im Dickicht verstecken? Nein, ausgeschlossen. Er entlud den Drilling, baute ihn in zwei Stücke auseinander und verstaute die Teile sorgfältig in seinem geräumigen Lodenrucksack. Dem entnahm er seinen Revolver, den er bei der Jagd stets für einen etwaigen Fangschuss mit sich führte und band sich den Holster um. Dann schliefte er bäuchlings, mit den Beinen voran sowie seinen Rucksack vorsichtig hinter sich her schleifend, im Krebsrückwärtsgang in das pechschwarze Loch ein. Soviel stand für ihn fest: seinen Hund musste er haben, ohne den ging er hier nicht fort! Drinnen angekommen, es herrschte eine angenehm milde Temperatur, umflatterten ihn im gleichen Augenblick, da er seine Leuchte anknipste, tausende, ja abertausende von Florfliegen, die sich hier aus dem gesamten Ostertal ein Stelldichein zu geben schienen, um zu überwintern. Die Höhlenwand schien über und über gefiedert von ihnen zu sein. Es war ein einziges wirres, glitzerndes und lautloses Geschwirre um ihn herum. Holle hielt einen Moment inne, um sich durch die smaragdgrün flirrenden Flügelschleier hindurch zu orientieren.

Tief ausgefahrene Laufrinnen für die Eisenräder der damals eingesetzten Kalkloren zeugten im glatten Steinboden noch immer von vergangener reger Abbautätigkeit. Die alten Sicherungsstempel aus Eichenholz, die den Stollen alle zehn Schritt links wie rechts abstützten, machten einen angekokelten Eindruck, sie schienen aber noch intakt zu sein und auszuhalten. Vor sich am fahlgrauen Boden nichts als alte Knochenreste von Hasen, Rehen und Hühnern. Am Boden entdeckte er sogar ein schwarz verwestes Hühnerbein mit gedrehtem Plastikring hinter den Krallen sowie einen alten Dachsschädel mit seinem typischen Knochenkamm.

„Arius", lockte er jetzt erneut in die Dunkelheit hinein, in der Erwartung, dass sein Hund sich bemerkbar machte, sich melden würde.

Kein Zeichen. Abwarten. Nochmal.

„Arius, hierher!" Keine Reaktion.

Aber da hatte er doch noch vor Minuten ein Winseln gehört, verdeckt, aber deutlich! Da war doch was gewesen, oder? Oder hatte er sich das vielleicht doch nur – eingebildet?

Holle leuchtete den Boden ab. Plötzlich, da: Blutgesprenkel in der Laufrinne! An der Wand vorbei ebenfalls. Dort zog es sich hinein. Er kniete sich nieder, befühlte die geronnenen Tropfen zwischen Daumen und Zeigefinger. Zähklebrig und kalt fühlten sie sich an.

Er folgte weiter der Spur, nur hier und da ein paar Spritzer, aber sie stammten untrüglich von derselben Kreatur - doch nicht etwa von Areus? Das waren eindeutig die Blutstropfen von dem Tier, dessen Spur er schon draußen nachgegangen war. Er fahndete den Zeichen hinterher, die hier immer spärlicher wurden, ungefähr dreißig Schritte weit in den Stollen hinein. Dann zweigte ein Nebengang nach rechts ab. Dieser war ein wenig niedriger, auch schmaler ausgebaut und führte eine Spur stärker nach oben, als der Hauptstollen. Dorthinauf wiesen die Zeichen des verletzten Tieres. Holle ging ihnen hastig nach. Immer wieder blieb er zwischendrin stehen, hielt die Luft an, spähte mit den Händen an den Ohren nach Lauten. Nichts, nur das Echo seiner eigenen Schritte hallte irritierend im Gezweig des Stollenlabyrinths wider.

Nach wiederum etwa dreißig Schritten hielt er abermals inne. Luft anhalten, kurz hineinhorchen in den Widerhall der Dunkelheit hinein, neu orientierend sich ausrichten. Zurückblinzeln in den Lichtkegel der Lampe, ob er noch richtig war. War er hier noch richtig? War da früher nicht...?

Er musste es sich eingestehen, er war mit einem Mal verunsichert, gar verwirrt. Hm, war dies wirklich der Stollengang, den er glaubte vor sich zu haben? War dieser Arm der Abzweig, den er sich doch einmal deutlich eingeprägt hatte, wie eine unterirdische Landkarte? Der aber müsste doch – längst zu Ende sein. Nach den ersten dreißig Schritten schon müsste dieser Gang eigentlich doch schon aufgehört haben, müsste längst abrupt in einer Sackgasse geendet sein, so seine genaue Erinnerung. Dieser Stollen war doch der – blinde Suchstollen, oder nicht?

Die Hauer hatten ihn einst in den Berg hineingetrieben, weil ihnen irgendwann im Laufe des Abbaues plötzlich das kalkführende Flöz abhanden kam. Sie waren auf der Suche nach einer vor einigen Jahrmillionen offenbar abgerissenen, abgesackten Fortsetzung ihres Flözes gewesen, das sie nicht mehr finden konnten. Das Flöz hatte sich vor Urzeiten durch ein Erdbeben, durch die Trift der Schichten verschoben, um sich in einer anderen Tiefe oder Höhe fortzusetzen, aber wo? Sie gaben damals wohl ihre Suche auf, denn der Stollen endete, wie er sich genau zu erinnern glaubte, direkt vor der Felswand.

Dieser Stollen aber, in dem er jetzt gebückt kauerte, führte stetig weiter und – zu seiner noch größeren Verwirrung – zweigte nach weiteren etwa dreißig Schritten abermals ein kleinerer Gang schräg nach oben ab, wohin ihn die jetzt nur noch wenigen spärlich zu lesenden Blutstropfen lenkten. Holle verharrte in der Hocke. Er besah sich die vereinzelten schwarzen Sprenkel. Abermals blickte er zurück in den Schlund, der hinter ihm schräg abwärts führte. Der Suchende war jetzt offensichtlich bar irgendeines klaren Plans. Hatte er tatsächlich den vermeintlichen Stollen vor sich? Nein, den hatte er nicht! Wo zum Teufel hatte er nur vorhin etwas übersehen? Beim Lesen der Spuren? So ein Leichtsinn durfte nicht passieren, schon gar nicht ihm, dem auf stetige Sicherheit Bedachten, auch nicht hier, wo er sich eigentlich sicher wähnte.

Und jetzt spürte er im Nacken einen dünnen, hauchzarten Luftzug. Er wusste sofort, was das zu bedeuten hatte, aber er mochte es nicht recht glauben. Er kannte doch diesen Stollen, wie er keinen anderen zu kennen wähnte. Beim besten Willen des Nachdenkens konnte er sich nicht an diesen Gang erinnern. Ein Blick nach oben zur Decke zeigte ihm, dass sie immerhin solide ausgebaut war. Es waren keinerlei Risse, keine Brüche auszumachen, er konnte diesem gehauenen Gang also vertrauen, aber mit einem Male wohl nicht mehr sich selbst. Der Stollen war hier sogar sehr solide ausgebaut, keinesfalls war er Einsturz bedroht. Da kannte er als erfahrener Bergmann ganz andere Stellen. Dennoch wurde

Holle unschlüssig, ob er hier seinen Erkundungsgang fortsetzen sollte.

Aber was gab es da eigentlich zu überlegen? Er robbte weiter hinauf, nicht weiter als vielleicht fünfzehn Schritte. Dann wurde der steile Durchschlief unvermittelt wieder flacher, danach waagerecht und weit. Er weitete sich jäh aus, wie ein Trichter ging er auseinander und er wuchs unversehens nach allen Seiten aus; zu einer regelrechten Halle dehnte er sich in die Höhe und in die Breite. Der Stollengänger leuchtete erneut die Decke ab, diese war glatt wie Beton. Die Wände gingen weich geschwungen, wie von gewaltigen Urwassern in Jahrmillionen ausgewaschen, vor ihm in den Raum hinein.

Er war verunsichert und verwirrt, so etwas hier in seinem Hausstollen zu erblicken. Das hatte er nicht erwartet, denn es passte keineswegs in sein Bild von seinem Werschweiler Kalkstollen. Aber was er jetzt zu sehen bekam, erschien ihm, wo er sich nun einigermaßen sicher wähnte, doch immerhin höchst interessant, nein geradezu amüsant, diesen sanften Schwüngen des Gesteins mit wandernden Blicken zu folgen. Aus Sandstein bestand die Halle, das war kein Kalkstein mehr. Holle war beeindruckt. Er war nicht nur beeindruckt, er war geradezu begeistert, sogar auf einmal euphorisch über das, was sich ihm im Schein seiner Lampe darbot! Er kam zu dem Schluss, dass er hier eine wirkliche, eine echte Neuentdeckung gemacht hatte, wahrhaftig!

Hastig, in kleinen Schritten, trippelte der Entdecker nach vorne, dann richtete er sich auf. Aha: hier fanden sich auch wieder ein paar Blutstropfen. Also doch! Sein Hund, vielmehr die verletzte Kreatur, der er gefolgt war, war also auch bis hierher gekommen. Holle hielt abermals Umschau. Keine weiteren Zeichen von Blut hier oben. Die Luft umgab ihn lau, dabei angenehm frisch temperiert. Er atmete tief durch, schickte seine Blicke noch einmal hinüber nach den schönen Linien, die der helle und bald rote Sandstein mit seinen Ablagerungen an die Wände gezaubert hatte. Schmeichelhaft schön war das irgendwie anzuschauen, wohlig das Gefühl, das ihn jetzt umfing. Er tat die Augen auf vor neuen Eindrücken und ja, vor ihm bald überströmenden Glücksgefühlen, wie sie eigentlich nur der Stollengänger kennt. Noch ein - unvorsichtiger Schritt nach vorne, hoppla, wo war denn jetzt der Boden? Unvermittelter Tritt ins Leere, Holle verlor das Gleichgewicht und rumpelnd stürzte, fiel, rollte, kullerte der erschreckte Entdecker einen kurzen aber steilen Abhang hinab und schrammte mit seinem Kopf einen Stein. Dunkel. Nichts.

Als er noch reichlich benommen und verwirrt wieder zu sich kam, spürte er zuerst den Luftzug. Der strich jetzt noch deutlicher als zuvor über seinen Nacken, er wehte ihm jetzt gar direkt in's Gesicht, auf sein schmerzendes Etwas auf der Stirn. Was war das eben gewesen? Ein Ausrutscher, ein Sturz? Holle richtete sich auf, befühlte seine schmerzende Augenbraue. Schräg über seinem linken Auge war während seiner kurzen Absenz eine ansehnliche Beule gewachsen. Die Arme, Hände, Füße, Hals, alles konnte er bewegen, alles noch heil. Sein Revolver steckte noch fest in der Halfterung, aber - sein Rucksack! Wo war die Lampe? Er spähte angestrengt ins Dunkel hinein, nichts war zu erkennen, nur das Widerhallen seiner Seufzer im Raum und das Echo von fein rieselndem Sand, kleiner Steine und der deutliche Luftzug, der ihn die Beule spüren ließ.

Nur zögernd, ganz allmählich wurde der Raum um ihn herum von einem schwachen Dämmer angehellt. Seine Augengewöhnung an das Dunkel ließen leider nur all zu behäbig Konturen wachsen. Es war noch kaum etwas zu erkennen, aber das winzige Etwas von einem Hauch von Lichtdunst, das sich dort vorne vor dem schummerig grauen Ausgangsloch herumtrieb, das war plötzlich erhellend genug für ihn: Ein Stollenausgang! Das war nicht zu fassen! Noch eine Entdeckung!

Bald konnte er in der Halle deutlich mehr erkennen und - da waren sie ja. Direkt neben ihm lagen sein Rucksack und obenauf die Leuchte, ganz so, als hätte sie jemand behutsam neben ihm abgelegt, während er sinnenlos gewesen war. Holle ergriff die Lampe, knipste und erleichtert stellte er fest, sie funktionierte noch.

Noch immer war Areus nicht da. „Arius", schrie Holle hinein in den Saal – schallendes Echo aus dem Gewölbe, beißender Kopfschmerz stach zurück. Einhalten, Ruhe bewahren, war jetzt die Devise. Sorgfältig leuchtete er den Raum nach allen Seiten ab, ob sich nicht irgendwelche Anhaltspunkte, Spuren seines Hundes finden ließen. Die Halle war vielleicht sechs, sieben Meter hoch. Der Schräghang, den er heruntergepoltert war, bestand aus Sand und Steinen. „Sandkuhle am Wingertsberg", schlussfolgerte Holle.

Er griff nach seinem Rucksack, schulterte ihn, während er im Weiterfahnden den Boden nach Spuren oder Zeichen von Blut abspähte. Hier unten war nichts mehr. Wo mochte jetzt bloß sein Hund sein, wenn sich dort droben, drei Meter schräg über ihm an der Hangkante die letzten Tröpfchen gefunden hatten? Der konnte eigentlich nirgendwo anders als geradewegs hier hinaus ausgefahren sein. Sein Entschluss stand fest. Er musste ihm nach, bald würde er ihn finden, da war er sich sicher. Nun war er echt gespannt, an welcher Stelle des Wingertsberges er hier vom wohltemperierten

Gewölbe in die kalte Werschweiler Winternacht hinaustreten würde.

Holle zwängte sich in den engen Ausgangsstollen, der in Bückhöhe angelegt, nur einige fünfzehn Schritt weit nach draußen führte. Auch der mochte in früherer Zeit als Not- und Lüftungsstollen aus dem Berg hinausgetrieben worden sein. Kurz vor dem Ausstieg in die Mondnacht stellten sich ihm mächtige Wurzeln in den Gang entgegen, er konnte sie dennoch umklettern und passierte sie mühelos. Die Luft, die ihn jetzt, unmittelbar vor dem Stollenschlund, streifte, war erstaunlich mild, ja sogar angenehm würzig, nicht so kalt, wie vorhin beim Einfahren.

Und dann vernahm er, hörte er – ja, er konnte es kaum glauben – Vogelgesang! Wie war denn das nur möglich? Nochmal genau hinhören - kann nicht sein. Das kann doch nie und nimmer – das ist nicht wahr! Aus den Hecken perlte sommerliches Sinfoniekonzert von Nachtigallen. Und drüben auf den Fichtenwipfeln flöteten die Amseln, jubilierten die Singdrosseln. Dort hinten aus den Feldern, vielleicht aus jungen Roggenschlägen am rechter Hand gelegenen Kallenborner Hang, wenn es dort denn wirklich herkam, war jetzt, kurz vor dem Austritt aus dem Stollen deutlich Wachtelschlag zu vernehmen.

„Was war denn das? Das kann aber doch… das ist doch nicht möglich! Vogelgezwitscher mitten im Winter?“ War das ein hässliches Nachgeneck seines Sturzes? War der Aufschlag vorhin vielleicht doch härter ausgefallen, als zuerst angenommen? Holle hielt inne, er fixierte den hellen, blassblauen Horizont durch das hochovale Eingangsloch. Er starrte auf den großen runden Mond, der direkt in den Eingang hineinlugte, dieser strahlte ihn gleißend gelb an. An seiner Corona waberte der Planet wie eine Fata Morgana, heißes Luftflirren schien ihn vibrierend zu umkränzen. Blinzelnd versuchte der verwirrte Stollengeher jetzt dessen bleich melancholisches Lächeln zu fixieren, nur um festzustellen, dass ihn beim Hinschauen, auch beim angestrengten Beobachten, ein Schwindel nicht erfasste. Der Mondballon tat ihm auch keineswegs den Gefallen, vor seinen Augen hin und her zu schwimmen. Der fahle Planet trübte ihm mitnichten seinen Blick, im Gegenteil, er stand groß und klar vor ihm.

Diese Umgebung, in der er sich hier wähnte, hörte und fühlte sich jetzt einnehmend nach Spätfrühling an; ganz so, als sei da draußen gerade der Mai oder der Juni ausgebrochen. Gerade noch vorhin war er im Schneematsch gewatet, noch vor Minuten hatte Winterskälte ihn durchrieselt und jetzt das! Wie konnte dies alles zusammenpassen? Holle kauerte wie eingewurzelt zwischen den unterirdischen Krakenarmen eines großen Baumes.

Aber jetzt: aufgewacht, Kopf geschüttelt, tief Frühlingsluft eingesogen, Luft angehalten. Augen zugekniffen, Nase zugehalten und kräftig hineingepustet, das würde helfen. Die Ohren flogen ihm auf - nichts half. Nochmals hinhören - schlimm genug war seine Gewissheit: denn das Abendkonzert der Vogelwelt war jetzt nur noch frühlingshafter, noch jubilierender als zuvor und der große Mond lächelte ihn an, als hätte er mildes Verständnis für seine Wirrnisse, als hätte er feines Mitleid mit dem Irritierten. Doch der Irritierte irrte nicht. Denn als er dem Stollen entstieg, sich aus dem Wurzelgestühl der alten Banneiche hervorzwängte, gab es keinen Schnee. Da gab es auch keine Kaltluft aus dem Osten. Da sah er die Bäume in voller Blätterpracht schwankend rauschen und die Luft roch ihm würzig nach dem frisch gemähten Gras, das drüben am Hang wie glänzend hingescheitelt unter dem Mondlicht lag und sich duftend austrocknete.

Die milde Luft tat ihm gut. Holle tastete sich ab: seine Geldbörse, sein Handy, die Armbanduhr. Nanu, erst halb elf? War sie etwa doch stehen geblieben, hatte sie beim Sturz gar etwas abbekommen? Als er in den Stollen eingestiegen war, war es doch schon eine Stunde später gewesen als jetzt. Seltsam, die Uhr lief. Na gut, so was gibt's. Er schaute sich um. Die gewaltige Eiche über seinem Haupt war ihm vollkommen fremd, die gehörte schon mal nicht hierher. Hier am Wingertsberger Hang, wo er sich wähnte, stand normalerweise nichts, als ein paar Brombeersträucher und hohes Brennnesselgestrüpp. Ähnlich der ehrwürdigen Bismarckeiche auf der Flerrermess, diese hier weit wuchtiger als jene, stand sie hier wohl schon seit dunklen Zeiten als Wahrzeichen für die jahrhunderte alten Bannrechte der Gemeinde. Aber ihm war sie so fremd, wie nur etwas fremd sein kann, ihm war sie die nächste große Verwirrung in dieser neuen Umgebung.

„Ist denn das zu glauben? Das ist doch der Wingertsberg, oder etwa nicht?“ Holle hielt entsetzt Ausschau, spähte sich um, schielte ungläubig nach Vertrautem. Na also doch! Dort im blaufernen Wipfelhorizont der Fichten erkannte er zu seiner zunächst großen Erleichterung die Stafetten ihm altbekannter, seinen Augen gewohnter Konturen. Er bestätigte seinem Erinnerungsvermögen sogleich den Geisrechwald gegenüber, der sanft nach rechts in die Dunkelheit des Daumernberges eintauchte und sich abdunkelnd in die Hänge des Ostertales hinauf schlich. Links davon senkte sich der Wald in einem absteigenden Bogen gegen die Waldwiese hinab, wo Holle beim Ansitzen und Beobachten im Schatten der Randbäume schon manche bachdurchrauschte Sommernacht verschlummert hatte.

Dort hinten, rechter Hand des Tales, erhob sich über ruhiger Nebelkontur, fast schmeichelhaft vom blauschwarzen Firmament begleitet, der Kuhberg. Auch sein Rundrücken war ihm vertraut, war ihm heimelig gewiss wie ehedem. Und direkt vor diesen schob sich der Buckel der Sang, der Althöh, der sich behäbig nach rechts auf die Schlechtfelder hin auslief. Auch diese Konturen waren ihm Besänftigung seiner Irritation. Dahinter musste eigentlich sein Dorf liegen, vom Schutz der Höhen umgeben. Holle atmete erleichtert auf. Er war also doch noch in seinem heimischen Revier.

Und dann fuhr es ihm wie ein Grellblitz in die Glieder! Da müsste doch die Straße, die L 131 nach St. Wendel sein, wo war denn die Straße? Aber wie er auch schaute, da war nichts! Keine Straßenpfosten, kein mondglänzender Belag - nichts als schäbiger alter Rumpelweg! Und sein Stammsitz dort drüben am Geisrecher Hang, seine Beobachtungskanzel, sie war nicht zu erkennen, sie war nicht mehr da. Sie war weg, einfach weg! Von hier aus, von der Banneiche am Wingertshübel musste doch auch deutlich das Neubaugebiet von Werschweiler zu erkennen sein, so hell wie der Mond jetzt am Himmel stand. Da war aber nichts! Nichts als Obstwiesen, umgeben von ährenglänzenden Feldern. Keine einzige Straßenlaterne leuchtete, keinerlei Autos, die sonst auf rasselndem Fahrbahnbelag den Berg hinauf fuhren, keine blinkenden Flugzeuge in der Nacht, keine Positionslichter, keine Satteliten am Firmament, nichts, als das Rauschen der Blätter in den Bäumen und die letzten verklingenden Schmelzstrophen der Nachtigallen im Tal.

Sein Kopfschmerz war verflogen, die Beule gab nur noch ein dumpfes Ziehen von sich. Wie ein einziges dumpfes Ziehen seiner ver- oder entrückten Wahrnehmungen kam ihn die ganze Umgebung jetzt vor.

„Bin ich unterwegs vielleicht – verrückt geworden? Halluzinationen durch Gase im Stollen? War was im Tee? Vielleicht ein - Tumor?“ Was sprang Holle jetzt nicht alles in seinem Schädel hin und her, er konnte einfach nicht fassen, was er da vor sich sah. Er war bis ins Innerste erschüttert: Wo, Herrgott im Himmel, war er hier bloß hingeraten? Er ließ sich am Fuß der Eiche nieder, in der Hoffnung, dass dies alles sich nach einer Weile als bloße Halluzination, als eher harmlose Folge seines Sturzes herausstellen würde. Er wollte sich ausruhen, abwarten, bis er wieder zur wahren Besinnung kam. Vielleicht trieb sich sein Areus hier in der Nähe herum. Er würde ihn sicher finden, dann hatte er hier nichts mehr verloren. Dann aber nichts wie zurück durch den Gang, zurück in die Winternacht. Holle wartete. Er hoffte zwei Stunden vergebens.

Dann folgte der Suchende dem Lauf des Dankelsbaches, der aus dem Katzenloch herausführte, dort wo er noch vor wenigen Stunden auf Sauen angesessen hatte. Die Hochspannungsdrähte, die sich doch immer wie Notenlinien einer Partitur den Daumernberg hochgezogen hatten, die waren auch nicht mehr vorhanden. Der Mittelmocher Weg, ja, der war ausgefahren, wie immer, der lag, wie je, deutlich sichtbar im fahlen Mondlicht. Sandig breit schlängelte er sich das Wiesental hinauf gegen den fernen Willewald sowie den Schlabatzenwald zu.

An der Kleinbach entlang, die der Oster zu rann, folgte er dem Tal, bis er nach einer Weile auf Absperrungen stieß. Es waren dicht bewachsene Zäune aus mondblanken Weiden, die sich in kunstvoll zusammen geflochtenen Arkadenbögen reich begrünt den Wiesengrund hinunterzogen. Ihnen folgte er, während gleichsam eulenumgeisterte Nacht seine Wirrnisse umwehte. Weiter unten lösten eng eingepflanzte Haselzäune, ebenfalls begrünt und an ihrem Fuß bis hinauf in Brusthöhe mit Birkenreisern umflochten, die Weidenarkaden ab. Dahinter waren, wie in geordneten Laubenkolonien, dicht an dicht gerückt, viele kleinparzellige, würzduftende und wohl gepflegte Gärten angelegt. Mittendrin standen wie hingetupft kleine Laubhütten mit schütterem Dachschirm, errichtet zur raschen Zuflucht beim Regenguss, vielleicht auch gedacht für Anderes.

Endlich erkannte der umherirrende Nachtgänger im Mondenschein den krummglänzenden Strohdachfirst eines niedrigen Langhauses hinter den Hügeln. Das musste das Hirtenhaus, sein Haus sein. Altvertraut stand es vor seinen Augen und eingebettet in seine Erinnerung an den Vorabend, von wo er vor wenigen Stunden erst zur Jagd aufgebrochen war. Aber dieses Haus war wieder nicht das seine, denn es stand vor ihm im Mondlicht, wie eine Version seiner Heimstatt aus längst vergangener Zeit. Der gesamte Ort mit seinen paar Gebäuden lag vor ihm im nächtlich fahlen Schimmer wie ein halbfertiges, lückenhaftes Urabbild seines heimatlichen Dorfes, wie ein erstes Planungsmodell in Strohdachversion.

Es mochte ihm in diesem Augenblick ein Quäntchen Erleichterung angekommen sein, herbes Ernüchtern aber fasste ihn zugleich weit stärker. Denn jetzt ging ihm endgültig auf, dass er zwar in seinem Dorf war, aber in einer vollkommen fremden Welt, weil in einer anderen Zeit. Dennoch, es konnte eigentlich keinen Zweifel mehr für ihn geben! Er befand sich in seinem Werschweiler eines zurückliegenden Jahrhunderts. In welches fern vergangene Jahr, Großer Allmächtiger, hatte es ihn vom Stollen hierher hinausgetrieben? Hierher, wo sich drüben, gegen den Nachthimmel zu, das wetterbefahnte Satteldach auf dem Turm der alten Dorfkapelle vom Horizont abhob.

Die Kapelle? Aber die Kapelle war doch - die war doch lange abgerissen, war vor Urzeiten durch einen neuen, stolzen Kirchenbau ersetzt worden. Dies alles aber war vor über hundertsechzig Jahren schon geschehen! In welche verflixte, längst verflossene Welt war er hier bloß hineingeraten?

Über dem Stumpfturm der Kapelle konnte er noch die Saumkonturen von Bäumen im Hintergrund erkennen. Dort zeichneten sich gegen den Nachthimmel die Höh sowie der bewaldete Höhgraben ab. Auch diese, wie ein armselig fataler Trost für ihn, waren ihm ja allzu bekannt, aber dennoch so fremd, wie ihm jetzt nur je etwas fremd sein konnte.

Mit einem Male erschallte heftiges Bellen vom Hirtenhaus her, wütend warf sich ein Hund in die Ketten. Starr verharren, ducken, das war sein erster Reflex. Dann die Eingebung: weg von hier, Davonstehlen auf hastig leisen Sohlen, bis er aus der Witterungszone des Köters in die Nacht entwichen war und das Tier sich wieder beruhigt haben würde. Holle zog sich zurück in die Böschungshecken und alsbald kehrte Ruhe ein. Der Mond machte sich noch einmal groß über dem Hügel. Dann verschluckte ihn der Horizont und ließ die Silhouetten des Dorfes nur noch erahnen.

Plötzlich fiel ihm sein Weimaraner ein. Holle sprang auf: „Arius!“ schrie er in die Nacht, sofort wütendes Anschlagen eines Hundes, wild tobendes Anspringen gegen den jenseitigen Haselzaun, gefolgt von heiser bösem Wächterrufen durch die Nacht: „Wer da? Diebsgesinde, Gotterbärmliches, schert Euch zum Deibel!“ Gleichzeitig wurde drüben eine klappernde Laterne drohend hin und her durch die Dunkelheit gefuchtelt. War das nicht Areus' Stimme, die Holle da herauszuhören glaubte, das hohe Bellen? „Arius!" schalt Holle dem Wächter erneut entgegen, „Arius, hierher!" Das Bellen wurde noch wütender, der Kettenhund fiel abermals mit Gerassel und Gebelle in das Lautgeben mit ein. „Wer da? Scher er sich gefälligst vom Zaun oder ich lass die Hunde los, elendes Streunerpack!", brüllte es von der anderen Seite in die Dorfumzäunung hinein. Dann prasselten Steine auf ihn nieder, Äste flogen hinterher, hartes Tappen, hastiges Trampeln, Händeklatschen von jenseits der Absperrung. Laufschritte näherten sich und erneut heftiges Anschlagen der beiden Hunde.

Jetzt sprang Holle auf, rannte los, den ausgefahrenen alten Ochsenweg hinter dem Hirtenhaus hinunter, von da aus über die Niederkircher Chaussee, geradewegs in die Finsternis hinein, die Böschung hinab und schon setzte er mit einem beherzten Sprung über den Osterbach. Drüben landete der Fliehende zwischen Erlenwurzeln und Brennnesselgeflecht und preschte voran, immer blindlings weiter durchs Gesträuch. Mit Johlen, mit Flüchen, mit Kieselhagel und leidenschaftlichem Lautgeben der Hunde wurde der unbekannte Eindringling von jenseits des Baches lauthals davon traktiert. Die Hunde waren außer Rand und Band. Nochmals heftiges Laternengeklapper, Schimpfkanonaden, Flüche, die dem Fliehenden hinterher geschickt wurden, die jedoch allesamt im Platschen und im Keuchen, im Hasten und im Rennen seiner kopflosen Flucht untergingen.

Dann endlich: aus sicherer Entfernung vernahm Holle nun besänftigendes Hineinreden auf die aufgebrachten Tiere. Ein beherztes „Still" wurde ihnen befohlen, nochmals wiederholt. Daraufhin Ruhe. Holle war aus dem schneidend scharfen Riedgras hinausgetreten. Sein Gesicht, seine Hände, sie brannten unter den Nesselstichen. Der Atemlose vergönnte sich eine kurze Rast zum Ausschnaufen. Langes Halsrecken hin und her, intensives Spekulieren aus dem Schatten der Banneichen, die den Hanggrund am Kuhberg säumten, ob sich noch Verdächtiges von jenseits des Osterbaches regte.

Der Wächter auf der anderen Seite war's anscheinend zufrieden. Die Hunde waren gebändigt und es herrschte allmählich wieder windstille Nacht. Holle sah jetzt nur noch den glimmenden Schein einer Laterne behäbig zwischen den alten Weidenstrünken einher schwanken.

Es war wieder Ruhe eingekehrt und allmählich breitete sich eine Stille aus, die fast wie tiefes Atemholen war. Dann der fremdferne Ruf aus dem Kuhhorn. Wie eine behäbige Antwort zu nachmitternächtlicher Stunde klang er nach, fast einem Ausatmen gleich. Zweimal lang gezogen, dumpf, hohl tönend. Danach Stille. Holle stand am Fuß des Kuhbergs in den Eichen.

Die *Himes* war ein sich den Berg hinaufziehender Waldstreifen mit einer steilen Schlucht und einem kalten Wasserborn. Sie war ihm vertraut, war ihm eine erste Zuflucht. Dort hinauf zog es ihn, dort schöpfte er verwirrt aus dem Kaltquell, dort hinein verkroch er sich in die Hecken und dort droben ergriff ihn mit einem Male sein ganzes entsetzliches Erschrecken, über das Unfassbare, das er gerade hinter sich gelassen hatte. In kurzen, harten Rhythmen hörte er sich im Unterholz schluchzen, unterdessen er sich zitternd an seiner Pfeife sowie an seinem Tabaksbeutel zu schaffen machte. Es dauerte lange, bis er sich wieder in seiner Fuhre fand. Nachdem er endlich wieder gewohnten Pulsschlag im Griff hatte, entzündete er das knisternde Kraut, das er fast wie ein Ertrinkender in tiefen Zügen als beißenden Tabakschmauch einsog.

Was in den letzten beiden Stunden mit ihm geschehen war, das war unfassbar. Wie weit war es mit ihm gekommen? Wohin hatte es ihn verschlagen? War er am Rande des Irreseins angekommen? Das alles war wie ein großer, wirrer Alptraum, der ihn hier in den Hecken der Himes in seinen nächtlichen Fängen hielt. Das war mit keiner noch so abseitigen Phantasie zu phantasieren gewesen, denn es war so unwirklich, wie es Wirklichkeit niemals hervorzubringen vermochte. Das war doch eigentlich nur mit Krankhaftigkeit annähernd erklärbar gewesen. Aber dieses alles war um ihn herum seine momentane Realität, die er nicht abzuschütteln imstande war, jedenfalls bis jetzt nicht. Dieses Auf und Ab von wirren Eindrücken, von aberwitzigen Gefühlen, die der Gestrandete nicht mehr im Griff hatte, trieben ihn in Panik, weil er nicht gegen sie ankam. Vielleicht sollte er sie einfach sich selbst überlassen, das mochte möglicherweise jetzt das Beste sein. Also ließ er sie zunächst los, damit sie nicht an ihm zerren oder ihn gar zerreißen konnten.

Und im fast gleichen Maße wurde er auch irgendwie bebend neugierig auf seine weiteren Einbildungen, die er da in der Mondnacht phantastisch um sich herum produzierte. Denn soviel musste ihm bei all dem Wirren doch klar gewesen sein: alles, was er hier gerade erlebte, war zweifellos nichts anderes gewesen, als die höchst eigenwillige Produktion seiner plötzlich außer Rand und Band geratenen Hirnwindungen. Konnte es eine andere Erklärung dafür geben?

Holle horchte in die Nacht hinein. Nur noch ab und zu erklang schallendes Bellen von tief drunten, zwischen den Weilerhäusern zu ihm herauf und ferneres Hundegekläff aus dem Nachbarort Niederkirchen, aus der Mühle. Ein Gewusel von hastigem Rascheln und Krispeln registrierte er im Laub hinter seinem Rücken. Nach einer Weile der Schreckruf eines Rehes.

Zwei-, dreimal gurgelte geisterhaft das Echo von nachbalzendem Hahnenkollern, von heißerem Wetzen drüben vom Daumernberg herüber. Unwirklich, ja geradezu amüsant hörte sich das an, denn Birkwild hatte es hier in neuerer Zeit nie gegeben. Aber auch die Stille war ihm ebenso neu wie fremd in diesem Tal: kein Rauschen von Autos, kein Pfeifen, auch kein Stampfen von Lokomotiven, das gewohnte Konzert des hektischen Getriebes, das sonst gelegentlich mit dem Westwind von Niederlinxweiler über den Berg ins Ostertal herüber schwang, es war nicht vorhanden. Da war auch kein Brummen der Transportflugzeuge in der Luft, kein Fauchen und Singen von nächtlichen Düsentriebwerken am Sternenhimmel, wenn die Jets von Ramstein über das große Wasser nach den Staaten oder an die Front flogen; jetzt erklang nur noch das Schnarren der Wachteln und das Schlagen der Nachtigallen im Tal. Holle klopfte die Pfeife aus, bettete seinen Kopf auf den Rucksack und schlief auf seinem harten Nachtlager lange nicht ein.

VIII.

Der Morgen dämmerte über den Hügeln. Er wurde lauthals von den ersten Hähnen begrüßt. Im Dickichtlager regte sich der Schläfer. Bald kam der Höllenlärm der gefiederten Sänger hinzu und drang hinein bis in Holles wirre Träume, erst verträumt süß, dann laut und lauter, zuletzt störend, bis er genug hatte und aufwachte. Sein Kreuz war stocksteif geworden und über seinem Auge beulte sich ein stattlicher Wulst, der ihm die Augenbraue fast bis an den Rand des Gesichtsfelds schob. Er richtete sich auf, stützte sich ins Gras, schaute sich um. Rucksack noch da. Pfeife noch da, Beule noch da. „Traum lass nach!“ fluchte er.

Durch die Schluchtrinne stieg er hinauf bis zur Bachquelle. Sie war in einem runden Born gefasst. Aus einem Holzrohr, einem durchbohrten Fichtenstamm, pulste ein klarer Quellwasserstrahl in ein helles Sandbett, das mit Feldsteinen eingefasst war. Von dort rann der Überlauf in einer langen hölzernen Rinne, die aus einem halbierten und ausgebohrten Stamm herausgestemmt worden war, hinüber über den Graben in einen Holztrog, der drüben am Heckenrand im Boden eingelassen stand. Rings um den Trog herum war das Gras niedergetreten. Vereinzelt zeichneten sich in seinem feuchten Schlammgrund die Pfützen von Rinderklauen ab. Holle trank aus der hohlen Hand, benetzte sein Gesicht. Die Beule schmerzte vom Kaltwasser, aber die Frische tat ihm dennoch gut.

Das Dorf dort drunten im Tal der Oster lag noch in Nebelwatte, nur der Turm der Kapelle lugte mit seiner Wetterfahne aus den weißen Schleiermähnen heraus und wurde in dieser Frühstunde schon von schrill kreischenden Mauerseglern umrundet. Drüben, zur Anhöhe des Erwesrechs hin, entschlüpfte ein geradezu müde dahin schleichender Ochsenkarren den Nebelschwaden und zog gemächlich hinauf auf die Althöh. Der Daumernberg, der Geisrech sowie der Wingertsberg hoben sich über den Frühdunst so vertraut wie eh und je heraus. Tief darunter regte sich in den Behausungen des Dorfes bereits unsichtbare Geschäftigkeit. Es dengelte, quietschte, wetzte und scharrte, es plärrte, muhte, krähte, klopfte und hämmerte metallhell klingend aus der Schmiede, fast wie zum Prolog eines wuchtig anhebenden Schauspiels. Holle griff sich sein Fernglas aus dem Rucksack. Er legte es am Stamm einer Hainbuche an und ließ seinen Blick ins Tal schweifen. Im langsamen Schwenk fuhr er über die Nebelbank, bis er den Fokus des Glases auf einem Steinsitz vor der Kapelle ruhen ließ, der durch den Frühdunstschleier hindurch eine dort still verharrende Person freigab. Er konnte einen Mann unbestimmten Alters ausmachen, neben ihm eine Sichel liegend, der sich zur Seite des Kapellenportals auf der steinernen Bank niedergelassen hatte und sein Kinn auf die Hände gestützt hielt. Worüber mochte dieser sich in so zeitiger Stunde dort drunten wohl seine Gedanken machen?

Holle schwenkte das Glas nach links hinauf auf den Erwesrecher Hang, wo eine winzige Hütte auf einem kleinen Hügel direkt neben dem stark abschüssigen, tief in die Rechsenke eingeschnittenen Hohlweg stand. Das mochte die alte Schäferhütte sein. Links unterhalb davon trat, noch halb eingehüllt in den weißen Mantel des Frühmorgens, ein eingeschossiges Strohhaus aus dem Nebel heraus. Es stand längs gestellt mit der Front zum Hohlweg zeigend, der sich steil den Berg hinauf zog. Holle war erstaunt. Wie mochte das Vieh, wie die Menschen winters oder bei lang anhaltendem Regen mit ihren armseligen Fuhrwerken dort hinauf gekommen sein? Würden sie drüben einen zeitraubenden Umweg um den Berg herum machen müssen? Was aber war hier in diesem lebhaften Bild, in diesem regen Dorfleben schon zeitraubend? Wenn er dabei an sein Dorf in der Neuzeit dachte, wenn er sonst auf der Kuhberger Kanzel saß und hinabblickte, dann lag der Ort doch stets wie versteinert ausgestorben, wie tot da, zu jeder Tageszeit. Nur ab und zu konnte er den einen oder anderen Bewohner um sein Haus herumschleichen sehen. Einzig die Kolonnen der Autos brachten in der neuen Zeit Leben in den Ort, wenn sie morgens oder abends unter gleichförmigem Rauschen das Dorf durchschnitten. Hier aber regte sich Geschäftigkeit von Früh bis Spät. Es war laut, es wuselte durcheinander, es bewegten sich überall Mensch und Tier, wie ein Ameisenvolk ging das unter ihm her.

Holle nahm sein Glas wieder an die Augen. Nochmals unterhalb dieses Hauses, mit seiner Front zur Sonnenseite zeigend, prangte, stattlich lang gezogen, mit davor gesetzter Schmiedehütte, zweistöckig und ziegelgedeckt, ein prächtiger Hof im Morgenlicht. Davor wurden gerade zwei Pferde von Knechten vor einen Wagen eingespannt. Direkt daneben war ein derb armfuchtelnder Bauer mit dem Gesinde zugange. Lautes Geplärr erschallte über den Hof, eindringliches Plärren kam aus dem Hausflur zurück.

In der Dorfmitte hatte sich der Nebel gelichtet, er gab jetzt das Meierhaus frei. Dem Beschauer fielen mit einem Male die sirrenden Scharen von Schwalben auf. Unmengen von ihnen sausten unter den Dächern hervor, wuselten kreuz und quer durcheinander und waren wie auf Kommando wieder unter den Dachtraufen verschwunden. Als hätten sie auf ihren Einsatz geharrt, flogen sie abermals alle auf einmal, gerade wie von unsichtbarer Hand aus ihren Nestern herausdirigiert, wieder hervor, umrundeten geschickt die Misthaufen und dann nochmals zurück in ihre Quartiere unter die dampfenden Strohdächer. Wiederum andere, diesmal langgabelige Schwalben, kamen aus offenen Mauerluken sowie aus sperrangelweit offenen Stalltüren herausgeschossen, sausten in atemberaubendem Tiefflug die Wege entlang, hier und da eine aufblitzende Wasserpfütze streifend, zogen sie sodann ihre ausladenden Kurven durch die Gärten und Wiesen um mit ihren prallvollen Mückenschnäbeln zurück zu ihrer Brut zu segeln.

Jetzt traten aus den Stalltüren der Häuser Kühe im Gänsemarsch hervor. Sie trotteten Quasten schwingend, dabei zeitlupenbehäbig sich bewegend, von allen Seiten nach dem Hirtenhübel vor der Kapelle zu, wo sie sich zusammenstellten, als würden sie die Zeit, wie vor dem Beginn einer Versammlung, noch plaudernd zu nutzen wissen. Aus den offenen Stalltüren wurden inzwischen die Mistkarren über die Höfe geschoben und mit Schwung auf den Mist gewuchtet. Aufgeregte Hühnerscharen kamen hinterher gestürzt.

Der Nebel hatte sich bald gänzlich aufgelöst. Die Sonne strahlte überm Kuhberg und der Ort lag jetzt wie auf einer beleuchteten Bühne vor ihrem Beobachter. Wie ein Puppentheater nahm sich die Szenerie aus, klein und bunt. Die Häuser, die Bäume schienen wie hineinarrangiert in dieses Schauspiel, wo die Bauern, Knechte, die Mägde, Kinder, Tiere, kläffende Hunde, Hühnerscharen, buckelnde Katzen das Bild belebten und Akteuren gleich, ihren Part zu diesem irrealen Historienstück beitrugen, das sie dort drunten gerade abspielten. Drüben am Kleeacker hatte ein Bauer seine Ochsen vor den Graskarren gespannt. Dort knallte es zweimal und fluchte es dreimal. „Der Dunnerwerrer, ja der Dunnerwerrer zum Dunnerwerrer!“ erschallte es von den frühdunstigen Hollerfeldern herüber. Die Stimmung war fremd und unwirklich.

Nun traten zwei Männer in Holles Blickfeld. Sie kamen von der Kapelle her und bewegten sich auf den Meierhof zu. Einer der beiden führte einen Hund mit sich. War das nicht? Er setzte das Glas wieder an die Augen und sah – Areus! Sein Hund, sein Weimaraner. Und da: einer der beiden hatte sein Signalhalsband in den Händen. Natürlich, aber klar, das war sein Hund Areus. Er hatte ihn wieder. Nun gab’s kein Halten mehr!

Holle schulterte seinen Rucksack, ließ das Glas unter der Lodenjoppe verschwinden und im Laufschritt ging’s den Karrenweg hinunter, schnurstracks Richtung Dorf. „Das ist doch mein Hund“, schimpfte er sich Mut zu, „den will ich wieder haben!“ Holle war mutig und bange zugleich, aber was konnte ihm schon passieren? Würden die bei seinem Anblick denken, da käme ein Außerirdischer, einer, der aus der Zeit gefallen war? Im flotten Laufschritt marschierend, sah er flugs an sich herunter: „Oje, grüne Lodenjacke, neue Honvet-Lederstiefel, khakigrüne Bundeswehrhosen, schlicht und einfach, grüner Hut. Naja, das passt schon. Waren die besseren Leute damals hier nicht weit auffälliger befrackt? Kniebund bis an die Waden, Gehröcke, bunte Westen? Gut, nicht die Leute auf dem Land wahrscheinlich. Wir werden ja sehen, Arius ich komme!“ So holperte er beherzt und beklommen vor sich hin, während er die schwarze Brücke über den Osterbach in Richtung Dorf überschritt. Sein Herz schlug ihm jetzt, da er der Ortschaft immer näher kam, bis unters Kinn. Würden die ihm seinen Hund herausgeben? Würde er deren Sprache verstehen und sie, würden sie überhaupt kapieren, was er von denen wollte? Naja, das würde er ihnen schon beibringen. Der Hund, der war seiner, den holte sich Holle jetzt zurück!

Würden sie ihn davonjagen, ihn einen Strolch, einen Wegelagerer beschimpfen, ihn vielleicht sogar festhalten und nach Ottweiler bringen um ihn dort ins Verlies werfen zu lassen? Sollten sie's nur ausprobieren, was konnte ihm schon passieren? Er war imstande, sich zu wehren. Mit diesen Bauern würde er es noch lange aufnehmen. Holle kam an den ersten umzäunten Gärten vorbei. Mitten in den duftend gelben Löwenzahnblüten des Bienengartens stand, von Obstbäumen beschattet, dicht an dicht nebeneinander in Spalierreihen das helle Strohgeflecht der Bienenkörbe, aus denen es jetzt in der warmen Sonne emsig hinein- und heraussummte.

Auf dem Meierhof hatten sich unterdessen ein paar Dorfbauern um den Sauhirt Schnable herum zusammen gesellt, denn dieser musste ihnen unbedingt den Hund vorführen, den er gestern so elegant geleint hatte. Da standen sie nun also und begutachteten, betätschelten das verschreckt dreinschauende Tier. Jacob, der Küster und Adjunktus des Meiers aber ließ währenddessen das grellrote Klettband in seiner Joppentasche verschwinden. „Das hier verwirrt nur“, dachte er, „keine unnötigen Gespräche, keinen Argwohn, nur nicht die Leute verunsichern“. Er war selbst verwirrt genug.

In einem günstigen Augenblick, kaum dass die Männer ihr Lamentieren untereinander in Schwung gebracht hatten und sie mit ihren Themen jetzt wieder auf Wichtigeres, als auf den Hund gekommen waren, nämlich auf den ewigen Weidestreit mit dem Nachbarort Saal, entwand sich Areus geschickt aus der Strickschlinge. Schon schoss er, ganz Beutemacher, mit wenigen flinken Sätzen auf die Mist scharrende Hühnerschar zu und hatte, geschickt wie er war, blitzschnell einen heiser kreischenden und Flügel rudernden Vogel in seinem Fang. Da war am Meierhaus sogleich der Teufel los! Das wilde Geflatter der empörten Hühnerschar, heftig warnendes Rufen und Händeklatschen der Bauern und blindwütiges Jaffen der Kettenköter sorgten jetzt für reichlich Palaver und Tumult. An den Häusern flogen alsbald die Oberläden der Haustüren auf, Weiber mit ihren plärrenden Kindern auf dem Arm lehnten sich nach draußen, schrieen über die Höfe: „der Hund, der Hund!“ Und was tat Areus? Der wollte doch eigentlich nur apportieren, aber dazu fand er niemanden.

Jakob, der stumpfsinnige Bruder des Jacob Weiler stand, vom johlenden Gelärme aus dem Stall heraus getrieben, mit der Mistgabel in den Händen da und betrachtete sich aufmerksam das Treiben auf dem Hof. Die Szenerie mit dem Hund, dem sich die Männer zu nähern versuchten, schien ihn zu belustigen, zugleich aber zu verunsichern. Er kicherte, erst erheitert, bald jedoch verängstigt in seine zitternden Hände hinein und ließ seine Blicke von einem Akteur zum anderen hin und her gehen. Die Bauern schickten sich an, in zögernder Bückhaltung den Hund einzukreisen. Dieser suchte sich mit dem leblosen Huhn im Fang aus der Affäre zu stehlen. Er zog legte die Ohren an und zog die Lefzen hoch.

Da kam endlich Holle um die Ecke des Schmiedehauses marschiert und befahl in festem Ton: „Arius, hierher!“ Alle Blicke flogen hinüber zu dem Fremden, der wie fast aus dem Nichts aufgetaucht, plötzlich vor der Schmiedehütte postiert stand. Der Weimaraner gehorchte auf der Stelle. Er wich der halbkreisförmigen Bauernfront geschickt aus und apportierte hinüber zu seinem Herrn. Dort platzierte er sich direkt vor ihm hin und präsentierte ihm mit vorgestrecktem Kopfe und in vorbildlicher Sitz-Haltung seine Beute. Nun kam das kurze Kommando: „Arius, ausgeben!“ Und im selben Moment entflatterte die vorher leblose Beute laut kreischend dem Gehege der Hundezähne und stürzte sich zurück auf den Misthaufen in die Obhut ihrer empörten Geflügeldamen. Das Gelärme und das Gegacker waren enorm!

Holle hatte seinen Hund wieder. In Freude liebelte er das Tier ab, das ihn nun stürmisch begrüßte. Der eigenwillige Jakob aber trottete unterdessen neugierig auf den Fremdling im grünen Wams zu. Seine Zitterhände hielt er noch immer gegen den Mund gepresst. Schritt für Schritt näherte er sich dem Jäger, der sich ganz seinem wieder gefundenen Vierbeiner widmete. Der Hund war immer noch außer Rand und Band vor Freude, er schien den vorwitzigen Knecht durch sein ausgelassenes Springen zum Mittun aufmuntern zu wollen, der sich auch nicht lange bitten ließ. Er streckte mutig seine Hand nach Holles Joppe aus und, noch etwas zögerlich, tippte er ihn an. Der blickte auf, nickte, wie zu einem kurzen Gruß, wobei er zu lächeln versuchte. Jakob grinste zurück. Er zupfte den Fremden jetzt sogar aufmunternd am Ärmel! Der drehte sich noch einmal irritiert zu ihm hin, was dem Stallknecht Gelegenheit gab, seinem Gegenüber grinsend auf dessen Beule über dem Auge zu verweisen.

Holle war nun doch verdutzt, ja beinahe erschrocken über diese Geste des offenbar einfältigen Mannes. Eher noch erstaunt darüber, dass sein Hund, der niemals jemanden Unbekannten an ihn heran ließ, keinerlei Anstalten machte, seinen Herrn mit gewohnt zähnefletschender Drohgebärde zu beschützen. Ja, er knurrte nicht einmal, sondern begrüßte freudig den kichernden Stallburschen. Dieser drehte sich, stolz wie im Triumphe zu den Bauern um, strahlte seinen Bruder Jacob an, dann Holle. Angestachelt durch diesen Erfolg langte er nach der Hundepfeife, die am Lederschnürchen um des Fremden Hals baumelte, führte sie an seinen gespitzten Mund und schrillte einen hohen Pfeifton heraus. „Hoooole“ kam es plötzlich strahlend aus dem Manne heraus. Ohne zu zögern zog er das Pfeifchen an sich heran. Der Jäger verstand das alles nicht, er war jetzt doch gehörig verlegen.

„Was tun? Bloß nicht das Falsche“, nahm er sich vor, „jetzt bloß die Ruhe bewahren.“ Holle nahm seine Pfeife mit der Kordel vorsichtig ab. Um den Kerl nicht zu ängstigen, legte er sie ihm behutsam um den Hals. Dem entfuhr ein freudiges „Ahhh“! Mit fest umklammerter Beute trippelte der Bursche wieder zurück zu seinem Bruder, während er ab und zu einen eigensinnigen Schrillpfiff ausstieß. Sein Bruder Jacob sprach ihm vertraulich Lob zu, dann bugsierte er ihn anerkennend, dabei besänftigend wieder zurück in den Stall an seine Arbeit. Die Bauern standen verunsichert und Holle war wegen seiner Geste mit der Pfeife sichtlich verlegen. Ob das eben richtig gewesen war, ihm seine Hundepfeife zu geben? Er näherte sich dem Grüppchen, zog seinen Hut zum Gruße, wobei er sein Wort zögernd an Jacob richtete: „Der ist mir gestern ausgebüchst, entwichen. Ich sag Euch schönen Dank, dass Ihr ihn gehalten habt". Ob man das wohl so sagte, ob die das jetzt überhaupt verstanden hatten? Die Leute schienen sehr wohl verstanden zu haben, denn sie gaben sogleich erheitert zurück, er solle doch seinen Hund besser im Zaume halten, denn der streune schon seit gestern im Orte herum. Der eitle Köter mache die gesamte weibliche Hundeschaft im Dorf närrisch, das Hühnervolk nicht minder. Holle hatte verstanden, also kicherte er verlegen mit. Ja, er verstand vor allem ihren Dialekt, der ihm sehr vertraut vorkam. Naja, er war ein gutes Stück breiter, wohl auch weit behäbiger, lang gezogener, als er ihn aus seinem Dorf kannte. Aber die Aussprache der Leute, die hörte sich immerhin wohlbekannt an. Er hatte auch längst bemerkt, dass ihn die anwesenden Bauern mit ihrer bäuerlichen Neugier hellaufmerksam musterten, deshalb erklärte der Ankömmling verlegen: „auf der Jagd war ich, daher mein Aufzug."

„Aaahha", antwortete Jacob, „neuer herrschaftlicher Jäger. Neuer herrschaftlicher Hund."

Holle wusste darauf nicht recht zu reagieren. Was sollte er jetzt sagen? Waren die Leute hier, wie auch die in der Gegenwart, nein Zukunft, etwa nicht gut auf Jäger zu sprechen? Er glaubte, derlei schon einmal gelesen zu haben. Deshalb verhielt er sich lieber vorsichtig, ja abwartend in seinen Äußerungen: „Jjjjja, so kann man das ungefähr sagen", gab er knapp zu verstehen.

Jacob, der offensichtlich der Wortführer der hier anwesenden Bauern zu sein schien, bemerkte das Ungewohnte an des Fremden Aussprache, also fragte er ihn nun geradeheraus: „Er spricht fast, als käme Er direkt aus unserem Tal, dennoch kennen wir Ihn nicht. Wir kennen sonst alle aus der hiesigen Gegend, aber Ihn haben wir hier noch nicht gesehen!“ Holle, hierauf noch unsicherer geworden, gab verlegen lächelnd zu verstehen: „Jjjja, so kann man das auch sagen: von hier bin ich, aber eigentlich wieder doch nicht von hier“ und um sich selbst im Zaume zu halten redete er sich leise ein: „jetzt bloß die Klappe halten, bloß nicht plappern.“ Holle verbiss sich alle weiteren Kommentare.

Jacob, der mit seiner Hand das ominöse Hundehalsband in seiner Hosentasche befingerte, hatte zudem längst die Beule über Holles Auge ausgemacht, auch sah er ihm an den Laubresten auf seinem Wams an, dass er die Nacht wohl im Freien, im herrschaftlichen Revier, verbracht hatte. „Er ist wohl seit gestern bereits unterwegs, Er hat gewiss sein Lager draußen aufgeschlagen. Hat Er denn schon ein Stück Brot gegessen?“ Die anderen begriffen jetzt wohl, dass Jacob zu einer Amtshandlung für die Herrschaft ansetzte, aber ihre Neugier hatten sie selbstverständlich noch lange nicht besänftigt. Daher betrachteten sie sich weiterhin unschlüssig den seltsamen Jägersmann mit dem prallen Rucksack sowie dem vornehmen Hund an dessen Seite. Nach einer kleinen Weile trollten sie sich schließlich von dannen, gingen endlich auseinander und wieder ihrer Arbeit nach.

„Ja, ich schiebe in der Tat einen mächtigen Kohldampf“, antwortete ihm Holle jetzt sichtlich entspannter. Jacob musterte sein Gegenüber erstaunt ab, ob seiner eben formulierten Wortwahl, „Kohldampf, hat er gesagt, wo er diese Redeweise wohl aufgelesen hat“, sinnierte Jacob. „Nun - gut so - dann wird's Zeit, dass Er mit mir kommt, ich gebe Ihm was zu essen. Einen Ranken trockener Kruste findet sich gewiss auch für den Hund“.

Das war ein Wort; Holle war erleichtert, dass seine soeben beschlossene Aktion mit Areus kein größeres Geplänkel mit diesen seltsamen, naja, wunderlichen und für seine

Begriffe ganz schön mittelalterlichen Dorftypen ausgelöst hatte.

Jacob seinerseits war über die unerwarteten Geschehnisse von vorhin übrigens gleichermaßen verblüfft, kannte er doch solcherlei Vertraulichkeiten von seinem sonst schreckhaften Bruder Jakob einem Fremden gegenüber überhaupt nicht, aber: was kannte er schon an seinem Bruder?

„Ich danke recht schön", sagte Holle, „mein Gott klingt das aufgesetzt", dachte er sich. Jetzt war er also im Dorf. Er befand sich sozusagen daheim in seinem Werschweiler und dabei in einer völlig fremden Welt von vor ichweißnichtwievielen Jahren, sozusagen hautnah in der Vergangenheit, das war ja nicht zu glauben!

Der Geruch, nein der Gestank war das erste, was ihm hier auffiel. Es müffelte in der Gasse, mitten im Dorf, wie in einem brodelnden Kessel so erbärmlich nach modrigem Ausdunst aus den Rauchlöchern, dass es ihm fast den Magen hob. Es stank säuerlich aus den Schweinekoben nach kaltem Saufutter, es wehte ihm scharf der Hühnermist aus den Ställen zu und es roch hier, direkt am Meierhause, geradezu dumpfstickig nach vermoostem, verpilztem Nassstroh des Dachüberhangs und das alles schon am frühen Morgen. Der würde ihm lange haften bleiben, daran hatte er lange zu verdauen, an diesem Gestank.

Aus dem Meierhaus trat ein würdiger älterer Mann heraus, das war Jacobs Vater, der herrschaftliche Meier Adam. Er hatte das ganze Treiben auf dem Hof aus der sicheren Entfernung seiner Amtsstube mit sichtlich wachsendem Missbehagen verfolgt. Diesem seinem Unmut verschaffte er jetzt unverblümt Luft. Er trat direkt auf die Beiden hinzu und bedeutete dem *Vagabunden* in ziemlich barschem Tone ohne viel Umschweife, dass der Mensch, wiewohl vielleicht fürstlicher Jäger, herrschaftlicher Hundeführer oder meinetwegen auch zum Ottweiler Hof gehörend, mit seinem vierläufigen *Hühnerschreck* für unnötige Aufregung gesorgt habe. Die Leute hier seien auf Jäger, überhaupt auf die Marotten um die Bestienhaltung, insgesamt auch derzeit auf die Obrigkeit nicht gut zu sprechen. Er könne sich ja wohl denken: die neuen Dekrete, die auf den Dörfern für böses Blut sorgten. Er trage hier schließlich Verantwortung und wolle seine Bauern in den Orten durch die frechen Dreistigkeiten der Herrschaft, allen voran durch die rücksichtslose Jägerschaft auf dem hiesigen Bann nicht noch mehr erzürnt sehen, als diese schon ohnehin seien. „Gehe Er, nehme Er seinen Hasenhetzer mit nach Hause, das ist das Beste".

Dann drehte sich Jacobs Vater um und schlürfte grußlos zurück in seine Amtsstube. Holla, das war ein Wort! Das hatte gesessen. Holle war jetzt doch gehörig eingeschüchtert. Wortlos folgte er Jacob über die Gasse hinüber in die Kaufgärten, dem Hause seiner Schwiegereltern zu. Dort, an der Haustüre angekommen, bedeutete ihm der junge Bauer: „Warte Er da, ich bringe Ihm etwas zu Essen". Der Mann ließ Holle stehen, während jener im dunklen Hausgang verschwand. Es wurde drinnen geredet, leise gedämpft drangen Worte an sein Ohr, die Holle nicht verstand. Nach einer Weile erschien Jacob wieder an der Haustür und reichte dem Jäger ein Leintuchbündel: „Hier hab ich Ihm ein wenig Brot, Schmalz bestrichen, eingepackt, das sättigt. Und hier, Brot für den Hund. Das mag bis nach Ottweiler reichen." Holle nahm es dankend entgegen. Dem Hund brach er ein Stück trockenes Brot ab. Der schnappte es gierig auf.

„Er ist nicht ganz von hier, nicht wahr?" fragte Jacob nach, „Er ist neu, aber Er weiß sicherlich auch, wie wir hier auf Leute, wie Euch von der Herrschaft zu sprechen sind. Seid halt ein wenig nachsichtig mit unseren Leuten. Wenn sie auch schon mal ein Bündel Reisig aus dem Wald mitbringen, so wird das Euer Wild schon nicht verscheuchen. Unsere Waldweide, die können wir hier nicht entbehren. Wo eine herrschaftliche Hirschkuh satt wird, da finden unsere Milchkühe doch auch genügend zu fressen. Was unsere Hausschweine an Euren Eicheln auflesen, das alles machen Eure herrschaftlichen Wildsäue viermal in unseren Äckern wett. Und nun kommt gut nach Hause!“ Jacob zog das Signalhalsband aus seiner Tasche, betrachtete sich noch einmal die Aufschrift, dann händigte er das Band an Holle aus.

„Hier, das sollte Er noch haben, es gehört Ihm, ehrenwerter Herr – Neufang.“ Jacob verschwand im Haus, bevor der Verdutzte sich bedanken konnte. Er war beschämt und erleichtert zugleich. Was hatte das zu bedeuten? Diese Ablehnung, dieser Groll gegen die herrschaftliche Jägerschaft, gegen die Oberen in Ottweiler?

Naja, irgendwas aktuelles, irgendein Stress mit den Beamten, was ging das ihn an, das ist ja in der Zukunft auch nicht viel anders. Hauptsache, er hatte seinen Hund wieder, er hatte etwas zu essen, war nicht sofort davongejagt worden. „Mein Arius, wir haben uns wieder. Jetzt gehen wir nach Hause. Unser Tagesausflug ins Mittelalter ist beendet, mir reicht’s fürs erste.“ Dann verließen sie das Dorf auf dem Rumpelweg Richtung St. Wendel. Einige Bauern, die gerade in ihren Gärten von der Arbeit aufschauten, warfen dem wunderlichen Fremdling mit dem schlanken Hunde noch einige kopfschüttelnde Blicke hinterher, dann bückten sie sich wieder über ihre Rübensaat.

Zuerst dachte Holle, er hätte sich vertan, als er mit seinem Weimaraner die Banneiche oben am Wingertshübel erreicht hatte. Er ging hin und her, dann nochmals ein Stück Wegs zurück. Angestrengt versuchte er sich zu erinnern. Das war hier! Dort bin ich aus dem Stollen gekommen, genau da! Das muss dort gewesen sein! Aber da war kein Stolleneingang, da stand nur die mächtige Eiche von der Nacht noch immer am Heckenrand mit ihrem weit ausladenden Blätterdach. Schon wieder überkam ihn Panik.

„Jetzt bloß nicht nervös werden, nicht durchdrehen", beschwor er sich, „das Ganze ist ja sowieso nur ein irres Schauspiel, ein unwirklicher phantastischer Traum, der halt etwas länger dauert. Ein Alptrip, ein Scherz, ein Herrgott, was weiß denn ich!" Die Sonne stach ihm ins Hirn, seine Beule schmerzte abermals.

Holle schaute auf die Uhr: kurz vor zwölf. Er verfütterte seine trockenen Brotreste an Areus, bevor er mit ihm durch die hohen Wiesen hinunter zum Dankelsbach ging. Dort lag ein verkieselter Baumstamm quer über dem Bachgraben. Auf den setzte er sich nieder und suchte von seinem Platz aus mit dem Glas zunächst ausgiebig, dann intensiv, zuletzt fieberhaft die umliegenden Hänge ab, während der Hund Wasser schöpfte. Es fanden sich, solange er auch Ausschau hielt, keinerlei noch so winzigen Anhaltspunkte für das, wonach er suchte, nirgendwo.

Die Brote, die er aus dem Leinenbeutel heraushob, waren genau so, wie er sie noch von seiner Kindheit her kannte: die Bäuerin hatte sie in satte Doppelstullen gelegt, dazwischen fingerdick mit weiß duftendem Griebenschmalz bestrichen. Sie schmeckten so köstlich, dass er sie geradezu gierig verschlang, sie dabei dennoch herzhaft genoss. Nach dem letzten Bissen kehrte bei Holle wieder zaghafte Zuversicht ein, doch noch aus dieser Falle heraus zu kommen.

Das hatte richtig gut getan. Mit neuem Eifer führte er den Hund geradewegs in den Katzenlocher Graben hinein, genau auf den Eingang des alten Kalkstollens zu, in den er noch am Abend zuvor durch den Schnee eingestiegen war. Aber er musste erkennen, dass auch da nichts war. Keine Spur von einem Stollen, nur Hang und Wald. Im knüppeldürren Unterholz prasselte es. Er sah noch die Geweihenden des flüchtenden Hirsches zwischen den Stauden aufblitzen. Am Himmel zogen sich die Wolken zusammen. Drüben, hinter den Schlechtfelder Hügeln grummelte es. Der große blaue Plastikmüllsack, den der Versprengte bei den ersten niederrauschenden Regentropfen eilig aus dem Rucksack gekramt hatte und den er sich rasch überstülpte, hielt ihn einigermaßen trocken. In kauernder Stellung, schon kreuzlahm geworden, hielt er aus, bis der Regenschwall nachgelassen hatte.

VIX.

Auf dem St. Wendeler Pfingstmarkt herrschte frühsommerlich reges Treiben. Rings um den Wendelsdom herum, eng an die Außenpfeiler des gotischen Bauwerkes gerückt, standen die bunt herausgeputzten Marktbuden dicht an dicht aufgereiht. Aus ihnen lärmte es anpreisend frech heraus. Davor wuselten und drängten sich die grinsenden Neugierigen mit lang gereckten Hälsen, um eifrig die kleinen Sensationen des Angebotenen zu erhaschen. Ochsen, Pferde und Kühe standen abseits. Sie waren rund um einen schattigen Baum herum abgestellt und ließen das Treiben gelangweilt an sich vorbeiziehen. Vor einem Verkaufsstand war auf dem gepflasterten Fruchtmarkt eine Schütte Stroh ausgebreitet, auf dem sich Schafe niedergelassen hatten. Sie blinzelten unbeeindruckt vom Marktgeschehen vor sich hin und mahlten ab und zu mit ihren Mäulern. Nebenan wurden lautstark Körbe, Pfannen, Schüsseln sowie allerlei irdene Krauttöpfe ausgerufen.

Gelbe, schwarze, auch zimtfarbene Kükenknäuel kullerten der lockenden Glucke zwischen den eng an eng stehenden Marktständen hinterher. Ein ganzes Magazin von kreischenden Gänsen, schnatternden Enten, aufgeschreckt dreinschauenden Hühnern in übereinander gestapelten Verschlägen wurden feilgeboten. Sogar Fasanen und Wachteln tummelten sich in ihren Körben. Kurzum, die gesamte Geflügelschar war rund um den Dom versammelt. Eine Stallmagd trieb zwei quiekende Ferkel von einem Ochsenkarren herunter, die von schlitzäugigen Ziegen neugierig betrachtet wurde.

Alles, was man in diesen Zeiten so brauchte, war hier auf dem Tummelplatz zu bekommen: da gab es Butterfässer, gelb duftende Butter, rahmige Milch und Milchkrüge, blau mit gelben Tupfen, andere gelb mit blauen Tupfen. Über den Sielscheiten, über Leitersprossen geworfen, hingen allerlei Eisenketten, Haken in allen erdenklichen Größen, duftende Hanfseile, haarige Sisalstricke, daneben eine bunte Auswahl von Strohhüten, mit und ohne Band. An einem anderen Stand, der dürftig mit Sackleinen abgehängt war, gab es in verschlossenen Krügen seimigen Honig. In Weidenkörben kullerten die Kartoffeln, an den Gebäuden angelehnt, warteten Rechen und blank blitzende Sensenblätter in der Sonne auf ihre Käufer. Es gab Karsten, Äxte, Beile und Hämmer, Hufeisen und Hufnägel in allen Ausführungen und zu jedem Behufe.

Mitten in der Menge bot ein Mädchen mit herzerfrischendem Gesang Textilbänder, Schleifen und Kordeln an, die sie an einem langen Stab durch die Luft kreisen ließ, wobei jene überreich in allen erdenklichen Flecht- und Stickmustern im Winde flatterten. Holle ließ sich mit seinem Hund an ihr vorbei in der Besuchermenge treiben. Eng an eng schob sich der Menschenpulk durch die Gassen um den Dom herum zum Schlossplatz hinunter sowie den Weg zum Todbach hinab. In der Menge wechselten sich Zwiebelausdunst mit Schweißgeruch, Sauerkohlgestank mit dem süßen Duft einer Honigrösterei und es herrschte überall ein Gedränge, ein Geschiebe und Stupsen, Geplärre, Gefuchtel und Gefeilsche, dass man bald das eigene Wort nicht mehr verstand. Areus zwängte sich durch einen Wald von Beinen und Röcken und unbeschreiblichen Gerüchen.

Vor einem mit breiten Bändern geschmückten, als Bühne zurecht gewerkten Leiterwagen blieb der Neugierige mit seinem Hund stehen. Hier verfolgten Herr wie Hund zunächst mit Neugierde, sodann unter wachsendem Argwohn das fragwürdige Schauspiel eines Zahnbrechers, wie er mit einer langen Eisenzange unter lautem Gejohle der Menge seine Kunst an einem wild fuchtelnden Patienten zum Besten zu geben sich abmühte. Er garnierte sein Zerren und Reißen mit allerlei improvisierten Reimformen für die Glotzenden zurecht. Er drehte und zog solange, bis der Patient seine Gesichtsfarbe änderte. Dann krachte es. Jedoch keineswegs die störrische Wurzel war gelöst, sondern der Stuhl knickte ein. Mitsamt dem armen Manne kippten beide laut polternd nach hinten um, die Menge kreischte. Da lag er also nun in seinem ganzen erbarmungswürdigen Elend auf seinem Rücken, noch immer nicht seiner Pein im Kiefer enthoben! Das war ein jämmerlicher Anblick, dass es Holle bei diesem Bilde jetzt selbst schmerzhaft wie ein Blitz durch seine eigenen Backenzähne fuhr. Er wusste beileibe nicht, was es da zu Lachen gab, daher wandte er sich angewidert vom Tatort ab und drängte durch das Getümmel weiter.

Holle war bereits am frühen Nachmittag durch das Südtor herunter in die Stadt gekommen. Durch die Gasse, die direkt auf die Rückseite des Domes zulief, war er unversehens mitten in das Marktgedränge hineingeraten. Er wurde beim Eintritt in die Stadt von niemandem aufgehalten, obschon zu beiden Seiten des Toreinganges an diesem Tage vier uniformierte Torwachen mit ihren Hellebarden aufgestellt waren. Der Wendelsbrunnen plätscherte auch an diesem Maientag schon, auch die Magdalenenkapelle zu seiner linken Seite der Gasse kannte er noch aus seinen früheren gelegentlichen Besuchen in dem Bistro. Alle Häuser jedoch, die sich rechts und links der Gasse aufgestellt hatten, waren noch viel armseliger, als er es sich je ausgemalt hatte. Die gesamte Stadt wirkte fast wie zusammengeschrumpft. Viele Gebäude waren hier im Stadtkern nur einstöckig aufgebaut, von wieder anderen, weit Vornehmeren, haushoch überragt. Die Ausdehnung der Behausungen reichte insgesamt kaum über die Begrenzung ihrer brüchigen Wehrmauer hinaus. Große Teile der einstigen Wallanlage waren längst zusammengestürzt, viele mächtige Quadersteine lagen noch umher.

Holle wusste eigentlich nicht recht, was er hier zu suchen hatte. Er hatte ja nicht einmal die gültige Währung bei sich, um sich etwas erwerben zu können. Mit seinen paar Euro, die er in seiner Börse hatte, würde er vielleicht eine Chance haben, kurios genug sahen die Münzen immerhin aus. Offen gestanden war er hierher gekommen, weil er erst einmal nur weg wollte von dem Ort, der ihm diesen ganzen nicht enden wollenden Hirnschwindel eingebrockt hatte. Das emsige Jahrmarktgeschehen lenkte ihn zum wenigsten ab, es machte ihn gleichzeitig neugierig. Dass er mit seinem Jägeraufzug eigentlich niemandem recht auffiel, das beruhigte ihn. Zumindest schien sich niemand an seinen Klamotten zu stören, bis jetzt jedenfalls nicht. Die Menschen wurden in ihrer Eile im Gedränge gebremst. So gingen sie eben langsamer als sonst ihrer Wege, konnten hin und her schauen, kaufen, verkaufen, Schwätzchen halten, wieder heimgehen. Vielleicht irgendwo in einer Kneipe einkehren, keine

Ahnung; da achteten sie wohl nicht so genau darauf, wer ihnen gerade aus der fernen Zukunft über den Weg lief.

Als Mann und Hund endlich dem Gedränge am Fruchtmarkt entschlüpft waren, ließen sie sich auf der Rundtreppe des Domportals nieder. Hier ließ Holle seinen Blick neugierig über das Geschehen auf dem Platz schweifen. Ab und zu meinte er eine Person zu entdecken, dessen Gesicht ihm irgendwie bekannt vorkam. Er sinnierte darüber nach, ob es sich vielleicht bei dortigem Mann, bei jener Frau um Vorfahren von Bekannten aus der Zukunft handeln mochte. Bei dem Gedanken, nach seiner Rückkehr nach Hause einen Kumpel anzuhauen, um ihm zu verkünden: „He, ich habe neulich Deinen Urahn gesehen, sah Dir wie aus dem Gesicht geschnitten ähnlich“, musste er schmunzeln.

Auch einige Bettler konnte er auf dem Marktplatz ausmachen. Sie steckten in zerrissenen Lumpen, kauerten eingesunken an den Häuserecken und ihre Köpfe hielten sie nach unten geneigt, als seien sie in ihrem Elend eingenickt. Dabei hielten sie ihre Arme in die vorbei defilierende Menge hineingestreckt. Niemand gab etwas.

So also sah die Normalität eines Jahrmarktes irgendwo in der Vergangenheit mit seinen Waren, seinen Wünschen, mit seinen Moden, seinen Menschen aus. Ja, die Aufzüge der Bauern, die mischten sich wohltuend mit den feinen Wämsern der Herren und den ausladenden Reifröcken der feinen Städterinnen. Die Mode der Zeit, sie war ein Abbild der Eitelkeiten, wie jede Epoche sie hervorbrachte. Welches Datum schrieb man hier eigentlich, und was war das für ein Markt? Welches Jahr, welcher Monat, welcher Tag konnte wohl hier zu der Kleidung der Feinen passen, die ja stets mit großem Eifer auf das Allerneueste hielten?

Das sollte er allmählich mal herausfinden, damit er hier endlich einmal eine ungefähre Orientierung von seinem Trip in die Vergangenheit bekam. Hinter sich am Portal des Gotteshauses entdeckte Holle einen Glaskasten, in dem so etwas wie ein Aushang für die Gläubigen zu erkennen war. Dort stieg er hinauf, wo er nicht ohne Mühe entzifferte: *Sonntagsmesse Rogate A. D. 1770*, den Rest konnte er vergessen, er war für ihn unleserlich. Holle hielt die Luft an. „Schöne Bescherung“, dachte er sich, „dann kommt ja irgendwann auch noch die französische Revolution auf mich zu, wenn das so weiter geht!“

Er stieg die Treppe hinunter, wo er im Vorbeigehen einer Bettlerin an der Ecke immerhin ein fünfzig Cent Stück in die aufgehaltene Hand fallen ließ. Sie schimpfte ihm in einer unbekannten Sprache hinterher. Auf der Gasse nach dem alten Schlossplatze zu blieb er stehen, horchte auf und gesellte sich unauffällig einem Häuflein anscheinend St. Wendeler Bürger zu, die in aufgeregtes Gestikulieren sowie in heftige Händel miteinander verstrickt waren. Er verstand die Leute kaum, aber es ging zwischen diesen wohl darum, dass der Einmarsch von Soldaten eines Landhauptmannes kurz bevorstand. Es kam ihm vor, als beschimpften sie eben ihren Bürgermeister Pistor, weil dieser angeblich nicht in der Lage gewesen sei, durch mitgebrachte Geldgeschenke die in Hermeskeil stehenden Truppen von einer Einquartierung nach St. Wendel abzubringen.

Was hatte das zu bedeuten, Soldaten hier in der Stadt? Was hatte er nicht schon alles von Soldateneinquartierungen im Mittelalter gelesen. Die jedenfalls würden nicht lange fackeln. Die spielten sich groß auf, wie die feinen Herren kamen sie daher, wenn sie in so eine Stadt einrückten. Alles nahmen die sich grad heraus, nur keine Rücksicht. Das waren doch in den meisten Fällen regelrechte Gesetzlose. Also, wenn die ihn festhalten würden, wenn die womöglich seinen Rucksack aufmachten, dann würde er hier sein blaues Wunder erleben. Er ahnte, dass es für ihn hier doch noch ungemütlich werden konnte, daher sah er zu, dass er wieder aus der Stadt hinaus kam.

Die Maien-Sonne neigte sich schon gegen den späten Nachmittag zu, als die beiden Vagabunden aus dem oberen Stadttor wieder aus den Mauern herausgetreten waren. Holle ließ vorher auf dem Pfingstmarkt an einer Bäckerbude im Vorbeigehen noch heimlich ein Laib Brot mitgehen, bevor sie die Jahrmarktsstätte endgültig verließen. Das war beileibe nicht seine Art, so hatte er es in seiner Jugend nicht gelernt. Aber der Hunger wiegt mitunter bekanntlich doch schwerer als die Moral. Auch hatte niemand am Brotstand etwas von dem Mundraub bemerkt und so war er insgesamt zufrieden, dass er hier nicht ganz ohne Mitbringsel herausgekommen war.

Noch mitten im Marktgedränge hatte er sich in seiner jetzt aufgeräumten, ja beinahe heiteren Stimmung fest vorgenommen, nicht weiter als bis zur nächsten Nacht zu planen. Erstmal irgendwo unterkommen, dann würde er schon weitersehen, bloß nicht weiterdenken. Das ganze Geschehen im Gedränge der Menschen hatte ihn für eine Weile von seinem Desaster wohltuend abgelenkt und in St. Wendel hätte er sicherlich irgendwo einen geeigneten Unterschlupf gefunden, doch das konnte er erstmal vergessen.

In der Tiefenbach, gegen Leitersweiler hinauf, wusste er eine Naturhöhle, die müsste eigentlich auch jetzt schon bestanden haben. Dort drinnen konnten sie beide die kommende Nacht zubringen, dann würde ihm schon irgendwas für die nächsten Tage einfallen. Er stieg mit Areus also ins Tiefenbachtal hinab, wo er die Höhle tatsächlich an ihrem vermuteten Platz vorfand. Holle war erleichtert. Er konnte sich also doch noch auf sein Gedächtnis verlassen. Dort richtete er sich erst einmal mit seinem vierbeinigen Gefährten ein, holte ein paar Forellen aus dem nahen Bach, die er über dem Feuer briet. Sein Hund bekam die Köpfe mit Brotkruste. Im Eindunkeln wurde es im Wald munter. Es knisterte und brach, es grunzte und tappte, Holle konnte seinen Weimaraner nur mit Mühe zurückhalten. Noch einmal würde der ihm nicht ausbüchsen. Die Hundeleine fest um sein Bein geschlungen, blieb ihm sein Begleiter die ganze Nacht bei Fuß. Am anderen Morgen, soviel nahm er sich im Einduseln noch vor, würde er sich sein altes Hirtenhaus in Werschweiler nochmals bei Tageslicht genauer von allen Seiten anschauen. Dann wollte er das Ostertal hinuntergehen, bis hinter die Wern's Mühle, die direkt hinter Fürth lag. Dort wollte er eine Rast einlegen, mal sehen, vielleicht hatten die Leute eine Arbeit für ihn. Säcke hieven, oder dergleichen, wofür er sich vielleicht eine warme Mahlzeit erschleppen würde. Hinterher würde es weiter gehen bis vor das Schönbachtal, nein nicht ganz so weit, davor ging's rechts den Berg hinauf nach Steinbach, dort wo er ja eigentlich einmal zu Hause war. Vielleicht stand sein Elternhaus schon da, das wäre ihm eine Zuversicht. Höchstwahrscheinlich würde er dort auch noch seinen Ururururgroßeltern begegnen und ihnen weismachen wollen: „Hi Leute, ich bin Euer Ururururenkel, da bin ich, erkennt Ihr mich?“ Was hatte er denn schon für eine Wahl? Dicht an Areus geschmiegt, fiel Holle alsbald in einen erschöpften, traumlosen Tiefschlaf.

X.

Jacob Weiler kam in dieser Nacht nicht zur Ruhe. Er wälzte sich im Bette von einer Seite nach der anderen, während sein Eheweib neben ihm in den Kissen lag und schon in tiefen Zügen den Schlaf einsog. Sie war von ihrem Kindbett längstens noch nicht wieder ganz hergestellt, denn sie erschien ihm immer noch kraftlos, ja schwach auf ihren Beinen. Aber seit zwei Tagen werkte und wirkte sie dennoch, gegen seinen dringenden Rat, schon wieder mit ihrer Mutter in der Küche. Alle ihre Verrichtungen gingen ihr dennoch nur mit der erdenklich größten Anstrengung von der Hand. Jede ihrer Tätigkeiten, jeder ihrer Handgriffe war ihr eine Mühsal, die ihr jetzt noch immer über alle Maßen zu schaffen machte.

„Die anderen Weiber müssen nach ihrem Wochenbett da auch hindurch, soll ich etwa ein Ausnahme sein, soll ich mich vor der Arbeit drücken? Das gibt's bei mir nicht!" Das war stets ihre geradezu schnippische Antwort auf seine Bitte, sich nicht derart zu verausgaben, als gelte es ihr, längst Versäumtes aus der Zeit der Krankheit unverzüglich wieder aufzuholen. Jacob war nach alledem, was sie in den letzten Wochen durchgemacht hatte, in aufrichtiger, inniger Sorge um sein Weib. Nur in der rechten Geduld und mit Gottes Hilfe diese ersten schweren Zeiten ihrer Wiederherstellung, ihrer Genesung glücklich durchstehen, dann hatten sie's vielleicht geschafft. Sie brauchte jetzt dennoch Schonung, die sie sich selbst nicht gönnte. Aber untätig im Bette liegen und grübeln, das würde sie bestimmt noch weniger wieder instand setzen, als die tätige Gesellschaft ihrer Mutter bei der Tagesarbeit in der Küche oder im Stall. So war sie. Was vermochte er, der besorgte Ehemann, daran zu ändern? Jacob schweifte ab in seinen Gedanken, er dachte nun an seine stille Andacht vom Morgen in der Kapelle und abermals schickte er, wie zum Beschlusse dieses vorigen Gedankenkapitels, ein letztes ehrliches Gebet um die baldige Genesung seiner Eheliebsten gegen seinen Schöpfer.

Auch das seltsame Bild des Sauhirten Schnable mit dem edlen Hund des Jägersmannes kam dem Ruhelosen in dieser Nacht in den Sinn. Seine Gedanken gingen hinüber auf den Hof des Meierhauses, auf die Aufregung um den Hund, bei dessen Bildern er im Geiste verharrte. Er blieb bei dem seltsamen Unbekannten hängen, bei diesem Jägersmann, den er nie zuvor gesehen hatte. Dieser Fremdling mit seinem vierbeinigen Hundegefährten, der gehorchte, wie am Schnürchen gezogen, war er wirklich der, für den er sich ausgab? Jacob kannte durch seine Arbeit beim Vater in der Amtsstube so gut wie alle herrschaftlichen Jäger des Oberamtes Ottweiler. Und wenn jemand neu in Anstellung zur Herrschaft kam, dann wurde das den Meiereien vorher avisiert. Von diesem indes hatte er keinerlei Nachricht aus dem Ottweilerschen erhalten, auch nicht sein Vater, der Meier. Der hätte ihm dergleichen längst kundgetan, hätte ihn sogleich darüber ins Bild gesetzt.

Womöglich war dieser Grünrock ein Jäger aus dem Ausland, vielleicht aus dem Zweibrückischen, aus dem Pettersheimer Jagdschloss am Ende, wo sich der dortige Herzog zu seiner Jagd-Plaisir angeblich über fünfhundert Hunde hielt. Mochte gut sein, dass eines seiner Edelviecher davongelaufen war. Dieser Kurzhaarige mit den hellblauen Habichtsaugen war möglicherweise sogar ein Lieblingshund des Herzogs Christian, und dieser hatte einige seiner engsten Jagdbediensteten losgeschickt, um ihm seinen vermissten Vierbeiner wieder zurück zu holen. Das wäre eine plausible Erklärung; aber doch wieder nicht, denn die Jäger, zumindest die Jägeruniformen der Pettersheimer waren ihm ja doch eigentlich ebenso bekannt, wie die der Ottweilerschen. Diese allesamt waren nun aber völlig anders ausstaffiert als jener Fremdling am Morgen.

Er hatte seine Gemeindsleute zu so vielen der verhassten fürstlichen Parforcejagden begleiten müssen, wo es stets in wildem Galopp über ihre Felder ging, wo niemals darauf geachtet wurde, wie viel Flurschaden die rücksichtslosen Herrschaften bei den erbosten Bauern anrichteten. Es hätte sich auch nur ein einziger der Untertanen erfrechen sollen, seinen Unmut über die derben Späße der Obrigkeit offen zu äußern. Zu diesen „Amüsements der Gnädigsten“ waren vom Fürsten Ludwig sowie bereits von seinem Vorgänger Wilhelm Heinrich immer auch etliche Zweibrückische Hofjäger geladen worden. Diese Burschen hat er bis heute nicht vergessen, die waren stets besonders forsch, ja dermaßen mutwillig in den bestellten Äckern zu Schadenswerk gegangen, dass selbst ein noch so gut meinender Beobachter zu dem Schlusse hätte gelangen müssen, all die Verwüstungen seien geradezu mit boshafter Absicht angerichtet worden.

Wäre der Fremdling vom Morgen einer von denen gewesen, mit einem ganz anderen Auftreten hätte man da rechnen müssen. Der hätte sich nicht bei ihm höflich dafür bedankt, dass man ihm seinen Hund eingefangen hatte. Der hätte sich von seinem Vater vor dessen Haus nimmer so dreist anmaulen lassen. Der hätte dem Meier auf der Stelle - aber in was für einem Tone - klargestellt, wen er da vor sich habe. Naja, seine Kleidung: zugegeben, die war verschmutzt, auch reichlich unordentlich, aber sie war doch auch von solch feinem, dicht gewirkten Material, von einem derart ungewöhnlichen, ja geradezu ausgesuchten Schnitt, auch diese Kleidung würde er selbst den fürstlichen Jägern bei Hofe nicht zugeschrieben haben. Die kamen anders ausstaffiert daher. Die trugen allezeit die gewöhnliche Tuchuniform, mit der sie hoch zu Ross einher geritten kamen, wie die Fürsten selbst. Niemals waren die herrschaftlichen Jäger zu Fuß in den Fluren unterwegs, das kam noch dazu.

Und, es war seltsam, ungewöhnlich außerdem: wie hielt dieser Jägersmann sich jetzt um die Maienzeit derart dicht eingemummt in seinem Wams? Der kam ja daher, wie im tiefsten Winter; wie passte denn das in die Jahreszeit? Noch dazu die Stiefel, der Rucksack, der Hut, alles das passte doch irgendwie nicht zusammen, das war doch alles, na, wie war das denn – ja, wie aus einer anderen Welt! Wie geradewegs aus dem Nichts aufgetaucht, hatte der am Morgen vor ihnen dagestanden, geradeso, als wäre er just von einer ganz großen Reise um den Weltenball in Werschweiler eingetroffen.

Besonders schwer tat sich der ruhelose Jacob mit jenem leuchtend farbigen Band, das so wunderbar klettengleich aneinanderhaftete und die Aufschrift P. Neufang mit einer doch äußerst seltsamen Adresse, wie war die doch gleich,

Kleinbachstraße, in Werschweiler, trug. Ein Leuchten war das auf diesem Band, geradezu wie das leuchtende Sonnenrund im Abendrot, wie ein Hahnenkamm in der Balz prahlte das ihm entgegen, ja fast schon wie das helle Lungenblut eines frisch gestochenen Schweines kam es ihm vor.

Dazu der Name P. Neufang: als hätte es in Werschweiler je einen P. Neufang gegeben. Diesen Namen trug man seines Wissens nach in der Nachbarschaft, in Steinbach, in Ottweiler, Remmesfurth, Stennweiler, auch in Mainzweiler, aber hier? Jacob beschloss, in der Sache gelegentlich beim Schweinehirt Schnable vorsichtig weiter auszukundschaften, wieso der Hund gerade ihm zugelaufen war. Zufall mochte es gewesen sein, schöner Zufall. Seinem Wissen nach gab es hier in Werschweiler einmal einen Neufang aus dem Orte Steinbach, der nach hier geheiratet hatte und zwar nach Unnerschte Koorts. Sein Vater hatte ihm vor Jahren berichtet, dass aus dieser Ehe mit der Elisabetha Müller nur ein Töchterlein hervorgegangen war, das aber bereits zwei Stunden nach ihrer Geburt gestorben sei. Das lag jedoch alles nun schon mehr als sechzig Jahre zurück. Aber sein Vater, der musste doch wirklich mehr wissen, wie so eine Verbindung von Name und Adresse zustande gekommen sein mochte.

Dies alles jedenfalls regte Jacobs Argwohn, wie auch seine unruhigen Phantasien an, sie waren nicht dazu angetan, ihn in den rechtschaffenen Schlaf zu wiegen, sie waren kein Schlummerstück, nein, sie regten ihn vielmehr auf, sie ließen ärgerlich die Daunen in seinen Kissen knistern. All jene eigentümlichen Ungereimtheiten, welche ihm schon am zeitigen Morgen begegnet waren, musste er, der Adjunktus des Meiers, soviel war sicher, fest im Auge behalten. Dieser ganzen Sache musste auf den Grund gegangen werden, das konnte er nicht auf sich beruhen lassen.

Es würde ihn nicht verwundern, wenn dieser P. Neufang, der so vage angedeutet hatte, dass er von hier sei und doch nicht von hier, womöglich doch von weit her kam, in der Tat ein Neufang war. Vielleicht stammte seine Mutter einst aus dem Hirtenhaus, hatte nach Steinbach hinein einen Neufang geheiratet, warum nicht? Oder stammte der Fremde vielleicht aus einer Auswandererfamilie und war hierher zurückgekehrt? Der kann dann eigentlich nur – aus der Neuen Welt, aus Pennsylvanien gekommen sein, aus dem Land, wo man allen Einwanderern die Freiheit von der Leibeigenschaft, Eigentum und freie Meinungsäußerung, die freie Berufswahl, so auch die ungehinderte freie Wohnortwahl versprach. Aber was würde so jemand, wie dieser grünberockte Sonderling mit derart vornehmem vierläufigen Anhang hier in Werschweiler zu suchen haben?

Ja, sein eigener Onkel, der älteste Bruder seines Vaters, der war vor reichlich vierzig Jahren als einer der ersten mit dem Boot den Rhein hinuntergefahren und hatte sich in Rotterdam über das große Wasser nach der neuen Welt eingeschifft. Einmal sogar kam von ihm ein vornehmer Brief mit rotem Siegel. Darin stand geschrieben, dass er im Land der Verheißung wohlbehalten angekommen sei, dass es ihm dort drüben mit seiner neu gegründeten Familie so gut gehe wie nie zuvor in der alten Heimat. Unvorstellbar groß und reich sei das Land, in dem er seine neue Heimat gefunden habe, so rühmte er, wie man es in seinem alten Werschweiler und weit darüber hinaus, in der ganzen Grafschaft, ja überhaupt im ganzen großen Europa nicht mit Augen ermessen könne. Jener Brief war bestimmt vor zwanzig Jahren schon geschrieben worden. Den hielt sein Vater Adam bedeutungsvoll bei seinen wichtigsten Dokumenten bis heute in allen Ehren.

Dieser angebliche Jägersmann konnte doch auch, weiß man's, vielleicht ein zurückgekehrter Sohn seines Oheims Johann Michael gewesen sein, was sprach dagegen? Nun ja, die Aufschrift auf dem Hundehalsband, die sprach eine andere Sprache, aber was hatte die schon zu bedeuten? Sie konnte genau so gut eine fingierte Adresse sein, auch ein vorgetäuschter Name. Und wenn der Fremde am Ende vielleicht sogar sein Cousin war, der seine wahre Identität erst einmal verstellte um zu sondieren, wie die Lage in seiner alten Heimat stand, bevor er sich zu erkennen geben würde? Was sprach dafür, was dagegen?

Eigentlich hätte der sich dann auch gleich zu erkennen geben können, hätte sagen können: „Seid alle gegrüßt, ich bin der soundso Weiler aus Pennsylvanien. Ich möchte mit meinem Onkel, mit dem Meier Weiler von Werschweiler sprechen."

Seinem mürrischen Vater würde er mit großer Geste in typisch pennsylvanischem Slang verheißen: „Onkel, hier bin ich und ich bin gekommen um Euch allen, die Ihr mühselig und beladen seid, davon zu künden, in welch wunderbarer Welt, in was für einem Paradies wir drüben leben dürfen. Und Ihr Sklaven müsst hier in Eurem abgelegenen Tal, in Eurem miefenden Kuhdorf ein Leben voller Entbehrungen und Zwänge fristen. Es dauert mich, all Euere Plackerei um das bisschen schäbige Ackerland schauen zu müssen. Was ich sehe, vor allem was ich rieche, ist mir jetzt schon genug: habt Ihr denn die Nase nicht längst voll von Eurem armseligen Leben? Ihr seid doch keine freien Menschen, Ihr alle seid doch das sklavengleiche Leibeigentum eines Willkürherrschers, Ihr lebt in erbärmlicher Armut, wollt Ihr Euch dessen denn nicht endlich gewahr werden? Klar, wer die helle Sonne nie hat strahlen sehen, der kann auch nicht von ihr rühmen, sondern denkt von so einer Brühsonne, wie sie Euch in Eurem Tale so trüb ins Gelass duselt, wunderst wie sehr sie Euch wärme. So traut Euch doch, sagt Euch endlich los von fremder Herrschaft und folget mir nach in die wirkliche Freiheit, dorthin, wo Ihr Euer Glück, Euer Eden auf Erden finden könnt. Kommt mit, ich habe das Geld für den Freikauf von der Leibeigenschaft bei der Herrschaft sowie für die Überfahrt mit dabei. Dort in der Neuen Welt soll es Euch allen besser gehen, es soll Euch dort an nichts gebrechen, denn ich bin gekommen, Euch in das gelobte Land zu führen."

Unsinn! Unsinn, was er sich da ausspann! Was wäre das für eine Heilsverheißung geworden? Was hatte er nicht alles gehört von denen, die enttäuscht, ja völlig verarmt aus der Neuen Welt wieder zurückgekehrt waren. Das sei nicht das Utopia, das sei nicht der Himmel auf Erden, wovon die Beutelschneider und Geschäftemacher hier in der armselig alten Welt jahrmarktauf, jahrmarktab so verlockend umherzirpten. Und unsere Kirche, was sagte die dazu? „Die Verheißung findet Ihr nicht im Diesseits, lasset Euch nicht falsch Zeugnis verkünden!" So sprach der Pfarrer Engel: „Vertraut auf Euren treuen Gott, so er sagt: Lasset alle irdischen Güter von Euch fallen und folget meinem Worte nach, so werdet Ihr das Paradies im Jenseits erlangen!"

Jacob war fertig zum Einschlafen - nein noch nicht ganz, denn da war jene Aussprache des Jägers, des Fremden Dialekt, der doch immerhin so werschweilerisch war, wie man nur werschweilerisch schwätzen konnte und der dennoch so einen harten, geradezu pennsylvanischen Einschlag hatte, dass kaum Zweifel an seinem Schlusse von der Herkunft des Jägersmannes angebracht schienen.

Nun ja, das war ein dünnes Argument, zugegeben. Aber was ihm viel gewichtiger wog, war dies: sein Jakob, sein großer sensibler Bruder, so vertraut wie der sich gegenüber diesem forschen Manne benommen hatte, das hatte er in seinen achtundzwanzig Jahren gegenüber einem Fremden noch nicht erlebt. Und er wusste, dass Jakob in seinem Alter, immerhin vierunddreißig war er schon, die Erfahrung, das Gespür, das Gesicht für derlei Sensibilitäten hatte. Dieses Gefühl, welches ihm das Verhalten seines guten Jakob vermittelte, wog ihm weitaus gewichtiger, als alle zuvor noch so spitzfindig zusammen gesponnenen Vermutungen zusammen. Und das war doch schon was, oder war das etwa nichts?

Wenn schon nicht Cousin, dann doch weiterer Verwandter. Und wenn Verwandter, dann hatte sich sein eigener Vater gegen diesen Mann geradezu tölpelhaft ungeschickt benommen, ihn derart grob abzufertigen. Nuja, er selbst war ja nicht viel diplomatischer vorgegangen, das musste er einräumen. Er hatte sich ja nicht einmal mit Namen bei dem Manne vorgestellt. Was heißt schon „herrschaftlicher Meier?“ Die hätten in der langen Zeit dreimal wechseln können; mit Weiler hätte er sich vorstellen müssen!

Da konnte es nicht verwundern, dass sich der Fremde erstmal bedeckt hielt, bei einem solch ungehobelten Verhalten. Wie die hintersten Bauern hatte sich sein Vater und, zugestanden, auch er selbst, benommen. Etwas mehr Diplomatie im Umgang mit Fremden würde auch ihm, als vielleicht künftigem Meier, gut zu Gesichte gestanden haben, vielleicht wüsste er dann jetzt schon mehr. Und die Beule an seinem Kopf? Sehr Vertrauen erweckend sah die nicht aus. Wo hatte er sich die wohl geholt? Händel mit anderen Leuten? Handgreiflichkeiten unterwegs? Und wenn schon, man musste sich zu wehren wissen und der da sah nicht danach aus, als würde er sich alles gefallen lassen.

Seltsam und kurios das alles, was sich heute in seinem Ort zugetragen hatte, schlussfolgerte er endlich. Dann faltete er die Hände über dem Federbett zu einem stillen Nachtgebet. Er bat seinen Gott um Einsicht, um Weisheit und bereute im Entschlummern, dass er wieder derart sündigen Gedanken nachgehangen hatte, es würde jemand kommen, um sie in eine bessere, neue Welt zu führen. Sein Platz war hier im Tal. Sein Platz war bei seinem Gott und bei der gnädigen Herrschaft, der er zu dienen in den kommenden Jahren bereit war. Dann schlief Jacob ein.

XI.

Holle war am nächsten Morgen in seiner Waldhöhle nicht recht danach, zurück nach Werschweiler zu gehen. Es zog ihn in eine andere Richtung. Was sollte er auch nach diesem ersten Tag schon wieder in dem erbärmlichen Kuhkaff? Sein Haus war von einem Sauhirten okkupiert, seine erste Begegnung mit den Ostertaler Bauern im tiefsten *Mittelalter* war nicht sonderlich herzlich ausgefallen und das rettende Nadelöhr in seine Zukunft, der Wingertsberger Ausweg aus diesem ganzen Schlamassel, existierte nicht mehr. Was gab es da groß zu überlegen? Erstmal war jetzt der reine Selbstschutz angesagt. Das hieß, Holle durfte, ja er wollte alles dieses erst einmal nicht wahrhaben - noch nicht, das hatte Zeit. Zurück konnte er ja doch nicht. Es stand ihm immer noch frei, es nochmals in ein paar Tagen zu versuchen, wenn er überhaupt nicht mehr weiter wusste.

„Na, Arius, wo wollen wir heute hingehen?“ munterte Holle seinen vierbeinigen Gefährten auf, als befänden sie sich auf einem harmlosen Sonntagsspaziergang. Der Hund lief voraus, sein Herrchen folgte ihm auf dem Fuße. Sie gingen über den Hirschberg, hinüber an den Steinbrüchen vorbei, nach den Steinbrecherhütten von Oberlinxweiler, die sich am Hang des *Spiemont* entlang schmiegten. Von da aus trabten sie durch die enge Schlucht der Linxweiler Pforte, durch dessen Felsgestein hindurch sich die Blies ihren Weg gegraben hatte. In Niederlinxweiler flüchteten sie sich vor dem mittäglichen Platzregen unter die Bliesbrücke, wo sie den prasselnden Regentropfen zusahen, wie diese mit heftigem Rauschen das Flüsschen zum Kochen brachten.

Am Nachmittag kamen die beiden heimatlosen Vagabunden nach mäßigem Fußmarsch durch die nassen Bliesauen in Ottweiler an, wo sie auf dem Marktplatz vor dem hohen Turm halt machten. Hier bot sich Holle derselbe Eindruck wie Vortags in St. Wendel: alles war schmaler, kleiner, enger, aber irgendwie um ein gutes Stückchen nobler als in der Zukunft. Die Häuser waren adrett mit Ölfarbe herausgeputzt und die Stadtmauer war sauber hergerichtet, nicht so marode wie in St. Wendel. Fast alle Gebäude waren mit hübschen roten Ziegeln gedeckt. Hier und da zwängte sich noch eine Strohhütte schütter in die vornehmen Häuserreihen hinein. Die Straßen, wie die angrenzenden Gassen, waren nicht mit Pferdeäpfeln oder Kuhfladen bedeckt wie in Werschweiler. Der Marktplatz lag sauber und aufgeräumt, jedoch zog er sich mehr in Schieflage rund um den Hang hin. Da würden die Körbe, Krüge, Kürbisse, wenn an Markttagen der Wind hindurch fuhr, gewiss nur so dahinkullern.

Da gefiel ihm der St. Wendeler Fruchtmarkt nun doch mindestens genau so gut, so schön eben wie er um den Dom herum führte. Dennoch präsentierte sich das putzige Städtchen in einer, naja, geradezu noblen, irgendwie *höflichen* Atmosphäre. Man konnte hier förmlich die Nähe des Adels, der fürstlichen Herrschaft spüren, die sich gerne in diesem beschaulichen Residenzstädtchen an der Blies aufhielt. Das war nun also der Sitz der gefürchteten Administration, das

Oberamt für die Meierei Werschweiler, dachte sich Holle beeindruckt, der über Herrschaft, Lustschlösschen, Gänsegretel, etc., verschiedentlich gelesen hatte. „Da müssen wir sehen, Arius, dass wir nicht unangenehm auffallen mit unserem Aufzug, vor allem aber nicht mit Dir. Wie schnell könnten die Oberen von Ottweiler ein begehrliches Interesse an Dir bekunden."

An einer Bäckerstube machte Holle halt, wo er um ein Laib Brot bat. Er hielt dem kleinen mürrischen Manne mit dem weiß gestäubten Käppi eine blanke zwei Euro Münze hin. Der Bäcker gab ihm drei Brötchen und nahm bei Weggehen in seine Backstube kopfschüttelnd das Geld. Gegen Abend beschloss der junge Wanderer, sich auf den Weg hinüber nach Steinbach zu machen. Aber er überlegte es sich doch anders, denn die Abenddämmerung hatte gegen Neunkirchen hin so ausnehmend eindrucksvoll herübergeleuchtet, dass er sich entschloss, den Umweg über den Berg zu machen, von wo aus er sich das Schauspiel der Neunkircher Eisenbrennöfen aus der Nähe ansehen wollte. Als Bergmann sowie als technisch Interessiertem wollte er sich schonmal jene wunderlichen Schmelzöfen in seinen persönlichen Augenschein nehmen, an denen sich seine Vorfahren vor der Schlackenglut einst zu schaffen machten, wo sie sich mit den primitiven Einrichtungen zur Eisengewinnung abmühen mussten. In der bald einbrechenden Dämmerung erreichte er mit seinem wackeren Areus den Feuerschein der ersten Schmelzhütten. Es waren vereinzelt stehende, armselige Holzverschläge, zwischen deren Brettern er im Feuerschein die glühenden Öfen erkennen konnte. Sträuße von Funkenregen stoben aus den Luken hervor, es war ein regelrechtes Feuerwerk, das die ganze Umgebung in ein unwirkliches rotes und weißes Licht eintauchte, während im Inneren der

Hütten heftig laut die Blasebälge schnaubten. Dabei hörten sich die fauchenden Gebläse, das Sausen und Pfeifen des Windes, der in das schmelzende Eisen hinein fuhr, geradezu wie das grässliche Wüten eines gefesselten Drachen an.

Areus schien an alledem nicht interessiert, er wendete sich ab. Er schmollte, als wollte er seinem Herren bedeuten: „Was soll das alles, haben wir nichts besseres zu tun?“ Holle stieg dennoch den ausgetretenen Pfad auf die Anhöhe hinauf und ließ sich oben auf einem umgestürzten Baumstamm nieder. Areus schmollte immer noch, er ging seinem Gebieter aus dem Weg. Er legte sich beleidigt abseits ins Gras. Dieser Ort war dennoch ein vortreffliches Plätzchen, denn von hier oben konnte Holle die zahlreichen Feuerstätten bequem beobachten; wie es drunten werkte und wirkte, wie es laut hämmerte und blies und Feuerregen sprühte, es war ein wahres Schauspiel!

Mit einem Mal horchte der Hund auf. Er streckte seinen Kopf, spitzte die Ohren nach dem Pfad hinüber in Erwartung, was sich da im nächsten Augenblick zeige. Ein Reitersmann kam im gemächlichen Schritt durch die Büsche den Steig herauf geritten. Hin und wieder blieb das Pferd stehen. Die Stimme des Aufsitzenden, der beruhigend auf sein Tier einredete, war bald deutlich zu vernehmen. Der Mann auf dem Ross, das bei seinem Hervortreten aus den Büschen sofort den Jagdhund groß beäugte, erblickte Holle im Widerschein des Hüttenrotes. Er nickte ihm freundlich grüßend zu. Holle erwiderte den Gruß ebenso und rief den Hund zu sich. Der schlich sich herbei, wo er sich unter dem Baumstumpf zu Holles Füßen ablegte. Der junge Reiter, woher er jetzt auch immer gekommen sein mochte, war sauber, adrett gekleidet, von angenehmer Erscheinung. „Ganz wie ein junger Amtsschreiberling“, dachte sich Holle beim

ersten Anblick. Vielleicht Anfang zwanzig, höchstens Mitte, schien der Fremde nach dem zweiten Augenschein an Jahren zu sein. Auch war er von einer einladend offenen, selbstbewussten Natur, das bemerkte Holle sofort an dessen gesamtem Gehabe. Der Reiter stieg ab, schlang die Zügel um einen Ast und kam, je eine Weinflasche in der linken und der rechten Hand schwenkend, ohne Umschweife direkt auf Holle zu. „Ist es gestattet?"
„Nur zu, setze Dich, junger Freund."
„Und wenn Dein Tropfen Wein ein guter ist, bist Du noch mal so willkommen", ergänzte Holle in Gedanken.
„Ich heiße Holle", sagte dieser, während er jenem seine Hand zum Gruß ausstreckte, „wer bist Du?"

Das schien dem berittenen Jüngling zu gefallen und mit einem Schwunge saß er neben dem Mann mit Hund, reichte ihm auch die Seine, wobei er entgegnete: „Johann Herzbruder, sei mein Name, ich bin auf Reisen. Hier möchte ich den sagenhaften rotglühenden Neukircher Nachthimmel genießen, von dessen Wunderlichkeit schon so manches Mal berichtet worden ist. Jetzt habe ich das eindrückliche Schauspiel der Schmelzkunst also endlich leibhaftig vor mir. Auch verlangt es mich heute Abend nach Gesellschaft sowie einem kräftigen Schluck Elsässer Weines. Den will ich gern mit Dir teilen, wenn Du nur munter und unterhaltsam bist!"

Das war ein Wort. Schon ploppten die Korken und die Flasche ging von einem zum anderen, während man sich gegenseitig allerlei Neuig- und Nettigkeiten zuprostete, mitunter auch einmal den Feuerregen im Tal mit allerlei „Ahs und Ohhs" kommentierte, ansonsten aber emsig beredsam unter sich blieb. Areus verfolgte unterdessen verständnislos, aber geduldig sowie mit allem wohlerzogenen Hundeanstand das Hin und Her mitsamt den ihm unverständlichen, doch dem

Tone nach wohlmeinenden Kommentaren um den guten Tropfen. Die Sprache kam auf die schöne Gegend, auf Johanns Ausflug von Bitsch herüber, schließlich nicht zuletzt auch auf den edlen Hund, der unbeweglich aber aufmerksam im Schatten seines Herren harrte. Johann gab sogleich offenherzig zu erkennen, dass er Hunde nicht leiden möge, dass er sie recht eigentlich von ganzem Herzen verabscheue, diese verwöhnten und ungezogenen, diese kläffenden, diese unverhohlen Raum sowie Besitz nehmenden Kreaturen, die meinten, sich überall einmischen zu sollen. Aber dieser, wie hieß er gleich, Areus? Aha, ein stolzer Name, der Name des Königs von Sparta! Dieser Areus sei offenbar nicht nur von edlem Geblüt sondern auch von edlem Gemüt. Herzbruder war sichtlich beeindruckt.

Holle erzählte, dass er auf dem Weg nach Steinbach im Ostertal sei, wo er herkomme. Jedoch sei der Abend zu schön, als dass er sich hier nicht noch eine Rast einzulegen aufgenötigt habe. So spann sich das Gespräch um dies und das, um Kohle und um Eisen, um die Gruben, die Alaunsiederei, um brennende Berge, um Stollen und Erze und – irgendwann um die holde Weiblichkeit. Holle blieb dabei nicht verborgen, dass der junge Reitersmann bis über beide Ohren in ein Pfaffentöchterlein verliebt war. Das süße Liebesgift hatte ihn wohl dermaßen betäubt, dass er bei seinem Schwärmen um die Holde auch hier und da, direkt neben Holle, in sentimentalische Poeterei abglitt. Aber der Herzbruder hatte sich genau so schnell wieder eingekriegt und lenkte seine Betrachtungen zurück auf die Natur, insbesondere aber den Bergbau, was Holle als Mann vom Fach sehr zupass kam.

Die erste Flasche war im Nu geleert, die zweite wurde entkorkt, wobei mit jedem Schluck die Zungen noch ein wenig üppiger schwelgten, so dass noch allerlei derbe Scherze sowie pikante Anekdoten hin und her gingen, bis eine Pause eintrat und die beiden wortlos nebeneinander den sternenübersäten Himmel betrachteten. Im Rotglutschein nahm sich das Firmament seltsam unwirklich aus.

Ob sich Holle - was für ein ausnehmend wohlklingender Name - schon einmal überlegt habe, wie dies alles in ferner Zukunft, in hundert oder in zweihundert Jahren wohl anzuschauen sei, ermunterte der Reiter den anderen zum neuerlichen Gespräch? Ob die Sterne noch dieselben seien, ob die Menschen noch dieselben wären, die Dörfer, die Fabriken, die Länder?

„Ja nun, ich bin grad in der rechten Stimmung, in die Zukunft zu schauen, das könnte ich Dir wohl ausmalen“, kommentierte Holle mit lockerer Zunge, wobei sein leicht erheiterter Zustand sein Übriges dazu tat.

„Ich könnte, wenn ich wollte, Dir schon heute deutlich klar die fernen Zeiten ausmalen, obwohl der Wein meine Aussichten bereits ein wenig bewölkt hat, gewissermaßen. Trotzdem steht alles Künftige fast wie die Wirklichkeit vor mir, so, als wäre ich gerade erst vor ein paar Tagen aus ihr selbst entschlüpft.“

„Nun berichte, Trinkbruder, Du machst mich neugierig, wenn Du mich nur herzlich unterhalten willst, mit Deinem Weitblick“, scherzte der junge Reitersmann. Holle tat gravitätisch, ja wahrsagerisch, er klang etwas beschwipst, aber seine Gesichter kamen sozusagen aus vollem Herzen sowie aus tiefster Seele: „Ich sehe Menschen“, orakelte Holle, „die ohne Pferdevorspann in ihren bunten Wagen fahren. Die Pferde dort traben in surrendem Galopp unter der Motorhaube. Diese Pferde sind, wiewohl Pferdestärken genannt, dennoch keine Lebewesen aus Fleisch und Blut, sondern schwer arbeitende metallene Maschinen."

„Sprich weiter, das kenn ich längst, das hat vor zweihundert Jahren schon der alte Leonardo gesagt", warf Johann gespielt enttäuscht ein, „da musst Du mir schon Unterhaltsameres bieten, nur zu, also, ich lausche!"

Holle konzentrierte sich jetzt noch um einiges mehr, oder wenigstens tat er so: „ich sehe Wege, Alleen, die sind so breit wie ein Fluss. Diese Wege heißen Autobahnen. Sie werden nie matschig, gleichgültig, wie lange es darauf regnet und sie sind so eben, so glatt, wie ein Spiegel. Es werden auf diesen breiten Alleen Kutschen mit ungeheurer Geschwindigkeit dahinrasen und was heute eine Reise von drei Tagen ist, das wird fernhin in der Zukunft eine Sache von drei Stunden sein! Diese eben erwähnten motorisierten Kutschen tragen Namen, wie Rolls Royce und Jaguar, Mercedes und Opel, und so weiter. Ja, ja, ich sehe aber weit mehr - wenn Du willst", weissagte Holle mit wissender Miene, wobei er den Freund auffordernd anblickte.

"Weiter, weiter, ich höre, ich bin ganz Ohr" trieb Herzbruder ihn an, „nur kein Ermüden".

„Also denn: ich sehe die Menschen durch die Lüfte fliegen, nicht mit angeklebten Flügeln, das auch, aber die meine ich nicht. Ich meine die, die in großen Bussen, also in einer Art Intercity der Lüfte sitzen, die es sich dort bequem machen und Videofilme schauen können oder MP 3 hören oder sich einfach schlafen legen, während sie von Frankfurt am Main direkt über den Atlantik nach New York fliegen. In gerade mal drei Stunden, zum Beispiel mit der Concorde. Dann wird es Menschen geben, die fliegen nicht nur rund um die Erde, die werden sogar dort hinauf fliegen, siehst Du?" Dabei zeigte Holle auf die Mondsichel, die gerade hinter den

Hügeln aufgegangen war, wo sie sich jetzt mächtig groß machte.

Johann, der Reiter war beeindruckt. In spöttischem Ton lobte er Holle für seine Ideen: „Von Frankfurt aus? Bis nach wohin….? Du bist mir ein wahrer Phantast! Was Du sagst, gefällt mir. Sprich weiter, was siehst Du noch? Siehst Du auch bestimmte Menschen, ich meine bekannte, berühmte Menschen in der Zukunft? Wird es Menschen geben, die man nicht vergessen wird? Nicht Jesus oder Luther, nicht den Reuchlin oder den Coeur de Lion, nein andere, vielmehr zum Beispiel - Gegenwärtige?“

Holle hielt erneut inne, trank noch einen Schluck aus der Weinflasche und zog die Schultern hoch. „Hmmm, meinst Du vielleicht den Louis Armstrong, der 1969 auf dem Mond gelandet war? Oder den Albert Einstein, der mit der Lichtgeschwindigkeit? Bismarck, der Politiker? Schiller, der mit den Dieben oder Räubern, den „L.m.a.A.-Goethe“ mit dem Werther in der Faust oder Beethoven mit – Freude schöner Götterfunken? Ach ja, das passt grad ganz gut zu diesem nächtlichen Schauspiel, oder? Oder meinst Du etwa die großen Unholde Hitler, Stalin, Bin Laden, Ceausescu, Saddam?“ Johann reichte Holle die Flasche herüber. „Schon gut“, sagte der Herzbruder äußerst zufrieden, „mit diesen Namen weiß ich allesamt nichts anzufangen, schon gut. Du bist ein wirklicher Phantast, Du gefällst mir!“

So saßen die beiden noch eine Weile Seite an Seite. Schweigend betrachteten sie sich das Feuerspiel aus den Eisenkokillen am Nachthimmel. Jeder ging seinen eigenen Gedanken nach, ein jeder sinnierte für sich in die Nacht hinein, bis nach einer guten Weile der Punkt erreicht wurde, an dem Holle in seiner Schweigsamkeit an ein Ende kam und diesmal weinsentimental redselig zu werden begann:

„Ja, was, lieber Bruder, um Deine Frage von vorhin wieder aufzunehmen, wird wohl in zweihundert Jahren sein? Was werden wir sein im Jahre zweitausendeins? Werden wir, bis auf die Berühmten dieser Welt, vergessen in der Erde verrotten, Humus, Würmer, Knochenreste? Schau Dir dieses Blatt an. Es sprießt aus der Knospe hervor, wo es schon im Herbst vorbedacht worden ist. Es breitet sich aus, es spendet uns die Luft zum Atmen. Dann kommt eine Raupe, siehst Du so...“, dabei machte Holle mit dem Zeigefinger eine kitschig kriechende Bewegung an des Herzbruders Nase vorbei, „sie lässt sich an einem Spinstfaden herab auf das Blatt, verspeist es und wickelt sich in ein anderes ein, um beim Verwandlungsschlafe zu verdauen.“

Holle legte seinen Zeigefinger in seine Handfläche, mit der er den Finger umschloss: „sie verspinnt sich, wandelt sich zur Puppe. Aus dieser aber entschlüpft im kommenden Jahr ein schillernder Schmetterling. Die Hülle bleibt zurück, fällt zu Boden, verrottet. Der Schmetterling aber, der erfreut uns solange, bis seine Zeit gekommen ist. Ist sie da, dann legt er auf ein anderes Blatt, oder darunter, seine Eier ab, das ganze Spiel geht von vorne los. Prost, Herzbruder! Ich frage Dich: gibt es im Kreislauf dieser ganzen Umwandlungen überhaupt einen Tod? Was ist mit diesen Sternen dort droben? Bleiben die ewig? Nein, auch sie werden sich wandeln. Genau wie dieser Wein in der Flasche. Den können wir trinken, darüber können wir ins Schweben und ins Schwärmen kommen, wie die Raupe, wenn sie auf das Blatt niedersinkt oder der Falter, der des Nachts in den Bienenstock einfährt. Der Wein, der ist doch was Handfestes, was Trinkbares. Weißt Du, in irgendetwas Handhabbares muss man, auch als Menschlein, eben doch hinein versponnen sein, damit man in all der Unermesslichkeit, bei all der Unendlichkeit über uns, bei all dem Schabernack, den uns die Zeitläufte so spielen können, so von einem zum anderen Jahrhundert, nicht zum Narren wird. Prost, Trinkbruder!“ Damit hob Holle die Flasche in die Höhe und ließ die letzten Tropfen auf seine Lippen träufeln.

Die Flaschen waren geleert. Die Nacht wurde kühl. Holle stand auf. Es wurde Zeit, aufzubrechen, für beide. Johann Herzbruder, der durch die trüben Augen seines redseligen Gegenüber immer noch beträchtlich aussah wie ein junger Amtsschreiberling, erhob sich ebenfalls und war im Begriff sich zu verabschieden. „Hier, das ist Dir gerade aus der Jackentasche gefallen“, sagte er und reichte Holle ein kleines längliches Etwas. „Oh, mein Dauerschreiber, danke“. „Wie bitte“, fragte Johann, „ein Dauerschreiber, was meinst Du damit?“ Holle hielt seine Handinnenfläche so vor sich hin, dass der rote Widerschein der Hochöfen sie erhellte. Währenddessen schrieb er in großen lateinischen Druckbuchstaben seinen Namen *Holle* hinein.

„Das ist ein Dauerschreiber, siehst Du?“ Herzbruder war beträchtlich verblüfft. Er schaute sich das seltsame Gerät noch einmal genauer an. Da war eine dünne Mine, die, wenn er auf einen Knopf drückte, mit einem *klick* aus der Spitze ihrer Umhüllung ein Stück weit herausfuhr, beim nächsten *klick* sogleich wieder in seiner Tülle verschwand. *Klick, Klick, Klick,* machte es, der junge Johann war gebannt. Holle, der von dem starken Wein euphorisiert war, der seit langem keine so lockere Unterhaltung mehr genossen hatte, sagte: „Behalt ihn, schenk ich Dir, damit kannst Du auf Deiner Amtsstube hunderte von Bögen voll schreiben, ohne einmal ins Tintenfass einzutauchen!“ Der junge Mann nahm das Geschenk zögernd an. Er konnte es nicht glauben, dass es so etwas Phänomenales gab, ohne bisher davon gehört zu haben.

Er reichte Holle die Hand, dann umarmten sich die beiden. Johann bestieg sein Pferd. „Reich mir noch einmal Deine Hand", bat er Holle, „nein, die rechte". Holle streckte sie ihm entgegen. Der Fremde nahm den Schreiber, es machte *klick,* wobei er in Holles andere Handinnenfläche etwas hineinschrieb, Holle musste vom Gekritzele kichern. Dann hob er noch einmal seine Hand zum Abschiedsgruß und ritt den Pfad wieder hinunter auf dem er gekommen war. Holle drehte die Handfläche in den Feuerschein und las langsam, fast feierlich vor:

„Dem Hunde wenn er wohlerzogen
Wird auch der weise Mann gewogen."

„Schau her, damit bist Du gemeint. Das war doch mal ein netter Abend!" Holle grinste vor Vergnügen, während er seine geöffnete Handinnenfläche an Areus' schnuppernde Nase hielt. Ihm war so wohl, so leicht, und in einem Anflug von weinduseliger, beschwingter Fatalität dachte er zurück an den verschwundenen Stollen im Ostertal, der ihm gerade jetzt reichlich egal war. So standen die beiden, Herr und Hund, nach einer weiteren guten Weile des stillen Gedenkens auf, gingen sorgfältig gemessenen Schrittes den Pfad hinunter und waren noch volle zwei Stunden unterwegs, bis sie am frühen Morgen zwischen dem Städtchen Ottweiler und dem Einsiedlerhof Wetschhausen auf eine Feldscheune stießen. Dort wühlten sie sich ins Heu ein.

Der Tag war schon gegen den Mittag zugegangen. Der Hund Areus schlich seit Stunden um den Schober herum, er stellte fleißig den Feldmäusen nach und scharrte Hamstergeheck aus den Wiesen, das er gierig verschlang. Erst als die

Sonne lange Strahlen durch die Bretterritzen des Heuschobers auf das Heu schickte, wurde Holle aus seinem Dämmerschlaf mit einem gewaltigen Brummschädel aufgeblendet. Ein Blick durch die Ritzen zeigte den mittagshellen Tag und einen stöbernden Hund in der Nähe. Am Himmel fuhren die Wolken im raschen Segelflug gen Osten, sie brachten frischen Wind mit. Holle fror, er war hungrig und durstig. Sein Rucksack war, bis auf seine Jagdutensilien, Thermoskanne, Drilling, Revolver, blauem Müllsack, Jagdglas, Notfallbeutel, LED-Lampe, leer.

Am frühen Nachmittag brachen sie auf. Sie gingen nach Steinbach. Dort erkannte Holle sofort das Haus, in dem er zweihundertdreißig Jahre später aufwachsen würde, obwohl es dort jetzt vollkommen anders aussah. Alles war ihm eher abweisend, mehr fremd, als vertraut vorgekommen, er konnte sich nicht vorstellen, hier in der Zukunft einmal zu Hause gewesen zu sein. Am Hause traf er niemanden an. Die Bewohner, seine Urahnen, hielten sich wohl alle bei der Feldarbeit auf. Holle war unschlüssig, ob er bis zum Abend warten und sich dann bei ihnen vorstellen sollte. Als er sich schließlich bei einem vor einem Nachbarhaus sitzenden alten Mann nach dem Elternhaus erkundigte und beiläufig um ein Stück Brot fragte, gab dieser keine Antwort, er schien Holle nicht zu verstehen. Der Alte war entweder schwerhörig oder taub. Auch seine Handzeichen für Hunger, für Essen und Trinken begriff der Greis nicht. Er winkte verständnislos ab, wollte augenscheinlich seine Ruhe haben.

Am Abend gelang es dem flinken Areus, in der Nähe des Heuschobers, wo sie übernachtet hatten, einen Hasen zu greifen, der sofort auf den Spieß kam und über dem Feuer gegrillt wurde.

Die nächsten drei Tage hielt Holle sich mit seinem Hund im Schober auf, denn das Wetter war schlechter geworden. Es regnete ununterbrochen, es wurde ungemütlich kalt, aber eine bessere Bleibe war in der Umgebung nicht zu finden. Zu seinem Elternhaus, vielmehr, zum Haus seiner Vorfahren ging er nicht mehr, was sollte er denen auch sagen, was hatte er mit denen schon zu schaffen, was diese mit ihm? Außerdem war er nach einigem Hin- und Hergrübeln in seiner Nistmulde zu dem Entschluss gekommen, dass er hier in dieser fremden Welt nicht bleiben würde. Es musste einen Ausweg hinüber in seine Zeit geben. Er war schließlich hierher gekommen, also gab es auch einen Weg zurück in die Zukunft. So verkroch er sich tief ins Heu und hielt aus, bis ihn der Hunger hinaustrieb. Areus führte ihn zu ein paar Fasanengelegen, aus denen er die Eier aushob, die er roh austrank oder über dem Feuer röstete und aß. Zwei Tage, nachdem sich das Wetter gebessert hatte, brach Holle auf. Die Beule über seinem Auge schmerzte nicht mehr und war inzwischen abgeschwollen. Er hatte nun auch wieder *freie Sicht* auf seine Umgebung.

Es war nach den Regentagen endlich sommerlich warm geworden. Der Kuckuck rief, die Lerchen ruderten in die blaue Höhe hinauf, auf den Hecken leuchteten zartrot die Hundsrosen. Drüben am Wegesrand nach Fürth hin strahlten die Blüten der Holunderbüsche weiß duftend herüber und die Goldammern zirpten auf ihren Spitzen ihr melancholisches Lied. In der Hitze der Mittagssonne gingen die beiden Vagabunden hinunter an den Osterbach, sie folgten seinem Lauf bis zu dem winzigen Örtchen Dörrenbach, wo in den Osterwiesen einige Bauern beim Heuaufladen und beim Einfahren tüchtig waren. Dort bei der emsigen kleinen Schar an den frisch geputzten Stoppelwiesen angekommen, warf er seine Jacke sowie den Rucksack von sich, Areus wurde im Schatten der Weiden abgelegt und kurz entschlossen gesellte er sich zu den Bauern, ging ihnen schnurstracks zur Hand. Mit hölzernen Heugabeln wuchteten sie die würzig duftenden Schütten getrockneten Grases hinauf auf den hoch aufgeladenen Leiterwagen. Ohne viel Federlesens kam man in solchem Tun von Schor zu Schor, bis der Heuwagen bis hinauf in die höchste wankende Etage aufgeschichtet war. Hinterher wurden mit Holzrechen hurtig die letzten Strohhalme aus den Stoppeln zusammengescharrt und ebenfalls hinaufgegabelt. Die Arbeit ging dermaßen flink von statten, dass keiner groß aufs Fragen nach dem Fremden kam, sie wunderten sich nur, dass ihnen so überraschend ein eifriger Helfer zur Seite stand.

„Wer arbeitet, der soll auch essen", sagte der Bauer, „Du kommst mit uns, sollst Suppe und Brot haben und einen guten Branntwein hinterher auch!" So ging es denn gemeinsam hinter dem schwankend hoch getürmten Wagen unter dem wippenden Wiesbaum dem Dorf zu. Da tappten die müden Menschen mit Rechen, mit Gabeln über den Schultern der Tenne entgegen, wo sie dann noch einmal sämtlich in Geschäftigkeit rege wurden: Heu spießen, mit Schwung hinaufwuchten, wieder und wieder, dabei sich räuspern, sich schnäuzen, den duftenden Halmregen auf sich herabschweben lassen, sich die stechende Grasspreu aus dem schweißnassen Nacken wischen, Schwaden von flirrendem Staub einatmen, hüpfend und singend Heu zusammentreten - bis endlich der Leiterwagen leer geräumt war und die Menschen sich redlich ihre Mittagsrast verdient hatten.

Unter einer schattigen Weinlaube, an der rückwärtigen Seite des Hauses, hatte der Knecht in dreiviertel Dielenabstand je zwei Krautfässer gegeneinander gerollt, über denen breite Wagenbohlen ausgelegt wurden. Auf der so gewonnenen Tafel warteten nach der Arbeit schon einladend die dampfenden Schüsseln, gefüllt mit vollmundig duftender, cremigdicker, speckgespickter Kartoffelsuppe. Die braunkrustigen Brotlaibe, groß wie Wagenräder und die derbhölzernen Löffel lagen ordentlich daneben. Staubgesichter rund um die Teller herum, ein hastiges Dankgebet schickte der Bauer hinauf. Weißblüten blitzten die Zähne beim Lachen hervor; krustig krachend wurde gekaut, gierig heißhungrig geschlürft. Es schmeckte dem Gast, wie soll man sagen, wie lange nicht mehr.

Während der beiden darauf folgenden Tage blieb Holle bei den Dörrenbacher Bauersleuten, Stoll mit Namen, die ihn so freundlich bewirtet hatten, um auszuhelfen. Insgesamt stolze sieben Fuhren Heu wurden eingefahren. Es wurde gesprochen über dies und das, es wurde gelacht, gelächelt und irgendwann wagte sich eine ältere Magd verschüchtert zu fragen, was ihr schon in den vergangen Tagen im Kopfe herum ging, ihr unterdessen immer mehr zur Gewissheit zu werden schien, je länger sie ihn sich betrachtete: ob er nicht der Caspar sei, wenn man sich den Bart wegdenke. Der Johann Caspar Dibo sei er doch, oder nicht? Ob er nicht wohl der Sohn des Ölmüllers Dibo sei, der im einundfünfziger Jahr, nachdem er seine Mühlenanteile nach dem benachbarten Werschweiler an den Meier verhandelt und sich beim höchst dero Fürsten losgekauft hatte, aus Dörrenbach weggegangen sei ins Ausland, übers große Meer, hinüber nach Pennsylvanien? Sie habe, so bekräftigte die immer selbstbewusster werdende Magd, ein bauernsicheres Gespür für alle einmal geschauten Gesichter aus dem Dorf, ihr könne man nichts vormachen, also, was jetzt?

„Aber jadoch!“ stimmte eine andere, jüngere Magd verschmitzt in die Behauptungen mit ein, nachdem auch sie den wie ertappt dreinschauenden Burschen nochmals gründlicher in ihren Augenschein genommen hatte, „jetzt erkenne ich ihn auch. Schaut doch nur seine Augen und sein Lächeln!“ Und an Holle gerichtet, scherzte sie: „Als Kinder haben wir des öfteren zusammen gespielt, weißt Du das nicht mehr? Gib es heraus, dass Du der Caspar bist!“ Die junge Magd nickte dem überraschten Gast auffordernd zu, dann sagte sie den Abzählreim: „Schippe, Schappe, Scholle, mir grawwele in de Stolle, mir grawwele wieder raus, unn Du bischd aus! Weißt Du noch, damals am Kohlenstollen?“ Verstand der Bursche, wovon die Mägde hier sprachen? Nein, nicht die Spur! Er wechselte seine Blicke fragend von der einen zur anderen Magd, die ihm strahlend aufmunternd zunickten.

Holle fühlte sich ertappt, in die Enge getrieben. Was nun? Jetzt gab es nur noch eins: die Flucht nach vorn! Schulter zuckend, reichlich zögerlich zunächst, dann mit stockender Stimme gestand Holle es der Runde schließlich ein: „Wie habt Ihr das nur erraten? Ich bin – ja, ich bin es tatsächlich. Ich bin hierher zurückgekommen, um mein altes Heimatdorf wieder zu sehen, Besorgungen hab ich zu erledigen, ein wenig Heimweh vielleicht auch, könnt Ihr das verstehen? Aber“, so fuhr er fort, „ich kann mich ja an fast nichts mehr entsinnen. Das ist alles dermaßen lange her, ich war ja noch ein Kind.“ Dann blickte er abwechselnd die Eine und dann die Andere an und deutete auf sie: „Du bist die Kath und Du die Gret, stimmt's?“

„Er hat uns erkannt“, kreischten sie aus vollem Halse und klatschten dabei in die Hände, „Caspar, er ist es“, und sie wollten schon aufspringen um sich auf ihn zu stürzen, aber der Bauer gebot ihnen räuspernd den geziemenden Einhalt.

Holle tat jetzt ebenso, als würde er über sein ganzes verstaubtes Gesicht strahlen, aber o weh, wie war ihm zumute, er hatte, völlig gegen sein Natur, schändlich gelogen! Nun wurde er auch noch von der ganzen Runde aufgefordert, zu erzählen. Was sollte er anderes tun, als weiter zu flunkern, und, sei's drum, er erzählte: Sie seien die Nahe hinab gezogen bis nach dem - romantischen - Bingen am Rhein. Von dort hätten sie sich nach Holland eingeschifft. In Rotterdam angelangt, mussten sie drei Jahre arbeiten, bis der Vater das Geld für die Überfahrt zusammen hatte. Es sei dort alles so teuer gewesen, dass das Geld von der Mühle bald für den bloßen Unterhalt in der Hafenstadt ausgegeben war. Seine Mutter aber sei von der Seeluft krank im Gemüt geworden, weshalb sie die Überfahrt nicht angetreten und er zu ihrem Beistand bei ihr geblieben war, bis der Vater drüben eine feste Bleibe hatte um sie nach ihrer Genesung nachzuholen. Als er dreizehn war, so log er weiter, habe er alleine, ohne seine Mutter, schweren Herzens die große Fahrt über das Meer angetreten, sei nach sechs Wochen glücklich in der Neuen Welt gelandet. Die Mutter aber habe sich von Holland aus noch scheiden lassen, nicht im Bösen, denn ihr Heimweh sei ja doch so übergroß geworden, dass es bald gefährlich an ihrer Substanz zu zehren begann. Sie sei endlich wohlbehalten in die alte Heimat zurückgegangen und habe hier bald wieder geheiratet. Ohne Verzug war er dann selbst drüben in Pennsylvanien bei seinem Vater und dem älteren Bruder angelangt, wo die Familie zuerst in einer Kornmühle unterkam. Sein Vater habe drüben auch alsbald einen weiblichen Trost und Gefährten gefunden und dort hätten sie in friedlicher Rechtschaffenheit ein gutes Auskommen gehabt. Er erzählte allerlei, auch von den Eingeborenen, die man dort Indianer nannte, die fast völlig nackend herumliefen, oft am ganzen Körper bemalt - am ganzen - was den Mägden offensichtlich ausnehmend gut zu gefallen schien, denn sie fragten neugierig nach Einzelheiten. Er erzählte ihnen von der fremden Sprache, von dem *Yes* und *May be* und *Hello* und *Good bye*, das man dort lernen müsse, um zurecht zu kommen und rühmte von den Freiheiten, die man im gelobten Land habe.

Warum er überhaupt zurückgekommen sei, wollten die tief beeindruckten Zuhörer an der Tafel jetzt wissen. „Heimweh", gab er ihnen zu verstehen, „Heimweh, aber zuerst der Auftrag von meinem Vater, hier in Europa Dinge für die Mühle zu besorgen, wie zum Beispiel Werkzeuge zum Schleifen der Mahlsteine, dies und das, was drüben nur schwer in der gewünschten Ausführung zu bekommen ist."

Es gäbe dort zwar genug dieser Materialien, aber an der pennsylvanischen Art, die Mühle einzurichten, hätte der Vater, der ja doch ein rechter Perfektionist sei, nun doch einiges auszusetzen, und so weiter. Holle war, trotz seines erbärmlich miesen Gewissens, ziemlich beeindruckt, wie er plötzlich zu flunkern imstande war, was blieb ihm auch anderes übrig? Die Namen der beiden Mägde hatte er sich übrigens schon vorher aus den Gesprächen beim Arbeiten herausgehört, daher konnte er die beiden benennen. Es war nur zu hoffen, dass man hier im Ort nicht andere Nachricht von den Dibos hatte. Die Freude sowie das Gegackere um die Neuigkeiten aus der fernen Welt waren so groß, dass zwar in aller Breite, aber zum Glück nicht tiefer nachgefragt wurde. Es wurde gescherzt, geschmaust und getrunken, sodass er, wiewohl auch sein treuer Gefährte Areus, hier gründlich satt wurden. Holle schlief auf dem Heustall wie selig im sommerfrischen Duftheu auf einer schweißigen Pferdedecke und hörte des Nachts im Gebälk die Eulen schnarchen - und auch hier wie dort sein schlechtes Gewissen nagen.

Am dritten Tag brach er, nach herzlichem Abschied von seinen guten Gastgebern, erleichtert wieder auf. Er ging dem Schlängellauf der Oster nach, das Tal hinauf. Am rauschenden Wehr der Werschweiler Mühle machte er eine erste Rast. Sie schauten dem Eisvogel zu, der blitzend ins Wasser schoss und Jagd auf kleine Fische machte. Auf der anderen Seite, in den Breischbacher Wiesen, waren etliche Bauern des Ortes beim Heuaufladen. Unter diesen Tätigen erkannte er auch den Meiersohn Jacob mit seinem seltsamen Bruder wieder. Die Ackersleute halfen sich hier in den Wiesen beim Heuernten offensichtlich gemeinsam aus, wenn es, ob eines nahenden Wetters, pressierte und nicht genügend Kräfte zur Hand waren.

Holle wollte eben aufstehen um seinen Weg osteraufwärts gegen den pfalz-zweibrückischen Ort Niederkirchen fortzusetzen, da bemerkte er, wie eine zur Erntegesellschaft gehörende weiß bekopftuchte Magd, vielmehr ein junges Mädchen, aber doch eigentlich ein Kind noch, sich an der Osterböschung zu schaffen machte. Mit einer Hand hielt es sich an einem Ast einer Salweide fest, mit der anderen versuchte es offenbar, sich weit über die strömende Flussböschung hinauslehnend, Wasser in eine blecherne Kanne zu schöpfen, als es geschah: der Ast brach krachend ab und das Kind stürzte mit einen spitzen Schrei in die Oster hinein, die von den vortägigen Regenfällen noch stark angeschwollen war. Ihre Röcke mitsamt der weißen Schürze wölbten sich glockig auf dem Wasser auf, das Kind versank buchstäblich inmitten ihres eigenen luftigen Kleiderbausches und wurde sofort in die Tiefe gerissen, die Röcke fuhren ihr hinterher. Lautes Gejohle und Gehetze erhob sich auf der anderen Seite. Eine Frau, sicher die Mutter des Kindes, sprang hinzu, lief an der Böschung der Strömung, dem versinkenden Kind hinterher und plärrte mit sich überschlagender Stimme sowie heftig mit den Armen fuchtelnd: „Mein Kind, mein Kind ertrinkt, so helft doch, so helft doch, mein Kind!“

Holle, der keine dreißig Schritt vom Orte des Unglückes entfernt des entsetzlichen Geschehens gewahr wurde, warf sogleich den Rucksack ins Gras, hieß seinen Hund mit rascher Geste hier zu bleiben, spurtete los, seine Joppe, Pullover, das Hemd segelten hinter ihm zu Boden und mit einem gewaltigen Sprung klatschte er ins Wasser. Bald waren nur noch die hochgerissenen, rudernden, Halt suchenden Arme der Ertrinkenden im Wasser zu erkennen, bald nichts mehr. Jetzt tief Luft geholt und schon tauchte Holle mit weit aufgerissenen Augen durch die trübe Strömung dem Körper hinterher, bekam mehr tastend als sehend, Kleidung zu fassen, riss den Körper an sich, wuchtete ihn hinauf auf die Wasseroberfläche. Aber er konnte sich nicht halten, er hatte keinen Boden unter den Füßen, wurde wieder unter Wasser gedrückt, krallte das Kind an sich. Nur nicht verlieren! Er hatte seine Stiefel beim Laufen nicht von sich bringen können. Diese füllten sich jäh mit Wasser, wurden schwer wie Blei und zogen ihn mitsamt der Ertrinkenden hinunter. Jetzt, plötzlich Halt am Boden! Holle zog die Beine an, richtete sich auf, kam tatsächlich zum Stehen. Brusttief stand er in der reißenden Oster. Wasser hustend, laut japsend, hielt er das leblose Kind auf den Armen hoch. Ihr Kopftuch war von der Strömung fortgerissen worden, die schwarzen Haare hingen strähnig nass in die Fluten herab. Die Mutter sprang auf der Böschung hin und her, fuchtelte mit den Armen wie irre. Sie kreischte, sie war schier außer sich, sie wimmerte und klagte. Die anderen Helfer, die noch immer wie gebannt standen, warfen jetzt endlich ihre Rechen und Gabeln fort ins Kraut und sprangen flugs herbei. „So holt sie mir doch ab, schnell, schnell ins Gras legen", keuchte der Retter.

Die Mutter riss das Kind an sich; unter unaufhörlichem Klagen, erbärmlichem Geschreie ließ sie sich mit dem leblosen Körper ins Gras sinken. Die Männer umstanden entsetzt, gebannt Mutter und Kind. Der Mann in der Oster zog sich zwischen Brennnesselstauden und Weidenstrünken, die hier bis ins Wasser reichten, hinauf, schüttelte die Stiefel von sich ab und war sofort bei der Unglücklichen. Die schlug um sich, sie plärrte, klagte, sie wiegte immerzu ihr Kind in ihren Armen. Holle packte die Frau an ihren Schultern, stieß sie mit einem Ruck weg von ihrem Kind - sie nahm es nicht wahr. Er griff den leblosen Körper beim Rumpf, drehte ihn um, so dass der Oberkörper nach unten zu Boden herabhing, klopfte heftig auf ihren Rücken, schüttelte den nassen Körper des Mädchens in einer Art, als wäre er in diesem Augenblick gerade so von Sinnen, wie die Mutter. Keine Reaktion. Sofort drehte der Mann den schlaffen Leib auf den Rücken, öffnete dem Kind mit Daumen und Zeigefinger den Mund, neigte den Kopf zur Seite, Wasser trat aus.

Dann presste er sein Ohr an ihr Herz, schob ihr die Augenlider auf und begann sogleich mit seinen Wiederbelebungsversuchen, ganz so, wie er es im Erste-Hilfe-Kurs zu seinem Führerschein gelernt hatte. Herzmassage: einundzwanzig, zweiundzwanzig, kräftig und entschlossen auf den Brustkorb, dass sich der leblose Leib wölbte. Mund zu Mund - Beatmung. Kurze Pause. Wiederholung. Kurze Pause. Herzmassage einundzwanzig, zweiundzwanzig, Wiederholung - und - von einem harten Schlag getroffen, flog er, von dem wild entsetzten Bauern, der der Vater des Kindes war, hinweggeschleudert in die Nesseln. Der Bauer stürzte sich hinterher auf den Retter, schrie auf ihn ein: „Was machst Du da mit meinem armen Kind, Du Ungetüm, Du Teufel!“ Schon wollte er erneut zuschlagen, Holle kniff die Augen zusammen, riss seine Hände schützend vors Gesicht, drehte seinen Kopf instinktiv zur Seite, wurde schon eines dumpfes Schlages gewahr - aber - just in diesem Moment fing es hinter ihm im Gras an zu wimmern, zu husten und zu spucken.

Das Mädchen, es war zu sich gekommen! Das Kind, es lebte! Es war tatsächlich am Leben! Die Mutter stürzte sich schreiend auf ihre Tochter, begrub sie unter sich, hätschelte und wiegte sie lang anhaltend und weinend in ihren Armen. Die Umherstehenden murmelten entsetzt, schlugen ungläubig ihre Hände vor den Kopf. Was war hier gerade eben geschehen? Wie war das möglich? Die junge Katharina, sie war am Leben!

Da stand plötzlich der junge Jacob Weiler über dem am Boden kauernden Holle, drängte den Vater des geretteten Kindes barsch zur Seite und keuchte, erst zum Retter, dann zum Beck gerichtet: „Ich weiß nicht, was Er da soeben getan hat, aber ich glaube, Gott - und nicht der Teufel - hat Deiner Tochter soeben beigestanden!“ Dann, nach einer Weile der Atemlosigkeit bedeutete Jacob dem Bauer sowie den Umherstehenden: „Geht nach Hause mit der Margarete und dem armen Kind, die anderen sollen mit Jakob die Fuhre heimbringen.“ Er reichte Holle die Hand um ihm beim Aufstehen zu helfen: „Komm Er mit nach Hause, Er muss sich seine Kleider trocknen.“

XII.

Das zweistöckige, lang gestreckte Bauernhaus, in dem Jacob mit seinem Weib wohnte, gehörte den Schwiegereltern. Es stand vor dem Dorf, im Schmidts-Eck, nicht weit von seinem eigenen Elternhaus entfernt. Auf dem Dach und im Hof brütete heiß die Mittagssonne, als sie den Pfad herüberkamen. Aus den sirrenden Brutkolonien unter den Dachtraufen kamen in kurzen Abständen, in wahrhaft heller Aufregung, die Schwalbentrupps herausgesegelt. Sie umrundeten die Ankömmlinge wie zu einem ungeduldig erwarteten Empfangsreigen. Droben auf dem Strohfirst lockte ein Wiedehopfpaar mit seinem eintönigen *huphuphup* den Nachwuchs aus der Bruthöhle heraus. Der hechelnde Areus indes interessierte sich weit mehr für die zufrieden säuselnde Hühnerschar in den staubigen Kuhlen, die ihrerseits, mitten in der sengenden Mittagsstunde von lähmender Gleichgültigkeit befallen, in ihren Lagern ausharrte. Denn sie hielt weiter sandschaufelnd ihre Sonnenandacht und kümmerte sich nicht im Geringsten um den neugierigen Vierbeiner. Der hütete sich, auf ein knappes Zungenschnalzen seines Herrn davor, der geflügelten Gesellschaft all zu nahe zu treten, er trollte sich alsbald zurück zu seinem Gebieter.

Der Oberladen der Haustür stand, wie bei den meisten Häusern im Dorf, in der warmen Frühsommerzeit um die Mittagszeit sperrangelweit offen. Er ließ etwas Durchluft in den Flur herein sowie Schwärme von Fliegen. Zu beiden Seiten des Hausflures lagen die Stuben, eine Kammer, dahinter die Küche. Dort, in der Fensternische, kauerte auf einem kurzen Dreibeinhocker die baufällige Großel Kathrin. Sie sah kurz von ihrer Handarbeit auf, als Jacob eintrat, stopfte dann aber weiter kopfwackelnd an derben Strick-Strümpfen herum. Ihr gegenüber, vor dem ausladenden Gewölbe des aufgemauerten Herdes, waren Jacobs Frau Maria mit ihrer Mutter rege, wo über dem freien Herdfeuer die Mehlsuppe und der Haferbrei in den schaukelnden Kesseln unterm Feuerhaken schon ruchbar anbrannten. Daneben brutzelten Kohlwickel sowie Kartoffeln zusammen in einer flachen, weit ausladenden Eisenpfanne, die über dem lodernden Beifeuer auf einem Dreifuß ruhte. Der aufsteigende Rauch entwich in die mächtig ausladende Esse, die sich über der freien Herdstelle langsam in den weiten Rauchfang, die Harscht, verjüngte. In dieser baumelten an den rußfettigen Querstangen noch einige Darmwürste, auch wenige Schinken, Speckseiten und ein gefüllter Schweinsmagen vom vorigen Winter im Rauch.

Holle blieb mitten im Hausgang vor der spaltweit offen stehenden Küchentüre stehen, während Jacob den Frauen knapp Bescheid gab. Leise Ausrufe des Entsetzens drangen an sein Ohr. Maria, Jacobs Eheweib, trippelte verlegen an dem Wartenden vorbei in die Stube. Kurze Zeit später kam sie mit einem Stapel Wäsche zurück und legte sie dem Fremden wortlos lächelnd in die Arme. Jacob führte ihn durch die Küche in die hintere Futterküche, direkt neben dem Kuhstall, wo sich der Durchnässte umzog. „Sind Ihm vielleicht ein bisschen knapp, Er ist halt groß gewachsen, aber solange bis Seine Sachen trocken sind, wird's Ihm gelegen kommen“, bedeutete ihm Jacob. Holle bedankte sich. Er legte Areus hinterm Haus an einem Schuppen im Schatten ab und wenig später saß er, trocken, mit Leinenhemd sowie grober Hose bekleidet, seine Füße in viel zu kurzen Holzpantoffeln steckend, auf der Bank am Küchentisch und löffelte gierig den Haferbrei. Hinterher langte er, immer noch wie ausgehungert, bei dampfend herzhaften Kohlwickeln mit gerösteten Kartoffeln gleich zweimal nach. Der steinerne Krug, den Jacob sogleich mit kühlem Birnenviez gefüllt hatte, wurde dreimal neu aufgefüllt, so groß war Holles Durst. Die Frauen waren währenddessen in der Futterküche verschwunden, wo sie sprachlos staunend damit beschäftigt waren, des Fremdlings nasstriefende Kleider, T-Shirt und Boxershorts sorgfältig über die Leine zu hängen sowie seine vornehmen Lederstiefel zum Trocknen in den Schatten zu stellen. Nur die schwerhörige Kath kauerte, zahnlos auf ihrer Zunge kauend, weiter in ihrer Nische. Sie stopfte Strümpfe und kicherte ein um das andere Mal zu Holle herüber.

Jacob hockte schweigend am Kopfende des Tisches. Er nahm sich wenig, reichte indessen dem Gast aufmerksam die zinnenen Schüssel, die dampfenden Pfannen. Manchmal wehrte er den Fliegen, die sich über die Mahlzeit hermachen wollten. Da saß er also in seinem Haus, an seinem Tisch, der Jäger auf der Durchreise, über den sich Jacob schon so manche ungereimte Gedanken gemacht hatte – er, der Cousin, der Verwandte, den er sich jetzt in aller Ruhe aus nächster Nähe bemustern konnte. Jadoch, er hatte schon eine gewisse Ähnlichkeit mit seinem ältesten Bruder Georg, das konnte passen.

„Soll ich, soll ich nicht?“ fragte er sich. Es gab so viele Fragen, die er jetzt loswerden wollte. Vielleicht anfangen mit einer der ganz unverblümten: was der Mann dort drüben an der Breischbach denn mit dem armen Kind angestellt habe, dass sie mit einem Male wieder zu sich gekommen war. Das sah nach gezielten, nach geübten Handgriffen aus, das war nicht planloses Herumtraktieren. Das war nicht hilfloses Hantieren an dem leblosen Körper. Vielleicht ist er ein Heiler, ein Wundarzt gar? Aber eigentlich war ihm gleich klar geworden, dass der diese Fertigkeiten nur aus dem fernen Pennsylvanien mitgebracht haben konnte. Wie waren die Mägde, die Knechte, selbst der Bauer, die Bäuerin – nunja, er selbst doch ebenso - so hilflos dagestanden, als es galt, anzupacken, zu entscheiden, zu helfen. Das hatte ihm, Jacob, schon ordentlich imponiert, wie dieser Fremde so mir nichts, dir nichts, ohne lange zu zaudern, dem Kind in die Oster nach gesprungen war. Der wusste sofort, was zu tun war. Erst mal in Ruhe essen lassen, das übrige ergab sich dann von selber.

Jacob stellte dem Fremden zum Nachtisch einen aus gut gelagerten Holzäpfeln selbst gebrannten und mit frischen, grünen Haselnüssen angesetzten Stärkungsschnaps auf den Tisch und goss ein. „Er hat sich warm gegessen, jetzt trinke Er sich warm und dann soll Er sich ein wenig von der ganzen Aufregung an der Breischbach ausruhen. Das sehe ich Ihm an, dass Er jetzt Ruhe nötig hat.“ Er goss auch sich ein wenig in ein kleines Schnapskrüglein ein und prostete ihm zu: „Danke, für die Hilfe um die kleine Beckin, das war gut getan, Herr – Neufang?“

Holle nahm den Schnaps: „Zum Wohle! Nicht Neufang, Caspar Dibo ist mein Name. Ich hab Euch zu danken, dass Ihr mir zuerst vor Tagen mit Brot und jetzt mit Eurem Wort bei den Leuten des Kindes und dann mit einer guten Mahlzeit beigestanden habt.“

Jacob verbat sich weitere Fragen, denn er sah, dass der Gast erschöpft war. Also wies er dem Manne namens Caspar den Knechtsalkoven im oberen Hausgang zu, wo dieser sich für zwei, drei Stunden erholen mochte. Holle nahm sofort dankend an, verkroch sich in der Bettstatt der Wandhöhle, zog das Linnengehänge zu und war gleich eingeschlafen.

Jacob dachte unterdessen unaufhörlich über seinen Gast nach, während er sich im Stall an den Futterraufen zu schaffen machte. Also war er doch nicht sein Cousin, nicht mal ein Verwandter. Jacob war ernüchtert, offen gestanden auch ein wenig enttäuscht. Nun war er wohl doch ein herrschaftlicher Jäger. Und wenn nicht? Wenn er am Ende gar ein Spitzel war, ein Auskundschafter, dem aufgetragen worden war, für seine Herrschaft herauszufinden, wie es hier um die Stimmung beim Landvolke, zum Beispiel um die Auswanderungswilligkeit der Untertanen bestellt sei? Er selbst war häufig genug von seinem Vater, dem Meier, beauftragt worden, für die da oben den Leumund, das Vermögen, die Gesinnung von Untertanen aus einem der Meierorte auszukundschaften, das gehörte nun mal zu den Aufgaben eines herrschaftlichen Vertreters. Möglicherweise sogar war dieser Fremde beauftragt, zu erkunden, wie er selbst, Jacob, sich als Gehilfe sowie als möglicher Nachfolger seines Vaters halte? Immerhin war der Meier in einem Alter, in dem man höheren Ortes bereits über eine Sukkzession, eine Nachfolge, nachzudenken pflegte. Sein Vater zeigte in den letzten Jahren ohnehin zunehmend Anzeichen von Amtsmüdigkeit, was er längst nicht mehr verbarg, auch nicht vor den Herren des Oberamtes zu Ottweiler.

Adam Weiler hatte in den letzten Monaten auffallend oft davon gesprochen, sein Meieramt in jüngere Hände legen zu wollen. Wer kam für diese hohe Position in Frage, wenn nicht er selber, Jacob? Sein ältester Bruder, Georg, der nun mal als Erstgeborener alle Vorrechte hatte, auch das Vorrecht des Hauserbes im Meierhause, der wäre als neuer Amtsträger an der Reihe. Aber Gott bewahre, nein, der war nicht der geeignete Kandidat, das war auch seinem Vater längst klar geworden, Georg selbst wusste das auch nur zu gut. Außerdem hatte sich sein Bruder vor Jahren bereits vor seinem Vater abschlägig erklärt. Er hatte sich überdies unter seinesgleichen Müllerburschen einen Dünkel sowie einen Lebenswandel angewöhnt, der zum Dienst im Meieramte nicht taugte. Nun ja, nichts weiter davon! Aber konnte auch sein, dass dieser Caspar Dibo ihn nur über den kürzlich aus dem Lande entwichenen Knecht aushorchen wollte, der ausgerechnet in seiner Haushaltung gedient hatte. Das warf kein gutes Licht auf ihn. Was sollte er von dem Fremden halten, was sollte er ihn fragen, wie sollte er sich selbst verhalten?

Aber, so dachte er wegwerfend, das waren alles wirre Gedanken. Jemand, der in hoheitlichem Auftrag hierher gekommen war, einer, der Dringliches im Namen der Herrschaft auszukundschaften hatte, der würde sich gewiss nicht in den Osterbach stürzen, um ein Kind herauszuziehen, das war ganz und gar undenkbar. Da kannte er die Lakaien und die Kratzfüßer in Ottweiler viel zu gut, die kamen ihm ganz anders! Würde jemand, der auf Wanderschaft war, jemand, der vielleicht geradewegs in Richtung seines Heimatortes unterwegs war, sich so, wie dieser Caspar, um Werschweiler herum drücken und innerhalb weniger Tage gleich zweimal auftauchen? Was würde so einen wie den wohl hier aufhalten? Hatte er hier vielleicht lohnende Gelegenheit zum Beutemachen ausgeheckt? Undenkbar eigentlich, was war denn hier schon zu holen? Da gab es weit größere Orte, in denen sich zu derlei Absichten aufzuhalten lohnte. In St. Wendel, in Ottweiler oder in Saarbrücken, da drückt sich solcherlei Volk, wenn überhaupt, eher herum. Aber in Werschweiler? Nein, auch daran war gewiss nicht zu denken. Jacob wurde, je länger er nachdachte, aus diesem Gast nicht klug. Wer war er? Was wollte der hier? Und dieser Hund: beeindruckend war es schon, wie dieses edle Tier mit seinen schier alles durchdringenden wasserblauen Habichtsaugen seit Stunden schon wie eine Statue hineingepflanzt neben dem Gartentor unterm Holzschuppen lag und gleichmütig vor sich hin hechelte.

Jacob verschlich sich endlich aus dem kühlen Stall hinter die Tenne, wo er dem durstigen Weimaraner eine Schüssel mit frischem Wasser hinstellte, die der Hund sofort dankbar annahm um sich danach sofort wieder auf seinen Platz zu begeben, den ihm der Jäger vordem zugewiesen hatte. In der Nähe schaukelten die Kleidungsstücke des Fremden im Wind. Dort besah sich der neugierige Jacob jenen Wams, Unterkleid, Jacke, Hose oder gleichwie man diese sonderbaren grünen Stücke nennen mochte, um hier in aller Ruhe die Ausrüstung des Fremden nochmals sorgfältig in Augenschein zu nehmen.

Die Kleidung war insgesamt von einer solch präzisen Machart, von einer dermaßen fein gewebten Stofflichkeit, sie dünkte ihm so neuartig und gleichzeitig auch wieder so bodenständig, dass er, auch bei wiederholtem genauen Inspizieren der Lage, aus dem, was da so flatterhaft vor ihm auf der Leine hin und her wehte, nicht recht schlüssig werden wollte. Da gab es bei der Hose, auch bei der dick gefütterten Überjoppe beim näheren Hinschauen, zum Beispiel bei der Hose am Hosenlatz, dort, wo sonst eigentlich geknöpft oder gebunden wurde, eine wunderliche Mechanik mit Zacken. Es waren winzig kleine Haken aus einem Material, das nicht Holz und nicht Eisen, nicht Textil und nicht Stein war, welches feinst in den Stoff, wie an einer Schnurreihe, eingearbeitet war. Woraus mochten sie bestanden haben, vielleicht aus Horn, aus Muscheln? Jedenfalls war diese wunderliche Mechanik, die er hier vor sich hatte, in wahrhaft präzisest kunstfertigster Feinarbeit geschaffen worden. Fern erinnerte ihn dieses höchst filigrane Machwerk, wie sollte er es beschreiben, an zwei winzige hölzerne Grasrechen, die mit ihren Zinken gegeneinander verschränkt waren, nur eben viel, viel zierlicher.

Jacob spekulierte genauer, kam näher, fasste zögerlich nach einem kleinen *Wimpel,* welcher auf diese glänzende Mechanik draufgesetzt zu sein schien, bewegte den Zipfel vorsichtig nach oben und siehe da: die Zacken verschlossen sich in Windeseile, gerade so, wie beim hastigen Falten der Hände zum Gebet die Finger sich ineinander fromm vereinen. Er war überwältigt! Er konnte es kaum fassen, was es alles gab. Noch einmal näherte er sich, zog den zierlichen Wimpel abermals nach unten und – rrrritsch – klaffte der Hosenlatz wieder auf. Auf und zu, auf und zu, unglaublich! Diese Entdeckung war ihm nichts anderes als eine wahrhaftige Erleuchtung gewesen. Sie hatte ihn derart eingenommen, dass er es wieder und wieder versuchte, mal langsam, dann schneller, dann wieder mit einem einzigen Rrrritsch. Nachdem er den Hosenlatz hin- und hergedreht und schließlich ausstudiert hatte, wandte er sich der gleichen wundersamen Mechanik am Verschluss der gefütterten Joppe zu. „Ungeheuerlich!" war sein knappes Fazit, einfach unglaublich, was die Pennsylvanier da drüben in der Neuen Welt alles auf die Beine stellten. Aber der begeisterte Entdecker fand noch mehr an der Joppe des Jägers. Es befanden sich da am Kragen einige seltsame metallene Knöpfe ohne Knopfloch. Der Kragenknopf ließ sich mit einem leichten Druck in ein Gegenstück hineindrücken und – klick – war das Teil verschlossen. Es war nicht zu fassen, was sich da am Nachmittag dem staunenden Jacob an der Leine offenbart hatte. In die Küche zurückgekehrt, begegnete er den misstrauischen, verschwiegen mitwissenden Blicken seiner Frau und seiner Schwiegermutter und ihm war sofort klar, dass sie längst darüber im Bilde waren, was ihn so verstört hatte, da ja sie selbst die Kleidungsstücke zum Trocknen über die Leine geworfen hatten.

Die dunkle Kojenstatt, in die Holle sich am Nachmittag erschöpft eingenistet hatte, dusterte sich schon merklich ein. Der spätnachmittägliche Moderdunst des Dachbodens war von der Stiege herab in die Laken gekrochen und ließ den Schläfer aufwachen. Seine Nase stak in den Leinenkissen, sie fing Heublumenduft ein. Bilder von Grashüpfern, von blendendem Sonnenglast, schattiger Mittagsruhe und klappernden Quellwasserkannen begleiteten den Mann beim Erwachen und ihm war für einen Augenblick wohlig, ja geradezu behaglich zumute. Er hatte einen wahrhaft erquickend zu nennenden, tiefen und neue Kraft spendenden Schlaf geschlafen. Aber dennoch legte sich alsbald wieder ein Schatten von Unruhe über sein Erwachen. Holle wurde allmählich ergriffen von einem bangen Ahnen über das, was er in Dörrenbach den Leuten vorgelogen hatte. Diese ihm von zwei Mägden unversehens aufgedrängte Identität, bei der er nicht wissen konnte, ob ihm hier nicht plötzlich, wie aus heiterem Himmel, der wahre Dibo gegenüberstehen würde, war ihm im Nachhinein nicht geheuer. Warum hatte er sich bloß verleiten lassen, er wusste doch, dass es ihm wider die Natur ging, sich gegenüber den Mägden und nun auch schon gegen seinen gut meinenden Gastgeber, der sich so gönnerhaft erwies, in solcher Art herauszuprotzen, sie dermaßen anzulügen.

Was aber sollte er sich darüber ereifern, dachte er andererseits. Diese Erlebnisse der letzten Tage, dieser ganze Spuk, der so irreal und doch so greifbar, hörbar und ruchbar war, hatten ja insgesamt etwas von einem absurden Theaterspektakel, bei dem er sich manchmal vorkam, als wäre er Akteur und Zuschauer in der Loge zugleich. Schauspiel aber bedurfte geradezu der kreativen Schauspielerei sowie der effektvollen Inszenierung. Warum also nicht zusätzliche Rollen einfügen, wenn sie gerade in die Handlung hineinpassten? Diese Rollen wollten besetzt, ausgeführt, gespielt werden, bis der Akt vollendet war, bis die Zuschauer sich, Beifall klatschend oder auch betreten über die Fremdartigkeit der Handlung, erhoben, um nach Hause zu gehen. Wann würde endlich der Vorhang fallen und dieser ganze Spuk ein Ende haben? Würde er je wieder in seine Zeit zurückkehren können. Würde sich der Tunnel je wieder zum Ausweg in seine wirkliche Heimat öffnen?

Das Milchvieh trottete am Abend, vom Kuhhirten aus der Brachenweide zurückgeführt und im gemächlichen Wankschritt vom Schäferhübel über den Dorfplatz herüber kommend, alleine zurück in die Ställe und stellte sich zum Melken auf. Holle hatte sich bei Jacob nach dem Aufstehen erboten, im Stall tätig zu sein, nun stand er bereit. Er griff sich einen Eimer, einen Einbeinhocker und ließ sich von Jacob einweisen. Dessen einfältiger Bruder, ebenfalls Jakob gerufen, ging in der Haushaltung seines Bruders ebenfalls zur Hand. Er begrüßte Holle kichernd wie einen vertrauten Bekannten. Holle aber, so sehr er sich auch am Euter abmühte, war ein erbärmlicher Versager. Nicht mal melken konnte er. Ein Wunder, dass die Kuh nicht nach ihm getreten hatte, so entsetzlich ungeschickt traktierte er an ihren Zitzen herum. Einen einzigen, armseligen weißen Dünnstrahl hatte er zustande gebracht, dann war die Quelle am prallen Euter versiegt. Das alles hatte der einfältige Jakob längst bemerkt. Er zeigte dem Irritierten kichernd in zwei diskreten Handgriffen, wie es gemacht wird. Holle war ihm dankbar, denn jetzt stritzte es abwechselnd aus der linken und der rechten Hand endlich munter in den untergestellten Eimer hinein und der Anfänger erlebte den Stolz seines ersten Melkerfolges.

Am Abendtisch saßen Jacob und Holle wieder alleine in der Küche. Jacob hatte seine Leute angewiesen, in der Stube zu essen, denn er musste Wichtiges mit dem Manne besprechen. Nun saß er Holle gegenüber und kaute unschlüssig an seiner Schmalzstulle. Wie beginnen, was mit dem fremden Gast anfangen, er hatte keinen Plan. Holle bemerkte die Verlegenheit des Jacob, endlich hob er an, sich seinerseits zu erklären:

„Das mit dem Mädchen dort drüben in der Breischacher Wiese, Er soll wissen, das war kein Hokuspokus, das war kein Firlefanz." Er sah ein, dass Jacob nicht verstand. Holle rührte in der Schüssel, die vor ihm stand.

„Erste Hilfe nennt man das bei uns. Die Griffe lernt man von den Ärzten oder beim Roten Kreuz. Die bringen einem bei, wie man Menschen, die in Lebensgefahr sind, helfen kann. Das könnt Ihr hier nicht wissen, das habe ich dort erst gelernt, von wo ich herkomme, von dort, in der Neuen Zeit, verstehen Sie mich, äh, versteht Er?“

Jacob schaute ihn fragend an: „Was meint Er mit Neue Zeit? Meint Er damit neue Methoden? – Meint Er die Neue Zeit in der Neuen Welt? Drüben - in der Neuen Welt?“ Holle wiegelte ab: „Ja, gewiss, aus der Neuen Zeit in einer anderen Welt... Ja, so könnte man es durchaus auch sagen, in der Neuen Welt in der Neuen Zeit eben, in unserer Zukunft gewissermaßen.“

Jacob schien nicht ganz zu verstehen, aber er glaubte, irgendwie begriffen zu haben und so nahm er erleichtert das Wort wieder an sich: „Also, in der Neuen Welt, in Pennsylvanien, in dem Land, das einem die Zukunft verspricht, meint Er dieses damit? Und – und dann hat Er den Hund, seine Stiefel und alles Übrige gewiss auch aus der Neuen Welt, aus Pennsylvanien, mitgebracht?“

O Gott, was sollte ihm Holle darauf nur antworten, damit Jacob verstand, vielmehr verstehen konnte? Dieses Pennsylvanien schien für jenen so etwas wie die Welt der Allverheißung zu sein. Ehe er aber antworten konnte, hob Jacob wieder an, Fragen zu stellen. Er wiegte den Kopf hin und her, unschlüssig, ob er das, was ihm jetzt auf der Zunge lag, tatsächlich aussprechen sollte: „nun wohl, aber warum ist Er dann wieder hierher zurückgekommen? Ist denn dort drüben nicht alles viel besser, als hier bei uns? In der Neuen Welt habt Ihr Ausgewanderten all diese neuartigen Dinge, Ihr habt diese Kleider mit den sonderbaren Schließmechanismen, Ihr züchtet dort edle Hunde, Ihr habt Eure Freiheit. Das Land ist unermesslich weit, und dort hat man, Er hat es ja just erwähnt, eine Zukunft, eine bessere Zukunft als hier!“

„Mein Onkel, Johann Michel, hat einmal von drüben geschrieben, der ist nämlich vor langem, in den siebzehnzwanziger Jahren, von hier weggegangen. Ihr müsst keine Leibeigenen sein, Ihr seid Eure eigenen Herren. Ihr könnt hingehen wo Ihr wollt. Ihr müsst Euch nicht von Eurer Herrschaft loskaufen, wenn Ihr weggehen wollt, jetzt ist das Auswandern bei uns sogar bei hoher Strafe gänzlich verboten. Ihr habt Euer Eigentum und das nimmt Euch keiner weg. Ihr seid zufriedene Leute!"

Jacob stutzte bei seinen eigenen Worten. Dann warf er plötzlich ein: „Er will uns doch nicht etwa für die Neue Welt anwerben? Ich müsste Ihm, das sage ich Ihm gleich gerade heraus, bei unserer Herrschaft melden. Aufs Anwerben steht Strafe!"

Holle wurde verlegen. Aha, Jacob traute ihm nicht. Er vermutete in ihm wohl einen Makler für Schiffspassagen.

„Ich versichere Ihm, ich bin nicht hierher gekommen, um jemanden für die Neue Welt zu ködern, das liegt mir ferne, darum mögen sich andere kümmern, das ist nicht mein Geschäft", bekräftigte Holle. Er goss aus dem Krug in seinen irdenen Becher ein und hob ihn gegen Jacob wie zur feierlichen Bekräftigung eines Schwurs. Jetzt schwiegen beide verlegen. Holle spürte: er durfte ihm auf keinen Fall mit der Wahrheit kommen, die hatte er seit Dörrenbach leichtfertig hinter sich gelassen. Jacob würde die wirkliche Geschichte niemals begreifen können. Das wäre zu viel für den Anfang. Das mit der Zukunft musste ihm schonend beigebracht werden, wenn es dazu überhaupt je kommen würde.

Was würde Jacob schon an einer Zeitreise begreifen, wenn er, Holle, sie selbst nicht einmal fassen konnte? Er hatte diesen ganzen ungeheuerlichen Spuk nicht richtig verarbeitet, auch jetzt noch nicht. Eigentlich hoffte er, ja er flehte darum, dass dies alles nicht real sein möge, dass es nur ein lächerlicher, lang anhaltender Traum wäre, ein Ausrasten der Hirnneuronen, ein Horrortrip gewissermaßen. Also konnte er erst einmal die Version mit dem Tunnel im Kalkstollen vergessen. Nicht mit Jacob. Jacob würde Holles Darlegungen seiner Zeitreise niemals für wahr erachten, warum auch? Da war denn die Neue Zeit in der Neuen Welt, die Pennsylvanien-Zeit sozusagen, doch um ein Vielfaches plausibler.

Am Ende würde Jacob ihn für seine Phantastereien um eine Reise aus der Zukunft hierher für einen Gotteslästerer, für einen Ketzer, gar für den Versucher selbst halten, ganz in der Art, wie der arme, verzweifelte Nickel Beck in den Breischbacher Wiesen über ihn hergefallen war, als er dessen Kind ins Leben zurückgeholt hatte. Jacob würde ihn aus dem Dorf wahrscheinlich gar davonjagen müssen, ja, er würde am Ende womöglich gar keine andere Wahl haben, als ihn des Landes zu verweisen, um sich nicht selbst auch noch ins Geschwätz der Leute zu bringen.

Was hätte Holle folglich aus der *Wahrheit* gewonnen? Nichts! Er hatte sich außerdem vor Tagen dafür entschieden, diesen verfluchten, den verhexten verschwundenen Stollen ausfindig zu machen, das galt ihm zuvorderst. Von wo aus sollte er das anders tun, als von hier, von Werschweiler aus? Was wäre, wenn… undenkbar, unvorstellbar: wenn es ganz und gar keinen Weg mehr zurück gab? Wenn eine Rückkehr in die Zukunft ein für alle Mal versperrt sein würde, wohin dann? Sein Haus! Seine Schwester! Seine Jagd! Seine Grube, Altersrente, Jägerkumpels, ach, sein Bankkonto, er war ein sparsamer Mensch und seine Krankenversicherung, alles dahin, alles verloren…

Dieses Ostertal war ihm das einzig Vertraute. Hier kannte er sich ja doch zum wenigsten einigermaßen aus. Sollte er seine einzige Chance auf ein Hier bleiben in diesem Nest, die ihm die Umstände der Rettung des Mädchens vielleicht boten, der Wahrheit opfern, einer Wahrheit, die selbst vor seinem eigenen haltlosen Verstand immer kläglicher versagte, je und je unwirklicher geworden war und zunehmend als solche verschwamm? Es konnte nicht sein, was hier geschah, er konnte sich auch nicht an die jetzige fatale Realität gewöhnen, während die eigentliche Heimat in der Neuzeit für ihn so unerreichbar weit weg lag, dass für ihn im Augenblick weder hier noch leider in der Zukunft eine wahre Heimstatt für ihn denkbar war. Eine fassbare Realität gab es für ihn in diesem Moment überhaupt keine, nur Schein. So vor sich hingrübelnd, begriff Holle, dass er seine Dibo-Version aus Dörrenbach in jedem Falle weiter spielen musste.

Also, ein neuer Akt in dem Spiel, dachte er sich und er war eigentlich erleichtert, dass Jacob von sich aus auf die Neue Welt gekommen war.

„Und der Name auf dem roten Halsband des Hundes? Wo kommt der Name her, wenn Er nicht Neufang, sondern – Dibo heißt?“ Das wollte Jacob von seinen Gast jetzt wissen. Einen Augenblick herrschte betretenes Schweigen im Raum, bevor Holle sich endlich erklärte:

„Ganz recht, mein Name ist Dibo, Johann Caspar Dibo. Das Band, es gehört, einem nahen Verwandten. Der hat es mir ausgeliehen“, beantwortete Holle die Frage seines Gegenüber. Er merkte sofort, dass er geradezu blödsinnig ungeschickt mit erfundenen Ausreden umging, dass er im Geschichten erfinden ein Amateur, ein erbärmlicher Anfänger war. Es war ihm eben immer noch vollkommen zuwider, verdammt nochmal, Lügenmärchen zu erspinnen!

Aber er bezwang sich und flunkerte munter weiter, denn er hatte nun mal damit begonnen: „Ja, wie Er treffend gemutmaßt hat, ich komme aus der Neuen Welt. Ich bin der jüngste Sohn des ehemals Dörrenbacher Ölmüllers Dibo. Er kennt mich möglicherweise noch als Kind aus der Schulstube des Schulmeisters, vielleicht kennt Er mich auch nicht mehr. Wir sind damals hinüber nach Pennsylvanien gegangen, es war gegen das dreiundfünfziger Jahr, als wir von hier weg gemacht haben. Jetzt bin ich wieder da, bin wieder hierher zurückgekehrt, um hier für einige Zeit mein Schreinerhandwerk, welches ich drüben mit großem Fleiß erlernt habe, auszuüben und zu praktizieren. Dort mangelt es an guten Handwerkern, die die Tricks und die Kniffe unserer guten Meister hier beherrschen. Irgendwann, wenn ich mich firm und fest in der Kunst der Tischlerei fühle, werde ich einmal wieder zurückgehen, in drei, vier Jahren kann das wohl sein, wenn ich hier nichts mehr dazulernen kann."

Jacob stutzte. Er versuchte sich zu erinnern. Ja, der Name Dibo war ihm bekannt. Er hatte von ihm über seinen Vater gehört, der von Johann Friedrich Dibo seine Mühlenanteile für seinen ältesten Sohn Georg erworben hatte. An Dibos Kinder konnte er sich nicht erinnern, das war zu lange her. Dorthin gingen seine Gedanken, während er sein Gegenüber nachdenklich musterte. Dies registrierte Holle. Er durfte keinen Argwohn, keinerlei Zweifel aufkommen lassen, er musste die in diesem Augenblick offenbar entstandene Verunsicherung zu zerstreuen suchen, daher ergriff er erneut das Wort: „ich bitte Ihn, ich bin weit davon entfernt, falsche Eindrücke über mein Hiersein entstehen lassen zu wollen. Ich bin nicht hierher gekommen um irgendjemanden für die große Fahrt hinüber anzuwerben, das muss jeder selbst wissen. Ich bin kein Werber. Ich bin jemand, wie soll ich es sagen, jemand, der..." und jetzt wurde Holle endlich so redlich und direkt, wie man es von ihm eigentlich kannte, „ich bin jemand, der auf der Suche nach einer vorübergehenden Bleibe ist und auf der Suche nach Arbeit, damit ich dazulernen und mich hier im Tale halten kann."

Die Rettung des Mädchens aus der Oster, des einzig der Beckin verbliebenes Kindes, hatte sich noch am selben Tage in Werschweiler sowie in den zur Meierei gehörenden Orten herumgesprochen. Sogar dem hochwürdigen Pfarrer, dem hinfälligen, weit in den siebziger Jahren stehenden Johann Daniel Engel, hatte man die unerhörte Neuigkeit in all ihren Auszierungen zugetragen. Dabei munkelte und rätselte man in den Dörfern jetzt erst recht über den Unbekannten, der angeblich einen silbergrauen Wolfshund, manche meinten sogar, es sei ein wahrhaftiger Wolf, mit sich geführt hatte, als er die zwölfjährige Katharina Beck aus dem Wasser zog. Aber es war auch fast genau so eilig in die benachbarten Ortschaften vorgedrungen, dass es sich bei jenem in Frage stehenden Unbekannten um den jüngsten Sohn des ehemaligen Dörrenbacher Ölmüllers Dibo handelte, der vor vielen Jahren schon hinüber in die Neue Welt geschifft war. Wie man hörte, sei er zurückgekehrt, um mit dem Meier Adam über dessen seinerzeit erworbene Mühlenanteile nachzuverhandeln, man war sich damals offenbar nicht ganz einig geworden. Der junge Dibo hätte für die Zeit der Verhandlungen sogar Quartier im Hause Weiler daselbst, bei dem Sohne des Altmeiers, beim jungen Jacob Weiler bezogen, um schneller an Ort und Stelle zu sein. Nun ja, was man sich so alles erzählte. Man kannte derlei Schwadroniere der Leute genügsam, es war nichts zu machen. Man konnte ihnen schließlich nicht das Maul zubinden!

Das Ereignis der wundersamen Rettung wurde osterauf, osterab zum Dorfgespräch und in zahlreichen Versionen von

Stube zu Stube weiter getragen. Dabei erfuhr es die üblichen seltsamen sowie sattsam bekannten Wandlungen, bei denen so mancherlei unausgegorene Gehässigkeiten gegenüber dem alten Dibo mit hineinspielten, denn vom Ölmüller Dibo hatte man sich seinerzeit keine all zu große Meinung gebildet. Man behauptete, er hätte die Leute bei den Berechnungen des Mahlgutes übervorteilt, er hätte ihnen zuviel für seine Arbeit berechnet. Der war, so das verbreitete, gehässige Votum, wohl nie verlegen, wenn es ans große Reden führen kam. Sein Maul immer besonders ausgiebig schwenken, das konnte er wohl, aber das stand ihm mitnichten zu. Keine Gelegenheit habe er damals ungenutzt gelassen, jegliche sich darbietenden Geschäfte zum eigenen Vorteile zu münzen. Fast alles, was man ihm an Ölfrüchten zum Mahlen brachte, machte er vor den Bauern schlecht und verkaufte die fertigen Erzeugnisse dann hinterher als Erstes Gicht- und Wadenöl teuer in die Stadt. Der war sowieso so ein Hallodri. Man sprach sogar davon, dass er in seinem unverschämten Geschäftssinn einmal der Gemahlin des alten Fürsten Wilhelm Heinrich einen ganzen Vogelbauer voll mit gelb angemalten Spatzen, ohne mit der Wimper zu zucken, als echte überseeische Kanarienvögel und Zitronenzeisige verkümmelt habe.

Nicht zuletzt waren die unablässigen Händel mit den Kunden und der ständige Ärger mit ihnen sowie das böse Geschwätz der Leute, deren Missgunst und Neid auch ein Grund dafür gewesen, dass Dibo damals seine Anteile angeboten hatte und von Dörrenbach fort gegangen war.

Aha, da trieb sich also der Filius des schlitzohrigen Dibo wieder in der Gegend herum. Hat wohl im gelobten Land über dem großen Wasser nicht das gefunden, wonach er gesucht hatte?

So trieben denn, neben den allgemeinen Mutmaßungen über die Anwesenheit des jungen Dibo, aber mehr noch die Versionen des Geschehens in der Breischbach um die Rettung der jungen Beckin reiche Blüten. Bis auf wenige eher sachliche Varianten, waren einige dieser Versionen an Gehässigkeiten nicht zu überbieten gewesen. Sie reichten von dem nüchternen Berichte des *Hinein-ins-Wasser-springen-und-wieder-herausziehen*, zu einer härteren Gangart, wie: „da fuhr aus dem Munde des Fremden ein Blitz in das leblose Mägdelein hinein und behexte das Kind. Sie wurde gerettet um den Preis ihrer armen Seele“, bis zu den ärgsten Beschuldigungen jener Art, wie: „der Unhold war im Begriffe, sich vor den Augen Aller an dem unschuldigen Kinde zu vergehen“. Das war schon starker Tobak.

Am Pfingstmontag, dem vierten Juni 1770 hielt der alte Pfarrer Engel seinen obligaten Gottesdienst, der insgesamt viermal im Jahr in der Werschweiler Kapelle vereinbart war, wie immer, mit zwei Predigtthemen. Da ging er erstens mit der sattsam bekannten, alljährlich wiederkehrenden, altheidnischen Unsitte des zu Werschweiler, Steinbach und zu Dörrenbach und wohl auch in einigen Teilen des Kuseler Westrich praktizierten Keltenbrauches des Pfingstquaakes ins Gebet. Es war jedes Mal dasselbe. Der Alte legte los mit seinen Beschimpfungen, die von trockenen Hustenanfällen unterbrochen waren und dennoch zuweilen unterlegt von energisch donnerndem Enthusiasmus. Er verfluchte diesen im höchsten Maße gotteslästerlichen Ritus, bei dem die männliche Jugend mit Blastaraatschen und einem Strohmann, der den Winter symbolisierte sowie einem blumengeschmückten Quaak, der den Frühling darstellte, von Haus zu Haus zog und die armen Gemeindsleute zu unchristlicher Vorstunde aus ihren Betten und Kammern herausröhrte und -quäkte. Eine ungebührliche Unsitte, ein Affront gegen die Regeln der ehrwürdigen Kirche könne darin nur gesehen werden und dies sei in seiner Pfarre eine Ungehörigkeit und außerdem kein Benehmen für fromme, gottesfürchtige Christenmenschen. Er, der Seelsorger der Gemeinde, werde es noch erleben, dass dieser letzte überkommene Keltenspuk auch noch aus den hintersten Winkeln seiner Pfarre mit dem Worte des Evangeliums hinausgefegt werde!

Das zweite Thema seiner Predigt galt der Errettung der Katharina Beck aus dem Osterbache, die man schon für tot angesehen hatte, die dennoch auf so wundersame Weise wieder zu den Lebenden zurückgekehrt war. Auch hierfür hatte der mürrische Geistliche seine Abstrafung für die Gemeinde in stichwortartiger Notizform zwischen dem Buch der Bücher bereitliegen: wer da unchristliche Reden führe von Unholderei, von bösem Hexenwerk, wer da etwann falsch überhöhe die Falschen oder schlimmer noch, wer sie da gleich in Bausch und in Bogen, ohne Ansehung der wirklichen Geschehnisse, seiner wahrhaftigen Taten, mit übelsten Nachreden in den Staub trete, einzig der sei des Teufels! Nicht aber derjenige sei anzuklagen oder gar schon zu verurteilen, der mit Gottes wirklicher Hülfe seiner Menschenpflicht zur christlichen Tat nachgekommen sei und der sein eigenes Leben nach biblischem Vorbild samariterisch eingesetzt habe für den Nächsten. Allein Gottes gnädigem Beistand sei es zu verdanken, dass dies Menschenkindlein noch unter uns Lebenden weile und nicht eines einzelnen Menschen Tat! Amen.

Holle saß direkt neben Jacob und Jakob in der Bank und war's zufrieden. Auf der Frauenseite der kleinen Kapelle saß die blutjunge Katharina Beck mit ihren vor Verlegenheit rosa glühenden Wangen und schickte dankbar verschämte Kinderblicke zu ihrem Retter herüber sowie hinauf gegen das Kreuz an der Wand.

Nach dem Kirchgang trat der Vater des Kindes, Nickel Beck, auf den jungen Johann Caspar Dibo zu, der mit den Weilers zusammen noch auf dem Kapellenplatz stand und brummte in verlegen leisem Tone etwas von „Hab's nicht so gemeint... konnte ja nicht wissen... dank für Seine Hilfe, dafür, dass Er sich um meines Töchterleins Willen selbst in Gefahr begeben hat..." Holle lächelte und streckte seine Hand aus. Kurz bevor er ging, wandte sich Nickel Beck noch einmal verlegen an den jungen Dibo: er bräuchte in seiner Schreinerwerkstätte noch einen tüchtigen Gehilfen und Handlanger, auch hätte er von Jacob gehört, er habe schon einigen Umgang mit Holz gehabt.

Holle fand zunächst als Hilfsknecht Unterschlupf bei Jacob Weiler. Er schuftete für zwei, fand auch sogleich einen herzlich offenen Zugang zum schwachsinnigen Jakob, was dessen jüngerer Bruder Jacob mit nicht wenigem Erstaunen zur Kenntnis nahm, indes auch mit gewissem Behagen beobachtete. Dem neuen Knecht hatte man den Wand-Alkoven im Winkel des oberen Hausflures eingeräumt. Seinem Hund war es vom Hausherrn sogar gestattet, an seines Herrchens Schlafstatt zu wachen. Areus, der Weimaraner, war bald die Freude, der Liebling des wunderlichen Jakob, ja bald sogar der ganzen Haushaltung, denn er war allezeit fröhlich gegen jedermann. Er war immerzu nichts anderes, als von bester Hundelaune, dabei sehr verspielt. Ja, Areus war ein hochanständiges, ein wohlerzogenes Tier, das gottlob flugs seine anfänglichen Flausen sein ließ, bei jeder sich bietenden Gelegenheit dem eingebildeten Hühnervolk nachzustellen. Holle aber, der Jungknecht, wurde bei der Arbeit umso mehr gebraucht, als Jacob selbst zunehmend stärker in die Geschäfte seines Vaters, des Meiers, einbezogen wurde, denn er war häufig mit dem Pferd unterwegs, um Streitereien in den Dörfern zu schlichten. Auch hatte er die Aufgabe übernommen, fällige Gelder einzutreiben, oder den Heimeiern, den Gehilfen des Meiers, beizustehen, wenn diese in ihren Ortschaften mit ihren Pflichten etwa nicht mehr weiter wussten.

Das verschämte Angebot des Nickel Beck vom Pfingstmontag nach dem Kirchgang hatte Holle bereits dankend angenommen. Wann immer er im Haus des Jacob Weiler entbehrlich war, machte er sich, oft begleitet von dem einfältigen Jakob und Areus, hinüber in den Kirschgarten. Dort stand Nickel Becks stolzes, ziegelgedecktes Haus und direkt daneben hatte er dazu ein eigenes schönes Werkstatthaus für die Schreinerei angebaut. Durch unermüdlichen Fleiß und Geschick im Holzhandwerk hatte es Nickel rasch soweit gebracht, dass er im ererbten Kirschgarten seiner elterlichen Familie, die ihren Stammsitz in „Beckfritze“ hatte, sein eigenes Haus mit einer kleinen Schreinerwerkstatt errichten konnte.

In der Werkstatt wurde eine Vielzahl von Holzarbeiten durchgeführt. Alles, was gerade anfiel, nahm der Beck an. Er durfte nicht wählerisch sein, denn er hatte sich mit dem Hausbau erheblich beim Konker Juden Weyel verschuldet. Am häufigsten wurden hölzerne Gerätschaften benötigt, wie etwa Leitersprossen, Rechen und Mistgabeln, Sensenstiele, einbeinige Melkhocker, Blauel zum Klopfen nasser Wäsche, Schüssel und Löffel, Gabeln, hölzerne Schlaurerkummete und Holzschuhe. Seltener, weil aufwändiger, waren Arbeiten für Truhen, Schäffte und Schränke. An diesen arbeitete der Beck manchmal wochenlang. Sie blieben auch mal liegen, wenn dringendere Aufträge erledigt werden mussten, wie das Ersetzen von eichhölzernen Eggenzinken, die Reparatur an Leitern und das Einsetzen neuer Sprossen, das häufige Erneuern von Streichbrettern für den Pflug.

Holle staunte immerzu über das hohe handwerkliche Geschick, über die Schnelligkeit und Genauigkeit der Handgriffe sowie über die beeindruckenden Ergebnisse, die der Schreiner und Ackerer Beck mit seinen einfachen, fast primitiv zu nennenden Werkzeugen erzielte.

Der Schreinergehilfe zeigte sein bescheidenes Können, neben der Aushilfe an den Tagesarbeiten, vor allem beim Bearbeiten von Abfallholz, von Reststücken. Da erwachte wieder seine Neigung zur akribischen Sorgfalt in seinem Tun. Diese seine alte Marotte konnte er mit Hingabe beim Schnitzen nach dem Vorbild der Natur in der dämmerigen Werkstatt entfalten. Und so war seine erste Produktion ein herrlich filigraner Stockknauf aus Lindenholz, die den Kopf seines treuen Hundes Areus mit hängenden Ohren sowie in gähnender Pose darstellte. Der weit aufgerissene Fang, die leicht nach hinten aufgewölbte Zunge und die spitzen Zähne verliehen dem Werk eine erstaunliche Lebendigkeit. Jakob, der den Fortgang der Arbeiten mit einfältigen Kommentaren verfolgte und das Herauswachsen des Hundekopfes aus dem Holzstück sehr genau inspizierte, war entzückt über das Ergebnis. Holle versenkte den Knauf mit Knochenleim in einem ebenmäßigen Stecken aus Hartriegel und überreichte Jakob den Flanierstock feierlich als Gabe, der ihn von da an bei jedem nun noch stolzeren Gang durch das Bauerndorf begleitete.

Areus indes ignorierte sein hölzernes Abbild fast stoisch. Er bedachte es allenfalls mit einem gelangweilten Gähnen.

Nickel Beck kommentierte Holles Werk durch ein anerkennendes „Aha, Aha!“ und so erwuchsen, angetrieben von diesem Lob des Meisters, nacheinander beachtliche Kleinodien aus der Hand des wackeren Schreinergehilfen. Da entstand etwa ein zierlich kleines Tabaksdöschen mit winzigem Holzscharnier und rautenförmigen Einlegearbeiten aus Holz sowie einer bezeichnenden Deckelgravur: „Das Leben ist doch schön!“ Es kam diverses Holzspielzeug für die Jugend hinzu. Zu nennen wären da: Pferde, Schweine, Kühe, Hühner, Hirsche mit feinem Geweih, Rehe, ein Feuerwehrauto mit Drehleiter und auch ein kleines Holzkästlein mit filigraner Schnitzerei „Mutter und Kind“ auf dem Scharnierdeckel, die auf das Geschehen an dem Osterbach anspielte. Die Abbildung zeigte, wie die im Gras stehende Mutter ihre wassertriefende Tochter in ihre schützenden Arme schloss. Darüber ergossen sich göttliche Strahlen, die, von der Sonne ausgesandt, sich perspektivisch auf eine flatternde Taube am oberen Deckelrand hin verjüngten. Dieses Kästlein war für Nickel bestimmt, der es seiner einzigen Tochter zu Weihnachten darbringen mochte.

In der Schreinerwerkstatt lernte Holle zudem, wie sein Meister den allezeit in Gebrauch stehenden Knochenleim herzustellen wusste: Die Knochen für den Leim, es waren immer nur die dicksten und gröbsten Rinderknochen des Schulterblattes und der Becken - niemals Schweineknochen - ließ sich der Schreiner Beck vom Abdecker Kirsch in St. Wendel stets ausgesucht zur Seite legen. In der Werkstatt herrschte dann, meist in der kälteren Jahreszeit, wenn das Leimsieden im Raume stattfand, immer ein bestialischer Gestank, der Areus zuerst neugierig machte, ihn jedoch bald aus dem Umfeld der brodelnden Töpfe vertrieb. Zunächst waren die Knorpel von den Knochenteilen zu trennen. Das war eine Arbeit, die Holle verrichtete. Manchmal, wenn es schnell gehen musste, half ihm dabei auch die Schreinerstochter. Sodann wurden alle Fettreste mit der Ziehklinge von den Knochen geschabt und diese wurden mit dem Tischlerhammer zertrümmert. Das in solcher Verrichtung gewonnene Knochenmehl wurde in einem gedeckelten Eisenbottich einen ganzen Tag und eine volle Nacht in Wasser ausgekocht. Die im Knochen enthaltenen Stoffe gingen bei dieser Prozedur in einen gallertartigen Rohleim über. Die Ausbeute aus einem großen Bottich Knochenmehl war erbärmlich gering. Der sämig helle Brei wurde danach noch einmal gut eingedampft, um das überflüssige Wasser zu entfernen. Die Masse wurde hinterher als Rohleim in luftdichte Leimfässchen gefüllt. Vor der Anwendung wurde die gallertartige Masse nochmals mit wenig heißem Wasser versetzt und zu einem teigartigen Seim verrührt. Der Leim war fertig zum Einsatz und er klebte wie die Hölle, so meinte Holle.

.

Es kam nicht selten vor, dass Holle über Mittag oder nach der Arbeit im Becke Haus zu Tisch blieb. Ihm war dabei nicht entgangen, dass die Frau des Beck, eine zierlich gebaute, ja eine ungemein hübsch anzuschauende Frau mit schwarzgrau meliertem, volllockigem Haar, wohlgeformten Lippen, ebenmäßiger Nase und überaus schön geschwungenen, dunklen Augenbrauen sowie großen, tiefbraunen Augen einen Dialekt sprach, der nicht aus dieser Gegend war. Auch war ihm aufgefallen, dass der Frau stets ein Glanz aus ihren Augen leuchtete und ein Lächeln auf ihren Lippen lag, welche von großer Zärtlichkeit und gleichzeitig von abgrundtiefer Melancholie zeugte. Ihr Benehmen sowie ihr Umgang mit ihrem Mann und ihrem Kind waren von einer liebevollen, fast als vornehm zu nennenden Zurückhaltung und Milde, die nicht in dieses Dorf passte. War sie von dem Ereignis am Osterbach so gezeichnet worden, dass sie dermaßen in sich gegangen war? Wo kam diese Frau her? Wer konnte das besser wissen, als die Beckin selbst? Doch Holle nahm es sich nicht heraus, sie zu fragen. Statt ihrer gab ihm der junge Jacob Weiler bei einem ihrer abendlichen Treffen in der rußigen Küche ausführliche Auskunft:

„Mein Vater Adam sprach oft davon, dass die Beckin, eine geborene Anna Margarete Wahlster, als junge Frau von so atemberaubender Schönheit gewesen sei, dass man seine Blicke nicht von ihr abwenden konnte, das kann man heute noch bestätigen", so Jacobs eigene Worte. „Sie ist die Tochter des herrschaftlichen Försters Johann Wahlster vom Pfaffenkopfer Forsthaus. Diese Försterei ist ein stattliches Torhaus, das den höfischen Jägern Einlass zum riesigen fürstlichen Wildgatter im Köllertaler Wald gewährt."

„In dem Köllertaler Orte Wahlschied geboren, wuchs die junge Maid im Pfaffenkopfer Forsthaus mitten unter den Jagdgesellschaften auf und, kaum halbwüchsig geworden, rühmte man schon ihre außergewöhnliche Schönheit und Anmut. Sie fiel nicht nur den fürstlichen Jägern auf, die gern auf dem Pfaffenkopf einkehrten, sondern man trug die Nachricht von der jungen, bezaubernden Wahlsterin dem hohen Fürsten Wilhelm Heinrich höchstselbst zu, der nicht nur ein besessener Jäger, sondern vor allem ein vorzüglicher Verehrer des schönen Geschlechtes war. Die Tochter des Försters war nicht nur von berückend anmutiger Erscheinung, sie hatte und hat auch einen starken und forschen Charakter. Dieser wurde bei den wiederholten, ja bei den häufigen Gastmahlen der hohen Jägerschaft im Pfaffenkopfer Forsthaus immerfort ausgiebig auf die Probe gestellt, bis das junge Mädel eines Tages genug hatte. Sie war, wie man sich denken kann, der aufdringlichen, unablässigen Anstößigkeiten und derben Nachstellungen der Jagdgesellschaften, wenn sie den hohen Herrschaften die Speisen und Getränke auftragen musste, irgendwann leid geworden."

„Gegen den erklärten Willen ihres Vaters, der als Faktotum auf dem Pfaffenkopf stets um die Gunst Wilhelm Heinrichs und der jagenden Höflinge bemüht sein musste, machte sie dem Treiben der Nimrode ein jähes Ende. Sie schritt zur Tat und entwich den lästigen Nachstellungen von Fürst und fürstlichen Jägern in das Pfalz-Zweibrückische Wolfersweiler. Dort fand sie durch die mitfühlende Vermittlung meines Vaters, nein, vielmehr meiner empörten Mutter, nach kurzer, tränenreicher Zwischenstation hier in Werschweiler, alsbald in der abseits gelegenen dortigen Laurentiusmühle einen ersten sicheren Unterschlupf ."

„Mein Vater informierte selbstverständlich umgehend ihren Vater über den Verbleib der Margarete und jener war, wie man sich ausmalen kann, verzweifelt, ja ratlos. Er bat, er bekniete meinen Vater, den er bestens von den Organisationen zahlreicher Parforcejagden in den Orten der hiesigen Meierei kannte und schätzte, seine Tochter in der Wolfersweiler Mühle aufzusuchen. Vielleicht war Vater geschickt genug gewesen, mit Worten auf das Mädel dahingehend einzuwirken, dass diese wenigstens wieder zurück ins Fürstentum, ins *Land* komme, damit sie durch ihr eigensinniges Verhalten die Herrschaft nicht allzu sehr erzürne. Sie möge doch ihre Familie nicht ins Unglück treiben und die Stellung des Vaters als Förster beim Fürsten nicht leichtfertig aufs Spiel setzen. Mein Vater ritt hinauf nach Wolfersweiler und sprach mit ihr. Margarete war klug genug, der Bitte zu folgen. Das tat sie umgehend und zwar genau bis hierher nach

Werschweiler. Hier, in der äußersten nördlichen Ecke des Fürstentums, wähnte sie sich vor den Nachstellungen zum wenigsten einigermaßen sicher. Hier hatte sie ihre Schlafstatt bei uns im Hause, sie hatte Schutz bei meiner Mutter sowie bei den anderen mitfühlenden Weibern. Aber die Ruhe hielt nicht lange."

„Der beleidigte Fürst schickte seine Jäger aus und diese fanden bald ihren Aufenthalt heraus. Sie waren auch schon dabei, ihre künftigen Jagdleidenschaften ins mittlere Ostertal zu verlegen. Da blieb ihr nichts übrig, als ihre Ehre durch eine rasche Heirat zu retten. So verliebte sie sich kurzerhand Hals über Kopf in den jungen Nickel Beck aus der direkten, nach hinten hinaus gelegenen Nachbarschaft des Meierhauses, nämlich aus „Beckfritze" und die beiden gaben sich ihr Ja-Wort im Februar 1756, gerade noch rechtzeitig, bevor die abschließende winterliche Treibjagdsaison in diesem Teil der Herrschaft eröffnet wurde. Ein Jahr später wurde ihre älteste Tochter, Anna Katharina, geboren, die uns neulich beinahe in der Oster ertrunken ist. Und Anfang dieses 1770er Jahres wurden ihr innerhalb von nur einer Woche ihre drei übrigen Kinder, alles Mägdelein, von den Blattern hinweg gerissen. Die halbe Familie war in wenigen Tagen ausgelöscht. Da kann Er sich wohl denken, warum Ihm die anmutige Beckin so nachdenklich erscheint. Man muss schon einen festen Charakter haben, um bei einem solchen Schicksal nicht auf direktem Weg in den Irrsinn getrieben zu werden."

An einem Tag in diesen schwülheißen Juniwochen ließ der herrschaftliche Meier dem Knecht Johann Caspar Dibo durch seinen Sohn und Adjunktus Jacob ausrichten, er möge sich in dessen Officium bemühen. Der Vorsteher habe mit ihm zu reden. Außerdem habe er ihn bei der Obrigkeit als

Knecht zu melden, da benötige er noch die eine oder andere Angabe von ihm. Alles müsse schließlich seine Ordnung haben. Holle war natürlich verunsichert, denn Jacobs Vater war ihm bisher immerzu abweisend, ja geradezu mürrisch begegnet. Er konnte natürlich nicht wissen, was die Hintergründe dafür waren, aber er würde sie bald erfahren.

Als Johann Caspar Dibo endlich seinen offiziellen Gang nach dem Hause des Adam Weiler antrat, umtanzte ihn über die Gasse eine wilde Kinderschar schreiender, quäkender, barfüßiger Knaben und verschmitzt liebäugelnder Mägdelein. Wie zu einem Empfangsreigen begleiteten sie ihn in ausgelassen hüpfender Eskorte zum Meierhause. Die meisten von ihnen zählten zum Geheck des Johann Georg Weilerschen Nach- und Nachnachwuchses und immer neue Wusellöckchen kamen unentwegt, wie aus einem Bienenschlag, aus dem Meierhaus ein- und ausgeflogen. Eine Magd, die ein plärrendes Kleinkind auf den hüftgestützten Armen balancierte, ließ Holle ins Haus. Aus der Kühle des Hausgangs wehte ihm der muffige Odem dieses mehr als zweihundertjährigen Gebäudes entgegen. Dort, im Flur, welcher hellocker lehmgeputzt, notdürftig mit weißem Kalkgesprenkel eingesegnet schien, befand sich zur Linken die dunkle Eichentür mit dem schweißgefetteten Eisenknauf. Diese Tür war nun also der Zutritt zur herrschaftlichen Amtsstube des Meiers.

„Eingetreten", schalt eine mürrische Stimme aus dem Inneren. Holle drückte vorsichtig den quietschenden Türknauf herunter. Adam der Meier war ein hagerer alter Mann mit einem sich mächtig aufbäumenden Buckel und einem eingefallenen, schlecht rasierten Gesicht. Ernsthaft, geheimnisvoll und würdig seiner selbst, nickte sein fahlgrauer Kopf in der speckig verschlissenen Amtsmütze. Mit seinem obligaten

Priemknödel in der gebeulten Backentasche und dem schütterschäbigen, tabaksfarbenen Backenbart saß der Alte dergestalt über den ausgebreiteten Schriftstücken.

Der Meier studierte wichtig, weil konzentriert, über einem der Dokumente. Daneben machte er sich auf einem Beiblatt mit dem Federkiel Notizen. Er saß kritzelnd an einem weit ausladenden, dunklen Arbeitstisch in seinem hochlehnigen Stuhl, wobei er, ohne aufzublicken, in sich hineinbrummte: „da hole Er sich den Hocker, setz Er sich". Holle tat, wie ihm geheißen. Er rückte sich den Hocker zur Seite, während er sich wartend in der Stube umblickte.

Da stand an der hinteren Wand der mächtigdunkle Eichenschrank, der wohl die Akten, die Siegel sowie die Stempel der Meierei barg, denn die Tür stand einen Spalt offen. Dort drinnen ließen sich solcherlei Dokumente und Gerätschaften erkennen. An der gegenüberliegenden Seite zur Stubentür war in die Wand ein ebenso dunkles, kleines Wandschränkchen eingelassen, dessen Türladen sperrangelweit aufstand. Dort drinnen stapelten sich bis obenhin bündelweise zusammengeschnürte Aktenstöße. Zur Rechten stand ein hochbeiniges Holzschäfft mit zwei breiten Flügeltüren, auf deren Ablage sich allerlei undefinierbarer Zierrat, wie eine blasse Abwurfstange eines Hirsches sowie ein runder Block Bienenwachs und allerlei Harzklumpen und bunte Vogelfedern versammelten. In der rückwärtigen Stubenecke, so ungefähr in guter Brusthöhe, war ein dunkles Eckschränkchen an die Wand angebracht, auf dem obenauf ein filigraner Vogelbauer aus einem blassgrünen Drahtgeflecht aufgesetzt war. In seinem Geviert turnte ein leuchtend rotbrüstiger Dompfaff auf einer Stange und gab ab und zu einen melancholischen Flötenton von sich. An der gegenüberliegenden Wand tickte und nickte, schon reichlich alt und wurmstichig, die gute

Schwarzwälder Pendeluhr mit Emailleziffernblatt still vor sich hin. In der Ecke thronte der runde, reich verzierte Kanonenofen aus Gusseisen auf seinen Tatzenfüßen.

Nachdem der Meier den geschabten Gänsekiel umständlich ins Galltintenglas zurückgestellt hatte, rückte er ein wenig zur Seite in Holles Richtung. Ein Strahl flüssigen Kautabaks spritzte in weitem Bogen zielsicher in einen irdenen Krug, der am Boden stand. Der Alte wischte sich mit seinem braun verschmierten Ärmelschoß über den Sabbermund und musterte den Wartenden forsch, dabei genüsslich kauend, von oben bis unten ab:

„Ich habe Seinen Vater gekannt, den alten Johann Friedrich Dibo. Ich habe auch Seine Mutter gekannt. Sie ist eine rechtschaffene Frau. In Steinbach, habe ich gehört, soll sie wohnen. Und Ihn habe ich auch noch leidlich gut im Gedächtnis, als Knabe, der im Mühlenwerk herumturnte und dabei seine albernen Neckereien getrieben hat. Ich muss allerdings sagen, erkannt hätte ich Ihn nicht wieder. Naja, die Jahre, was so alles über uns hingeht."

Adam machte eine mürrische Handbewegung: „Übers Ohr hat er mich gehauen, Sein Vater, als er mir seine Anteile verkauft hat. Dann hat er sich aus dem Lande geschert und Jahre später erfrecht sich sein Sohn, hierher zurückzukehren? Was soll ich davon halten, sag Er's? Will Er mich dem Gespött der Leute aussetzen? Will Er mir vielleicht am Ende eine zweite Rechnung aufmachen, von Werkzeug, was Sein Vater noch von mir beanspruchte? Ist Er deshalb gekommen? Ist Er am Ende etwa hierher gekommen, die Leute aus dem Lande herauszulocken, in die Neue Welt? Sag an, was will Er hier? Er will sich doch nicht etwa als Knecht verdingen um bei meinem Sohne die Schulden abzuarbeiten, die Sein Vater noch bei mir hat, he?" Adam drehte seinen

Kopf und schickte erneut einen gezielten Sabberstrahl in den Steinkrug, dann wandte er sich wieder zu ihm hin und musterte ihn auffordernd.

Holle war eingeschüchtert. Was sollte er diesen Vorwürfen erwidern? Er berichtete also dem Meier, wie er dessen Sohn Jacob auch schon vermeldete, dass er nämlich zurückgekehrt sei, sein Auskommen als Schreinergehilfe zu finden und von den tüchtigen Meistern hierzulande dazuzulernen. Es sei ihm selbst nicht bekannt gewesen, welche Händel um die Mühlenanteile damals mit seinem Vater ausgemacht worden seien. Ihm läge es fern, gleich welche Forderungen seines Vaters einzutreiben, das sei keineswegs sein Auftrag gewesen. Auch habe er zu keiner Zeit Abfälliges von den Verhandlungen reden hören. Außerdem, der Verkauf der Mühlenanteile sei alleine seines Vaters Angelegenheit gewesen, damit habe er nichts zu schaffen, auch sei er bei dem Geschäft noch zu jung gewesen. Er habe zu keiner Zeit die Absicht gehabt, sich darein zu mischen und hege sie auch weiterhin nicht.

Der Meier brummte: „Nun gut, gut. Ich weiß nicht, was ich von alledem zu halten habe, von Seinem plötzlichen Erscheinen in Werschweiler. Dörrenbach ist doch wohl Seine eigentliche Heimat. Ich bin allerdings allen Gemeinden meiner Meierei verpflichtet, so bleibt es sich gleich, ob Er hierher nach Werschweiler kommt oder sich in Dörrenbach aufzuhalten gedenkt. Ich sage es Ihm gleich heraus, dass Er sich hier und jetzt bekennen soll, ob Er sich als Hilfsknecht in die Gemeindeordnung zu fügen gedenke, wenn Er hier anstellig werden will. Ob Er sich nötigenfalls auf die Seite meiner Gemeindsleute stelle oder ob Er hier ist, um vorwitzig auszuhorchen und auszuspekulieren. Solche Leute sind hier nicht geduldet, von anderem Gesindel gar nicht zu reden. Er soll wissen, dass die Leute ein Auge auf Ihn haben, nicht nur ich!“

Der Meier machte eine bedeutungsvolle Pause, schaute Holle eindringlich in die Augen und fuhr dann besänftigt fort: „Ich habe gehört, Er sei anstellig bei meinem Sohne drüben, auch verrichte Er ordentliche Arbeit im Kirschgarten beim Schreiner Beck. Er weiß wohl, dass es in diesem Lande an guten Handwerkern fehlt, weil sie alle nach der Neuen Welt, nach Pennsylvanien fortlaufen. So ist es nur löblich, dass Er sich für einige Zeit in diesem Orte verdingen will. Auch ist mir zu Ohren gekommen, dass sich die Leute über Seine Einkleidung echauffiert haben, ob der fremdartigen Schnallen und Verschlüsse, auch über Seinen Ranzen und sein geckes Schuhwerk, von dem habichtsäugigen Vierbeiner gar nicht zu reden. Hat Er sich das alles aus der Neuen Welt mitgebracht? Mein Sohn hat derlei erwähnt.“

Holle wartete ab und als ihm der Meier aufmunternd zunickte, ergriff er das Wort: „Ja, so kann man das sagen, alles das habe ich aus der Neuen Welt mitgebracht. Das ist nun mal so die Mode in Pennsylvanien, darüber kann man sich trefflich wundern, aber das ist nunmal der Stand der Technik dort drüben. Nur, dass es der ehrwürdige Meier aus meinem Munde erfährt: ich bin kein heimlicher Gesandter von der Herrschaft. Weder hat mich wer aus der Herrschaft Ottweiler noch aus Saarbrücken geschickt. Ich bin zwar ein Jäger, jedoch zähle ich mich nicht zu den Herrschaftlichen und ich rechne mich eben so wenig zum Gesindel oder zu den Marionetten, den fahrenden Leuten. Noch weniger bin ich ein Anwerber für die Neue Welt, das möchte ich Ihm auch noch einmal offen heraus sagen.“ Holle fühlte sich ob der weiterhin abwartenden Drohhaltung des altehrwürdigen Mannes, insonderheit seiner mürrischen Gesichtszüge verunsichert, gleichwohl fuhr er fort: „Gebt mir die Chance, mir hier mein Brot zu erarbeiten und mein Auskommen zu finden, denn hier bin ich ja auch einmal zu Hause gewesen."

Das Gespräch wurde jetzt in entspannterem Tone fortgesetzt aber Holle konnte gleichwohl den Eindruck nicht loswerden, dass, obwohl die Unterhaltung viel gelockerter hinlief, ein gut Teil Argwohn beim Meier übrig geblieben war. Auf die Frage des Meiers, wie er zu dem Namen *Holle*, wie sein älterer Sohn Jakob ihn zu nennen pflege, gekommen sei, antwortete dieser, das komme daher, dass er eine Zeitlang mit seiner Mutter in Holland geblieben sei, während sein Vater schon in die Neue Welt vorausgesegelt war.

Der Altmeier Adam war's damit anscheinend zufrieden und er gab schließlich murrend nach. Die erforderlichen Formalien für das Oberamt Ottweiler wurden ausgefüllt, ein positives, befürwortendes Schreiben des Meiers sowie eine entsprechende Erklärung von Johann Caspar Dibo, des zweitgeborenen Sohnes des vormaligen Ölmüllers Johann Friedrich Dibo und seiner Eheliebsten Appolonia Dibo, geboren zu Dörrenbach, den 10. August 1745, wurden abgefasst und unterzeichnet. Damit war er entlassen. Der Meier Adam hielt ihm genüsslich kauend seine Hand hin. Johann Caspar Dibo ergriff sie zögernd.

Als er das Meierhaus verließ und auf der ausgetretenen Steintreppe vor der Haustüre stand, leuchteten die weißen Blütenkerzen des bienenumschwärmten Kastanienbaumes auf dem Hofe prachtvoll in der Sonne. Holle hatte zum ersten Male das Gefühl, jetzt ein kleines Stückchen dazuzugehören, in diese urtümliche und fremde, in diese primitive und gleichzeitig so seltsam anheimelnde Welt des Sommers 1770.

XIII.

Holle fühlte sich im Hause des Jacob Weiler, das späterhin den Namen *Owwerschde Schmidts* tragen würde, alsbald heimisch. Dennoch ging er anfangs fast jeden Abend, späterhin schließlich nur noch alle drei bis vier Tage des Nachts heimlich hinaus auf den Wingertsberger Hügel, um nachzusehen und mit der Erkenntnis wieder ins Dorf zurückzukehren, dass sich der Boden unter der Eiche nicht auftat. So fand er sich allmählich mit der trüben Aussicht ab, dass es für ihn erst einmal keinen Weg zurück in seine Neue Welt, keinen Stollengang in sein Dorf, in sein Hirtenhaus der Zukunft, in sein neues Werschweiler des einundzwanzigsten Jahrhunderts geben würde.

Die Bewohner seiner neuen Heimstatt, Jacob und seine Frau mit deren Eltern Adam Schwingel und Catharina sowie der leibarmen Kath, allen voran aber der einfältige Jakob, hatten schnell Zutrauen zu ihrem neuen Knecht gefasst. Der Weimaraner Areus blieb jetzt immer häufiger bei dem Manne im Stall und um das sonnige Haus herum, anstatt mit Holle morgens in die Schreinerei zu laufen. Dort stank es ihm nasen- und augenscheinlich denn doch zu sehr nach schlechtem Knochenleim, nach beißend harzigem Holz und es flogen ihm dort zu eindringlich die Hobelspäne um die Ohren.

Abends saß der Schreinergeselle mit dem Adjunktus des Meiers, sobald es beider Zeit zuließ, beisammen und Holle fragte Jacob begierig aus. Er war nun bereit, alles von seinem neuen alten Heimatort und von seinem Gastgeber zu erfahren. Auch war er jetzt aufrichtig interessiert, mehr über dessen wunderlichen Bruder zu hören, von dem sein Hund Areus in einer Anhänglichkeit eingenommen war, wie er es nicht für möglich gehalten hatte. So lernte er nach und nach die Geschichte von Jacob und Jakob kennen. Im Gegenzug bekam Jacob vieles Neue aus der *Neuen Welt*, nämlich aus Pennsylvanien, zu hören, was dieser begierig aufnahm:

Jacob der Jüngere, wie er sich manchmal nannte, war der erstgeborene Sohn aus seines Vaters zweiter Ehe. Dessen erste Ehefrau, Maria Christiana, war ihm im 1741er Jahr an der Fallsucht gestorben, nachdem sie sieben Kinder zur Welt gebracht hatte und nur zwei davon die Blattern überlebt hatten. Darunter war auch *Jakob der Ältere*, sein namensgleicher, um sechs Jahre älterer Bruder, der, geistig um einiges zurückgeblieben und höchst eigensinnig, seit seiner Geburt beständig dahinkränkelte. Als er selbst, der jüngere Jacob, geboren wurde, lag sein älterer Bruder auf den Tod in seinem Lager. Man hatte ihn längst abgeschrieben, denn er war schon so gut wie hinüber. Daher bekam Jacob bei seiner Geburt sogleich in vorauseilendem Gedenken den Namen des Todgeweihten und wurde getauft. Doch der ältere Jakob, lebenswillig und zäh wie er war, er kam noch einmal davon. So schrieb man - inoffiziell - kurzerhand den Jüngeren in der Mitte, der Unterscheidung wegen, mit *c*, während der Ältere Jakob in der Mitte sein *k-Mal* behielt.

„Er kann sich wohl denken, der Dibo, was das für ein Geraune im Dorf war – zwei Kinder mit demselben Namen in einer Haushaltung“, so Jacob, „was war das für ein Omen?“

Das störte die beiden Betreffenden keineswegs, denn die beiden Jakobs waren von Anfang an durch ein tiefes, ja ungewöhnlich inniges Verhältnis miteinander verbunden. Jakob der Ältere bezeichnete seinen kleinen Bruder immerfort geradezu blödsinnig als sein zweites Ich und wachte eifersüchtig über das Wohlergehen des Kleinen. Er beschützte ihn sozusagen auf Schritt und Tritt. Er wiegte ihn, wenn das Kind nicht einschlafen wollte, er fütterte ihn, wenn das Kind nicht essen wollte, er tröstete ihn, wenn das Kind getröstet werden wollte. Mutter und Vater ließen ihren stumpfsinnigen Sohn nur allzu zögerlich, ja argwöhnisch gewähren. So wuchsen die beiden Brüder in einer seltsam symbiotischen, harmonischen Eintracht zusammen und miteinander auf. Niemand vermochte es, sich zwischen die beiden zu stellen, bis heute nicht.

Jakob der Ältere hatte etwas Ungeheuerliches: er war nicht nur eigensinnig im besten Sinne des Wortes, nein, er ging auch vollkommen seiner eigenen Wege nach und - er hatte das *Zweite Gesicht.* Dessen wurde aber einzig sein jüngerer Bruder gewahr. Warum? Nun, der jüngere Jacob war von der Natur mit äußerster Wachheit, hoher Intelligenz und tiefer Sensibilität, man würde heute wohl sagen, mit einer Antenne für seines großen Bruders mysteriösen, um nicht zu sagen mystischen Schwingungen ausgestattet, und das von klein auf. Nur diese beiden standen sich so nahe, nur diesen Einen ließ Jakob der Ältere derart vorbehaltlos an sich heran, nur diesem Einen in der gesamten Haushaltung des Adam Weiler war er dermaßen fürsorglich zugetan, dass

Jacob der Jüngere der einzige war, der ihn, wenngleich nicht durchschaute, so doch ahnend erkannte.

Diese Gabe des besonderen Gesichts übte auf den kleinen Bruder eine geradezu magische Anziehungskraft aus. Oftmals verkroch sich sein Bruder, wenn er von den kreischenden Kindern auf der Gasse ob seines stolzen, häufig eigenbrötlerischen Umherwandelns allzu sehr gefoppt und gehänselt wurde, zeternd nach Hause in das hinterste modrige Altenteiler-Gelass, wo er dann über viele Stunden wortlos und jenseits von Hunger und Durst dumpf vor sich hindämmerte. In den Augen seines jüngeren Bruders, der ihn zugleich aufsuchte um ihn zu trösten oder zu besänftigten, war das beleidigte Dahinschweigen seines Beschützers aber keinesfalls öder Stumpfsinn:

Er, Jacob der Jüngere allein erkannte seines Bruders abseitiges Sinnieren als das, was es in seinen Augen wirklich war: es war nämlich der große, der stille, der erhabene Ausdruck seines Bruders vor der schnöden, arbeitsemsigen Bauernwelt dieses Dorfes weit überlegenen, abgründigen Philosophierens in Gott und außer der Zeit!

Manches Mal aber, wenn ihn seine Anwandlungen in Unruhe überkamen, wenn er sie kommen sah, war Jacob der Ältere auch schon mal für Stunden, seltener für Tage, wie vom Erdboden verschluckt, verschwunden und stand genau so, wie vom Erdboden wieder ausgespuckt, im Stall, wo er seiner Arbeit nachging, als wäre nichts weiter zu vermelden. Er hatte dann, wie er auf die Nachfrage seiner Leute stets behauptete, seinen *Gang* gemacht. Das schien er nötig zu haben, daher ließ man ihn argwöhnisch gewähren. Er hatte bei seinen Touren nie etwas angestellt oder ausgefressen, auch war ihm dabei nie Böses oder Schlimmes widerfahren, also ließ man ihm seine Ruhe. Er ging dann halt seiner eigenen Wege nach. Auch diese Eigenheiten des Älteren stachelten den jungen Jacob, da er nie mitgehen durfte, hinterher zu seinen Fragen an:

„Komm, erzähl mir von Deinem Gesicht, was siehst Du?" munterte er seinen Bruder auf und streichelte ihm liebevoll über dessen Krampffinger.

Ja, er sah es deutlich vor sich, es war noch letztes Jahr so gewesen, als sein großer Bruder in böser Vorahnung die Pocken wieder herankommen spürte. Dieses zweite Gesicht seines Bruders deutete, immer in bebender Erregung geäußert, auf besondere Ereignisse hin. Es konnten erhellende, allzu oft jedoch böse Ahnungen sein, die den armen Jakob umtrieben und sein Bruder erkannte jedes Mal mit sicherem Gespür, dass jener wieder vom Gesicht erfasst worden war. Wenn Unwetter bevorstand, wenn fremde Truppen durchzogen oder wenn sie Quartier nahmen, wenn jemand auf den Tod krank wurde, dann entäußerte er sich in untrüglichen Andeutungen gegenüber dem kleinen Bruder, aber auch nur gegen ihn. Ja, das war Jakob der Ältere. Sogar Holles Hund Areus schien in seiner Anhänglichkeit zu wittern, dass es um diesen Menschen etwas Besonderes war.

Jacobs Mutter hatte sich der Vater aus Wiebelskirchen, einem kleinen Ort abwärts der Oster, bei Neunkirchen, dort wo die Oster in den Bliesfluss mündet, geholt. Keine sieben Monate nachdem sein erstes Weib unter der Erde lag, zog die zweite, Katharina gerufen, im Meierhause ein. Das erste gemeinsame Kind, Jacob, geboren zu Werschweiler am zweiten Oktober des Jahres Anno 1742, war, ebenso wie sein älterer Bruder, ein Kind von Gaben, mit besonderer Begabung. Der Knabe war ausgestattet mit einem feinen Gespür in alle Richtungen, welches sich, wie wir gehört haben, infolge intensiver und liebevoller Fürsorge seines Bruders zusätzlich heranbildete und schärfte.

Schon als Dreijähriger saß er, der Kleine, oft stundenlang während der Schreibstunden seines Großvaters auf dem Kniehocker am Sekretär in der Meierstube und wedelte mit den Beinen. Zusammen mit dem lieben Jakob spionierte er die Häkchen und die Ziffern, das ständige Räuspern und das Lamentieren des Alten aus, immer angespornt und motiviert vom großen Bruder. Mit der Nase an der Tischkante wurde er nicht müde, den Großvater zu ärmelzupfen, was er denn da tue, wie dieser Buchstabe, jenes Wort, dortige Ziffer und das Zeichen dort hinten heiße und was solches und jenes zu bedeuten habe? Hier wurde er stets vom großen Bruder angestachelt, geschubst und bestärkt, sehr zum Unbehagen des alten Kaspar, der dennoch seine häufig arg strapazierte Geduld im Zaume hielt; allein, weil er den großen und den kleinen Jacob ob ihrer rührenden Eintracht, welche die beiden mit großem Fleiß gegeneinander hegten, über alle Maßen liebte. Wie die Großväter halt so sind.

Mit bereits vier Jahren krakelte der spitzfindige Jacob die Namen seiner Geschwister mit spreizender Klecksfeder auf die Tischplatte und las mit seiner hingebungsvoll kreischenden Stimme aus dem *Himmlischen Liebeskuss*, einem dick in Schweinsleder eingelassenen Anleitungsbuch von Heinrich Müller über die andächtigen Betrachtungen und über die Erweisungen der Liebe Gottes gegen die Menschen und demütige christliche Lebensführung, herunter. Dies alles eifrig begleitet und sekundiert von seinem taktschlagenden Bruder, mit sprachlosem Erstaunen indessen nachverfolgt von den Eltern sowie seinen drei übrigen kichernden Geschwistern. Das Buch, das einst ein Vermögen gekostet hatte, schloss mit zwei beeindruckenden Scharnieren aus Messing ab. Das Werk war so mächtig dick, dabei so schwer, dass man fast Bange haben musste, es würde den kleinen Jacob unter sich begraben, wenn er es am Tisch zu sich heranzog, würde da nicht der allgegenwärtige, stumpfsinnige aber hell aufmerksame Jakob aufgepasst haben.

Mit fünf Jahren rügte der Kleine seinen Großvater, wenn dieser in den Meierbüchern den einen oder anderen groben Abrechnungsfehler bei den Zehntgulden und Kreuzern aufdeckte, wobei er ihn beflissen mit seiner Kinderschrift nachbesserte. Noch im gleichen Jahr bestand er darauf, seine älteren Geschwister zur Schule nach Dörrenbach begleiten zu dürfen. Er war dabei eifrig herausgefordert von seinem lustigen Bruder. Er ging mit und selbstverständlich kam er mit, mit dem Stoff, den man den Kindern damals vorpredigte. Begleitet wurde er auf Schritt und Tritt von seinem Bruder; der war damals schon zwölf, blieb aber zurück. Der Dörrenbacher Schulmeister Heinrich Jakob Niess hämmerte den ahnungslosen Kindern im ersten Jahr ein: Buchstabieren im Katechismus, ABC aufsagen, Gebete aufsagen! Jacob und Jakob langweilten sich.

Als Jacob sechs Jahre alt war, fassten ihn die Pocken und seinen Bruder ebenso. Auch deren Schwester Maria, damals neun Jahre alt, erkrankte und überlebte den Seuchenzug nicht. Aber die Brüder gesundeten. Der Jüngere kam ohne sichtbare Zeichen davon, der einfältige Jakob hingegen blieb im Gesicht bis zur Garstigkeit entstellt, was diesen nicht weiter störte.

Im nächsten Jahr stand auf dem Schulplan: Lesen aus dem neuen Testament, den eigenen Namen schreiben, Noten singen, Sprüche aus dem Katechismus aufsagen. Jacob und Jakob wussten sich kichernd abzulenken, denn ersterer war den anderen weit voraus. Es war ihm ein Leichtes, zu lernen und zu singen. Singen war ihm und insbesondere seinem sensiblen Bruder überhaupt das Allerliebste. Die schönen, herzergreifenden Choräle, die blumigen Psalmlieder rührten den Kleinen Jacob und seinen großen Beschützer bis in beider Innerstes an. Im dritten Jahr des Schulganges war der Lehrer schon weit anspruchsvoller, denn er verlangte den Schülern das selbstständige Lesen aus der Bibel und Lesen von sonstigem Geschriebenen ab. Sodann das eigenständige Schreiben nach Vorschrift und jetzt ganz neu hinzugekommen: Rechnen, wie das Addieren, das Subtrahieren und Lieder vom Notenblatt absingen.

Als Jacob Weiler zehn Jahre alt war, schickte ihn der Dörrenbacher Schulmeister mitsamt seinem Bruder nach Hause mit dem Kommentar, der Bub sei fertig, von ihm könne dieser nichts mehr lernen. Außerdem störe sein älterer, törichter Bruder den Unterricht. So blieben die beiden in ihrem Herzen Unzertrennlichen denn zu Hause und gingen dem Vater im Stall, im Acker und dem Großvater bei der Schreibarbeit in der Meierstube hilfreich zur Hand. Im Jahre des Herrn, Anno 1754, am zweiten Weihnachtstage, starb der ehrwürdige Meier Johann Caspar Weiler im gesegneten Alter von fast achtzig Jahren eines friedlichen, allerchristlichsten Todes. Jacob und Jakob waren lange Zeit untröstlich über diesen schweren Verlust. Sie besuchten ihren Großvater so oft sie konnten auf dem Acker des Herrn und brachten ihm allerlei Wildblumen sowie selbstverfasste Briefe mit, die sie ihm, vor dem Grabhügel vorlesend, hinüberverehrten. Das Meieramt ging automatisch auf dessen Sohn Johann Adam über, der zu diesem Zeitpunkt fünfzig Jahre zählte.

Bereits sechs Jahre später, Jacob der Jüngere war noch nicht achtzehn, übernahm er mit Leichtigkeit, ja mit schon beachtlichem Geschick einen Teil der Meieraufgaben von seinem Vater Adam. Seine Pflichten als Hilfsadjunktus des Meiers wuchsen von Jahr zu Jahr. Seine Lust an dem Amte waren ihm und der gesamten Meierei segens- und hilfreich. Jacobs Vater hatte mit seinem eigenen Hausstand seine Sorgen und Nöte, die ihn eigentlich weit stärker in Anspruch nahmen, als für die zusätzliche Meierbürde und das Verwalten von fünf Gemeinden zuträglich waren. Außerdem hatte der Meier seit jeher in den zugehörigen Dörfern meist einen schweren Stand. Es war zwar das oberste Amt, welches in den Orten zu vergeben war, denn es war vergleichbar mit dem Amt eines Richters oder eines Schiedsmannes, der oft kleinere Streitereien zu schlichten hatte. Der Meier war jedoch auch gleichzeitig Steuereintreiber sowie verlängerter Arm der Herrschaft und des Oberamtes. Dies machte ihn bei den meisten Untertanen unbeliebt, mancherorts gar zutiefst verhasst.

Jacob, dem der Umgang mit Menschen schon immer ein Leichtes war, der ihm zudem viel Freude machte, hatte, weit geschickter als sein Vater, die besondere Gabe, stets dort hilf- und segensreich einzuwirken, wo immer ein Streit entbrannt war. Er war sogar imstande, seine ihm eigene, ausgeprägte Umgänglichkeit auch bei schwierigen, ja selbst allerschwierigsten Zeitgenossen geschickt einzusetzen, um mitunter die Steuer- sowie Abgabenforderungen der Herrschaft selbst dort einzutreiben, wo vorgeblich nichts mehr zu holen war. Schriftliche Eingaben, selbst simple Schreiben an das Oberamt waren aus seiner Feder so geschmeidig formuliert und abgefasst, dass man seinen untertänigsten Bitten, seinen geflissentlichsten Anträgen, ja sogar vielen seiner ergebensten, nichtswürdigsten Vorschlägen oft ohne jeden Einwand folgte. Er bewies sein diplomatisches Geschick in den jungen Jahren seiner Tätigkeit schon da, wo man sich eigentlich nur von erfahrenen Menschen etwas sagen ließ: bei Erbangelegenheiten oder bei Versteigerungen von Grund und Boden. Dies alles musste sein Vater bald anerkennen und so war er's schließlich hochzufrieden, dass er in seinem jungen Sohn schon einen solch tüchtigen Vertreter im Amte hatte.

Im Jahre 1763 ehelichte Jacob, der damals gerade einundzwanzig Jahre alt geworden war, seine Großkusine Anna Maria Schwingel. Die sechzehnjährige Braut benötigte für diesen Schritt, neben dem schriftlichen Einverständnis ihrer Eltern, ein befürwortendes Attest des herrschaftlichen Meiers, um die behördliche Zustimmung des Oberamtes sowie der Kirche zu gewinnen. Das war kein Problem.

Die Verbindung mit seiner Verwandten zweiten Grades war ohne Zweifel das Ergebnis acker- und hofstrategischer Überlegungen von Seiten des Meiers gewesen. Das Vorhaben war aber auch verbunden mit den wünschenswerten Sympathien, welche die beiden jungen Leute ausgiebig füreinander hegten.

Auch in dieser, der Heiratsangelegenheit, zeigte sich Jacobs ausgeprägtes strategisches Geschick und seine diplomatisch-politische Ader. Er fügte sich nicht nur drein in das, was sich sein Vater da für ihn ausdachte. Nein, vielmehr war er es selbst, der an seine Eltern mit dem Plan herantrat, der aus zuvorderst familienpolitischen Erwägungen seine Absichten bekundete, die junge Verwandte ehelichen zu wollen. Und zwar je früher desto besser, denn er konnte es unter keinen Umständen zulassen, dass ihm jemand aus dem Dorf zuvor kam. Das Haus, in welches der junge Jacob hinein heiraten würde, hatte nämlich einst sein Großvater besessen, bevor es in der Folge der Erbteilung an sein zweitältestes Kind, seine Tochter Katharina, mit Hofgering, Wiesen und Äckern überschrieben wurde. Was lag jetzt näher, als die wertvollen Güter dadurch zusammenzuhalten, dass man sie in der nächsten Generation durch eine passende Heirat wieder zurückholte. Die Hochzeit wurde gehalten, Jacob zog aus und hinüber in die Kaufgärten ins Schmidts-Eck. Natürlich ging er nicht ohne seinen geliebten Bruder, der kam auf jeden Fall mit. Die Eheleute blieben sechs Jahre ohne Kinder und beide hatten sich schon mit dem kindlichen Bruder Jakob in stiller Genügsamkeit abgefunden, da wurde seine Anna Maria doch noch schwanger.

So also wuchs der Knecht und Schreinergehilfe Holle mit all den Informationen, die er von Jacob sowie manchen Bericht auch vom großen Jakob, aber auch von seinem Meister Nickel Beck erhielt, allmählich in sein *Altes Dorf*, mitsamt der Geschichte und den Geschichtchen seiner Bewohner hinein. Er selbst fühlte sich allerdings nicht sonderlich wohl in seiner Haut, hatte er doch seine gesamte Herkunft erschwindelt, was ihm noch immer gegen seine Natur ging. Er rang mit sich des Nachts, wie er seinen Gastgeber über sein eigenes Leben nur so hinters Licht führen konnte, aber er blieb doch standhaft bei seiner Dibo-Version, die ihm noch einigen Ärger einbringen würde. Dennoch war sie die beste aller Versionen gewesen. Leider konnte er diese seine erste Rolle nicht mehr all zu lange spielen, denn es geschah etwas Schicksalhaftes, was ihn buchstäblich aus der Bahn werfen würde und hinaus aus dem Dorf katapultierte, in dem er gerade erst heimisch geworden war.

XIV.

Der Mond stand fast schon wieder im vollen Rund über der Wetterfahne der altverwitterten Kapelle, als Holle, der noch nie eine ernsthafte Erkrankung gehabt hatte, in der Schreinerei plötzlich von heftigen Kopfschmerzen heimgesucht wurde und einen Hustenanfall bekam, der sich nicht legen wollte. Die Beckin brühte ihm ahnend einen Sud aus Brennnessel mit Huflattich. Der quälende Hustenreiz ließ bald nach, die Kopfschmerzen wurden schlimmer. Zu Hause kramte er aus dem kleinen Notfallpack in seinem Rucksack in aller Hast eine Schmerztablette heraus. Diese spülte er mit einem Schluck aus dem Wasserkrug herunter. Die stechenden Schmerzen verschwanden sofort, es ging ihm besser. Die Stallarbeit dauerte bis zum späten Abend. Dann legte er sich schlafen. Der kommende Morgen aber begann mit heftigen Kreuz- und Gliederschmerzen, die nach dem Melken schlimmer wurden, bei der Ankunft in der Schreinerei jedoch bereits in schier unerträgliche Krämpfe, ja in alarmierende Lähmungszustände übergingen. Die Beckin erkundigte sich nach seinem Befinden, worauf sie besorgt feststellte, dass er verdächtig rottrübe Augen habe. Ob er sich nicht lieber in seinem Bette auskurieren wolle. Auf dem Rückweg aus dem Kirschgarten blieb sein Begleiter, der stumpfsinnige Jakob plötzlich neben dem Krampfgeschüttelten auf dem Pfad stehen, zupfte ihn an seinem Arm und sagte ihm aufs Gesicht zu: „Holle hat die Blattern!“ Holle wollte nicht recht verstehen, aber schockiert fragte er zurück: „Was sagst Du da, Jakob?“ Dieser wiederholte leise: „Holle hat die Blattern, ich weiß das. Holle soll nicht sterben.“ Der Fiebernde legte sich ins Bett. Im Eindämmern beschlichen ihn abgründige, böse Ahnungen die ihm bald zur Gewissheit werden sollten. Er hatte sich irgendwo, vielleicht im Becke Haus, womöglich doch mit dem - Pockenvirus infiziert. Am anderen Morgen kamen heiß brennende Hitzeschübe über ihn. Sie kamen und gingen immer unregelmäßiger, immer häufiger.

Bebende Schüttelfröste überschauerten ihn. Er blieb den ganzen Tag im Bett. Holle verdöste, verfieberte in seinen Schweißlaken auch den nächsten. Sein Befinden verschlechterte sich nun zusehends, er wurde jetzt immer häufiger von brennend glutheißen Fieberattacken sowie von erschreckenden Angst-Phantasien überschüttet. In der Nacht, da der volle Mond schon kuhäugig bizarr zum Flurfenster in seine Bettstatt hineinlugte, stand Holles wirrer Entschluss fest. Er musste hier weg, hinüber in die Zukunft, sofort zu einem Arzt, zu einer Medizin, ins Krankenhaus, er wusste nur das Eine: er wollte noch nicht sterben!

Mühsam quälte er sich aus seinem schweißgetränkten Lager, schwerfällig und umständlich machte er sich daran, sich anzukleiden. Schwindel, begleitet von schauriger Übelkeit wechselten sich unaufhörlich ab, es ging immerzu geradewegs hinab in tiefste Pein und Dämmer.

Die Treppendielen knarrten unter den Tritten des schwachsinnigen Jakob, der jetzt ruhig, wissend und besonnen vor ihm stand. „Du führst mich jetzt heim, Jakob, tust Du das?“ stammelte der Erschöpfte in wirrer, freudiger Erwartung.

„Jakob führt Holle heim und der Pockenmond zeigt Ihm den Weg“ versicherte ihm der wunderliche Helfer mit klarer Stimme beim Schultern des Rucksackes. Als Holle sich, gestützt auf Jakob und bebend vor Schüttelfrost, den alten Rumpelweg nach St. Wendel zum Wingertsberg hinaufmühte, konnte er im hellen Mondschein gerade noch die ausladende Blätterkrone der Eiche erkennen. Der scheinbar Irre und der gezeichnete Wirre schleppten sich mit letzter Kraft dahin, bis sie endlich an den knorrigen Wurzelknoten des mächtigen Bannbaumes anlangten.

„Jakob führt Holle jetzt heim. Jakob macht jetzt einen Tunnel für Ihn. Holle soll nicht sterben“, redete der Helfer besänftigend auf den Siechen ein, „Er kommt jetzt nach Hause und dort wird Er wieder gesund gemacht.“

In tiefster Erschöpfung lag der Gezeichnete an den rissigen Rindenwulst gelehnt. Er hatte die Augenlider bereits geschlossen. „Holle will jetzt schlafen“, schmeichelte es ihn mächtig an, „Er kann jetzt nicht weiter, Er wird hier bleiben, hier wird Er Seinen Frieden haben, hier wird Er sterben.“

Da trat Jakob an ihn heran und stellte sich entschlossen in Position. Er langte nach Holles Arme. Er schlang sie über seine Schulter und mit einem Ruck wuchtete er den Fiebernden hoch. Noch einmal riss es ihn aus seinem Dämmersiechen heraus, öffnete ihm die brennend glühheißen Augen – und was er da direkt vor sich sah, das war der offene, schwarz schlundige Stolleneingang, der in die Zukunft führte!

„Das ist ja doch alles ein Traum gewesen, es geht zurück“ stammelte Holle selig lächelnd, „ich hab's gewusst, es geht wieder heim!“

Lange noch, bevor der Notarztwagen mit seinem grellen Blaulicht im nächtlichen Werschweiler am Hirtenhaus in der Kleinbachstraße eintraf um den fieberwirren Peter Neufang in die Universitätsklinik einzuliefern, war Jakob mit Areus wieder in seiner Welt des Frühsommers 1770 angelangt.

Mitten im Morgengrauen kehrte der heiter Zufriedene mit dem Hund nach seinem Nachtgang ins Dorf zurück. Als er jetzt rechtschaffen müde die Stiege hinaufgetappt kam, stand oben im Schlafrock, mit der flackernden Ölfunzel in der Hand, sein Bruder Jacob.

„Wo ist Caspar?“ flüsterte dieser, „wo hast Du ihn hingebracht, Du weißt doch wohl, dass er auf den Tod krank ist!“

Areus zog die Rute ein, trollte sich auf sein Lager.

„Jakob hat ihn heimgeführt. Jakob weiß, dass es ihm jetzt bald wieder gut geht“, singsangte der Einfältige in gutgelaunter Gleichgültigkeit vor sich hin.

„Was willst Du damit sagen? Wo ist heim?“ drängte der Jüngere verwirrt, „wo ist er?“

„Holle ist drüben, in der anderen Welt. Er ist jetzt in der *Neuen Welt*, ich hab ihn selbst dort hingebracht. Da ist es schön, da sind viele Lichter“, gab der andere einfältig, wie er war, zurück.

Jacob erschrak. Er trat zu ihm heran. Ganz nahe stand er jetzt vor ihm, packte seinen Bruder bei seinen Armen. Er schaute ihm, erregt vor Schrecken und Angst, in die Augen: „Jakob“, flüsterte er, „Jakob, hast Du ihm etwas angetan? Nicht wahr, Du hast ihm doch nichts angetan? Großer Gott, Du hast ihn doch nicht…“

Jakob spürte sogleich, dass sein Bruder mit einem Male einen vollkommen neuen Ton angeschlagen hatte. Der dünkte ihm fremd, ja geradezu bedrohlich. Dieses bisher ungekannte Verhalten verhieß nichts Gutes, das spürte der einfältige Jakob und er reagierte sofort mit Furcht. Wie ihm sein Bruder nun kam, das konnte doch nur eines bedeuten: Jacob der Jüngere stellte sich hier gegen ihn. Das aber war nicht gut. Das war Alarmsignal. Das war Gefahr, das hieß, sich schützen. Das hieß, Fäuste vors Gesicht, nichts sehen wollen und nicht wehtun.

„Jakob, Du musst mich jetzt sofort, hörst Du, auf der Stelle zu ihm bringen, hast Du mich verstanden? Du führst mich jetzt zu ihm! Niemand wird Dir etwas zu Leide tun!"

„Aber Jakob kann seinen Bruder nicht dorthin führen", kam es hinter der Deckung hervor, „wo Holle ist, das ist in der anderen Welt. Er weiß doch, mein Bruder, in der anderen Welt…"

Jakob führte den Hund, begleitet von Jacob, in den dunstigen Frühstunden aus dem Dorf hinaus, sehr zur Verwunderung des gichtfüßigen Nachtwächters Leonhardt, der gerade seine letzte Runde drehte. Bis zur Banneiche, die im Morgengrauen schattenlos und mächtig über dem Wingertshübel seine Arme ausbreitete, gingen sie die Steige hinauf. Die Amsel begann schon mit ihrem Frühchoral, als die Nachtwandler an der bald tausendjährigen Wächterin des Flures angekommen waren. „Da", zeigte der Einfältige auf den wuchernden Brennnesselschlag unter den Wurzelarmen der Eiche, „da hat Jakob Holle hineingeführt!" Aber da war nichts.

XV.

Die Laborergebnisse der amerikanischen Tests mit dem berühmt gewordenen, jetzt als *Neufang-Virus* bezeichneten Material, lagen vor und sie waren mehr als besorgniserregend: sie waren alarmierend! In der Klinik, wo das mysteriöse Pockenvirus zuerst aufgetaucht war, wurde man von der WHO direkt in die Konsultationen sowie die Informationskanäle einbezogen, so dass der Direktor der dortigen Virologie, Professor Meyer-Gass und sein Team ständig über den neuesten Stand der Aktivitäten in den USA informiert waren. Außerdem hatten darüber hinaus eine kleine Gruppe ausgesuchter Spezialisten, einschließlich Doktor Schönberger vom Bundesministerium sowie als Zaungast die Präsidentin der Universität, Zugang zu den Neuigkeiten um das Virus. Man glaubte, es der Uniklinik schuldig zu sein, sie auf dem neuesten Stand zu halten, da sie durch ihr umsichtiges Verhalten immerhin in der Lage gewesen war, eine Ausbreitung des Virus zu verhindern und damit nicht zuletzt auch positiv auf die Stimmung in der Öffentlichkeit einzuwirken. Außerdem wurde an der dortigen Virologie ein Sonderforschungsprojekt zu dem Fall Peter Holger Neufang aufgelegt, an deren Ergebnissen die WHO ein brennendes

Interesse zeigte. Kurz bevor der Patient Neufang aus der Klinik entlassen wurde, berief Meyer-Gass noch einmal eine Informationsrunde in sein oberes Besprechungszimmer ein, diesmal abermals mit beunruhigenden Nachrichten. Noch ehe der Institutsdirektor in die Details einstieg, gab er, besonders für die fachfremde Universitäts-Präsidentin, die sich eigens für diesen Termin den gesamten Nachmittag reserviert hatte, einen umfassenden Überblick:

„Frau Präsidentin, meine Damen und Herren, danke, dass Sie herkommen konnten. Es gibt wieder Neuigkeiten aus Atlanta. Leider sind diese nicht ermutigend, im Gegenteil, sie sind im Ergebnis so etwas wie der worst case, der schlimmste Fall des Pocken-Szenarios. Wir sind, das muss ich bedauerlicherweise einräumen, ratloser denn je. Wie Sie wissen, hat sich das Virus als eine Mutation, möglicherweise sogar als eine Rekombinante, das heißt als ein artifizielles Konstrukt, also ein gentechnisch verändertes Virus, herausgestellt."

Meyer-Gass wandte sich hier an die Präsidentin, um sich ihr gegenüber eingehend zu erklären: „Das Pockenvirus, Frau Präsidentin, hat ein für Viren ungewöhnlich langes Genom mit bis zu zweihunderttausend Codebuchstaben oder bis zu zweihundert Genen, die spaghettiähnlich als DNS-Klumpen in einer hantelförmigen Struktur im Virus eingelagert sind. Was tut das Virus? Es setzt teilweise Gene frei, um das Immunsystem des Wirtes zu unterlaufen, damit es sich ungehindert vermehren kann. Das Pockenvirus ist ein Spezialist im Täuschen der Steuerungssysteme seines Wirtes, des Menschen. Mit den bisher verfügbaren Impfstoffen hat man die gängigen Formen der Pocken allesamt im Griff gehabt. Sie konnten eine Infektion generell verhindern. Das scheint hier bei unserem *Neufang-Virus* erstmals nicht mehr der Fall zu sein. Woran könnte das liegen? Nun, man kann durch den Einbau bestimmter Gene in das Virus, wie zum Beispiel des Interleukin-Gens, verheerende Wirkungen erzielen. Ein bestimmtes Interleukin-Gen, das IL-4-Gen oder Zytokin, sorgt in den richtigen Mengen normalerweise beim Menschen dafür, dass eine Infektion abgewehrt wird, indem es die Produktion von Antikörpern stimuliert. Wird dieses Gen nun in das Virus eingebaut, dann schickt es Signale an das Immunsystem des Wirtes und führt dieses damit in die Irre, indem immer mehr Antikörper hergestellt werden. Jetzt kommt irgendwann eine Schwelle, wo die Zellimmunität zusammenbricht und der Wirt daran normalerweise stirbt. So ähnlich können Sie sich die Wirkungsweise unseres *Neufang-Virus* vorstellen, nur, dass wir nicht wissen, wie die Funktion eines bestimmten Gens, das wir verändert vorgefunden haben, aufzuhalten ist. Jedenfalls ist es in Atlanta nicht gelungen, mit den heute verfügbaren Impfstoffen dafür zu sorgen, dass die zerstörerische Wirkung des *Neufang-Virus* gebremst oder zum Stillstand gebracht wird. Die in einzelnen Fällen ausgebliebenen Infektionen infolge unserer Impfung in der Klinik können wir uns einerseits genau so wenig erklären, wie die andererseits schwere Erkrankung unserer Pflegerin, trotz der Vakzination der jungen Frau." Meyer-Gass schaute abwartend in die Runde.

„Was, Herr Meyer-Gass, bedeutet dies in unserem Falle, wenn mit diesem, wie sagten Sie gleich - *Neufang-Virus* - eine Epidemie ausbrechen würde", wollte jetzt die aufhorchende Präsidentin wissen.

„Das ist leider das Alarmierende", gab der Angesprochene zu verstehen, „wir hätten, nein, ich muss leider sagen: wir haben zurzeit keinen verlässlich wirkenden Impfstoff, mit dem wir die Ausbreitung dieses Virus aufhalten können. Wir sehen uns nach wie vor einem Rätsel gegenüber. Solange wir nicht wirklich zweifelsfrei feststellen können, woher der Infekt stammt, solange haben wir keinerlei Anhaltspunkte, wie wir gegen ihn vorgehen können. Es gibt eine Reihe von Krankheiten, die wir nicht wirklich heilend behandeln können, denken Sie an die verschiedenen Formen des Krebses. Aber Krebs ist allgemein nicht ansteckend, er kann sich nicht in dieser immens aggressiven Art und Weise verbreiten, wie das bei den Pocken der Fall ist."

„Aber, verzeihen Sie, der Ausgangsherd dieser Infektion sollte doch eigentlich ohne größere Probleme aufzufinden sein, zumal Sie es hier mit einem einzigen Erstinfizierten zu tun haben. Ich verstehe nicht, warum wir nicht längst wissen, woher der Patient die Krankheit hat", unterbrach ihn die Präsidentin, „konnte er uns keine verlässliche Auskunft geben oder wollte er nicht?"

„Wir haben den Patienten mehrere Male intensiv befragt, mit Spezialisten des Bundeskriminalamtes, mit Experten anderer Dienste, leider ohne den geringsten Erfolg. Der Patient hat uns Erklärungen abgegeben, die - verzeihen Sie - so absurd waren, dass man diese insgesamt nicht ernst nehmen kann. Das heißt nicht, dass man seinen Angaben nicht mit größter Sorgfalt nachgegangen ist. Aber sie haben sich allesamt als unhaltbar, als Hirngespinste, so könnte man es etwas salopp ausdrücken, herausgestellt."

Jetzt war die Präsidentin neugierig geworden. Sie hakte nach: „Was waren denn das für Versionen, dass man sie sämtlich als - Hirngespinste - abgetan hat?"

In der Runde war ein erheiterndes Schmunzeln zu vernehmen, selbst Meyer-Gass konnte sich ein süffisantes Lächeln nicht verkneifen. Die Präsidentin ließ sich ihre Irritation nicht anmerken.

„Nun, der Patient Neufang hat behauptet, er habe sich die Pocken im - *Alten Dorf* zugezogen. Unter dieser seiner Bezeichnung *Altes Dorf* will er seinen Heimatort, das Dorf Werschweiler bei St. Wendel, im Ostertal gelegen - übrigens ein sehr schönes Tälchen - verstanden wissen, nur dieses alles eben in einer Zeit, lange vor der unserigen, vor, pardon, rund zweihundertdreißig Jahren".
Der Präsidentin stockte sichtlich der Atem. Sie begriff diese ungeheuerliche Behauptung, wenn überhaupt, dann eher als schlechten Scherz.

„Ich verstehe nicht", hakte sie irritiert nach, „Sie sagten eben: vor zweihundertdreißig Jahren?"

Meyer-Gass nickte wortlos.

„Soll das etwa heißen, dass der junge Mann – dass er so etwas wie eine Zeitreise unternommen haben will?"

Die Runde lachte erleichtert auf.

„Aber, das ist ja doch wirklich sehr eigensinnig", schmunzelte die Dame und auch ihr trat jetzt ein verschämtes Lächeln auf die Lippen. „Und er bleibt bei seiner Version?" hakte sie nach und nahm wieder Platz.

„Das ist eben das Problem, er bleibt bei seiner Aussage und hat nichts daran geändert. Bitte, nach allen vorliegenden Befunden scheint er keinerlei mentale Schäden von seiner Erkrankung davongetragen zu haben. Wir haben, auch daraufhin wurde er eingehend untersucht, keinerlei Auffälligkeiten entdeckt, an denen man seine abwegigen Darstellungen festmachen könnte", fügte Meyer-Gass hinzu.

„Und nun, wie wird es jetzt weiter gehen?" gestattete sich die Präsidentin zu fragen.

„Wir wissen es nicht. Das wird in den nächsten Tagen im Exekutivrat der WHO entschieden werden. Das Verbot der Forschung am Virus selbst ist noch nicht aufgehoben worden. Solange sind uns und allen sonstigen Stellen, die sich mit diesem Thema fachlich befassen können, die Hände gebunden."

Nach der Sitzung blieben noch einige wenige Teilnehmer im Besprechungsraum zusammen. Sie diskutierten engagiert die Folgen der neuerlichen Lage. Auch Meyer-Gass war nochmals zurückgekommen, nachdem er die Präsidentin der Universität zu ihrem Wagen gebracht hatte. Er packte seine Unterlagen zusammen und wollte gerade den Raum verlassen, als Doktor Schönberger vom Ministerium auf ihn zu trat und ihn bedeutungsvoll fragte: „Herr Meyer-Gass, da ist mir noch etwas unklar. Gestatten Sie, dass ich ein, zwei Fragen an Sie stelle?" Der Angesprochene bat darum. Er schaute Schönberger angestrengt ins Gesicht.

„Sie haben den Patienten seit fast vier Wochen in Behandlung gehabt. Sie haben mehr als nur einen flüchtigen Eindruck von ihm bekommen. Sie haben häufiger mit ihm geredet, als andere und Sie haben ihn mehrere Male dieselbe Geschichte von der Herkunft seiner Pockenerkrankung berichten hören. Glauben Sie, dass der Patient ein Lügner ist?"

Meyer-Gass schreckte auf: „Was wollen Sie denn damit sagen?"

„Ich will damit zunächst einmal gar nichts sagen. Mich interessiert Ihre Meinung dazu. Ich sehe, dass wir an einer Stelle stehen, wo wir mit den Aussagen von Neufang einfach nicht mehr weiter kommen. Jetzt sollten wir uns die Frage stellen - obwohl wir alle miteinander davon ausgehen, dass er uns immer dasselbe Märchen auftischt, ob wir für einen Moment einmal unsere bisher eingenommene Sichtweise beiseite stellen, ändern sollten…"

Meyer-Gass blickte Schönberger erschrocken ins Gesicht: „...und welche andere Sichtweise sollten wir Ihrer Ansicht nach für diesen einen Moment einnehmen?“

Schönberger sah, dass er seinen Gegenüber mit seiner absurden Idee auf dem falschen Fuß erwischt hatte, dennoch musste er es jetzt aussprechen: „Was wäre, wenn der Patient Neufang - die Wahrheit - gesagt hat?“

Meyer-Gass blaffte ihn ungehalten an: „Jetzt machen Sie aber mal einen Punkt! Das meinen Sie doch wohl nicht im Ernst!“

Schönberger schaute ihn bekümmert an und nickte kaum vernehmbar, als wollte er sagen: „jetzt ist die Zeit gekommen, das Undenkbare zu denken“.

Dann verließ er das Gebäude.

XVI.

Gut sechs Wochen, nachdem Peter Neufang zum ersten Mal in der Universitätsklinik an die verkabelten Apparate angeschlossen worden war, wurde er aus der Beobachtungsstation der Virologie entlassen und als ausgeheilt nach Hause geschickt. Er telefonierte mit seiner Schwester und beruhigte sie, es sei jetzt alles wieder in Ordnung. Er war noch drei Wochen arbeitsunfähig geschrieben und ihm war bei seiner Ankunft zumute gewesen, als sei er aus einer fremden Welt in eine noch fremdere zurückgekehrt. Von seinem Betreuer Karl-Ernst Schönberger bekam er vor seiner Entlassung den dringenden Rat, sich unter keinen Umständen auf die Medien einzulassen.

Es war gegen zweiundzwanzig Uhr am Abend. Vor dem Hirtenhaus in Werschweiler hielt seit gut zehn Minuten ein Wagen mit Standlicht, laufendem Motor und heftig arbeitenden Scheibenwischern. Draußen schüttete es in Strömen. Holle wurde von Schönberger, der sich vorher angeboten hatte, ihn von der Klinik nach Hause zu bringen, noch einmal ausführlich instruiert, wie er sich zu verhalten habe, wenn man ihm, von welcher Seite auch immer, auf die Pelle rücken würde. In erster Linie war damit natürlich die Presse gemeint. Aber der Zurückgekehrte müsse auch, wie die Erfahrung lehre, mit neugierigen Sensationstouristen, besonders wissbegierigen Nachbarn oder mit sonstigen ungebetenen Zaungästen rechnen. Am Telefon solle er sich nicht mit Namen melden. Wenn ihm die häufigen fernmündlichen Belästigungen zu viel werden würden, dann könne man ihm umgehend eine neue Nummer einrichten, eine Verbindung ohne Eintrag in das Telefonbuch. Für alle Fälle, insbesondere für den Fall, dass es noch irgendwelche Fragen oder wichtige Informationen von Holles Seite gäbe, solle er sich gleich Schönbergers Handynummer eintippen. Gleichzeitig erbat Schönberger sich auch die Mobilfunknummer von Peter Neufang. Dann verabschiedeten sie sich. Der Fahrgast ging um Schönbergers Wagen herum, nahm die Reisetasche vom Rücksitz und ging durchs Tor in den Hof. Seinen Haustürschlüssel fischte er zwischen Topf und Übertopf aus den Überresten einer verdorrten Hibiskuspflanze heraus, seinem gewohnten Schlüsseldepot. Er sperrte die Tür auf, schlug sie hinter sich ins Schloss, drehte den Schlüssel wieder nach rechts und war zu Hause. Irgendwann hörte er Schönbergers Wagen durch den strömenden Regen davon rauschen.

Der Geruch fiel ihm sofort auf. Hier roch es auf die ersten paar Atemzüge zwar irgendwie vertraut, dennoch war der altbekannte Mief von Hundehaar und geschlossenen Fenstern fremd durchsetzt mit einem Hauch von Lysol. Das Haus kam ihm kalt, abweisend und irgendwie steril vor. Nach drei Wochen weißen Wänden, Apparaten, Schläuchen und fremden Menschen, erschien ihm seine Wohnung irgendwie zusammengeschrumpft, ja sogar übervoll gestellt mit Unrat. Drei Wochen lang weg von hier, und vorher - wie lange war er eigentlich im *Alten Dorf* gewesen? Davor wochenlanges Hausen in einer Schlafkoje, in einem muffigen Alkoven des achtzehnten Jahrhunderts, die war auch nicht viel größer gewesen aber es roch dort anders. Diese neue Umgebung seines alten Hauses kam ihm jetzt, bei seinem Eintreten, reichlich abweisend, fast wie zum neu Gewöhnen vor. Er würde einige Zeit benötigen bis er sich hier wieder halbwegs heimisch fühlte.

Auf dem Tisch fand er einen Zettel, auf dem stand in seiner eigenen, gewohnt kindlichen Rundschrift: „Morgen Armin anrufen". Das war vor Wochen und lag schon wieder so weit zurück, dass er überlegen musste, was er damals von ihm wollte. Irgendwas mit Fotos vom Abbruch des Becke Hauses? Kann nicht sein. Aber deutlich stand ihm bei diesem Gedanken die Schreinerei im Kirschgarten, die anmutige Margarete Beck, ihr Ehemann Nickel, die kleine Katharina, die er aus der Oster gezogen hatte, vor Augen. Das alte Bauernhaus, in dem über mehr als zweihundertfünfzig Jahre lang Freud und Leid, Arbeit und Ruhe, Geburt und Tod beieinander waren, es war nicht mehr. Er hatte davon gehört, dass es während seines Klinikaufenthaltes abgerissen worden war. Vor dem summenden Kühlschrank stand der Hundefressnapf, halb mit Trockenfutter gefüllt. Die Katze hatte das Futter verschmäht.

Sein Rucksack mit Fernglas, Drilling, Revolver sowie den übrigen Dingen waren noch irgendwo in der Vergangenheit oder im Stollen der Zwischenzeit hängen geblieben. Bereits in der Klinik hatte er hin und wieder in lichten Augenblicken darüber nachgedacht, was mit seinen Sachen wohl geschehen war? Die Thermoskanne, seine Geldbörse, der zerfletterte Führerschein, seinen Personalausweis, der große blaue Plastikmüllsack, all diese Gegenstände hatte er bei seiner fieberumnachteten Flucht mit dem guten Jakob bei den Ahnungslosen im achtzehnten Jahrhundert zurückgelassen. Hatte Jakob den Rucksack getragen? Ja, er konnte sich irgendwie dunkel daran erinnern, er sah den gebeugten Jakob noch neben sich hergehen. Hatte dieser ihn womöglich im Stollen irgendwo liegen lassen, weil alles so schnell gehen musste? Daran konnte er sich nicht mehr entsinnen. Bis wohin war sein Begleiter eigentlich mitgekommen? Doch nicht bis hierher, oder? Vielleicht hatte Jakob seinen Rucksack aber auch wieder ins Dorf mitgenommen.

Seinen Führerschein, seinen Ausweis, die würde er sich auf dem Amt neu beantragen müssen. An eine Rückkehr war nicht zu denken, denn der Zugang war längst wieder verschlossen. Aber Areus: der war dort drüben bei den Leuten im alten Dorf geblieben. Würde er ihn je wieder sehen? Was würde er seinen Jägerkameraden antworten, wenn die ihn fragten, wo er seinen Hund gelassen hatte? Und was, so grübelte er weiter nach, würde mit seinen Waffen geschehen, wenn sie jemand drüben entdeckte? Würde Jakob seinen Bruder Jacob in die sagenhaften Geheimnisse einweihen, die sein grüner Lodenrucksack barg?

Jedenfalls, so fiel ihm ein, waren sie wohl nicht in die falschen Hände gekommen, denn ihm war nicht bekannt, dass im Laufe des achtzehnten Jahrhunderts waffentechnisch etwa bei den Hinterladerwaffen oder bei der Entwicklung von Munition in Patronenform wie aus dem Nichts plötzlich stürmische Entwicklungsrevolutionen ausgebrochen wären. Wer weiß, vielleicht wäre die unselige französische Revolution dann völlig anders verlaufen. Und überhaupt wurde der erste taugliche Hinterlader noch lange nicht, fast hundert Jahre später erst, im sechsundsechziger Preußisch-Österreichischen Bruderkrieg eingesetzt. Was, wenn die Leute drüben im alten Dorf zwischenzeitlich seinen durchaus ominösen Rucksack-Hort aus dem einundzwanzigsten Jahrhundert sprachlos und mit großen Augen - ja doch, sprachlos gewiss - vor sich ausgebreitet hatten? So wäre Jacob als ihr Wortführer doch allenfalls auf die fintenreiche Idee gekommen, jede dieser Kuriositäten den unbegrenzten Möglichkeiten der Neuen Welt, dem unerschöpflichen Erfindungsreichtum der Pennsylvanier zuzuschreiben. Nur seinen alten, lapperigen Führerschein sowie seinen Personalausweis, beide mit Ausstellungsdatum und mit Holles Geburtsdatum, und - nicht zu fassen, sogar mit seinem Passfoto - die wären nicht mit der Neuen Welt zu erklären gewesen. Da würde wahrscheinlich auch Jacob, der eigentlich nie um eine Erklärung verlegen war, nicht nur gestutzt haben!

Zu vieles ging ihm jetzt noch im Kopf herum, zu ruhelos trieb es ihn in seiner Wohnung umher, als dass er sich hätte zur Ruhe legen können. Holle saß bis in die frühen Morgenstunden an seinem Computer, wo er das Netz hektisch nach allen Themen durchsuchte, die ihm gerade einfielen oder die ihm im *Alten Dorf* begegnet waren. Er war stets aufs Neue verblüfft, aber auch beeindruckt von alldem, was er noch nicht wusste. Dann ging er zu Bett.

Im Frühmorgen suchten ihn hektische Wirrträume heim, die seinem Schlaf zu schaffen machten. Unruhig wälzte er sich im Bett hin und her. Da waren ihm in einem breiten, lang gestreckten Wiesental monströse, bis hinauf ins riesenhafte aufwachsende starre Holzfiguren, klappernd durcheinander flitzende wilde Horden von Miniaturpferden und Büffeln, dann wieder wie große Luftschiffe prall dahinschwebende Hirsche, flink flatternde Pfauen, auf ihren Hinterbeinen hüpfende Hunde, sich umständlich durch die Lüfte fortwedelnde Schlangen auch große, langsam einher stolzierende, weit ausladend wasserspeiende Brunnennixen begegnet. Sie waren allesamt miteinander in eine Richtung unterwegs: hinauf gegen den Berg, zur wasserfallrauschenden Quelle des Flusses, wo eine kolossale, aus Holz geschnitzte Arche bereit stand. In seinem flackernden Traumgerümpel lockten ihn Nixen sowie die ihn umringenden Tierscharen, mitzukommen, während er, so sehr es ihn auch drängte, so heftig er sich ihnen anzuschließen abmühte, nicht von der Stelle treten konnte. Im späteren Dämmerschlaf erreichten ihn fremde Geräusche aus dem Haus: Dielenknarren und lautes Knacken im Gebälk, Marderpoltern im Dachstuhl, Regengüsse gegen die Fensterscheibe, beharrliches Scharren an seiner Schlafzimmertür.

Seine Katze! Holle verließ sein Bett, ließ sie herein. Sie maunzte und knäuelte sich auf der Decke zu Holles Füßen ein.

Der Zurückgekehrte, dem am nächsten Morgen aber auch alles vollkommen fremd und irgendwie abweisend vorkam, der sich noch lange nicht wieder richtig Zuhause fühlte, suchte sich während des nächsten Tages mit diversen Besorgungen abzulenken. Er war zunächst noch sehr behutsam, weil unvertraut, mit dem Auto unterwegs. Auch wich er dem Nachbarn Stefan zu seiner rechten Hausseite aus. Er übersah seine Nachbarn aus den Zollhäusern, Günther und dessen Freundin, die ihm freundlich zuwinkten. Den Postboten, der ihm ein Schreiben überreichen wollte und eine Unterschrift von ihm verlangte, ließ er einfach stehen. Er fuhr besonders langsam den Wingertsberg hinauf. Dann fuhr er besonders schnell den Hirschberg nach St. Wendel hinunter. Sein erster Weg führte ihn zum Supermarkt. Holle brauchte noch Brot, Butter, Milch, Haferflocken, Batterien, Klopapier, alles fremde Sachen auf den ersten Blick. Das Hundefutter nahm er an der Kasse wieder vom Band. Vor dem Baumarkt traf er seinen alten Jagdkollegen Horst, der ihm herzlich auf die Schultern klopfte. Auch bei ihm hielt er sich nicht lange auf und war so wortkarg wie immer, so verstört wie nie, was ihm sein Bekannter nicht übel nahm.

Holle musste sich unbedingt ein neues Handy mitsamt einer neuen Nummer zulegen, denn sein altes hatte er im Jahre 1770 beim einfältigen Jakob zurückgelassen. Dieses besorgte er sich im Baumarkt, er benötigte daneben auch noch Mörtel sowie anderes Baumaterial für den freistehenden Gartenkamin, den er vor Monaten schon bis auf Brusthöhe aufgemauert hatte. Den Kamin nahm er sich wieder vor. Mit ihm war er beschäftigt, war er abgelenkt. Damit hatte er sein Tun.

Die Kassiererinnen hatten sich alle mit grellrot quer gestreiften T-Shirts und mit falschen blonden Zöpfen hübsch gemacht. Die Fingernägel waren gefährlich grell gepinselt und hexennagellang. So ausgestattet jonglierten sie atemberaubend behänd auf ihrer Tastatur. Die Art, wie sie sich allesamt besonders dicke rote Sommersprossen ins Gesicht hineingetupft hatten, erinnerte ihn nicht nur an Pippi Langstrumpf. Sie rutschten scherzend und flirtend unter allerhand breitem Gegrinse, Gekichere mit bunten Faschingsgirlanden auf ihren Drehstühlen hin und her und sie hatten beim Eintippen ihren besonderen Spaß. Draußen auf dem Parkplatz richtete er sein neues Handy ein und wählte seine alte Mobilnummer an. Es meldete sich niemand. Dann gab er seiner Schwester seine neue Verbindung durch.

Auf dem Rückweg fuhr Holle über den Paterhof hinunter auf der Straße nach Niederkirchen bis vor die Brücke, wo der Tiefenbach unter der Straße hindurch rann. Er stellte den Wagen ab und querte die Straße, dann den Weg hinauf, wo er seine zweite Nacht in der Vergangenheit in der Höhle zugebracht hatte. Sie war noch da, jedoch halb zugeschüttet und arg verwittert. Er konnte nichts erkennen, was ihn hier an seine Übernachtung vor ein paar Wochen, oder besser, vor mehr als zweihundertdreißig Jahren, erinnerte. Nicht der leiseste Hauch einer Ahnung von Stimmung wehte ihn an. Er ging zurück zu seinem Auto. Von da aus fuhr er wieder hinauf zum Paterhof, wo er nach links auf den Weg zum Willenborner Bann abbog. Am Saaler Eck, einem Waldstück aus Niederwald, hielt er an und ging gegen den schneidenden Wind hinunter zur mächtigen Bismarckeiche, die ein paar Schritte unweit des Pfades zur Weiheranlage seit Jahrhunderten schon über dem Tal wachte. Als es wieder zu regnen anfing, fuhr er zurück.

Im Dorf angekommen, trat ihm Armin entgegen. Er hielt seinen Wagen an. Holle drehte begrüßend die Fensterscheibe herunter. „Rat mal, was ich da habe“, kommentierte der Anhalter in seine durchs Autofenster hineingestreckte Hand. Sie hielt etwas fest umschlossen, was Holle nicht erkennen konnte. „Zeih her“, grummelte der wie immer, als hätte er weiter überhaupt nichts von seinem Aufenthalt im Krankenhaus zu erklären. Zum Vorschein kam ein zierliches, verstaubtes, wurmstichiges Kästlein mit der Aufschrift „Das Leben ist doch schön“.

„Das habe ich noch aus dem alten Becke Haus retten können, bevor der Bagger kam und alles platt gemacht hat. Willst Du doch bestimmt wieder zurück“, grinste der Anhalter wissend.

Die Nachbarin Johannita stellte ihm lauthals plärrend über die Straße hinweg allerhand indiskrete Fragen, wo er sich wohl angesteckt habe, was in den letzten Tagen und Wochen hier schon alles los gewesen sei. Wie auf dem Jahrmarkt sei es hier zugegangen, und alles nur seinetwegen. Wenn er wenigstens da gewesen wäre, dann hätten die anderen nicht alles abbekommen, aber so – naja, jetzt sei er ja wieder da, da könnte er sich um all das Gesindel, was jetzt hier herumläuft, ja selbst kümmern.

Am Nachmittag stattete er seinem Jagdkollegen Harald einen Besuch ab. Sie sprachen über dies und das, auch machte Holle einige wenige harmlose Andeutungen von seiner Erkrankung und seinem Klinikaufenthalt. Sie beunruhigten seinen Kollegen eigentlich nicht. Hauptsache der Genesene war wieder auf dem Posten. Er meldete sich bei ihm zum Reviergang an. So saß er am Abend auf der hohen Beobachtungskanzel hinter den Kuhberg. Im Dämmerlicht konnte er eine Wildkatze beobachten, sonst war die Bühne wie leer geputzt. Ab und zu fuhren Autos zur Waldgaststätte der Grube Labach. Als wieder welche zurückkamen, konnte er im gleißenden Lichtkegel zwei Hasen ausmachen, daneben die Waldohreulen, die hier ihr Revier hatten. Holle spürte, dass ihm Areus fehlte. „Jagd ohne Hund ist Schund“, brummelte er vor sich hin. Ja, seine Pfeife, die hatte er herübergerettet, mit der zündete er zum Gedenken ein stilles Schmauchwölkchen, sog ein und schickte ein paar kräftige Rauchzeichen hinüber über den Berg in sein *Altes Dorf*. Um elf Uhr abends stieg er von der Kanzel ab und ging nach Hause.

Am späten Nachmittag des folgenden Tages, während Holle hinterm Haus seine Baumaterialien auslud, um sie in seiner Holzblockhütte zu lagern, war ihm für einen Moment, als würde er beobachtet werden. Es war zuerst nur ein unbestimmtes Gefühl, wie es jeder kennt. Es ist wie ein kalter Lufthauch, wie eine kaum gespürte Ahnung, die einem in einem lauen Moment wie aus dem Nichts überkommt: man ist alleine, aber man fühlt sich nicht alleine. Wer schaut da nicht mal unwillkürlich hinter sich?

So tat es auch Holle und er hatte den Eindruck, dass da gerade ein Schatten gewesen war, etwas, was sich ruckartig in seine Ecke zurückzog, um nicht entdeckt zu werden. Holle war irritiert. Da war doch was. Nach kurzem Innehalten fuhr er in seiner Arbeit fort. „Naja, was wird das schon gewesen sein", beschwichtigte er sich, „das ist wohl nur eine Überempfindlichkeit nach den Wochen öder Leere in der Klinik." Beim nächsten Mal, wieder überkam ihn das befremdliche Schauern im Rücken, stellte er sich irritiert die Frage, ob er unter dem Eindruck seiner gerade vergangenen Erlebnisse, der hektischen Verhöre, denen er sich ausgesetzt sah sowie all der Horrorszenarien, die um ihn herum aufgebauscht worden waren, es mit seinen Anflügen von Verfolgungsschauern nicht vielleicht doch etwas übertreibe. Dennoch wurde der schreckhafte Ankömmling beinahe wie von selbst eine Spur aufmerksamer, fast wachsamer. Diese seine Achtsamkeit, sein ständiges Misstrauen aber entglitten seiner Kontrolle, sie machten sich selbstständig und sie steigerten sich innerhalb weniger Tage fast bis ins Groteske.

Holle war so dünnhäutig geworden, dass er von seiner Katze, die hinter seinem Rücken die Kellertreppe heruntergehuscht kam, bis ins Mark erschreckt wurde. Wenig später suchte ihn ein Vogel, der krachend gegen das Küchenfenster geflogen war, in einem heftigen Anflug von Panik heim. Der so Erschreckte musste sich allmählich fragen, wohin das noch führen sollte. Ob er sich diesen ganzen schreckhaften Quatsch nicht von selbst in seinem überdrehten Hirn ausbrütete, ob sich bei ihm nicht langsam Wahnvorstellungen einbildeten. Vielleicht war er einfach nur reif für eine Kur. Urlaubsreif fühlte er sich durchaus, obwohl er doch gerade erst aus einer Art Urlaub zurückgekehrt war.

Am Morgen darauf fand der entsetzte Neufang seine Kellertüre einen kleinen Spalt weit offen stehen. Auf den Treppenstufen waren noch die frischfeuchten Schlammreste von Sohlenspuren zu erkennen.

Nein und nein! Diese Abdrücke waren nicht die seinen. Diese Abdrücke waren – es waren fremde Fußspuren, sie waren mindestens drei Nummern größer als seine Stiefel und sie waren geriffelt und nicht gerillt, quergeriffelt in versetzten Mustern, quergeriffelt und nicht gerillt!

Er wusste es, und zwar genau, absolut hundertprozentig, hundertfünfzigprozentig, dass er seine Kellertüre abgesperrt hatte! Gestern Abend bei seinem Kontrollgang hatte er den Sack hinter die Türe gelegt, damit der Wind nicht so herein zieht. Da lag er nicht mehr. Der Sack, der lag da nicht mehr! Der war beim Öffnen der Türe zur Seite geschoben worden! Da! Von wegen Verfolgungswahn!

Nach vielem Hin- und Herüberlegen stand er kurz davor, die Polizei anzurufen. Was sollte er denen sagen? Polizei bei ihm im Haus? Er war noch keine Woche zurück und dann schon die Polizei am Hals. Fehlt was? Nein! Ist etwas beschädigt? Nein! Holle sah noch einmal alle Regale, alle seine Schränke genau durch. Dann setzte er sich im Keller auf ein umgestülptes Fass und plärrte: „Verdammte Sch….!“

Holle ging in die Küche, er rief die Polizei - nicht an. Die Beamten würden wohl zu dem Schluss kommen, dass womöglich er selbst die Türe habe offen stehen lassen. Die Fußspuren, ja die: die könnten sich auch mal so verwischen, dass sie hinterher nicht mehr wieder zu erkennen seien. Holle würde sich bei den Beamten blamieren, maßlos bloßstellen würde er sich!

Er griff also nicht zum Telefon, aber er fuhr sofort zum Baumarkt, wo er sich wutentschlossen grobe und gröbste Ketten, robuste Türschlösser, extrastarke Sicherheitsschlösser zusammenkaufte, er deckte sich ein. Diese brachte er an der Kellertüre, die meisten davon an der Haustüre an, der Akkuschrauber summte den ganzen Tag. Zusätzlich dazu hatte er sich im Baumarkt ein ansehnliches Reservoir an Bewegungsmeldern mit Schrillalarm zugelegt, die er an ausgeklügelten Stellen an die Wände und Decken anmontierte. Jeden Abend, lange vor dem Zubettgehen, stellte er sie, eine nach der anderen, scharf. Von da an stand sein geladenes Jagdgewehr am Bett, daneben hatte er seine Pistole mit vollgeladenem Magazin griffbereit liegen. Sollten sie nur kommen, die Terroristen, die Kriminellen, die Dunkelmänner! Holle begann sich zu verbarrikadieren. Wovor hatte er nur Angst? Wer sollte ihm was antun? Er war lediglich ein einfacher Grubenarbeiter, der sich irgendwo die Blattern abgeholt hatte, von denen er längst wieder auskuriert war, also was denn?

Dann kam der Anruf.

Es war am Abend gegen zweiundzwanzig Uhr. Holle hatte gerade seinen Kontrollrundgang abgeschlossen und die Rollläden herunterrasseln lassen, da klingelte das Telefon. Nicht überrascht, erstaunt war er im ersten Moment, wer denn zu so später Stunde anrufe. Das konnte eigentlich nur seine Schwester sein. Er riss den Hörer ab und maulte: „Was?"

„Was ist was? Bist Du nicht der Mann mit den Pocken? Ja doch, Du bist der Mann mit den Pocken!" kam es aus der Hörmuschel mit leiser Stimme. „Weißt Du was? Du wirst beobachtet, Freundchen, Du stehst unter Kontrolle. Wir wissen alles. Du besorgst uns jetzt die Pocken, die wollen wir nämlich auch. Das tust Du doch für uns, nicht wahr? Und wenn Du uns ein kleines Päckchen geschnürt hast, dann bekommst Du auch was von uns zurück."

Holle dachte zunächst an einen schlechten Scherz.

„Jetzt hör auf mit dem Scheiß, dazu bin ich nicht aufgelegt! Ich glaub Du spinnst, dass Du mich jetzt um diese Zeit noch mit Deinem Blödsinn nervst! Deine Stimme brauchst Du auch nicht zu verstellen. Ich habe Dich erkannt! Depp!" fluchte er.

Am anderen Ende knackte es, dann hörte er eine andere Stimme. Sie war ängstlich und zitterte: „Holle, ich bin's, Deine Schwester Hanne, die haben mich entführt. Die haben mich in ihrer Gewalt! Du musst tun, was die sagen, sonst bringen die mich um, hörst Du, die bringen mich sonst um!"

Es knackte wieder im Hörer. Dann war wieder die gebrochene männliche Stimme zu hören: „Na, Depp! Musst nicht schlau tun, musst Dich nicht aufregen, musst nur tun, was ich Dir gesagt habe. Wir haben Dir auch schon was Kleines aufs Fensterbrett gestellt, damit Du auch siehst, alles ist von uns bestens organisiert."

Holle erschauderte. Er war fassungslos. Was hatte denn das zu bedeuten? Die hatten tatsächlich seine Schwester in ihrer Gewalt! Er sprang hinüber in die Küche und zog mit einer Hand den Rollladengürtel rasselnd herunter. Auf der Fensterbank stand ein Behälter aus Edelstahl, der aussah, wie eine Thermoskanne. Am gegenüberliegenden Hügel blitzte ein Licht auf. Holle ließ den Rollladen sofort wieder heruntersausen, sprintete sofort hinauf in sein Schlafzimmer, um seine Pistole zu holen.

Durch den Hörer quäkte eine Stimme: „Hallo, bist Du noch da? Na, Du hast doch die kleine Box auf dem Fenster gesehen. Siehst Du wohl, wir haben alles fest im Griff, auch Deine kleine Schwester."

„Aber, seid Ihr denn völlig wahnsinnig, wo soll ich denn hier die Pocken herholen?" stammelte Holle, „das, das könnt Ihr vergessen, das ist vollkommen unmöglich!"

Auf der anderen Seite erwiderte es vollkommen ruhig, ja geradezu gleichgültig: „Wenn du Deine Schwester wieder sehen willst, dann besorgst Du uns das Material, gut verschlossen in unserer kleinen Box auf Deinem Fenster. Du hast drei Tage Zeit."

Holle schrie in den Apparat: "Aber das ist - das ist völlig ausgeschlossen, hören Sie, vollkommen ausgeschlossen!"

Auf der anderen Seite klickte es. Die Verbindung war abgebrochen.

Nun gab es nichts mehr zu überlegen. Er legte auf und hob den Hörer sofort wieder ab. „Jetzt wird es wirklich ernst", dachte er sich, „jetzt ist der ganze Spaß vorbei!"

Er informierte die Polizei und Doktor Schönberger auf dessen Handy. Nach langer telefonischer Beratung, nach vielem Hin und Her, kam man überein, dass es keinen Sinn hatte, noch während der Nacht vorbeizukommen. Holle war einverstanden, aber er fühlte sich elend. Wie war er bloß auf einmal in diesen Schlamassel hineingeraten, wie kam er nur aus dieser Misere wieder heraus? Seine Schwester in der Hand von Verrückten und er allein war schuld daran! Wie konnte er ihr nur helfen? Der Stollen war zu, so zu, wie er während seines gesamten Aufenthaltes im alten Dorf zu gewesen war. Und selbst wenn er zufällig offen wäre, wie sollte er in Stunden, oder doch in wenigen Tagen an ein Virus kommen, an eine Person, die sich gerade die Pocken geholt hatte? Und dann noch in kurzer Zeit zurück, wenn dann der Stollen überhaupt noch offen war?

Da gab es nicht viel zu kombinieren, zu spekulieren: es war völlig ausgeschlossen, die Forderungen dieser Kriminellen waren nicht zu erfüllen, es mochte sein wie es wollte. Wer waren die überhaupt, was wollten sie mit den Pockenviren? Gehörte der womöglich zu einer Gruppe von Terroristen, die mit dieser Biowaffe einen Weltenbrand auslösen wollten, war er ein Gauner, der es auf das große Geld durch Erpressung abgesehen hat? War der oder waren die am Ende etwa direkt hinter ihm, hinter seinem Blut her, seinem Serum, in dem Millionen von Antikörpern gegen die Pocken herum schwammen? Quatsch, die wollten an die Viren herankommen. Aber sicherlich waren Sie damit auch hinter ihm selbst her. Der Einbruch in den Keller, die Spuren auf der Treppe legten genug Zeugnis davon ab, als hätte er es nicht schon die vergangen Tage hindurch geahnt. Wild gingen ihm die wirren Gedanken im Kopf umher und trieben ihn wieder und wieder an den Rand der Panik. Holle war zu einem Verfolgten, zu einem Gehetzten geworden, der sich mit Schlössern und Riegeln in seinem eigenen Haus eingebunkert hatte, der vor seiner eigenen Katze zu Tode erschreckt war, den ein Vogel, der an die Scheibe geflogen war, in Angst und Panik versetzt hatte. Soweit war es mit ihm gekommen. Und wo würde das ganze hinführen? Sollte er sich wirklich hetzen, jagen lassen, in die Enge treiben lassen, von diesen Irren?

O nein, so weit war es mit ihm, Peter Neufang, denn doch noch nicht gekommen! Kein Gejagter, Jäger war er - immer noch! Und - hochgerüstet - wie er trotz Verlust seines Rucksackes mit seinem Drilling, dem starken Revolver weiterhin war, sie sollten ihm nur kommen! Er hatte noch Waffen satt im Panzerschrank stehen, da sollten sie sich mal nicht vertun! Drei Langwaffen, daneben zwei Kurzwaffen waren noch da, ein prachtvoller Saufänger mit glänzender Parierstange und blankem Blatt stand in der Ecke, Hirschfänger, Tranchiermesser, alles da! Und er hatte genug Munition im Haus, um sein Hab und Gut drei Wochen lang, selbst vor den anstürmenden Horden eines Dschingis Khan, zu verteidigen!

Holle tat in dieser Nacht kein Auge zu.

Verflucht, wo war seine Katze?

Am anderen Morgen klingelte das Telefon. Holle hatte es direkt neben sich am Bett platziert. Er erwartete den Anruf der Polizei, die sich morgens noch einmal bei ihm melden wollte. Der Anruf kam jedoch nicht von der Polizei.

„Hallo Neufang!" krächzte es durch die Leitung, „das war ja mal ein Coup von Dir gestern Abend gewesen, uns auch noch bei der Polizei zu verpfeifen. Dafür hast Du Dir einen kleinen Denkzettel verdient. Schau mal hinters Haus, was da an Deiner Wäschespindel hängt? Da haben wir Dir einen nassen getigerten Putzlappen aufgeknüpft. Viel Spaß beim Aufwischen!" Dann wurde eingehängt.

Holle fand sie kopfunter hängen, unter ihr am Boden glänzte eine schwarze Blutlache. Die Katze war fürchterlich zugerichtet und lebte noch, aber sie war nicht mehr zu retten.

Wenig später traf die Polizei am Hirtenhaus ein. Sie hatten alle Mühe, ihn ruhig zu stellen. Alle notwendigen Maßnahmen wurden, soweit nicht vorher bereits geschehen, entweder sofort eingeleitet oder durchgeführt: Fahndung nach Unbekannt, Spurensicherung im Keller, Abhöreinrichtung mit Fangschaltung am Telefon. Der kleine Edelstahlbehälter wurde sichergestellt. Man nahm ihn zur Untersuchung mit. Er hatte am Morgen noch unangetastet auf dem Fensterbrett des Küchenfensters gestanden. Später traf Doktor Schönberger ein. Er stellte sich den Beamten vor. Dann kamen wieder die üblichen Fragen an den Zeugen, der teilnahmslos, fast apathisch am Tisch saß: ob er in den vergangenen Tagen irgendwelche, auch die kleinsten Auffälligkeiten bemerkt habe? Dies bejahte er natürlich unter Verweis auf seinen bereits zu Protokoll gegebenen Verdacht, er sei wahrscheinlich verfolgt, mit Sicherheit aber doch beobachtet worden. Nähere Angaben konnte er keine machen. Mit wem er in den vergangenen Tagen in Kontakt gekommen sei, mit wem er gesprochen habe. Er sah keinen Sinn darin, alte Bekannte aus Werschweiler in die Sache hineinzuziehen, daher antwortete er in seinem üblichen Stil, dass er wohl mit Verkäuferinnen, auch mit Kassiererinnen dies oder das gesprochen habe. Einmal habe ihn ein freundlicher Mitarbeiter des Baumarkts bei den Schlössern und den Bewegungsmeldern beraten, weiter nichts. Er gab auf Nachfrage auch minutiös an, wo er sich überall aufgehalten hatte, Baumarkt, Baumarkttoilette, Revier, Bismarckeiche, zu Hause, et cetera. Ort und Zeit einer nochmaligen Kontaktaufnahme mit dem Unbekannten oder einen Übergabetermin des Edelstahlbehälters waren bei den Telefonaten nicht zur Sprache gekommen. Man hoffte auf einen baldigen erneuten Anruf. Dann fuhr er den Beamten hinterher aufs Revier. Schönberger begleitete ihn.

„Das ist ja eine schöne Misere“, dachte sich Holle, „also doch: noch keine Woche zu Hause und schon steht die Polizei vor der Tür.“

Am Abend war Holle mit seinem Wagen wieder nach Hause gefahren um noch einige Sachen zu packen. Auf dem

Kommissariat bot Schönberger sich an, ihn nach Hause zu begleiten. Er lehnte dankend ab, denn er wollte bald wieder zurück sein, man musste ja den Teufel nicht gleich an die Wand malen. Gegenüber den Beamten hatte er sich bereit erklärt, die nächsten Tage an einem anderen Ort, nicht zu Hause, zu verbringen, bis diesen Irren das Handwerk gelegt worden war. Wie man seiner Schwester jetzt schnell helfen konnte, dazu hatte man auch nicht den Schimmer einer Idee gehabt. Die Telefonanlage war vorher zwar schon zum Kommissariat umgeleitet worden, so dass alle eingehenden Anrufe dort direkt angenommen, mitgeschnitten und auch zurückverfolgt werden konnten, aber an der Stimmung der Beamten war kinderleicht abzulesen, dass man sich von diesen Aktivitäten, wenn hier wirklich Profis am Werk waren, nicht allzu viel versprach.

Als Holle mit seinem Wagen sein Haus in Werschweiler erreichte, war es schon wieder dunkel. Der Vollmond stand bereits schräg über dem Horizont. „Bestes Licht für einen Nachtansitz im Katzenloch", dachte er sich noch im Hineingehen ins Haus. Und da stand er auch schon mitten in der Bescherung! In seiner Wohnung sah es aus wie nach einem Orkan. In blindwütiger Manier war alles, aber auch alles zerwühlt, eingesaut, umgeschmissen, eingeschlagen, herausgerissen und zertrümmert worden. Holle spurtete die Stiege hinauf ins Obergeschoss, in sein Dachzimmer. Auch dort herrschte ein chaotisches Drunter und Drüber. Nur den Panzerschrank, den hatten sie trotz aller Gewalt nicht von der Stelle bekommen. Wahllos kramte, stopfte er alles Mögliche in seine Sporttasche hinein, auch seine Pistole aus dem Schrank sowie mehrere Päckchen Munition, wie er sie gerade zu fassen bekam. In demselben Augenblick wurde drunten auch schon heftig gegen die Türe getreten! Glas splitterte, ein kurzer Aufschrei, Fluchen vom Hof herauf und jetzt, wie nach dem großen Startschuss, sprang der Gehetzte auch schon in heller Panik hinauf durch das rückwärtige Dachfenster und hinaus aufs Hausdach, rutschte die klappernden Ziegel hinunter und mit einem gewaltigen Sprung landete er mitsamt seiner Sporttasche mitten in der Ligusterhecke im Garten. Von da rannte er wie kopflos zuerst in Richtung der Schwarzdornhecke, die sich hinterm Nachbarhaus lang gestreckt oberhalb des alten Niederkircher Weges nach dem Tiefenbachtal hinüber zog.

Er hatte die Hecke noch nicht erreicht, da streiften die Scheinwerferkegel eines herannahenden Autos auch schon den Hang; das konnten nur seine Häscher sein - natürlich waren sie es, sie folgten ihm dicht auf den Fersen! Da gab es kein Halten mehr für ihn, weiter nur weiter, den Hang hinauf stürmte Holle, die Tasche schlug im Rennen gegen seine Beine.

Türen wurden hastig zugeschlagen, zwei Gestalten mit Suchlampe spurteten den Hügel hinauf, während der Fliehende um sein Leben rannte; nur noch einen Gedanken im Kopf: weg, nur weg hier. Um Himmels Willen, wer mochte das sein, was wollten die denn bloß von ihm. Waren die denn alle wahnsinnig geworden? Das waren die Entführer seiner Schwester, jetzt waren sie auch hinter ihm her!

In den alten gesprengten Bunker des hinteren Heckenstreifens auf der Saaler Seite wollte er sich hineinflüchten, sich verstecken, verkriechen, doch genau von dort, aus dem Heckengraben heraus sah er auch schon einen zweiten Lichtkegel hin und her wankend auf sich zu kommen. Jetzt waren sie hinter ihm und vor ihm!

Ab durch die Mitte, hinauf auf den Hügelkamm, den geteerten Feldweg hinauf, bis zum Saumschatten einer am Rand des Teerweges sich hinziehenden Fichtenschonung unterhalb des Kieferackers. Dort ging er erstmals in die Knie. Dort zählte er sich zum ersten Mal an. Es war nicht mehr weit bis zum endgültigen Knockout. Und da hatten seine Verfolger auch schon den Weg erreicht. Er sah sie von weitem im Laufschritt den Feldweg heraufstürmen. Sie hatten ihn schon wieder.

Im Davonhetzen spürte er, wie sein Handy durch seine Hosentasche hindurchklingelte und blinkte. Nicht dran gehen, surren lassen. Jetzt die Polizei anrufen? Das würde viel zu lange dauern, viel zu viel Zeit würde verstreichen, bis die da waren. Also weiter, nur weg von hier! Bergauf rennen hatte keinen Zweck mehr, dazu fehlten ihm die Kräfte.

Jetzt ging's auf der anderen Seite steil den Hang bergab. In der mondfahlen Dunkelheit preschte er, immer in Deckung vor den Suchscheinwerfern der Häscher, dicht am Heckensaum hinunter durchs Ginstergesträuch, das sich ihm plötzlich in den Weg stellte, die Hangwiese quer hinab, mit beherztem Sprung über den Stacheldraht einer Viehweide, weiter mitten durch den Eichenhain des alten Sauplatzes und dann hinüber über die Brücke der Lautenbach.

Nicht umdrehen, nur fliehen, nichts wie fort, aber die Verfolger ließen nicht ab. In jetzt gemächlichem Schritt, so als säße er sowieso schon in der Falle, als wäre seine Flucht gleich zu Ende, marschierten sie ihm hinterher den Hang herunter, seine Spur mit ihren Suchscheinwerfern präzise haltend, als ob er soeben eine meterbreite Schleifspur hinter sich hergezogen hätte, als ob sie haargenau wüssten, wo er sich nun befand. Wie weit würde seine Puste jetzt noch reichen, bis er erschöpft aufgeben würde, bis er endgültig zusammenbrach? Was hatte der Verfolgte schon für einen Vorsprung? Vielleicht fünfhundert Meter noch, er war aber jetzt schon am Ende. Seine Lungen schmerzten, sein Herz sprang ihm fast von der Zunge, er konnte nicht mehr weiter.

Holle war noch nicht richtig auf der anderen Bachseite am Wingertsberg angekommen, gerade im Begriff, die Straße nach St. Wendel zu queren, da blinkte summend sein Handy abermals. Es wurde jetzt die Ankunft einer SMS angezeigt. Auf dem Display war die Nummer sowie der Absender *Taxi Dienst 11* zu erkennen. Holle las im Davontaumeln:

„Bin in Sicherheit. Die sind vor mir geflohen, sie suchen Dich. Die wollen Dich als Geisel. Verschwinde, dies Irren sind überall! Hanne." Also waren sie es doch, die Entführer seiner Schwester! Wieso Geisel? Was nützte er denen als Geisel? Das waren doch alles Wahnsinnige! Wohin jetzt? Zurück ins Dorf zu seinem Wagen am Hirtenhaus? Ausgeschlossen, das wäre jetzt der reinste Selbstmord, Harakiri!

Das Fernlicht eines Autos, das aus dem Ort heraus die Straße hoch gerauscht kam, blendete Holle. Das war seine Chance. Er postierte sich genau auf dem Mittelstreifen und schwenkte wie von Sinnen seine Arme gegen das herannahende Fahrzeug. Doch der Fahrer blinkte heftig auf; er blieb auf seiner Hupe stehen, als er ihm mit rasender Geschwindigkeit auswich und an ihm vorbei den Berg hinauf im Wald Richtung St. Wendel verschwand. Jetzt war er endgültig von seinen Verfolgern erkannt, das mussten sie einfach mitbekommen haben. Holle hetzte auf der anderen Straßenseite hinunter zum Dankelsbach und von dort hinauf auf den altverwachsenen Feldweg, der in die Katzenlocher Hecken führte. Da waren sie auch schon wieder hinter ihm her.

Panik, Panik! Weit konnte er nicht mehr kommen, dann hatten sie ihn endgültig eingeholt. Es gab jetzt nur noch einen Ausweg: hinauf in den Graben und hinein in den Stollen. In dessen Labyrinthgängen hatte er eine kleine Chance. Da drinnen kannte er sich aus, dort konnte er diese Irren vielleicht in die Irre führen.

Und jetzt fuhr es ihm endlich wie ein Blitz ein: Natürlich! Die führten einen Spurhund, einen Schweißhund mit, so hart, wie sie am Daumernberg seiner Spur gefolgt waren, das war anders doch gar nicht möglich! „Pfeffer", lachte er, „ein Königreich für einen Pfefferstreuer!" Nasführen, verleiten, er musste sie mitsamt dem Köter foppen, er musste den Hund auf eine falsche Spur bringen. Bei diesem Gedanken war er auch schon unten am Dankelsbach. Da musste er jetzt hinein, dort würde die unsichtbare Spur seiner Witterung mit dem Rinnsal davonschwimmen, abwärts, Richtung Dorf. Er stieg in den Bach hinein, stand jetzt bis zu den Fußknöcheln drin, ihm stockte der Atem. Er biss auf die Zähne, er schleifte seine Spur mit den triefenden Hosenbeinen etwas weiter bachabwärts hinaus auf die Wiese, beschrieb stolpernd einen Kreis, sodann stieg er an der selben Stelle wieder hinein in das eiskalte Nass. Dann, im letzten Aufgebot seiner Kräfte, ging es gegen die Strömung hinauf in den Katzenlocher Graben und, wie ein gehetzter Fuchs auf der Flucht vor der Hundemeute, hinein in den engen Stollenschlund. Keine zwanzig Meter weit schleppte sich der Flüchtende hinein in den Berg. Dann sackte er zusammen und zählte sich aus. Vorbei, K.O. Er war am Ende seiner Kräfte.

Holle kauerte noch immer an seinem Platz im Stollen. Er hatte seine Taschenlampe gelöscht, saß nun völlig im Dunkeln. Von weit entfernt, tief aus dem Inneren des Bergs hörte er, wie Sickerwasser in deutlich hörbaren, steten Tropfen auf den Boden klatschte: patsch....patsch....patsch, wie eine Uhr, deren Pendel mühsam hin und her schwingt. Dahinter Winseln von fernher aus dem Inneren des Höhlenlabyrinths. Vielleicht ein junges Fuchsgeheck? Dachse? Wieder ein Spuk? War da nicht ein Schatten gewesen? Schatten in völliger Dunkelheit...

Nein, nicht schon wieder aufstehen, sich nicht schon wieder verdrücken, keinen neuen Ausweg suchen müssen. Nein, er war zutiefst erschöpft, es ging nicht mehr. Es blieb ihm nichts übrig, als erst einmal abzuwarten, wie sich die Lage entwickelte. Verschnaufen musste er erst einmal und neue Kräfte hatte er jetzt zu sammeln, hier in seinem Loch hatte er auszuharren, bis der grässliche Verfolgungsspuk der Verrückten da draußen hoffentlich bald vorüber war - falls sie ihm nicht doch noch auf den Fersen waren. Und wenn sie ihm den Hund in den Bau schickten, dann konnte er sich immer noch den Ausweg über die Notröhre im hintersten Teil des Stollens suchen, mochte über seine Fluchtröhre entkommen, auf die er bei einer seiner früheren Begehungen einmal gestoßen war und freigelegt hatte. Sie war einst von den Kalkgräbern angelegt worden, um eine ausreichende Luftzirkulation in den weit verzweigten Stollengängen herzustellen. Die Röhre kam mitten in einer dusterdichten Fichtendickung auf der Kuppe des Wingertsberges an die Erdoberfläche. Der Ausgang führte zwar sehr steil nach oben, er war gleichwohl begehbar.

Dort würde er unbemerkt aussteigen können, konnte sich von dort heimlich aus dem Staub machen, während sich seine Verfolger irgendwo da unten im Katzenloch die Beine in den Boden warten würden, in der Hoffnung, der Fuchs käme früher oder später, sich in Sicherheit wiegend, von selbst aus seinem Bau herausgefahren. Vielleicht war seine Verleitspur ja erfolgreich gewesen und sie kamen ihm doch nicht auf die Schliche. Oder schlichen sie sich schon da draußen vor dem Loch herum, warteten etwa nur noch auf ihren Hundeführer, der den Schnüffler drunten an der Dankelsbach von der Spur abgetragen hatte? Vielleicht kamen sie ja doch schneller als gedacht auf den Einfall, der Flüchtende sei doch noch dem Bachlauf bis auf die Höhe des Stollens gefolgt und dann den Graben bis zum Stolleneingang hinaufgegangen? Aber wer kannte schon den Stollen? Doch nur die ganze Schar von Neugierigen aus der Universitätsklinik. Aber die hatten seinen Geständnissen vom ganzen Höhlenquatsch ja sowieso nicht geglaubt. Sie hatten diese Version sicher längst in ihrer heißen Spurenliste abgehakt. Oder am Ende vielleicht doch nicht?

Für alle Fälle wollte er eine zweite Falschspur, und zwar hier drinnen im Stollen setzen. Ungefähr weitere vierzig Schritte schlich er sich in den Hauptgang hinein, dann kam er auf derselben Spur wieder zurück bis zu dem Stollenabzweig. Dieser war schmäler als der Primärstollen, jedenfalls so schmal, dass Holle jetzt im Scherengang, mit beiden Füßen hoch an den Seitenwänden sich abstützend, es doch vielleicht etwa fünfzehn Schritte in den Seitenstollen würde hineinschaffen können.

Der erste Schritt dort hinein war ein riesiger Hüpfer, der einem Schweißhund gewiss nicht in die Nase wehen würde, denn der Hund folgte immer der stärksten Witterung. Die aber führte in den Hauptstollen hinein. Dann versuchte er das Akrobatenstück, sich auf halber Höhe an den Wänden mit den Füßen abzustützen. Er kam keine fünf Schritte weit, dann verließen ihn die Kräfte, er stürzte zu Boden. So lag er eine Weile heftig japsend auf dem Rücken, während er sich überlegte, ob er nicht doch lieber gleich aus dem Notstollen nach oben aussteigen sollte.

Aber in diesem Augenblick nahm er auch schon dort drüben vor dem Eingang den unruhig flackernden Lichtschein sowie leises Gemurmel wahr. Großer Gott, da waren sie schon wieder! Sie hatten sein Versteck gefunden! Wohin nun? Der Rückzug über den Hauptstollen war jetzt so gut wie abgeschnitten. Der Hund würde ihn gewiss sofort spüren. Er würde losbellen, denn Holle war ja keine dreißig Schritt vom Schlund entfernt! Wäre er doch bloß gleich in den Luftschacht eingestiegen. Er brauchte sich nichts vormachen, die Kraft, den Anstieg durch die enge Röhre durchzustehen, hätte er jetzt noch nicht wieder gehabt. Holle verzog sich tiefer in den Seiteneingang hinein. Ihm blieb nichts anderes übrig, als in der kleinen Nische am Ende des Suchstollens auszuharren, hoffend darauf, dass der Hund seine Häscher falsch leitete und dass sie die Seitenstollen nicht auch noch ausgingen. Natürlich würden sie das tun. Er steckte so gut wie in der Falle, das ahnte er. Wenn sie ihn denn entdecken würden, dann war er bereit, sich mit seiner Waffe bis zuletzt zu verteidigen. Jedes Magazin seiner Pistole hatte zehn Schuss, genug um eine außer Rand und Band geratene Rotte Wildschweine abzuwehren, ihm war alles gleich.

Weiter und weiter stieg er in den enger werdenden Gang hinein, aber er mochte es fast nicht glauben! Sein Seitenstollen - er war nach dreißig Metern nicht zu Ende. Es ging tatsächlich immer tiefer hinein. Das konnte doch nur bedeuten... War das Tor zum *Alten Dorf* etwa wieder geöffnet, war es wieder zugänglich? Das Bild stand wie hingezaubert in seinem Gedächtnis: Der Vollmond! Natürlich der Vollmond, der Pockenmond war es, der die Gezeiten zusammenführte, er war es, der die Zeiten miteinander in Verbindung brachte!

Schon hörte er das Klirren von klapperndem Gerät, hastiges Schaufeln und Hacken am Eingang des Stollens, Hundegejiff. Holle bot seine letzten Kräfte auf, um voran zu kommen.

Und da war er auch schon wieder vor ihm, der Notgang zurück ins Dorf. Er führte ab hier schräg hinauf, der enge Gang, er würde ihn geradewegs wieder zurück in die Vergangenheit zu seinen Leuten in Werschweiler, zu seinem Meister in die Schreinerei bringen. Dort war der Aufgang im kurzen Aufflackern seiner Lampe deutlich vor ihm zu erkennen. Sollte er es wagen? Sollte er wieder zurück, zu Jacob, zum einfältigen Jakob, zu den allzu vertrauten Leuten, wieder hinein in den grässlichen Gestank nach Kuh- und Hühnermist, hinüber ins Gerackere, geradewegs in die Leibeigenschaft, in die ganze lächerlich primitive Lebensweise einer längst vergangenen Zeit, sollte er? Was für eine Frage, wenn diese Abartigen, diese dekadenten Perversen, die aus einer Seuche ein Geschäft, aus religiösem Wahn Weltenbrände verursachten. Was für eine Frage, jetzt, wo sie gerade dabei waren, ihn auszugraben, wie einen verklüfteten Dachs, diese Tollwütigen. Müßig, jetzt noch nach Alternativen zu fragen, es gab keine! Er hatte keine andere Wahl, als geradewegs dort hinaus.

Holle stieg durch die Röhre hinauf. Schon kam er in die Halle. Der Raum weitete sich, der Anstieg wurde flacher, er stand oben. Flugs hastete er den Abhang hinunter in den Ausgangsstollen, wo der volle Mond seine jetzt deutlich erblassenden Strahlen in den Schlund der Ausstiegsröhre schickte.

Er hatte es geahnt – der Mond! Holle musste sich jetzt endgültig entscheiden: hier bleiben, zurück, den Verfolgern in die Arme laufen und sich auf einen Kampf einlassen oder wieder hinüber in die Vergangenheit, in die Ungewissheit des achtzehnten Jahrhunderts. Die Farben im zitternden Kegel seiner Lampe begannen, eigenartig zu verblassen, sie wurden immer grauer. Hinter ihm, keine hundert Schritte entfernt von ihm, gab ein Hund im Stollen Spurlaut. Sein Bellen hallte grell und hoch an sein Ohr. Holle ging den Weg.

Er zwängte sich mit aller noch verfügbaren Kraft zwischen den Wurzelarmen der Banneiche hindurch, erreichte den freien Himmel und war wieder zurück. Keine halbe Minute später versiegte vor seinen Augen der Stollenschlund, der sich alsbald in dichtes Brennnesselgeflecht und laubübersäten Waldboden aufzulösen begann. Er schaute sich um, wo er im gleißenden Mondlicht die vertrauten Konturen seiner *Alten Welt* erkannte, aus der er vor gut acht Wochen von Jakob hinausgeführt worden war. Die Verfolger, sie hatten ihn nicht gekriegt. Er war ihnen doch noch entkommen.

XVII.

Hanne, die ältere Schwester von Holle lebte, ebenso wie er auch, alleine, seit gut einem halben Jahr. Nachdem das Elternhaus in Steinbach verkauft worden war, hatte sie sich im unteren Ostertalort Hangart in einem Neubaugebiet eine kleine Eigentumswohnung gekauft und war mit ihrem damaligen Mann dort eingezogen. Ihr Ehemann hatte längere Zeit in dem Ort als Fliesenleger gearbeitet und war, nachdem die Firma seines Arbeitgebers Pleite gegangen war, zunächst arbeitslos geworden. Er hielt sich durch diverse Gelegenheitsarbeiten, durch *Projekte*, wie er zu sagen pflegte, über Wasser, die seine Frau nichts angingen, die sie auch nicht interessierten. Ansonsten lebte er von der Stütze und vom Einkommen seiner Frau. Schon wenn sie von der Arbeit nach Hause kam, lag er meistens entweder übellaunig oder betrunken auf der Couch vor dem Fernseher, hatte weder den Frühstückstisch abgeräumt, noch eingekauft. Der Abend endete, wie das so geht, entweder in beiderseitigem beleidigtem Schweigen, oder noch häufiger in Streitereien, wobei der Mann in seinem Suff dann auch mal grob, ja sogar regelrecht gewalttätig gegen sie wurde. Holle musste dann jedes Mal herhalten; er wurde mehr als einmal zu ihr gerufen um einzuschreiten, wenn die Streitereien zu einem handfesten Krach eskalierten. Der Stress mit dem Typen hatte irgendwann ein Ende, die Ehe zum Glück auch. Nach der Scheidung behielt Hanne ihre Wohnung, aber sie ließ ihren Ex nicht mehr herein. Sie ließ überhaupt keinen Mann mehr herein, außer ihren Bruder, denn sie hatte genug. Von Männern wollte sie erstmal nichts mehr wissen.

In der Zeit, als Holle in der Klinik war, kümmerte sich Hanne in Werschweiler um die Katze sowie um das Nötigste im Haus. Sie wusch auch seine Wäsche, die sie ihm regelmäßig in der Klinik vorbeibrachte. Zu ihm durfte sie nicht, solange die Quarantäne nicht aufgehoben war. Aber sie besuchte ihn regelmäßig, wobei sie sich mit ihm via Mikrophon durch die riesige Glasscheibe hindurch, wie mit einem fremden Schalterbeamten, unterhielt. Die Umstände seines mysteriösen Verschwindens blieben jedes Mal ausgespart. Danach zu fragen, traute sie sich, eigentlich vollkommen untypisch für sie, irgendwie nicht. Selbstverständlich war auch Hanne vorsorglich geimpft worden, denn da sie in seinem Haus gewesen war, hätte sie sich dort an der Kleidung oder der Wäsche infizieren können.

An dem Abend, als die Männer vor ihrer Tür standen um sie mitzunehmen, war Hanne gerade dabei, sich für den Besuch zu einem Faschingsball zurecht zu machen. Den Fremden begegnete sie an der Wohnungstür in halbfertigem, weiß getünchtem Clownsgesicht mit umgeschnallter roter Knollennase sowie einer aufgeklebten Träne auf der Wange. Es war ein makabres Bild. Die Typen, es waren drei, hatten, laut Hanne's Aussage bei der Polizei, allesamt ein „leicht fremdländisches Aussehen“. Sie redeten mit ihr, wenn überhaupt, in stark gebrochenem Deutsch. Untereinander unterhielten sie sich in fremder Sprache, deren Tonfall sich immerzu anhörte, als ob sie sich unausgesetzt stritten, denn sie redeten hastig und laut miteinander. Hanne konnte jedoch absolut nicht sagen, ob da vielleicht Russisch, Finnisch, Kroatisch, Italienisch, Türkisch gesprochen wurde. Davon hatte sie keine Ahnung, es war ihr in dieser Situation auch egal.

Die Männer überwältigten sie noch an ihrer Wohnungstür, indem sie sie mit einer Injektion in die Armbeuge lahm legten. Zwei hielten sie fest, der dritte setzte die Spritze. Sie bekam gerade noch mit, dass man sie in einen Lieferwagen hievte, es hätte auch ein Krankenwagen sein können. Als Hanne wieder zu sich kam, fand sie sich auf einer Pritsche in einem fensterlosen, winzigen Raum wieder, der wie eine schäbige Besenkammer roch und auch so aussah. Es wurde viel telefoniert, eigentlich fast dauernd. Zuerst konnte sich Hanne überhaupt nicht vorstellen, was diese Leute von ihr wollten. Sie glaubte fest an eine Verwechselung, dann tippte sie auf einen Racheakt ihres Ex, denn sie war nicht der Typ einer Geisel, aus der man überhaupt hätte Geld herausschlagen können. Sie bekam jedoch bald mit, dass ihre Entführung und Gefangennahme etwas mit der Pockeninfektion ihres Bruders zu tun hatte. Wie sie der Polizei zu Protokoll gab, war wohl von einem Deal die Rede gewesen, bei dem durch die Beschaffung des Virus viel Geld fließen würde. In Wortfetzen hatte sie die verschiedenen Telefonate in diese Richtung gedeutet. Wer die Hintermänner der Aktion gewesen sein mochten, keine Ahnung, das lag für die Zeugin vollkommen im Dunkeln. Aber im Zusammenhang mit dem Geschäft wurde Deutsch gesprochen, das konnte Hanne mit Bestimmtheit bestätigen. Sie beschwerte sich bei den Beamten energisch darüber, dass man sie in der Kammer miserabel behandelt habe, es gab ein einziges Mal lauwarme Tütensuppe, bei deren Gedanke sich ihr noch jetzt der Magen umdrehte.

Im Nachhinein betrachtet, kam Hanne's Entführung einer regelrechten Farce gleich. Die gesamte Aktion hatte für die Geisel geradezu etwas von einem lächerlichen Dilettanten-Coup, denn so überraschend sie begann, so unspektakulär hatte sie sich nach einem Tag buchstäblich in Wohlgefallen aufgelöst.

Und das ging so: Als Hanne nach ihrer gewaltsamen Einlieferung in der Besenkammer wieder zu einigermaßen klarem Verstand gekommen war, kam einer der Männer zu ihr hereingeschneit, um sie von der Pritsche loszuschnallen. Er zerrte sie auf ihre Füße, dann wurde sie aus dem Verschlag in die Wohnung hinausgeführt, wo alle Rollläden heruntergelassen waren. Was ihr dort sofort aufgefallen war: nicht mal für Gardinen, geschweige denn für Vorhänge oder für Stores hatten die Typen Geld übrig gehabt, die Bude machte einen wirklich armseligen Eindruck.

Und dann rief der ihren Bruder an. Der Typ war einer von der ganz rabiaten Sorte, er mochte, seinem Verhalten nach zu schließen, wohl der Anführer des Gaunertrios gewesen sein. Einen total unberechenbaren Choleriker hatte sie mit dem da vor sich, denn der bekam, nachdem er den Hörer auf die Gabel geknallt hatte, einen wahrhaft ausgewachsenen Wutausbruch. Immerzu beschimpfte er seine beiden Kumpels auf die rüdeste Art und Weise, während er gegen die Wand trat und Kaffeetassen quer durch die Bude schmiss. Aber so richtiggehend rastete der Typ erst aus, als er mitkriegte, dass ihr Bruder die Polizei informiert hatte. Da schickte der Anführer sofort seine Männer los, er trieb die beiden anderen blindwütig mit mehreren Tritten in den Hintern aus der Wohnung.

Am Morgen des nächsten Tages stellten sich bei Hanne überraschend Erstickungsattacken in Verbindung mit Pusteln auf ihren Armen ein. Gegen Abend verschlimmerte sich ihr Zustand mit stetigem Würgen sowie Schweißausbrüchen, die von roten Fleckenblüten über den gesamten Halsbereich begleitet waren. Klar, dass diese neu eingetretene Situation dem Anführer der Bande überhaupt nicht passte. Der Choleriker war sofort höllisch genervt. Er versuchte, sie ziemlich barsch mit Drohungen, Beschimpfungen zum Schweigen zu bringen, einmal sogar würgte er sie in seiner Wut so heftig, dass sie sich fast übergeben musste. Draußen vor der Besenkammer, nachdem die beiden anderen offensichtlich wieder zurückgekommen waren, wurde gegen den späteren Abend hin erneut heftig gestritten.

Hanne wusste sich, zum Glück, ihre Anfälle mit der heftigen Atemnot, bald zu erklären. Entweder reagierte sie allergisch auf ihre momentane vertrackte Lage, womöglich ganz besonders auf diesen Choleriker, oder es war die ihr bekannte klassische Allergie auf die Billigsuppe mit irgendwelchen Glutaminen, oder wie diese öden Geschmacksverhinderer alle hießen. Es konnte auch irgendein Inhaltsstoff aus den Putz- oder Scheuermitteln gewesen sein, die hier in der Besenkammer ausgelaufen waren. Es roch jedenfalls stark nach Salmiak oder Zitrone, ein entsetzlicher Gestank, der ihr den Hals zuschnürte. Oder es war eben alles dieses Kramszeugs zusammengenommen.

Dann kam sie auf die Idee. Es gab eine gewisse Chance, vielleicht funktionierte ihr Vorhaben. Was hatte sie schon zu verlieren? Der Choleriker griff, als er in den Verschlag hereinkam, nach Hannes Arm: „Du kommst jetzt mit, jetzt werden wir Deinem Bruder zeigen, wie weit wir gehen, wenn er nicht tut, was wir ihm sagen!“

Hanne hustete jetzt unaufhörlich, sie rang nach Luft, stammelnd bedeutete sie ihrem Häscher: „Bringen Sie mich von hier weg, ich muss zum Arzt. Ich fürchte, ich – ich habe mich bei meinem Bruder angesteckt. So schauen Sie doch nur!“ Dabei hielt sie dem verdutzten Typen ihren Arm sowie ihre geschwollene Wange vor die Nase. Der Arm war vollkommen übersät mit rotpusteligen Hautflecken.

Wie vom Donnerschlag gerührt stand der Choleriker vor ihr. Er hielt die Luft an, ließ sie los, angeekelt flüchtete er sich aus dem Raum. Die Tür flog hinter ihm zu. Draußen setzte augenblicklich fluchender Höllenlärm ein, der sich in hysterisches Geplärre ausartete. Mit einem Male verstummten die Männer. Jemand griff zum Telefon, dieser jemand führte ein hektisches Gespräch in deutscher Sprache. Hanne glaubte zu verstehen, dass der Gesprächspartner am anderen Ende der Leitung angewiesen wurde, ihren Bruder umgehend ausfindig zu machen, um ihn fortzuschaffen. Was diese Irren sich dabei versprachen, war ihr völlig rätselhaft. Nach dem Gespräch fiel der Hörer mit lautem Knall in die Halterung. Danach verließen die Männer die Wohnung. Niemand schien jetzt noch irgendein Interesse an ihrer Geisel zu haben. Es war lächerlich!

Hanne wartete ab, bis es draußen vollkommen still war. Vorsichtig ging ihre Hand zum Türknauf. Die Tür war nicht verschlossen. Das Licht der Deckenbirne blendete sie, als sie die Tür aufdrückte. Hier im Wohnraum sah es aus, wie auf einem verwüsteten Campingplatz. „Ferkel, Schweine“, dachte sie kopfschüttelnd bei sich, „typisch!“ Schlafsäcke auf dem Boden, überall leere Tüten, Bierflaschen. Brotreste, Reste von angebissener Pizza auf der Fensterbank, in der Ecke lagen verschmierte Handtücher, drüben, in der Küchenzeile lief das verdreckte Spülbecken fast über vor schmutzigen Tellern, Schüsseln und Töpfen. Der Tisch war auf die Seite gerückt worden. Hanne blieb stehen. Sie horchte, ob nicht womöglich doch noch jemand in der Wohnung war. Sie war verlassen. „Anfänger, Dilettanten“, grinste sie in sich hinein. Sie konnte es sich nicht verkneifen, festzustellen, dass ihr da ein veritabler Trick geglückt war: „naja, hat ja doch was, so ne Allergie im richtigen Moment!“

Auf leisen Zehenspitzen schlich sie sich ins Bad, wo sie sich im Spiegel ihr Gesicht besah. Es war rot geschwollen, natürlich auch übersät mit Pickeln, wie sie es schon von früheren Attacken bei sich kannte. Sie reagierte auf bestimmte Lebensmittel halt immer mit diesen heftigen Ausschlägen, das ging bald vorüber. Dann rief sie vom Wohnungstelefon, bei dem diese Amateure in ihrer planlos übereilten Flucht nicht einmal das Verbindungskabel durchtrennt hatten, Holle an. Der meldete sich nicht. Jetzt bloß nicht leichtsinnig werden, am besten, sie sah zu, dass sie so schnell als möglich aus dieser Drecksbude herauskam, bevor irgendjemand von diesen Versagern vielleicht auf die Idee kam, sie könnte doch noch von irgendeinem Nutzen sein und sei es als Spenderin imaginärer Pockenviren. Sie nahm die Treppe, nicht den Aufzug. Von Etage zu Etage schlich sie sich die Stufen hinunter, vorsichtig prüfend, ob sich nicht Verdächtiges regen würde. Als sie vor der Türe stand, fand sie auch schon ein wartendes Taxi in der Nähe. Den Taxifahrer bat Hanne, ihr sein Handy auszuleihen. Widerwillig reichte er es ihr. Sie sendete eine kurze SMS auf Holles Handy, damit er gewarnt und informiert war. „Bringen Sie mich zur Polizei, ich habe einen heißen Tipp für unsere Freunde und Helfer“, sagte sie dem Taxifahrer, der wissen wollte, wohin es gehen soll.

XVIII.

Holle hatte sich keuchend zu Füßen der Banneiche niedergelassen. Er lehnte sich erschöpft zurück gegen den Borkenstamm und schloss, ausgepumpt, atemlos, aber glücklich über die gelungene Flucht, seine Augen. Aus dem nahen Waldrand wehte, herbstlich duftend, der herbe Moder von Moos und Morcheln zu ihm herüber, während sein Kopf noch immer in Panik vor seinen Verfolgern schwirrte.

Über seinem Haupt fuhr ein Windhauch in die mächtige Blätterkrone des Baumes hinein, in der es schon buntwelk rauschte. Dennoch fühlte sich die Luft auf seinem rot erhitzten Gesicht, in seinem Haar, erstaunlich mild, ja sogar sommerlich schmeichelwarm an. Um ihn herum war Stille, nur fernab, drüben im Willenwald, meldete der Waldkauz.

Holle war in Sicherheit. Nicht die kleinste Spur von Verfolgern, kein Gekläff des soeben noch eifrig verweisenden Schweißhundes auf seiner Spur, jetzt auch kein Schaufeln und Hacken, kein Trippeln, kein Tappen mehr, das lag weit zurück. Holles Aufgewühltheit legte sich allmählich, je länger er sich Rast gönnte. So kam er nach und nach immer mehr zur Beruhigung und er begann, seine Verfolger nun auch innerlich von sich abzuschütteln. Er wusste, hier drohte ihm keine Gefahr mehr von ihnen. Denn unter dem mächtigen Bannbaum, der wie schützend sein Blätterdach ausbreitete, wähnte er sich endlich zeitweitab jeder Bedrohung. So harrte er eine Weile aus, bis er die Augen aufschlug, um sich hier wieder seiner neu errungenen Gegenwart, seines *Alten Dorfes* sowie der Umgebung abermals gewärtigen zu können.

Drüben, der ausgefahrene Rumpelweg nach dem Städtchen St. Wendel – er war noch da. Vielmehr, er war ihm in seiner alten Vertrautheit wieder vorhanden. Seine Blicke gingen hinüber zum Hang, der in der Zukunft mit neuen Häusern voll gebaut war - auch dieses Wähnen erwies sich bald beruhigend als Fehlanzeige. An deren Statt konnte er an der jenseitigen Flur die schmalen Streifen bracher Äcker, davor grauer Wiesen ausmachen, die sich gemächlich über die sanften Bodenwellen des nächtlichen Südhanges hinzogen. Seine Blicke wanderten besänftigt nach links, den Pfad zum *Schreck* hinauf. Von dort folgten sie dem dicht mit Obstbäumen gesäumten Alleenpfad nach dem Daumernberg hinüber, wo er vor Minuten erst vor seinen Häschern davon gestürmt war. Nichts kündete unter dem Dämmerlicht des Mondes von den kürzlichen dramatischen Ereignissen der Verfolgung.

Wie stand es um die schwarzen Masten der Stromleitungen, wie um die blinkenden Positionslichter der Flugzeuge am Nachthimmel, wo war das Rauschen der Windrotoren auf den Hügeln geblieben? Schimmerte über ihm am historischen Sternenhimmel im gegenwärtigen achtzehnten Jahrhundert schon die dunstige Lichterglocke des neuzeitlichen Werschweiler? Auch dieses Ausspähen war zu Holles jetzt gänzlicher Gewissheit erfolglos geblieben.

Nun also war er wieder in der *Alten Zeit*, abermals in seinem *Alten Dorf* angekommen. Seine Verfolger, die hatte er soeben in ferner, uneinholbarer Zukunft hinter sich gelassen. Er hatte sie in letzter Minute allesamt überlistet und das war ihm eine stolze Genugtuung. In diesem guten Gefühl ließ es sich eine Weile aushalten. Vollkommen entspannt und beruhigt verdöste der Zurückgekehrte so vielleicht eine halbe Stunde, bis seine Kräfte wieder zu sich kamen.

Wenn es jetzt um ihn herum schon herbstlich welkte und wehte, dann war das vielleicht der einzige, irgendwie befremdliche Eindruck, der ihn in einem leisen Anflug von Irritation beschäftigte. Denn eigentlich, wenn er sich recht besann, dürften dort, wie hier, seit seiner Rückkehr ins *Alte Dorf*, seit seinem Klinikaufenthalt, seit seiner Entlassung nach Hause, nicht viel mehr als höchstens acht Wochen vergangen sein. Demnach müsste wohl auch hier noch der Hochsommer des Monats August über dem Tal brüten. Sommernachtstraum aber war es zu dieser Stunde augenscheinlich nicht mehr, das war deutlich zu spüren. Wenn es also nicht mehr Sommer war, dann doch wohl der Herbst, der dem Sommer des Jahres 1770 folgte, das war ihm klar, das sollte einleuchten. Oder am Ende etwa doch nicht? Aber so selbstverständlich war es vermutlich nicht, ohne weiteres zu schlussfolgern, dass er im selben Jahre seiner ersten Ankunft hier abermals gelandet war.

Das konnte somit nur bedeuten, dass auf dieser Seite der Geschichte eine Art Zeitverschiebung gegenüber der Neuen Zeit, die weitab hinter dem anderen Ende des Stollens lag, stattgefunden hatte. Saß er womöglich gerade in diesem Augenblick noch einmal hundert Jahre früher unter der welkenden Eichenkrone des späten siebzehnten Jahrhunderts? Das mochte dann aber bedeuten, dass er zum bösen Schlusse gar mitten hinein in die französischen Verwüstungen des vierzehnten Ludwig, des Sonnenkönigs, hineingeraten war, der in den 1670er Jahren die gesamte Pfalz niedergebrannt hatte? Oder schrieb man soeben gar das Jahr 1870, nochmal gut zweihundert Jahre später, das Jahr, als die Preußen gegen Frankreich zu Felde zogen? Jetzt war es mit Holles Zuversicht, mit seiner Behaglichkeit wieder dahin. Das hatte er mit seiner duseligen Grübelei prächtig hinbekommen!

Nun also – es stellte sich ihm die Frage, ob er es sich aufgrund dieser Überlegungen überhaupt würde erlauben können, jetzt einfach ins Dorf hineinzuspazieren und zu sagen: „Hallo Leute, da bin ich wieder, hab mir ne kleine Auszeit für die Klinik genommen. Sorry für meine kurze Tauchstation, für mein plötzliches Verschwinden, sorry, dass ich mich nicht ordentlich bei Euch abgemeldet habe, müsst Ihr verstehen, ging leider nicht, keine Zeit mehr gehabt, jetzt bin ich wieder repariert, rundumerneuert, turnschuhfit, wo steht die Mistgabel, wo liegt der Hobel?“ Tja, wenn das mal so einfach wäre. Ganz so einfach war das denn wohl doch nicht.

War es denkbar, vielmehr, war es statthaft, so ohne weiteres hierher zurückzukehren, ohne sich diesen Ackersleuten gegenüber umfassend zu erklären? Und was sollte er zu Jacob, was zu seinem Meister, dem Schreiner Nickel Beck sagen, was ihnen sein Verschwinden für wer weiß wie lange, schlüssig darlegte, vorausgesetzt diese lebten noch oder waren überhaupt schon geboren? Was sollte er ihnen zu bedenken geben, wenn die ihn fragten, warum er sich Ihnen nicht wenigstens empfohlen, abgemeldet hatte? Es gehört doch wohl - auch für einen längst aufgeklärten Zeitgenossen des einundzwanzigsten Jahrhunderts mit zugegeben vielleicht allzu lässig lockeren Manieren - ein Mindestmaß an Höflichkeit dazu, wenn man schon in Kost und Logis gehalten wurde, wenn man so gastfreundlich aufgenommen worden war von so gar nicht fremdenscheuen Menschen des Alten Dorfes, die selbst kaum genug zum Essen haben, sich vor seinem Verschwinden gesittet zu verabschieden. Zumindest aber doch erforderte es der Grundanstand, seine verunsicherten und besorgten Gastgeber hinterher nachvollziehbar ins Bild zu setzen. Holles schlechtes Gewissen begann sich zu regen, seine Ruhe war dahin.

Drüben am Geisrecher Hang kam ein stattliches Rudel Rotwild, weibliche Tiere und junge Hirsche, aus dem Schatten des Waldsaumes herausgetreten und machte sich unter dem Mondschatten der Apfelbäume über das Fallobst im Gras her. Ganz in dessen Nähe, aus dem jungen Fichtenbestand oberhalb der Baumwiese, erschallte am Hang ein lautes, markerschütterndes Röhren. Nicht lange darauf wurde grimmige Antwort vom Bachgraben in der Weiherwiese gegeben. Die Hirschbrunft kam in Gang, trotz der lauen Temperaturen. Schreiende Hirsche in Werschweiler; wie da sein Jägerherz erwachte!

Der stille Heimkehrer erhob sich. Er folgte dem Holperweg hinunter ins Tal, um von da aus über den Beltzbaum und die Hanfgärten ins nächtliche Dorf zu gelangen. Dort angekommen, öffnete er das zweiflügelige Dorfgatter, hakte es hinter sich wieder in den Pfosten ein und schlich den Dorfweg durch die Gärten nach den ersten Hütten zu, wo sich zu beiden Seiten, hier ein Feldhase, dort ein Gesperre Rebhühner, in die umgegrabenen Ackerfurchen drückten. Im trüben Mondlicht konnte er von ferne gerade noch den alten Nachtwächter Nickel Leonhardt in Begleitung seines Hundes sowie einer mühsam flackernden Laterne erkennen, wie die beiden fußlahmen Umgänger soeben hinter der Dorfkapelle in Richtung des Hirtenhauses, das unten im Tal an der Lautenbach stand, verschwanden.

Sein Plan war gefasst. Bevor er sich zu Jacobs Haus begeben wollte, würde er den Kirchhof nach neuen Gräbern auskundschaften, denn dort würde es ihm ein Leichtes sein, herauszufinden, in welchem Jahr oder gar Jahrhundert er hier in seinem alten Werschweiler wieder angekommen war. Auf den Grabkreuzen standen nämlich schon damals, neben dem Namen mit einem frommseligen Spruch, das Geburts- und das Sterbedatum der Entschlafenen eingeschrieben. Dann würde er wieder im Bilde sein, würde wissen, woran er war.

Er trat also in den Nachtschatten der alten Kapelle ein. Nach einer ersten Umschau konnte er leidlich gut erkennen, dass der alte Leonhardt drunten am Bannbaum angekommen war, wo er sich auf einer Holzbank niedergelassen hatte. Sein Kinn ruhte auf der Brust, der Hund lag zu seinen Füßen. Beide rührten sich nicht. Als nächstes registrierte der Kirchhofsbesucher, dass die Umfriedungsmauer des Gottesackers vergrößert worden war. Sie beschrieb jetzt einen ausgedehnteren Bogen rund um die Kapelle und umschloss nun auch die kleinen Grabstätten der Kindergräber, die vormals außerhalb der Mauer lagen.

Im abgeblendeten Lichtkegel seiner LED-Lampe watete er über die Grabhügel hinweg, bis er an Stellen und Kreuze kam, die neu für ihn waren. Das erste Kreuz, das er entdeckte, gehörte zu einem Kindergrab. Es war die Ruhestätte eines der Neffen von Jacob, des Sohnes von Georg Weiler, der im Hause des Meiers Adam wohnte: Johann Jakob Weiler, 8.3.1770 – 7.4.1771. Ihn hatte er bei seinem ersten Aufenthalt sogar einmal im Arm gewiegt. Der eigensinnige Jakob der Ältere hatte ihn sich besonders ausgeguckt, wohl wegen des gleichen Namens.

Dann, direkt daneben, noch eine Grabstätte: Johann Jakob Meyer, 9. 12. 1703 – 4. 6. 1771. Ein weiteres von Anna Margaretha Fuchs aus Uchtelfangen, lag ihr zur Seite. Sie war gestorben am 18. 10. 1772. Wiederum direkt nebenan erhob sich das Grabkreuz von Johann Nikolaus Fuchs, dem Leineweber und Schneider, von dem die Bezeichnung des späteren Dorfgasthauses *Schneirersch* herstammte. Die Inschrift auf dem Kreuz wies dessen Lebensspanne vom 21. 11. 1700 bis zum 27. 5. 1773 aus.

Holle schlug das Herz unterm Kinn. Hier waren seit seinem letzten Besuch im alten Dorf somit bereits drei Jahre verflogen - gegen kurze acht Wochen, in der neuen Welt. Das war gerade mal die Zeit seines Aufenthaltes im Krankenhaus gewesen. Drei lange Jahre hier gegen acht kurze Wochen dort. Was hatte das zu bedeuten? Fieberhaft suchte er jetzt die übrigen neuen Gräberstätten ab, schon darauf gefasst, noch weiterer Überraschungen gewahr zu werden und dann geschah es:

Er erstarrte vor einem blumengeschmückten Grabhügel, auf dessen hölzernem Grabkreuz unter dem Lichtkegel seiner LED-Lampe in sauberer Majuskel die Inschrift zu lesen war:
Johann Caspar Dibo
10. August 1745 bis 12. Juli 1770
Er ruhe in Frieden.

Da stand sein Name.
Er, Holle, Dibo, war tot!
Was um alles in der Welt hatte das zu bedeuten?

Aber er war doch lebendig, wie man nur lebendig sein kann! Er war nicht tot! Und wenn er selbst nicht da unter dem Hügel lag, wer dann an seiner Statt?
Wenn er tot war, dann konnte er doch unmöglich hierher ins Dorf zurück, auch nicht nach Dörrenbach! Wo sollte er jetzt hin?

Unterdessen war, unbemerkt von Holle, der in panischer Verwirrung den Kirchhof um die Kapelle durchstreifte, der alte Leonhardt von seinem Schläfchen auf der Bank wieder fast so gut wie aufgenickt. Es waren das allgegenwärtige Ziehen in den knotigen Fingern im Verein mit den drei wetterfühligen Hühneraugen, die ihn plagten. Aber erst eigentlich mit dem mahnenden Schulterreißen, das ihn nicht recht zur Ruhe kommen ließ, das ihn jetzt wieder aus seinem knappen Säuseldämmern heraus getrieben hatte, stutze er endgültig auf. Der gute Mann brummte unzufrieden in sich hinein. Nicht nur brummte er, mit zunehmendem Zusichkommen ächzte er geradezu. Wie ein Grunzen mochte sich das angehört haben, es war direkt und bestimmend, als verlangte selbst sein Flachmann, endlich austreten zu dürfen. So tat der Wackere endlich die Augen auf, führte den Stärkungstrunk umgehend zu beiderseitiger Erleichterung an seine Lippen und nahm einen satten Schluck gegen seine Pein. Dann aber, nach kurzem Zögern, doch noch einen, um gebändigt von dem lästigen Zwicken und Zwacken endlich bei seiner Andacht in christlich beschaulicher Nachdenklichkeit fortfahren zu dürfen.

Gerade war der Hüter des Dorfes im Begriffe, sich im Nachrieseln des soeben gehabten Labbrandes wieder wohlig in sich einzunisten, da streifte von drüben, vom Kirchhof herkommend, ein fremdartig strahlendes Leuchten seinen

Blickhorizont. Was war denn das? Murrend kniff er seine Augenbrauen zusammen, spionierte hinüber und - erkannte jetzt in der Tat einen gleißend hellen Strahlenschein im Kapellenrund, der von einer übergroßen schaurigen Schattengestalt umtanzt wurde. Jetzt war der duselige Leonhardt mit einen Male hellwach. Da trieb sich doch tatsächlich ein Jemand dort drüben auf dem gesegneten Gottesacker herum, jetzt, nach Mitternacht. Was hatte der dort zu schaffen? Was bückte der sich ständig nieder? Was sprang der jetzt wieder auf und neigte sich abermals hinab gegen die Grabkreuze? Da soll doch der Deibel…

Es war ein gruseliger und zugleich großartiger Anblick, ein regelrechtes ausgewachsenes makabres Schaustück, das sich dem guten Nachtwächter auf dem Kirchhof ungeheuerlich darbot. Da fackelte er nicht lange und schon schritt der beherzte Hüter seines Dorfes zur Amtshandlung, denn dieser ominösen Sache musste sofort, unverzüglich auf den Grund gegangen werden. Aber vorher trank er noch einen, dann verkorkte er sein Fläschchen, erhob sich und ließ seinen Hund an der Bank angeleint zurück, damit der ihn nicht verriet. Fuß vor Fuß setzend, tastete er sich durch die mondlose Dunkelheit heran, um zu sehen, wer da sein nächtliches Unwesen auf dem Acker des Herrn trieb.

Und da traf ihn schier der Schlag! Beim Leibhaftigen, das war doch - der Dibo! Da tanzte der Geist des Dibo so lebendig wie aus Fleisch und Blut über seinem eigenen Grabe herum und störte die Totenruhe! War denn das zu glauben? „Na, da soll doch der Leibhaftige….“ rumorte es aus des Leonhardts wackerer Brust, „…der Gehörnte selbst dreinschlagen!“ Dieser Widergänger des Dibo dort droben wird sich doch nicht etwa gerade daran machen, die alten Seelen, die armen Verblichenen aufzuwecken, wollte der die längst

Dahingegangenen am Ende zu einem nächtlichen Stelldichein aus ihren eingefallenen Gruftplätzen herauslocken, oder was?

Leonhardt schritt zur Tat, er tat seine Pflicht. Dergleichen hatte er in seinem ganzen Leben, in seinem gesamten Wächterdasein nicht erlebt! Oh, der gütige Gott erbarme sich seiner, wenn er je daran gezweifelt hatte, dass es solcherlei wie Untote, wie Geistergespenster, wie nächtlich spukende Totentänzer wirklich gab. Denn spätestens jetzt waren seine letzten Bedenken mit diesem graulichen Bilde für den Rest seines gehorsamsten Nachtwächterdaseins ausgelöscht. Dies war der leuchtende Beweis dafür, dass die so oft beschworenen Geister und Genien der Nacht, die Unholde der Unterwelt eben doch existierten, von denen schon die Bibel warnend kündete, gegen die noch vor wenigen Jahrzehnten die heilige Kirche ihre reinigenden Prozesse durch ihre irdischen Abgesandten vollzog. Die Ketzer und die Hexen, die Unholde der Dunkelheit, vollkommen zu Recht, wie er jetzt schloss, mussten im Feuer büßen, jawoll!

Nickel war gewappnet im Geiste. Er trippelte vorsichtig weiter heran an die Kapellenumfriedung. Bald hatte er, bebend, ja schwankend vor tapferer Furcht, die untere Kapellenmauer erreicht, von wo aus er diesen teuflisch absonderlichen Spuk deutlich erkennen konnte. Ja, er glaubte gar, den nahen Untoten schnaufen und jammern zu hören.

Dieses nichtstoffliche Wesen, das kaum zwanzig Schritt vor ihm auf dem nächtlichen Gräberfeld umging, das war in der Tat der Geist des bärtigen Dibo. Es war, kaum zu glauben, jadoch, es war der leibhaftig auferstandene Widergänger des an den Pocken vor drei Jahren Verstorbenen. Und die schaurige Botschaft, die sein über den Gräbern wandelndes Nachbild in diesem seinem absurden nächtlichen Reigen mitbrachte, die konnte nur eines bedeuten: Unheil! All dies vollzog sich dicht vor seiner Nase. Noch schauerlicher der Gedanke, der ihn jetzt überströmte, dass jener ihn erspüren könnte, dass der Geist dort droben ihn, den redlichen Leonhardt, bannen, behexen, ihn gar auf der Stelle zu den Toten fahren lassen könnte, in das Reich, aus dem jener gerade heraufgefahren war.

Jetzt wurde leider auch Leonhardts Hund des Treibens auf dem Gräbergarten gewahr, sodass er unter seiner Bank jämmerlich zu jaulen und zu winseln anhob. Holle erschrak über diesen Gegenspuk, aber im gleichen Augenblick schon bemerkte er den Schatten an der Mauer. Der Strahl seiner Starklampe erhaschte den bedauernswerten Gevatter mitten im Gesicht. Augenblicklich erstarrte der so Geblendete zur Säule seiner Selbst. Was tat der alte Nickel jetzt? Im Mut seiner Verzweiflung rief er, krächzte er den Dibo an: „Wer da? Was hat er da auf dem Kirchhof zu schaffen, was treibt er da mit unseren armen Seelen? Er soll sich zu seinem Luzifer hinab scheren, dort hinunter in seine Gruft und die Toten ihre Ruhe ruhen lassen!“

Da zuckte der so Angerufene stracks zusammen vor starrem Schreck, damit hatte er nicht gerechnet. Der gleißend zitternde Lichtkegel erstarrte auf des armen Wächters geblendetem Gesicht.

„Siehst Du nicht - das Licht!“ schauerte es aus Holle mächtig donnernd heraus und noch ehe er begriff, was ihm da eben gerade aus seinem Munde entfahren war, sank dort drunten der so Angerufene am Grund der Friedhofsmauer bebend auf die Knie, neigte untertänigst sein schütteres Haupt auf die gefalteten Fäuste und erstarrte bewegungslos in dieser wenig würdevollen Figur. In derselben Sekunde aber löschte Holle in Panik seine Lampe, während er lautlos in den nachtschwarzen Schatten der Kapelle entschwand. Der Spuk war vorbei. Nicht aber für den, der jetzt den Tod selbst erwartete.

Denn Nickel Leonhardt verharrte noch ein, zwei Takte erstarrt andächtiger Augenblicke mit fest zugekniffenen Augen auf seinen Knien. In der sicheren Erwartung, dass das Schwert des Racheengels ihn jetzt sogleich treffen werde, murmelte er sein abschließendes Vaterunser, dann sogleich noch eines und ein abermaliges. Und nach einer kurzen Verschnaufpause ein allerletztes.

Die hühneraugengeplagten Füße des Alten trugen ihn nicht schnell genug zu seinem Hunde, als dass er ihn noch rechtzeitig hätte von der Leine schicken können. Aber er war sich sowieso nicht sicher, ob der Hund den Schneid gehabt hätte, einem lichtdurchfluteten Untoten, einem leibhaftigen Geist an seinem entstofflichten Gewand zu packen, geschweige denn in die Beine zu beißen. Der sonst durchaus mutige Begleiter Leonhardts hatte sich diesmal nämlich unter die Holzbank verkrochen von wo er sich nur mit Gewalt wieder hervorhieven ließ. Der schlotternde Nachtwächter musste sich jetzt erst einmal setzen um noch einen Schluck auf diesen nächtlichen Spuk zu nehmen, damit er zur Ruhe und wieder zu klarem Verstande kam.

Am nächsten Morgen, kaum dass die milde Herbstsonne über dem Kuhberg hervorlugte, als sich die längst in Unruhe geratenen Schwalbenscharen auf dem Raureif der Strohfirste versammelten, da rasselte Nickel Leonhardt am Türladen seines Nachbarn, des Meiers Johann Adam Weiler Sturm: „Nachbar, mach die Tür auf, rasch, ich bin's, der Nickel. Ich hab Nachricht!“ Johann Adam Weiler stand dieweil schon in der offenen Stalltür und schwenkte fröhlich seine Mistgabel:

„Gemach, Gemach, Nachbar, hierher, was bringst Du für Neuigkeiten so früh am Morgen, dass es so pressiert?"

Da legte der alte Leonhardt los mit seinem gehorsamsten Bericht an den herrschaftlichen Meier, dass es in seinen Augen nur so funkte, worauf es selbst den zurückhaltenden, von Amts wegen misstrauischen Adam leise anschauerte, ob des Nickels feierlich erschütternder Dramaturgie seiner ungeheuerlichen nächtlichen Erlebnisse. Dieser war dermaßen in Fahrt, dass selbst nach zweimaliger Abschilderung der Vorgänge im rauen Wind seiner Flüche die Schnapsfahne noch beträchtlich mitwehte. Adam, dem dies allmählich ahnend ruchbar wurde, geriet in seinem anfangs noch heftigen Mitempfinden nach und nach zusehends ins Stocken, so dass er sich zum guten Schlusse ernstlich gemahnen musste, sich und seinen Gefühlen wieder den gewohnten misstrauischen Einhalt angedeihen zu lassen.

Zuerst, so der Nickel außer sich, sei der Geist des Dibo über den Acker gewandelt und habe in einem regelrechten Schauertanze die Ahnen aufschrecken wollen. Als er, der Nickel, jedoch näher gekommen sei, um ihn zu stellen, um ihn zu verweisen in seine Gruft, da wo er kraft seines Absterbens hingehöre, wie jedermann, der tot sei, ja, da erst habe er jenen erst richtig erkannt. Da habe er nämlich stracks und zwar mitten hinein in das gleißende Licht, das den Dibo umfing, geschaut, der sich als der reinste Engel oder doch als eine geradezu engelsgleiche Gestalt ausgenommen habe, so der Nickel. Es sei alles um ihn herum so hell wie die Sonne gewesen und der auferstandene Dibo, so wahr wie er jetzt vor seinem Meier stehe, sei es gewesen. „Ich sage ihm", tobte der Nickel, „ über den Gräbern ist er geschwebt und deutlich, feierlich hat er aus seinem Glorienschein heraus gesprochen: Ich bin – das Licht!"

Du meine Herren, was fällt dem Alten nur ein, solchermaßen schon den frühen Morgen einzuläuten mit seinem Geschwätz?

Die Morgensonne hatte noch nicht den Reif von den dampfenden Strohdächern geleckt, da war schon das halbe Dorf auf dem Meierhof zusammengelaufen, denn es gab Stoff zum Lamentieren über das mitternächtliche Ereignis von des alten Nickels wundersamer Erscheinung auf dem Kirchhof. So sehr man sich über die Geschehnisse ereiferte, so sehr zweifelte man sie auch an, wusste man doch um des Nickels wetterfühlige, meist schnapsumflorte Phantasie, die hin und wieder aus den nächtlichen Rundgängen sonderliche, wenn auch nicht wenige erheiternd possierliche Abenteuer zusammen zu spinnen wusste.

Kurzum, so bedeutend die irrlichternde Schauermär an der Dorfkapelle auch gewesen sein mochte, niemand der Anwesenden nahm den armen Nickel Leonhardt für voll. Im Gegenteil, man spottete sogar heimlich über ihn. Ob er wohl der nächste sei, der in trauter Zweisamkeit mit der ominösen Diboschen Lichtgestalt des Nachts schwankend über den funkelnden Gräbern wandle, dabei selbstverständlich seinen hasenfüßig sich sträubenden Hund mit gehörigem Nachdruck an imaginärer Leine hinter sich her schweben lasse. Ob er am Ende womöglich als geisternder Schatten seiner selbst im heimlichen Bunde sei mit all jenen säuselnden Gängern und Gestalten der mitternächtlichen Stunde, mit diesen verschrobenen Nachtkumpanen des Spuks, den hochprozentig wabernden Schattenwesen, die ihm zu fortgeschrittener Stunde erschienen, ohne dass er noch recht davon wisse.

Ob seine herrlich schauderhaften Gesichter nicht am Ende vielleicht gar als Wink für dessen eigene, demnächst bevorstehende Abberufung aus seinem diesseitigen, feuchtduseligen Nachtwächterdasein zu deuten seien, als Heuer auf die große Fahrt, die ihn dereinst höchstselbst in die dienstliche Anstellung des nächtlichen Umgängertums auf dem hiesigen Kirchhof führe. Wo er sodann weiterhin seine schwankenden Runden drehen möge, mit Hund, versteht sich.

Ja, ja, sollten sie nur spotten, diese Unwissenden, würde sich Leonhardt womöglich gedacht haben, nur er selbst durfte Ihn schließlich von Angesicht zu Angesicht schauen, er alleine, der Erwählte.

Nickel Leonhardt blieb standhaft, ja Gott, er würde noch einige weitere ruhige Jährchen auf des Allmächtigen Erde seine nächtlichen Runden drehen dürfen. Er würde noch weitere acht Jahre als treuer Wächter des Dorfes sein mehr oder weniger hochprozentiges, gichtgeplagtes Auskommen haben.

XIX.

Ganz anders, als bei den übrigen Gemeindsleuten war hingegen die Reaktion im Hause des jungen Jacob Weiler, des Meier-Sohnes, auf die vornächtlichen Geschehnisse an der Kapelle. Hier nämlich herrschte tiefste Beunruhigung und Besorgnis. Gleich nach der Stallarbeit fanden sich Jacob und sein Vater in der herrschaftlichen Amtsstube zusammen, wo sie die Lage nach des Nachtwächters pflichtgemäßem Bericht, abzüglich seiner lebhaft prosaischen Interpretationen, nachberieten. Die Lage war nicht zum Schmunzeln, sie war ernst, sogar sehr ernst.

Um die Hintergründe der Situation zu erfassen, die zu solcher Sorge Anlass gaben, sei noch einmal zurück auf jene nächtliche Stunde verwiesen, als Johann Caspar Dibo, der auf den Tod erkrankt war, mitten in der Nacht plötzlich verschwand, sodass niemand, außer dem redlich einfältigen Jakob, wusste wo der Sieche sich nunmehr befand.

In jener Stunde, vor mehr als drei Jahren, als der volle Mond am höchsten stand, da der junge Jacob mit seinem irritierten Bruder an der Banneiche weilte, wo dieser mit einfältiger Gebärde mitten in die Hecken zeigte, da konnte Jacob nichts erkennen. Da war der Schreinergehilfe Dibo nirgendwo zu finden, da lag kein Toter. Da waren die hohen Brennnesseln nicht niedergetreten, gab es keine Spuren im Laub. Da war nichts; nicht das Geringste, was nur irgend auf den schwer erkrankten, den spurlos verschwundenen Johann Caspar Dibo hindeutete. Jacob der Jüngere war verstört ob seines Bruders Aussage, es beschlich ihn ahnungsvolle Bangigkeit, nicht um ein Tun war es ihm in jenem Moment; es kam ihm sogar beinahe eine Verzweiflung an. Wo, um des Himmels Willen, hatte sein Bruder Jakob den Todkranken hingebracht?

„Jakob", befahl der Jüngere, „Jakob, Du wirst mir jetzt sofort zeigen, wo Du den Caspar hingeführt hast."

„Da!" sprach sein Bruder abermals, „da ist er mit ihm hineingegangen. Da hat Jakob ihn hineingeführt. Jetzt geht es ihm besser, jetzt ist er in der anderen Welt", singsangte jener noch immer, während er unverdrossen, fast wie mechanisch, in die Brennnesseln wies.

„Aber wie kannst Du ihn da hineingeführt haben, da ist doch nichts, als Nesseln und Laub!" Jacob schaute den Einfältigen eindringlich an: „wo ist da, sprich und lüge mich nicht an!"

Nun war der Ältere sprachlos, er blickte zurück mit Augen, als würde er ihn in seiner Einfalt anrufen wollen, ihm, dem redlichen Jakob, doch unbedingt zu vertrauen, sich nicht auf einmal gegen ihn zu stellen, denn das hatte er noch niemals getan. Warum nur zweifelte jener plötzlich an ihm? Er war doch nicht etwa im Begriffe, sich zu dieser Stunde von ihm abzuwenden?

Jacob war indessen wahrhaft ratlos, denn ihm war klar, dass er mit diesem Vorgehen keinen Schritt weiterkam, dazu kannte er seinen Jakob zu lange. Was also tun? Vielleicht abwarten, bis sich die Stockungen seines Begleiters allmählich wieder gelegt haben würden, dann vielleicht einen neuen Versuch machen? Eines nach dem anderen, mochte er sich geboten haben, nichts überstürzen, das würde sie vielleicht alle beide am besten voran bringen.

So ließen sich die Geschwister denn zu Füßen der alten Eiche nieder, während der Jüngere nachgrübelte, wie er diese Situation am besten bestehen könne. Aber er begriff, zum Glück, die hohe Labilität dieses Augenblicks. Dementsprechend handelte er. Er hielt sich dazu an, seinen Bruder erst einmal zu besänftigen. Jacob nahm die zitternden Hände des Verängstigten in die seinen und blickte ihm bekümmert in die Augen. Aus seines älteren Bruders Blick kam da eine Aufrichtigkeit, eine Trauer zurück, die von so großer Herzenswärme, Innigkeit und Wahrhaftigkeit zeugte, dass Jacob erfasst wurde von abgrundtiefer Liebe und Mitgefühl zu diesem treuen, so geheimnisvollen und doch so fremden Menschen. Was sollte er nur tun?

Er fasste den Bruder bei seinen Schultern, indem er ihn zu besänftigte suchte: „Ich weiß, dass Du mir die Wahrheit sagst. Ich weiß, dass Du ihm nichts angetan hast, dessen bin ich gewiss. Ich glaube Dir. Du musst Dich nicht ängstigen, denn ich werde Dich beschützen, ebenso wie Du mich einst in Deine Obhut genommen hast. Also höre: dieses hier ist unser beider großes Geheimnis. Schwöre mir: Du wirst niemandem etwas sagen, wo Du ihn hingebracht hast, verstehst Du, niemandem!“

Es war in jener Nacht still um sie her. Jacob hielt das Haupt seines Bruders an seiner Schulter gelehnt, während er hinüber in den Horizont schaute, über dem der Himmel in ein düsteres Blaugrau überging. Er hatte nichts verstanden von dem, was der Ältere ihm mit seinen Worten hatte mitteilen wollen. Jacob hatte nur das Brennnesselgesträuch erkannt, nicht aber das dunkeltiefe Geheimnis darunter. Aber dennoch sagte ihm sein Gefühl, dass dieser Mensch, den er an seiner Seite gelehnt hielt, die Wahrheit, Jakobs eigene Wahrheit, gesagt hatte. Dieses Gespür galt ihm indessen weit mehr, als jegliches Spekulieren um hoch wucherndes Gesträuch, das den Caspar Dibo angeblich beherbergte. Außerhalb dieser Wahrheit jedoch gab es Tatsachen, die weit realer waren, denen er sich in den nächsten Tagen jedoch unweigerlich würde stellen müssen.

Was war, wenn sie den toten Dibo irgendwo im Graben fanden, irgendwo dahinten im Wingertswald, womöglich schon von den Wölfen zerfetzt oder von den Füchsen, den Wildschweinen halb aufgefressen? Was war, wenn er ganz verschwunden blieb, kaum dass ihn sein Vater Adam beim Oberamt in Ottweiler als Knecht angemeldet hatte? Den vorigen Knecht hatte es auch in die Neue Welt fortgezogen, kaum dass er da war. Was würde es für Reaktionen in Ottweiler hervorrufen, wenn nun der neue Knecht auch noch über Nacht spurlos verschwunden war? Hatte der künftige Werschweiler Meier seine eigene Haushaltung nicht im Griff? Wie sollte dieser sich den notwendigen Respekt verschaffen, wie sollte er Vorstand über fünf Dörfer sein können, wenn er selbst das denkbar unrühmlichste Vorbild abgab? Nicht minder würde das Ereignis ein schräges Licht auf den amtierenden Meier, seinen Vater werfen. Dieser war im Begriff, sein Meieramt demnächst an ihn abzugeben. Er, der Vater, sollte in den letzten Monaten seines Amtes nicht auch noch Scherereien wegen eines sterbenskranken, dazu noch plötzlich spurlos verschwundenen Knechtes aus der Haushaltung seines Sohnes bekommen. Auf die Ehre seiner Person sollte, nach zwanzig Jahren tadelloser Amtsführung, nicht an dessen Ende noch ein dunkler Schatten fallen. Und was würden die Gemeindsleute, was die Hintersassen hier in Werschweiler sagen? Sie wussten alle, dass der Caspar von den Blattern erfasst worden war, dass er folglich schwerstkrank daniederlag. Was sollte er dem Schreiner Nickel Beck sagen, der den Eifer sowie die Geschicklichkeit des jungen Caspar neuerdings so hoch gelobt hatte? Auch der wusste, wie es um Caspar gestanden hatte. Und dann waren da doch auch die Angehörigen, die Familie des Dibo in der *Neuen Welt*. Die warteten auf die Rückkehr ihres Sohnes. Der hatte davon berichtet, dass er beauftragt war, für die Mühle seines Vaters Werkzeuge mitzubringen. Sie würden sich irgendwann beim Meier in Werschweiler melden, da dieser für die Gemeinde Dörrenbach, wo Dibo herkam, zuständig war. Caspar hatte auch davon berichtet, dass seine Eltern ihm geraten hatten, zurück in seine alte Heimat zu kehren, um sich dort in der Gegend einen Gesellenplatz für das Schreinerhandwerk zu suchen.

Jacob wandte sich, nach einer Weile des Schweigens, seinem Bruder zu und fragte ihn: „Glaubst Du, dass Caspar noch mal zu uns zurückkommt?“ Jakob antwortete, ohne sich zu rühren, ohne aufzublicken in fremdem Ton: „Holle ist jetzt in der anderen Welt. Da geht es ihm besser. Da ist viel Licht.“

Mit einem Male aber tat Jakob den Mund auf, berichtete ihm der wundersame Bruder in phantastischen, nie gekannten Bildern von seiner urpersönlichen ganzen großen Wahrheit um den erkrankten Holle, als wäre sie für ihn das Selbstverständlichste auf der ganzen Welt. Er beichtete ihm unbeirrt alles herunter, was er von dieser anderen unglaublichen Wirklichkeit wusste, in der Caspar, Holle, jetzt aufgehoben sei und was Jakob selbst dort mit eigenen Augen geschaut habe. Jacob hörte sich dies alles in zunehmend bebender Unruhe an. Er unterbrach ihn nicht. Aber er war bestürzt, ja schockiert. Und er war berückt zugleich von jener eigenartigen, ja sagenhaften Welt, in der sein friedfertiger, beseelter Bruder, der neben ihm kauerte, in seinem großartig einfältigen Geiste wandelte. Dieser verrückte, wunderbare und so zartsensible Kerl, diese phantasiebegabte, einzigartige Menschenkreatur - er war kein Besessener. Er war ein Besitzender einer höchst eigenen, einer wunderbar irrealen Welt, die in ferner Zeit liege: Jakobs Utopia.

Anderntags bat Jacob seinen Vater um ein Gespräch in einer wichtigen Angelegenheit. Er hatte die ganze Nacht gewacht und war zu einer schwerwiegenden Entscheidung gelangt, die er alleine, ohne den väterlichen und amtlichen Beistand nicht zu tragen vermochte. Ohne seinen Vater war der Entschluss nicht durchführbar, denn die beiden mussten sich einig sein in dem Vorhaben, welches Jacob nun in allem Ernst erwog. Dieser Plan war so ungeheuerlich, dass Adam Weiler um Fassung kämpfte, ja beinahe seinen Priem verschluckte, als sein Sohn ihm diesen vortrug. Aber auch er selbst wusste schließlich auch keinen besseren Ausweg, denn er legte seinem Sohn ein Schreiben aus dem Ottweiler Oberamt vor, das gerade erst mit dem berittenen Boten eingetroffen war. In diesem Schreiben wird der Neuknecht des Jacob Weiler zu Werschweiler, Johann Caspar Dibo, aufgefordert, sich zur Klärung in einer Sache der unerlaubten Landstreicherei, so auch des nächtlichen Umherstreifens auf der fremden Steinbacher Gemarkung beim Oberamtsschreiber einzufinden. Diese Landstreicherei wird sogleich mit einer Strafe von einem halben Gulden Rheinisch belegt, welche der Beklagte selbst gefälligst in der hiesigen Ottweilerschen Amtskellerei unverzüglich einzuliefern habe. Ersatzweise habe der für den beschuldigten Untertan verantwortliche Meier Johann Adam Weiler den halben Gulden vorzustrecken. Als Zeugen waren benannt: Johann Jakob Neufang und dessen Sohn Georg, beide Ackersleute und Eigentümer einer Feldscheuer zwischen dem Orte Steinbach und der Siedlung Wetschhausen, diese selbst waren wohnhaft zu Steinbach, dem Oberamte Ottweiler, Nassauischer Herrschaft, zugehörig.

Der Plan wurde endlich schweren Herzens gefasst und eine weitere Person wurde in die gottlose Idee eingeweiht: Es war Johann Nickel Beck, der Freund und Schreiner, der für den vorgeblich verstorbenen Dibo einen soliden Sarg zusammen zimmerte, welcher in seiner Scheuer aufgestellt wurde, bis die Beisetzung stattfand. Im Dorf ließ der herrschaftliche Meier durch den Orts-Büttel Leonhardt inzwischen verkünden, dass in der vorletzten Nacht um zwei Uhr morgens der Neuknecht Johann Caspar Dibo in Gott seliglich entschlafen sei. Das Totenglöcklein bimmelte, die Leute horchten auf, scherten sich aber nicht weiter, nachdem sie gewahr wurden, wem das Geläut gegolten hatte. Wer hatte denn schon den Dibo gekannt? Außerdem waren in den letzten Monaten die Abkündigungen über das Schicksal der von Blattern Heimgesuchten mittlerweile fast schon zur fatalen Gewohnheit geworden.

Man hatte ihn bereits eingesargt. Auch war die Holzkiste in aller Eile verschlossen worden, damit die Seuchendämpfe nicht von dem in Gott Ruhenden würden um sich greifen können. Die Beisetzung fand des anderen trüben Tages lediglich im Beisein des Dörrenbacher Pfarrers Engel sowie des Nickel und der Margareta Beck inklusive beider einziger

Tochter Katharina, sodann in Gegenwart des herrschaftlichen Meiers, Adam Weiler und seines Sohnes Johann Jacob, auf dem Werschweiler Gottesacker im Kapellenrund statt. Dass der Sarg beim Niederlassen in die Grube höchst eigenartige, ja beinahe verdächtige Geräusche machte, scherte, bis auf die junge Katharina, keinen der in aufrichtiger Trauer Anwesenden, denn zuvorderst der schwerhörige Engel hatte das Steinerumpeln vollkommen überhört.

Der aktuelle Todesfall wurde sogleich pflichtgemäß nach Ottweiler gemeldet, die Amtsstrafe von einem halben Gulden Rheinisch wurde an die Amtskellerei ausgehändigt und damit war die Sache für die herrschaftliche Verwaltung an der Blies erst einmal erledigt. Viele Wochen lang trauerte der arme Hund Areus um sein Herrchen. Drei Jahre lang indes bangte Jacob mitsamt seinem Vater darum, der Caspar Dibo möge in Gottes Namen verschwunden bleiben. Nicht so der gute Jakob. Denn der wusste es besser.

Drei Jahre später, am Folgetag des vornächtlichen Geschehens rund um den ruhelosen Geist des Johann Kaspar Dibo über den Gräbern, den der alte Leonhardt so anschaulich eindrucksvoll abgeschildert hatte, war das Nachwehen im Hause des Johann Adam Weiler beträchtlich:

In der Meierstube herrschte zwischen dem Vater Adam und seinem Sohne Jacob betretene Ratlosigkeit. Nur der alte Dompfaff warf sich stolz in seine rote Brust und flötete unbeirrt sein melancholisch einförmiges Liedchen. Im Takt der schwarzhölzernen Wanduhr verstrichen die Minuten. Was, wenn der Nachbar Leonhardt den Caspar Dibo tatsächlich in der Nacht auf dem Kirchhof gesehen hatte? Wenn der Dibo nicht irgendwo niedergesunken und gestorben war, sondern seine Krankheit ausgestanden hatte, wo auch immer? Und wenn er jetzt tatsächlich durch diese Türe hereinkäme, wenn er den Meier fragte, was das Grab auf dem Kirchhof mit seiner Namensinschrift zu bedeuten habe? Was war darauf zu antworten? Wie würde der Dibo seinerseits auf ihre törichte, jawohl, törichte Antwort reagieren? Und das Geschwätz im Dorf, in der gesamten Meierei Werschweiler, in den Nachbarorten? Auf so eine Posse hatten doch viele schon lange gewartet, die kam denen doch gerade recht!

Das war Schande über den ehrsamen Meier, das war Schande über die ganze Sippe. Das war für Adam, natürlich auch für Jacob Weiler, das Ende ihrer Karriere, da gab es nichts zu deuteln. Sie hatten zwar niemanden umgebracht, aber sie hatten eine grundverwerfliche, eine zutiefst gotteslästerliche Tat begangen. Sie hatten den geheiligten Gottesacker entehrt. Was das hieß? Müßig zu fragen; dafür konnten sie in Schande aus dem Lande gejagt werden. Oh, Gottgütiger, diese Schmach wäre für die gesamte ehrbare Familie Weiler, die hier in Werschweiler seit Jahrzehnten ansässig war, kaum zu ertragen gewesen. Was hatten sie sich vor drei Jahren nur dabei gedacht, sich zu einem solchen Frevel hinreißen zu lassen? Und dann hatten sie auch noch den Nickel Beck mit in diese Ungeheuerlichkeit hineingezogen! Als wäre über ihn, über seine Familie mit der Blatternseuche im Winter vor drei Jahren nicht schon genug Unheil gekommen.

In diesem Augenblick pochte es an der Tür. Vater, wie Sohn sahen sich verdutzt an. „Wer da?“ blaffte der Meier. „Ich bin’s, der Becke Nickel, ich muss Euch sofort sprechen!“ Adam ging zur Türe: „Komm Er herein, Nickel, auch wir müssen mit Euch reden!“ Nickel trat ein. Er nahm die Schreinermütze vom Kopf: „Einen guten Morgen zusammen. Habt Ihr schon gehört, was sich heut Nacht auf dem Kirchhof zugetragen hat? Was sagt Ihr dazu?“

Alle Informationen über die vornächtlichen Ereignisse wurden aufs Neue mitsamt der ausweglosen Lage ausgetauscht, in der sich alle miteinander in der Stube befanden, alles wurde ausführlich besprochen. Dabei stellte sich der Schreiner Beck, charaktervoll wie er war, ganz auf die Seite der Weilers, wobei er nachdrücklich bekräftigte, dass die Entscheidung damals richtig, weil zum Wohle des armen Dibo, gefällt worden war. Wenn es zu einer Untersuchung käme, würde er genauso mit dazu gehören, wie Jacob und der Meier. Er stünde zu ihnen, auch würde er nicht einen Schritt ihrer damaligen Entscheidung bereuen. Er sehe in der Bestattungshandlung von vor drei Jahren überhaupt keine gotteslästerliche Tat, ganz im Gegenteil: sie hätten im Geiste der tätigen Nächstenliebe gehandelt, indem sie die arme Seele des in jenen Tagen vermeintlich Hingeschiedenen nochmals von der Mutter Kirche mit dem Begräbnis gesegnet hätten und jenem, wo auch immer dieser sich damals befunden haben mochte, damit einen ehrlichen christlichen Dienst erwiesen.

Plötzlich scharrte es an der Stubentür. Das konnte wohl nur der stumpfsinnige Jakob sein. „Jakob, was willst Du, lass das Kratzen, wie oft soll ich es Dir noch sagen!“ maulte der Meier. Sein Sohn Jacob hielt seinen Vater am Ärmel zurück, während er den ungeduldigen Jakob durch die Tür hindurch zu besänftigen suchte: „Jakob, was gibt’s, ich komm später zu Dir“. Aber da stand er auch schon strahlend in der aufgestoßenen Tür und zog Holle hinter sich her in die Stube. Die drei anderen starrten wie vom Schlag getroffen auf die beiden Eindringlinge.

Vor ihnen stand der Verblichene. Oder auf den zweiten Blick doch jemand, der genau so aussah wie Dibo, jedoch glatt rasiert, die Haare kurz geschnitten, sorgsam gekämmt, dabei abermals mit einer edlen, nie gesehenen, seltsam pennsylvanischen Kleidung ausgestattet. Es gab bei nochmaligem näherem Hinschauen überhaupt keinen Zweifel: das war Dibo! Er war es, dessen steinepolternde Stellvertretung seiner sterblichen Hülle sie vor drei Jahren auf dem Kirchhof in die Grube versenkt hatten. Hier stand er also nun, der auferstandene Tote, der wieder Genesene, der sogleich mit einem ungeheuren Strafgericht über die drei Übeltäter hineinfahren würde. Das also war der Anfang vom Ende.

Holle oder Dibo, vielmehr dessen leibhaftiger Vertreter im Geiste aber streckte allen strahlend die Hand hin, indem er seinerseits nun bedeutungsvoll das Wort ergriff: „Werte Herren, lieber Jakob, ich bin hergekommen um Euch im Namen der Angehörigen des vor nunmehr drei Jahren heimgegangenen Johann Caspar Dibo für die erwiesene Ehre zu danken, die Ihr ihm sowie seiner Familie mit seinem christlichen Begräbnisse habt zuteil werden lassen. Auch danke ich Euch dafür, dass die vorbildlich gepflegte Ruhestätte meines Verwandten mit Blumen und schönen Randsteinen so treu in Ehren gehalten wird."

„Ihr seht mich so überrascht an, als sähet Ihr in mir den Dibo leibhaftig vor Euch, das kann ich Euch wahrhaft nicht verdenken. Dass ich, Johann Peter Neufang, dem in Gott seliglich Verstorbenen so ähnlich sehe, liegt in der Natur, denn ich bin sein Halbbruder. Meine Mutter hat sich von ihrem ersten Gemahl, Dibo, scheiden lassen, als dieser in die Neue Welt ausgewandert war. Sie hat wieder geheiratet. Nun ist sie seit Jahren in Steinbach wohnhaft, wo ich auch geboren bin. Sie hat erst kürzlich davon erfahren, dass ihr Sohn Johann Caspar sich wieder im Lande befände, wo er leider schon nach kurzem Aufenthalt an der Blatterninfektion verstorben sei. So hat sie mich hierher geschickt, um Euch persönlich zu danken für alles, was Ihr für ihren Sohn, meinen Bruder getan habt." Holle reichte ihnen allen, die vollkommen verdutzt, ja mehr noch, verblüfft, ob des Auftauchens des Dibo dastanden, noch einmal kräftig mit einem kaum wahrnehmbaren Augenzwinkern die Hand.

Dann setzte er seine Rede fort: „Auch muss ich Euch eingestehen, dass ich es war, der in der vergangenen Nacht auf dem Kirchhof war, um die Grabstätte meines Bruders aufzusuchen. Dabei habe ich Tölpel offenbar den hiesigen wackeren Nachtwächter erschreckt. Das tut mir von Herzen leid, nun, dafür muss ich mich wohl in allem Respekt vor seiner redlichen Wachsamkeit bei ihm entschuldigen, denn er hat keine Geister gesehen, sondern mich."

Die drei Übeltäter, die nun plötzlich doch keine mehr waren, brachten nicht eine Silbe über ihre trockenen Lippen, denn was ließ sich dazu noch sagen? Es war ja alles gesagt. Nein, noch nicht ganz, denn Holle ergriff auf ein weiteres das Wort, um nach dieser großen Erleichterung, nach dem großen Aufatmen, das man buchstäblich in der muffigen Amtsstube spüren konnte, keine unnötigen Verlegenheiten aufkommen zu lassen:

„Ich bin, werte Herren, vielmehr auch deshalb hierher gekommen, weil ich, neben der Abstattung meines Dankes, noch ein eher persönliches Anliegen habe: wie mir mein Bruder in einem Briefe geschrieben hatte, sei er bei einem höchst kundigen Schreiner angestellt gewesen, wo er in kurzer Zeit enorm viel dazugelernt habe. Ihr müsst wissen: auch ich habe mich im Schreinerhandwerk geübt und bin auf der

Suche nach einer vorübergehenden Gehilfenstelle. Wer von Euch ist der werte Meister Beck?“

Dabei schaute er den grinsenden Jakob an, der auf den noch immer völlig erblassten Nickel zeigte. Nicht nur dieser, auch Jakob und sein Vater, die sich noch eben am Abgrund ihrer Existenz wähnten, standen noch immer wie vom Donner gerührt vor ihm. Sie schauten sich an, sie konnten es einfach nicht fassen.

Der Meier machte den Anfang. Er gab sich einen Ruck, rührte sich wieder und sah dem grinsenden Jakob strahlend lächelnd ins Gesicht: „Komm zu Deinem Vater“, polterte er seinem mit einem Male doch etwas unsicher, ja verlegen dreinblickenden Sohn entgegen und schloss ihn, zum ersten Mal seit Jahren, naja, reichlich stocksteif ungeschickt zwar, aber in die Arme. Er wusste zwar noch nicht, wie sein sonderbarer Zögling das alles zustande gebracht hatte, aber dieses stand für ihn felsenfest, wenn er auch sonst noch keinen rechten Plan von dem hatte, was da gerade geschehen war: dass nur einer für den unerwartet glücklichen Ausgang dieses Schaustückes verantwortlich sein konnte, nämlich kein anderer als sein Sohn Jakob. Dieser, soviel war gewiss, würde seinem alten Herrn noch eine Menge zu erzählen haben, was er in seinen bisherigen fünfunddreißig Jahren nicht über seine Lippen gebracht hatte.

XX.

Holles Schwester Hanne erstattete noch am Abend nach ihrer unerwarteten Selbstbefreiung aus der Geiselnahme eine Anzeige wegen Freiheitsberaubung und Körperverletzung. Nach sofortiger ärztlicher Behandlung – auch der Taxifahrer wurde vorsichtshalber untersucht, jedoch ohne Befund entlassen – stellte sich heraus, dass es sich bei ihren Hautausschlägen tatsächlich um eine Lebensmittel-Allergie gehandelt hatte. Hanne gab der Polizei ausführlich zu Protokoll, was sie im Zusammenhang mit ihrer Entführung für berichtenswert hielt. Die Beamten staunten nicht schlecht, als sie ihnen ihren flotten Coup von der tolldreisten Täuschung ihrer Häscher darlegte. Auch die detaillierten Personenbeschreibungen der Zeugin wiesen die rasch hellhörig werdenden Polizisten schnell auf einen bestimmten Täterkreis hin, der ihnen bestens bekannt war. Die Polizei leitete sofort nach diesen aufschlussreichen Aussagen der Zeugin eine zielgerichtete Fahndung ein und die seit Tagen bestehende Sonderkommission *Hanne* bekam kurzfristig wieder neuen Schwung. Auch das Bundeskriminalamt sowie die anderen Dienste wurden noch am Abend eingeschaltet. Die verlassene Behausung in der achten Etage des maroden Mietshauses, die voll gestopft war mit Müll und Unrat, war zu einem Hort heißer Spuren geworden, dem ersten wirklich handfesten in diesem hochbrisanten Fall. Hanne machte umfangreiche Angaben zu ihrer Entführung, wobei sie in deren Verlauf die Beamten darauf hinwies, dass ihre Entführer möglicherweise bei einem Arzt oder in einem Krankenhaus um eine Impfung gegen die Pocken bitten würden.

Der Tipp erwies sich als Volltreffer. Noch am Abend rief ein Arzt aus Saarbrücken bei der Polizei an, er habe zwei Männer zum örtlichen Gesundheitsamt geschickt, damit sie sich impfen lassen könnten. Es würde jedoch noch ein paar Tage dauern, so habe er die Beiden vertrösten müssen, bis der Impfstoff, der nicht vorrätig sei, eintreffen würde. Sie sollten sich dann dort melden. Die Festnahme der Männer im Saarbrücker Gesundheitsamt war ein erster Erfolg für die Polizei. Allerdings stellte sich bald nach der Festnahme heraus, dass es sich bei ihnen um typische Kleinkriminelle, Trittbrettfahrer handelte, die das große Geschäft witterten, jedoch keine Ahnung hatten, auf was sie sich mit der Entführung eingelassen hatten. Vom Dritten im Bunde fehlte weiterhin jede Spur. Die Festgenommenen wurden ausführlich verhört, in deren anfänglichem Verlauf sie sofort und ohne Umschweife bereitwillig angaben, wer die Hintermänner gewesen waren, mit denen sie die Telefonate geführt hatten. Nach Beendigung ihrer vollen Geständnisse wurden sie darüber informiert, dass eine Pocken-Impfung bei ihnen nicht nötig sei, da sich die Entführte lediglich eine Lebensmittelallergie von der Tütensuppe zugezogen hatte, die sie ihr zuvor verabreicht hatten. Auf die Tipps zu den Hintermännern begannen sich nun Polizei und Dienste zu konzentrieren.

Unterdessen ereignete sich in Berlin beim Robert-Koch-Institut etwas, was zu weit größerer Besorgnis Anlass geben sollte, als die Entführung von Hanne Neufang sowie in deren Folge die Festnahme der Kleinkriminellen aus dem Dealer- und Zuhältermilieu.

Mit einem Kurierboten war die zweite noch vermisste, mit dem passenden Identitätscode versehene Edelstahlkiste angekommen, in der die Pockenproben für den Transport nach Genf aufbewahrt und bei dem Rastatter Unfall des Sicherheitstransportes spurlos verschwunden waren. Das Sicherheitsschloss des Edelstahlbehälters war von den Unbekannten gewaltsam geöffnet worden. Die Verriegelung war noch intakt. Im Institut öffnete man den Behälter unter den laborüblichen Sicherheitsbedingungen der Stufe vier. Die Laboranten trugen bei der Arbeit allesamt so genannte Delta-Schutzanzüge in leuchtendem Orange. Wie erwartet war der Behälter vollkommen leer. Im Inneren fand sich ein handgeschriebener Zettel auf dem geschrieben stand: „Wir bedanken für das erstklassig Saatgut. Züchtung wächst und vermert sich…" Die Signatur unter der krakeligen Notiz war unleserlich. Es fanden sich auch nach den sorgfältigsten Untersuchungen keinerlei Spuren von Pockenviren – weder auf dem Zettel, noch an der Innenwandung des Behälters. Nach der Desinfektionsbestrahlung wurde der Zettel sowie die Box zur Auswertung durch die Behörden freigegeben. Es fanden sich bei der Arbeit der Spurensicherung keinerlei verwertbare Hinweise.

In Atlanta, Georgia, wo die offiziellen Restbestände der gängigen Pockenviren lagerten, wurde ein Krisenstab von hochrangigen Virologen aus aller Welt zusammengerufen, der fieberhaft nach einer gentechnischen Lösung eines Impfstoffes gegen das *Neufang-Virus* fahndete. Bei den verantwortlichen Behörden, allen voran bei der WHO, wurden Krisenszenarien entwickelt für den Fall, dass eine terroristische Aktion die *Neufang-Viren* freisetzen könnte. Die Szenarien waren allesamt erschütternd. Ein kleines Röhrchen mit infiziertem Material, etwa in einen Lüftungsschacht einer U-Bahn freigesetzt, würde genügen, um innerhalb weniger Wochen die halbe Welt zu infizieren und dagegen gab es keinen verlässlichen Impfstoff.

XXI.

Areus, der Weimaraner, erwitterte sein Herrchen, kaum dass Jakob den Vierbeiner am frühen Morgen in die Scheuer führte. Mit hoher Nase sowie heftig wedelnder Rute begrüßte er winselnd den noch Versteckten, der sich in der Nacht aus dem Kirchhof zuerst in das Schmiedehäuschen am Meierplatze, sodann hierher ins Heu verschlichen hatte. Im Stall waren Jacobs Frau, ihre Mutter sowie ihr Vater Adam Schwingel beim Melken beschäftigt. Jakob stieg die Gerüstleiter hinauf auf den Heustall, um Heu zu raufen. Er erkannte Holle natürlich sofort. Der Gute zupfte ihm grinsend am Ärmel, als hätte er längst mit seiner Rückkehr gerechnet, ja bereits auf ihn gewartet. Holle umarmte den Verdutzten herzlich, während er seinen aufgeregten Areus Platz machen hieß. Der Neuankömmling selbst hatte schon zum zeitigen Morgen das hastige Treiben auf der Straße um den Nachtwächter Leonhardt durch die schmalen Rundluken im Oberstock der Schmiedehütte mitbekommen. Da gab es nicht viel zu rätseln, Holle wusste sich natürlich alsbald seinen Reim auf das Gezetere im Hof zu machen, was vor drei Jahren die wahren, die offiziellen Gründe seiner Totenbestattung gewesen sein mochten.

Nachdem die Stallarbeit beendet war, Holle hielt sich noch immer im Heu verborgen, kam Jakob mit Schere und Rasiermesser zurück, um den Heimgekehrten sogleich für einen angemessenen Auftritt beim Meier rechtschaffen zu präparieren und herauszuputzen. Dieser hatte sich bereits vorher alles umständlich genau zurechtgelegt. Er war's zufrieden, ja man kann sagen, er war reichlich zuversichtlich, dass der bauernschlaue Meier mitsamt seinem jungen Adjunktus Jacob seine in gewisser Weise elegante Erklärung seiner Wiederkehr erkennen und, im Stillen wenigstens, gutheißen würden.

Das nächste, was der zwar einfältige, aber sichtlich zufriedene, ja fast vergnügte Jakob dem frisch Zurückgekehrten übergab, war dessen Rucksack. Den hatte er nach der nächtlichen Rettungsaktion damals unter einer alten Holzlade ganz in der Ecke des Heustalles sorgfältig deponiert, damit sein Inhalt unbeschadet die Zeit bis zur Rückkehr überstehen könne. Niemand hatte während der drei Jahre von dem Depot etwas bemerkt. Nicht einmal seinem Bruder, dem er unter dem Eichenbaum in jener Nacht alles gebeichtet hatte, gab er damals dieses Geheimnis preis, warum auch? Der Rucksack ging ihn überhaupt nichts an, denn der gehörte Holle. Hin und wieder, wenn Jakob sich langweilte, was oft der Fall war, oder wenn er auf den Heustall geschickt wurde, Heu zu rupfen, wühlte er den Rucksack hervor und bestaunte sich in aller kindlich einfältigen Neugier die seltsamen Funde aus dem Behältnis. Ob er wohl aus all dem Zeugs klug geworden war?

In der Meierstube einigten sich die sichtlich erleichterten Anwesenden noch am selben Morgen darauf, dass Peter Neufang seine Schlafstatt beim Nickel Beck in der Alkovenstube beziehen solle, wo er sich als Knecht und Hilfskraft in der Schreinerei nützlich machen mochte. Die Formalitäten der Einschreibung in die Bedienstetenrolle der Gemeinde waren unverzüglich erledigt. Auch die Anmeldung beim Oberamtsschreiber in Ottweiler wurde noch am selben Morgen vollzogen. Der alte Meier Adam aber war gegen Holle wie ausgewechselt. Es gab kein mürrisches, wiewohl abschätziges Bemustern mehr, wie bei seiner ersten Audienz. Adam war aufgeräumt, sogar lebhaft gesprächig und vertraute dem Neueinwohner sogar das eine oder andere über sich und seinen Sohn an. Was sollte Holle davon halten? Ahnte, wusste Adam, um seine Identität? Aber klar, höchstwahrscheinlich wusste er darum, dieses Schlitzohr, und jener war ihm wohl von Herzen dankbar, dass Dibo, vulgo Holle, der sich jetzt Neufang nannte, den beiden, so auch dem Schreiner Nickel Beck, in ihrer vertrackten Situation um das vor drei Jahren stattgehabte mysteriöse Begräbnis eine derart komfortable Brücke gebaut hatte.

Im Dunstkreise dieser heiteren Stimmung bat Adam, der herrschaftliche Meier, Holle eines schönen Herbsttages zu einem Gang hinauf auf den Kuhberg, um ihn in seine Meierei, wie er sich ausdrückte, einzuweihen. Dabei sprach der alte Meier zunächst mit Zufriedenheit von sich selbst, von seinen Leuten, über dieses und jenes, sodann aber in großer Geste von seinem Tal, in dem er immerhin seit nunmehr bald zwanzig Jahren der Herr über fünf umliegende Dörfer des Oberamtes Ottweiler war. Holle begleitete den Alten mit anfänglich gemischten Gefühlen, dabei jedoch einigermaßen verunsichert und neugierig gleichermaßen, aber auch mit bescheidenem Stolz, wusste er doch von Jacob, dass er es als eine Auszeichnung ansehen könne, wenn sein Vater ihn dort hinauf auf den Hausberg von Werschweiler führe. Dieser Gang, so Jacob, käme immerhin einem bedeutenden Ritual gleich, mit dem Holle gewissermaßen höchst offiziell in die niederen Ränge der hiesigen Gemeinschaft aufgenommen worden war.

Adam Weiler, der von dem anstrengenden Anstieg auf den Kuhberg sogleich ordentlich hinter die Luft gekommen war, pfiff, schnaufte und räusperte sich unaufhörlich. Er musste seinem Begleiter ein paar Mal sogar mit einem energischen Griff an dessen Ärmel Einhalt gebieten, um hier und da eine kurze Verschnaufpause zu erzwingen. Nachdem sie droben auf dem *Lett* endlich angekommen waren, nahmen sie auf einem Bohlensitz Platz, von wo aus sie direkt unter ihren Blicken den kleinen Weiler im Tal liegen sahen. Hier ging es dem Alten Meier rasch wieder besser, worauf er Holle aus seiner ölgetränkten Spitztüte einen glänzend klebrigen Priem anbot. Holle langte zögernd hinein und griff sich mit verbindlichem Dank einen der joppenwarmen Kauknödel.

Während die beiden Ankömmlinge so in aller gebotenen Andacht vor der Landschaft, nebeneinander das schwankende Brett ausbalancierend, genüsslich wiederkäuten, strich der Herbstwind auf dem Hanggrat über die Stoppelfelder hinweg, in dessen Böen die Falken vor ihnen herschaukelten. Hier oben, über dem Dorf, setzte der Alte seinem jungen Begleiter nun in aller Breite, dabei sehr umständlich, die Situation sowie die aktuellen Gegebenheiten in seiner Meierei auseinander. Dabei verschwieg er nicht die Unbill und den stetigen Ärger, den er seit einiger Zeit schon mit seinem vorgesetzten Herren Oberamtsschreiber zu Ottweiler hatte. Er erwähnte ebenso die bedrückenden Lasten, welche die immerfort neuen Abgabenforderungen des jungen Fürsten

Ludwig für die herrschaftlichen Untertanen darstellten. Der neue Landesherr war in seinen derzeitigen ersten Amtsjahren allerdings erheblich durch seines Vaters langjährige laxe, ja leichtsinnige Amtsführung eingeschränkt. Er war dadurch immerfort gezwungen, die riesigen Haushaltslöcher in seinem Budget zu stopfen, die jener ihm bei seinem Tode vor vier Jahren durch die exzessiven, kostspieligen Bautätigkeiten mit dem Baumeister Stengel in der fast ausgeräumten Staatskasse hinterlassen hatte. Wer hatte alles dieses wiederum auszubaden? Natürlich die Untertanen auf dem flachen Land, die Bauern.

Adam beklagte die Zeiten, die immer schlechter geworden seien. Im Verlaufe seiner Darlegungen hielt er auch keineswegs mit Andeutungen seiner Amtsmüdigkeit hinter dem Berg. Alle die abermaligen Unverschämtheiten der fürstlichen Regierung in Saarbrücken, mehr noch, des Oberamtes in Ottweiler, machten ihm unnütz zu schaffen. Sie benahmen ihm die Luft und die Lust am Dienen und außerdem kam er mit den meisten der spitzfindig ausbaldowerten Dekrete schon lange nicht mehr mit. Neufang solle sich nur mal die jüngsten Bestimmungen für die Ein- und Ausfuhr von Waren oder Tieren aus und in die benachbarten Länder gewärtigen. Die unerhört hohen Zölle, wie zum Beispiel für das Getreide oder für die Hackfrüchte hinüber nach Saal, nach Bubach oder nach Niederkirchen, die brachten doch jeden förderlichen Tausch, jeglichen gedeihlichen Warenverkehr zum Erliegen. Die Gemeinden seiner Meierei, allen voran aber die Ostertaldörfer Werschweiler sowie Dörrenbach, hätten am meisten darunter zu leiden, lagen gerade sie doch direkt an der Landesgrenze hinüber nach dem Zweibrückischen im Osten und nach dem Trierschen im Norden. Während noch vor wenigen Jahren der Handel mit den Nachbardörfern rege florierte, so war er in den beiden letzten Jahren aufgrund dieser unseligen Bestimmungen fast gänzlich zum Erliegen gekommen.

Auch war er der Meinung, lange genug seine Knochen im Dienste der Meierei hingehalten zu haben. Jetzt seien andere dran, ihm reichte es, er habe keine Muße, auch keine Kraft mehr, ständig zwischen der Herrschaft und den Untertanen hin wie her verhandeln zu müssen. Zwischen seinen Schimpfkaskaden hindurch setzte der Meier mit spitzen Lippen einen wohlgezielten Tabakstrahl in die Wiesen, um sodann mit frischem Elan von neuem mit seinem Schwadronieren anzuheben. Die Leidtragenden seien am Ende die armen Untertanen, die mit ihrem letzten Gulden für die Marotten der gnädigen Herren büßen müssten. So palaverte er in die Gegend hinein, dabei breitete er sich all so vor dem aufmerksam hinhörenden Holle über die schweren Zeiten sowie über das, was noch alles auf sie zukomme, aus und philosophierte hinterher auch noch ein wenig nach seinem besonderen Belieben über die Historia seines Dorfes:

„Ja, junger Mann, schau Er sich um. Was sind diese Täler, diese Hügel, was sind wir, das Menschengebilde, vor dem Herrn“, lenkte der Alte seine Ansprache ins sentimental Philosophische hinüber, während er mit ausladender Geste über die Dorfkulisse zu seinen Füßen hinweg strich. „Was sind hundert, was sind tausend Jahre vor dem Herrn? Was ist dieses Tal, das so viel Freud, Leid, so viel Verwüstung und Elend miterlebt hat, vor dem Herrn? Dieses Tal, das unser kleines Universum, unsere Welt ist, in die wir hineingestellt sind, um dem Allmächtigen Herrn nebst unserer Obrigkeit in Treue untertänigst zu dienen, was ist dieses alles vor der Unendlichkeit des Universums? Diese unsere kleine Welt, wie sie da vor uns liegt, so winzig sie sein mag, keinen Tagesmarsch lang, eine halbe Stunde Fußmarsch breit an der breitesten Stelle, sie ist unser Leben. Und überall wohin man blickt, außer dem großen weiten Himmel über unserem Haupt, überall um uns herum nichts als Grenzen. Ich frage Ihn: ist das die Bestimmung, soll es weiterhin so sein, wie es durch alle Zeiten bis hierher geschehen, auch weiterhin gehen in alle Zeiten? Was ist das für ein Leben?“

„Auf Wüstungen“, so dozierte der Alte weiter, „ist das Dorf dort unten vor gerade mal einem knappen Jahrhundert wieder neu aufgestanden. Noch in den schwelenden Zeiten kurz nach dem großen Dreißigjährigen Kriege hatten sich damals hier und da aus Dörrenbach, aus Hoof, Bubach, Breitenbach, Saal, Marth, ausgehungerte Häuflein umherirrender Überlebender gefunden. Sie hatten sich in Angst und Bange da drunten um die alte Kapelle herum zusammengerottet. Das Gotteshaus hatten die so genannten frommen Kriegshorden in ihrem allerchristlichsten Auftrage nicht gewagt niederzubrennen. Aber viel mehr als den Turm, eine feste Tür und ein halb eingestürztes Dach besaß die Kapelle in jenen Tagen auch nicht mehr. Jedoch der alte Stollen vom Altarraum hinüber nach dem Höhgraben, der war immer noch offen. Der war rettend begehbar. Den Leuten da drunten war er allezeit ein halbwegs sicherer Hort sowie eine letzte Zuflucht in ihrer ärgsten Bedrängnis. Im gesamten Tal waren es keine zwanzig Übriggebliebene gewesen, die in der hiesigen Gegend hausten. Und wie armselig kamen sie daher, kaum noch als menschliche Kreaturen zu bezeichnen, die den verheerenden Pestzügen und den - ich sage nicht bestialischen - sondern den unmenschlich mordwütenden Raubzügen umherstreifender Marodeure, die sich allen Ernstes gottesfürchtige Christenmenschen zu nennen erdreisteten, entkommen waren. Ich sage Ihm: so etwas vergisst man über Generationen nicht, das brennt sich ein."

„Diese unsere erbarmungswürdigen Versprengten, sie fraßen Frösche, sie bissen Gras, Eicheln und Bucheln, sie kratzten die Birkenrinde mit ihren blanken Fingernägeln von den Bäumen. Sie stopften sich in ihrer Verzweiflung selbst Brennnesseln, in der größten Not gar auch die bitteren Wurzeln des Löwenzahn ins Maul. So manche gerieten über ihrem Elend außer Rand und Band und sie taten sich zu wilden Horden zusammen, um gemeinsam den Wölfen, Atzeln, Raben, Hamsterbruten, den Mäusen und Rattennestern nachzustellen. Wenn nichts mehr flog, nichts mehr hüpfte, noch trabte, nichts mehr kroch noch krabbelte, dann, oh Allmächtiger da Droben, vergib ihnen ihre Schuld, dann scharrten sie, wirr vor Auszehrung, selbst Leichen aus, so stark war ihr Lebenstrieb. Wehe, wenn denen ein Fremder alleine begegnete: vielleicht kam auch hier und da so einer durch die Öde geritten, das war sein Pech. Ich sage ihm, weit ist der nicht gekommen. Auch ist nicht viel mehr übergeblieben von Ross und Reiter, als Zaumzeug und Zundersack. Mein eigener Vater Johann Kaspar, den wir, er ruhe in Gott, im vierundfünfziger Jahr über achtzigjährig in die Erde gelegt haben, der wusste davon noch wahrhaft anschaulich schauerlich zu berichten. Der hat vieles noch selbst miterlebt."

„So war das hier um uns herum. Und wenn es wieder unruhig wurde im Tal, dann gings halt wieder hinein in die Trümmerhaufen der ausgebrannten Dörfer, solange, bis das Elend wieder eine kleine Pause machte. Ja, ja, das will heute keiner der Jungen im Dorf mehr hören. Alte Schauergeschichten, sagen die, nach vorne soll man schauen, nicht zurück. Aber ich bin noch aus der Zeit, wo einige dieser Unglücklichen noch gelebt haben, die das alles mitmachen mussten. Ich habe noch so manchen Alten in der Nacht aus seiner Kammer heraus winseln und wehklagen hören.

Lange genug hat es gedauert, bis endlich Ruhe eingekehrt war, über hundert Jahre ist das alles so gegangen. So weit ist das doch alles noch nicht her, dass wieder einen Stein auf dem anderen liegen geblieben ist, sechzig Jahre höchstens. Und die alten wie die jungen Sippen, die Fuchsens, die Stolls, die Wagners, die Zimmers, die Stahls, die Schwingels und die Becks, die Kleins, die Weilers, die Schmidts, die Meyers, die Müllers und die Bills, sie konnten nach all den schweren Zeiten endlich wieder auf die Felder gehen. Sie konnten aussäen, durften hinterher in Frieden reichlich einernten. Wenige von ihnen hatten sich hier im Dorf in den ruhiger werdenden Zeiten wieder feste Behausungen aufgebaut. Einige Namen verschwanden aber dennoch, kaum dass sie urkundig geworden waren. Sie wurden auf andere Weise ausgelöscht. Sie wurden von Armut oder Krankheit ausgezehrt. Andere waren vor den wiederkehrenden Drangsalen in die sichere Ferne entflohen, wie mein ältester Bruder."

„Neue Siedler kamen eines Tages von fernher aus den südlichen, unbekannten Gebirgen gezogen, weil man ihnen Grund und Boden sowie Steuerbefreiung auf Jahre versprach. Die Herrschaft brauchte fleißige Untertanen, die ihnen die Ödnis rodete, die ihnen ihr feines Leben mit fetten Schweinen, mit rahmiger Butter und Milch, mit Gänsen und Kapaunen wieder schmackhaft machen konnten. Aus dem Saaner Land, aus dem Salzburgschen, wanderten sie hierher zu uns ein, anfangs nur eine Hand voll, dann wurden es immer mehr. Mit ihren Ochsenkarren voll Habseligkeiten kamen sie aus dem Elsass heraufgezogen über die Berge, durch die Täler herauf. Das waren neue Namen, wie die Böhlers, die Rixeckers, die Werns, die Beinbrechs, die Schnebeleins, die Schoppers, die Zwallas und die Ulrichs. Ja so war das.“

Auch seine Vorfahren, des Adams Eltern und Voreltern, kamen zum Ende des letzten Jahrhunderts in diesen Ort. Sie kamen jetzthin in Adams lebhaftem Berichte zu Ehren. Ursprünglich, so hatte es der Alte an seines Großvaters Lippen noch abgelesen, standen sie in der Wurzelbacher Mühle zu St. Wendel urkundlich erstbenannt und waren lange Zeit haltlos unterwegs gewesen. Im Jahre des Herrn, Anno 1695, zog es seinen eigenen Vater aus dem knapp stundenweit osterabwärts gelegenen Flecken Fürth herauf, um sich hier ansässig zu machen. Der siebente Sohn des Wilhelm Weiler, Johann Kaspar mit Namen, freite in das ortsmittige, nach den 1677er Franzosenstürmen allmählich wieder aufgerichtete Meier-Haus ein. Dort war damals die einzige Tochter des in jenem Brandjahr umgekommenen Dorfschmiedes Hoffman, Anna Elisabeth, vielversprechend noch zu haben. Sie gebar dem Manne acht Kinder, von denen sein ältester Bruder, Johann Michael, in die Neue Welt segelte und zwei Schwestern ihre Kindheit nicht überlebten. Sie starben 1709 und 1711 an den Blattern. Johann Kaspar, des Adams Vater selig, übernahm von seinem Vater aus Fürth das herrschaftliche Meieramt des Oberamtes Ottweiler für die Ortschaften Werschweiler, Dörrenbach, Fürth, Lautenbach und Münchwies, welches er dreißig Jahre lang mit Mühe und Fleiß ausübte.

Als Kaspar Weiler seines Meieramtes überdrüssig wurde, folgte er, Johann Adam, ihm auf diesen kippeligen Stuhl. Er baute, wie die anderen Gemeindsleute auch, seine Äcker, daneben ließ er das Leineweberschiffchen hin und her flitzen, so wie die meisten im Ort es taten. Er heiratete Christiana Schwingel aus Neunkirchen. Den ältesten Sohn tauften sie auf den Namen Johann Georg. Dieser sollte es besser haben als die Väter, das war Christianas Wunsch. Georg, sein ältester Sohn, war der Erbe des elterlichen Hauses, das mitten im Ort stand, das Meierhaus. Er sollte, nach dem Willen seiner Mutter, ein einträgliches Handwerk, das Ölmüllerhandwerk erlernen. Dafür musste er, Adam, sich für dreihundert Gulden Anteile in eine Ölmühle in Dörrenbach einkaufen, denn andernfalls hätte sein Sohn keine Anstellung erhalten. Zu viele aus den Besitzerfamilien trachteten nach diesem hoch geachteten, sicheren Beruf. Aber die stetigen Investitionen in die maroden Anlagen verschlangen zu viele Taler. Die Schuldenbelastung war so erheblich, dass sie ihm noch gegenwärtig zu schaffen machte.

Obgleich die Dörrenbacher Mühle eine Bannmühle war, die Gemeindsleute waren gezwungen, dort ihre Ölsaaten sowie die Bucheln quetschen zu lassen, waren die Erträge spärlich. Sie flossen größtenteils nicht in Neues, sondern in längst überfällige Ausbesserungen, so dass sein Sohn Georg mit den Zinsen für das geliehene Geld immer öfter in Verzug gekommen war. Adam half aus, so gut er konnte. Dennoch musste er ein um das andere Mal an seine Ersparnisse heran, um den Geldgeber zu bezahlen. Der Meier Adam war jetzt hoch in den Sechzigern und amtsmüde geworden. Holle gegenüber sprach er auch davon, dass er seinen Sohn Jacob als seinen Nachfolger beim Fürsten Ludwig vorschlagen würde. Er sehe es gerne, wenn Peter Neufang hin und wieder auch bei seinem Sohne im der Landwirtschaft aushelfe. Das würde seinen Sohn sehr entlasten. Ja, so war es um seine Familie und um ihn selbst bestellt.

Der letzte Priem war längst ausgelaugt, er schmeckte nicht mehr. Der Alte setzte einen abschließenden Knasterstrahl durch den gespitzten Mund in die Wiesen. Dann drängte er zum Aufbruch, denn es war unangenehm kühl geworden, ihn fror.

Nach ihrer Rückkehr vom Kuhberg lud der Altmeier seinen Begleiter zu einem aufwärmenden Branntwein in die Meierstube ein. Dabei zeigte er seinem Gast noch allerlei kleine Kuriositäten aus seiner Sammlung, die er im Laufe der Jahre vom Ackerboden aufgelesen hatte. Er stellte zu diesem Behufe eine große runde Deckelschatulle, die einer Hutschachtel glich, auf den Schreibtisch und fischte mit großer Vorsicht nacheinander seine Pretiosen aus der Tiefe herauf, als da waren: schöne Stücke von alten goldenen Münzen aus der Vorzeit, prächtige Exemplare blitzblank polierter Donnerkeile, glitzernde Stümpfe verkieselter Holzstämme, schäbige Kalkplatten, auf denen sich allerlei versteinerte Farne und Blätter abdrückten, ja ein Stück enthielt sogar ein Exemplar einer versteinerten Schnecke. Und aus dem Labacher Grubenstollen herrührend, konnte er einige auserlesene glänzende Kohlebrocken vorweisen, aus denen heraus ebensolche längst vergangene Pflanzenteile aus dem schwarzen Stein hervorlugten. Es war dies alles in allem, wie Holle wortlos feststellen musste, bis auf die Steinbeile und die römischen Münzen natürlich, eine eher lieblos und unsystematisch zusammengetragene Ansammlung von nicht allzu aufregenden Fundstücken, die Holle mit ein paar Mitbringseln aus seinem Camphauser Grubenschacht hätte locker in den Schatten stellen können.

Aber Adam schien hier sichtlich in seinem Element zu sein, denn er legte Holle seine an den Fundstücken demonstrierte, höchst eigensinnige, gleichwohl mit großem Eifer und energischem Enthusiasmus vorgetragene Philosophie nahe: dass nämlich Gott der Herr Höchstselbst voreinst all diese Kreaturen in die Steine vorgezeichnet, vorentworfen habe, um sicher zu gehen, dass Er am siebenten Tage zu Sich Selbst sagen könne: „Ich sehe, es ist gut!“

Bleibt noch zu erwähnen, dass der Alte die vorsichtige Erwartung aussprach, es würde ihn nicht verwundern, wenn er eines schönen Tages beim Ackern aus seinen Feldern womöglich sogar ein vom Allmächtigen in seiner großen Schöpferlaune vorgestaltetes, versteinertes Menschenantlitz eines Dorfbewohners, vielleicht am Ende gar sein eigenes Konterfei, würde auspflügen können. Die Wege des Herren seien schließlich unergründlich. Das war in den Augen des erstaunten, gleichwohl anerkennend nickenden Holle allerdings wieder einmal starker Tobak.

Dieser Besuch war dennoch alles in allem eine seltsame, aber eine notwendige, ja geradezu versöhnliche Begegnung mit dem Manne gewesen, bei der der Alte dem jungen Peter Neufang auf seine ihm höchstpersönliche Art und Weise seinen Dank über den gezeigten Ausweg aus den unseligen Unbilden der Beerdigung von vor drei Jahren abstattete. Holle wusste das sehr zu schätzen. Er war dem Alten von Herzen dankbar.

Der halb entlaubte Kastanienbaum vor dem Meierhaus streute seine gelben Blätter auf das Pflaster, als Holle sich vom Meier Adam Weiler herzlich verabschiedete und mit seinem Hund Areus auf der Türschwelle stand. Es war eine ähnliche Situation, wie er sie vor Wochen schon einmal erlebt hatte.

Der Zurückgekehrte zog in diesen herbstfreundlichen Tagen mitsamt Areus, seinem Gepäck, dem Rucksack, sowie der Sporttasche, bei Jacob dem Jüngeren aus und im Haus am Kirschgarten ein. Von der anmutigen Margarete wurde der neue Schreinergehilfe höflich zurückhaltend empfangen, wo ihr Mann sie sogleich im Beisein des neuen Hausgastes ins Bild setzte. Die Wahlsterin führte den Neuen zu seiner Kammer mit dem Alkoven. Dort konnte er sich geradezu großzügig einrichten. Am Mittag kam die Tochter Katharina mit einem Kalb von der Allmendeweide zurück. Sie erschrak nicht wenig, als sie des neuen Knechtes gewahr wurde. Ebenso erging es Holle, der in ihr kein Kind mehr vor sich hatte, sondern eine jung erblühte, strahlende Schönheit von fast sechzehn Jahren. Ihm stockte der Atem. Mit ihren tiefbraunen Augen kokettierte sie gegen den beeindruckten jungen Mann so ausgelassen, dass er verlegen errötete. Unter ihrem Kopftuch wallten die dunklen Haarlocken hervor, die ihr liebliches Gesicht keck umfingen, Holle schlug das Herz schneller. Er hatte hier doch leibhaftig das junge Fräulein vor sich, das er vor wenigen Wochen noch als Kind aus dem Wasser gezogen hatte! Sie stellte sich artig vor und hörte beeindruckt aus seinem Mund, dass er selbst der Bruder des selig verstorbenen Caspar Dibo sei, dessen Grab das Mädchen seit Jahren so treu den Frühling wie den Sommer hindurch mit frischen Feldblumen, während des Winters jedoch mit Fichten- und Mistelzweigen schmückte.

Holle fand sich mühelos wieder in die Schreiner- sowie in die anstrengende Feld- und Stallarbeit ein. Zur Familie, zu seinem Meister, zu dessen Frau und insbesondere zur bezaubernden Tochter, gewann er bald ein gutes, ja fast herzliches Einvernehmen. Er packte allerdings auch fleißig mit an, dabei machte er beim Schreiner Beck so rasante Fortschritte, dass dieser in ihm bald eine wirklich große Hilfe hatte. Seit seiner Ankunft im Kirschgarten ging es in der Werkstatt mit der Vielzahl der Arbeiten nun deutlich voran. Im Becke Haus fiel nie ein böses oder hartes Wort, es gab auch kein Geplärre mit dem Vieh im Stall oder Feld, wie es sonstwo im Dorf üblich war. In der Haushaltung war eine Friedfertigkeit, ja beinahe eine Feierlichkeit anzutreffen gewesen, als wäre hier einst ein würdevolles Versprechen gegeben worden, aufeinander stets behutsamste Rücksicht zu nehmen sowie einander allezeit mit aller gebührender Achtung und Respekt zum Andenken an den Geist ihrer drei verstorbenen Kindlein zu begegnen.

Alles ging seinen geschäftigen, gleichwohl mühsamen Gang. Vieles in den Verrichtungen des täglichen Lebens war dem Knecht noch fremd, aber er lernte rasch hinzu. Die Einfachheit der Geräte, bei gleichzeitiger Raffinesse all der unterschiedlichen Einrichtungen, insbesondere der handwerklichen Betätigungen, erstaunte ihn immerzu aufs Neue. Er sah jetzt viele Dinge in einem anderen Licht, die er in seiner neuen Welt für so profan, so selbstverständlich genommen hatte, dass er sie nicht mehr eigentlich wahrnahm, ja nicht einmal mehr Wertes erachtet hatte, ihnen seine ehrliche Aufmerksamkeit zu widmen. Dies alles änderte sich bei seinem zweiten Aufenthalt im *Alten Dorf* gründlich.

Da war zum Beispiel das Brotbacken. Es war nicht das fertige Brot aus dem Backofen allein, das ihn beeindruckte. Vielmehr zeigte ihm die Art und Weise, die Geschäftigkeit beim Vorgang der Vorbereitung selbst, die Sorgfalt, die Behändigkeit, welcher Wert in dem Produkt aus der Hände Arbeit eigentlich steckte. Sie zeigten ihm gleichsam einen eigenen Wert des Tuns, der ihm aus der Zukunft fremd war. Klar, dass er den in der hoch technisierten, segensreichen Welt der Brotbackmaschinen, der Fertigbackwaren natürlich so nie kennen gelernt hatte. Kurzum, das Brotbacken bei den

Becks beeindruckte ihn mächtig, vielleicht war da ja auch noch anderes mit im Spiel.

Am Tag bevor der Schreiner Beck den Backofen mit Säge- und Hobelspänen aus der Schreinerei einheizte, stand das Brotmehl schon zum Aufwärmen in drei Leinensäckchen neben dem Küchenherd bereit. Daneben türmten sich hoch aufgeschichtet die runden, aus Schilfrohr geflochtenen Brotkörbe. Margarete und ihre Tochter hatten in der Nebenstube, die von der gusseisernen Platte, Tack genannt, durch den Küchenofen angewärmt worden war, am Abend zuvor die hölzerne Backmuhle zum behutsamen Temperieren über zwei Stühle aufgestellt, damit sich das Mehl beim Einfüllen nicht erschrecken und verkühlen sollte. Dort wurde der Sauerteig samt warmen Wassers eingefüllt, sodann behutsam miteinander vermengt. Das Ganze ruhte nun unter einem darüber gelegten Linnentuch, damit es über Nacht ordentlich aufquellen konnte.

Am anderen Morgen ging es an die Arbeit. Mutter und Tochter machten sich, einander stetig abwechselnd, mit hochgeschobenen Ärmeln an der Backmuhl zu schaffen. Sie füllten lippenwarmes Wasser, Streupfötchen von Salz und ofenwarmes Mehl in die hin und her kippelnde Muhle. So dann verwalkten, vermengten, verteigten, verwerkten sie das Ganze mit dem über Nacht aufgegangenen Sauerteig in eifriger Freude, dass ihnen nur so die Schweißperlen auf die Stirne traten. Die daneben bereits gestapelten Brotkörbchen, die Kauben, wurden anschließend von der Tochter flink mit Mehl ausgestäubt, flugs nacheinander der Mutter gereicht, die in geschickten, genau abgezirkelten Handkantenschlägen je einen Batzen Brotteig aus der Muhle herauslöste, ihn in der Luft rund jonglierte und sie von dort aus gezielt mit einem freundlichen Klaps in die Körbchen bugsierte. Es war für Holle ein Erlebnis, ihnen zuzusehen, ihnen hilfreich zur Hand zu gehen. So ging das eines nach dem anderen hurtig weiter, bis nur noch ein Teigrest übrig blieb. Dieser wurde mit einem hölzernen Schaber flink zusammengekratzt und in einem Linnensäckchen über dem Küchenherd aufgehängt. Das wurde der Sauerteig für das nächste Brotbacken in vierzehn Tagen. Unterdessen glühte der Backofen im Span- und Reisigfeuer. Dieser stand unter dem Regiment des Hausherrn. Nach zwei Stunden wurde die rotheiße Glut mit einer eisernen Krätze aus dem Ofen in einen Trog hinein geschoben, von wo aus das Ganze wieder auf den abgeglühten Feuerrost der Küchenesse kam, über dem schon die Mittagsspeise aufgestellt war, die solchermaßen abermals ordentlich eingeheizt bekam. Die Restasche im Ofen wurde mit einem nassen Lappen herausgeputzt. Es zischte, es brodelte mächtig, sodass der helle Dampf heiß aus dem Ofenloch hervorquoll.

Die aufgedunsenen Brotteigbatzen kamen auf ein mit einem langen Griff versehenes Holzbrett, die Backschieß. Mit einer wassergetränkten Bürste wurden die Laibe abgebürstet, daumengroße Löcher mit passenden frommen oder anderen heimlichen Wunschsprüchen rasch hineingedrückt und ab ging's in die Hitzeglut. Eisentüre zu, in die Hände geklatscht, dass das Mehl nur so stäubte und sich fein auf Katharinens Näschen legte. Nun ging die ganze Prozedur wieder von vorne los. So werkte das wie bei einem Uhrwerk hin und her, bis der Ofen vollends ausgefüllt war. Vierzehn, fünfzehn fertige Brotlaibe kamen nach eineinhalb Stunden aus dem Ofenloch herausgekullert. Braunkrustig und glänzend standen sie Reih an Reih im Hausflur auf Tüchern zum Auskühlen an der Wand. Zur Feier des Tages wurde eines der flaumig duftenden Laibe aufgeschnitten, wurde daumendick mit Sauerrahm bestrichen sowie mit wildem Schnittlauch bestreut. Ja Gott, den ersten Bissen würde Holle nie vergessen!

Wenn der Backofen noch heiß genug war, kamen jetzt, in der Herbstzeit, auch noch zwei, drei herrliche Zwetschgenkuchen aus der Gluthitze heraus. Das war jedes Mal ein Fest für Holle, Margaretha und für Katharina. Nicht so für den Hausvater Nickel Beck, denn der machte sich seit seiner Kindheit nichts aus Zwetschgenkuchen. Der säbelte sich lieber noch einen Ranken Brot ab, um sich an dem Stullen mit löffelsatt streichgelbem Griebenschmalz und grobem Salz zu laben.

So werkten sie in der Haushaltung an der Kartoffelernte sowie mit dem Apfelkeltern bis in den Herbst hinein. Auf großen Blechen trockneten Apfelringe und Birnenscheiben tags in der Sonne oder des Nachts über der Esse. Im Kupferkessel brodelte unterdessen der Birnenlaxem. Bei dieser Geschäftigkeit entwickelte sich zwischen Holle und der jung erblühenden Katharina ein zunehmend inniges Verständnis, in dem allmählich gegenseitige scheue Herzenssympathien knospten. Dieses Verstehen ging zuerst über ein hin und wieder verschämtes Lächeln beim Kartoffellesen, vielleicht auch mal über einige schüchtern belanglose Plaudereien, auch beim Kühemelken, nicht hinaus, wobei nicht auszuschließen war, dass dabei ihre Herzen nicht schon innig höher schlugen. Aber ihre Sympathien fanden auch ohne Worte und glühende Blicke unmerklich zueinander.

Der einfältige Jakob vom Schmitzeck aber schaute schon wieder viel weiter nach vorne, denn, wie es mitunter seine Art war, neckte er den jungen Aushilfsschreiner, wo er ihn gerade antraf, mit seinen Sprüchen: „Holle liebt Kathrin, Kathrin liebt Holle“. Holle wurde dann, klar, jedes Mal verlegen. Er hielt dem vorlauten Schwätzer errötend den Mund zu.

Leider wurde er bei der Arbeit unmerklich nachlässiger, ja fahriger, weil er es insgeheim kaum erwarten konnte, wenn sie am Mittag alle zusammen saßen oder nach der Abendmahlzeit noch dies und das gesprochen wurde, dass sich endlich die Gelegenheit ergab, mit der jugendlichen Schönen dann ein paar scheue Blicke tauschen zu können und ihr einfach nahe zu sein.

Im Laufe jener Tage wurde Holle mit vielen Dingen im Beckschen Haushalt vertraut. Zinnerne Schüsseln und Teller sowie eiserne Pfannen standen, geordnet und blank geputzt, auf dem Schaff oder im Schrank. Jeden Samstag wurden die in der Woche benutzen Küchengeräte mit Wasser, Zinnkraut oder mit Stroh und Sand oder Holzasche gescheuert. Dies war eine Arbeit, die meist von der Tochter ausgeführt wurde, bei der ihr auch Holle dringlich gerne behilflich war, wenn er nur in ihrer Nähe sein konnte. Samstags wurden auch die Stubendielen tüchtig geschrubbt und hinterher mit angefeuchtetem gelbem oder weißem Sand gescheuert, das besorgten Holle und Katharina in reger Eintracht.

Zuvorderst half er natürlich im Stall. Daneben tat er sich mit dem Nickel fleißig bei der Feldarbeit um, er stand zusammen mit ihm überdies stundenlang tätig in der Werkstatt und verfolgte in ernstlicher Anerkennung, wie dieser sich im Wettlauf mit der anfallenden Arbeit redlich mühte.

Die Arbeit machte gute Fortschritte, Gottseidank, aber sie wurde in dieser Jahreszeit immer mehr. Im *Alten Dorf* gab es nur diese eine Schreinerei, wo gegen den Herbst hin regelmäßig die zahlreichen Reparaturen der Ackergeräte anfielen. Nickel war dankbar, seinen Gehilfen bei sich zu haben, aber im Feld ging es dennoch nicht recht voran. Einen zusätzlichen Stallknecht konnte sich der Bauer nicht erlauben, dafür waren seine finanziellen Belastungen aus dem Hausbau noch zu hoch. Holle blieb mit der Zeit natürlich nicht verborgen, dass sich sein Meister mit der Abzahlung seiner Schulden arg zu plagen hatte. Wenn sie bei der Arbeit über dies und das redeten, dann kam der Bauer auch von selbst wie beiläufig einmal darauf zu sprechen, wie sehr ihn die Schuldenlast des Hausbaues drückte.

Der Herbst ging in den Oktober hinüber und die Nächte waren schon merklich kühler geworden. Aber die Sonne brachte noch ein paar lichtverklärte Tage mit Rot, Gelb und Braun an den Bäumen, die nach den ersten kalten Nächten allmählich einen bunten Laubteppich auf die Erde unter ihren Kronen ausstreuten. In der Luft lag nun auch schon der Gärgeruch des alten Fallobstes aus den Wiesengärten. An der Sonnenfront vor dem Meierhaus verströmte sich der Vollduft süßer Fäule aus dem Weintraubengerank. Allerorten roch es nach zertretenen Wespen, nach dem modrigen Ausdunst aus dem Keller und nach dem scharfen Gestank von eingesäuertem Kraut und Bohnen. Die Ernte aus den Äckern war fast gänzlich eingebracht, da war der Kirmessonntag nicht mehr weit. Am letzten Wochenende im Oktober wurde mit diesem Fest alljährlich der Neuweihe der Kanzel gedacht. Diese war im Jahre des Herrn Anno Domini 1675 am letzten Sonntag des Oktober von dem dermaligen Dörrenbacher Pfarrer, dem hoch geehrten Johann Caspar Riemenschneider in einer feierlichen Sonntagspredigt eingesegnet worden. Die Kanzel war damals aus tiefrotem Kirschenholz neu aufgestellt worden und der Stolz der Gemeinde.

Nun also Kirmeszeit. Sie verhieß der unruhigen Jugend fast drei Tage glühende Wangen vom Tanzen und Poussieren. Das waren drei Tage Scherzen, Lachen sowie Ausgelassenheit auf dem Tanzplatz oder in den Tanztennen. Das war endlich das Ausbrechen aus dem Alltag, dem ewig gleichförmigen Arbeitsablauf und das war den Menschen insgesamt die Vorfreude auf ein paar entspannte Feiertage und schließlich der feierliche Gang in die Kapelle. Das Ereignis war, wie jedes Jahr, ein rechtes Entgegenfiebern, ein Rüsten für den großen Tag, das mitunter ein neues Kleid mit bunten Bändern verhieß, vielleicht auch einmal einen neuen Hut oder eine zierlich schöne Haube, kurzum, es war ein Fest. Und was wäre eine Dorf-Kirmes ohne den Sonntag mit Essen und Trinken in der herausgeputzten guten Stube? Was wäre Kirmes ohne die ausladenden Schlemmereien, ohne den frisch gekelterten, den perlend sauren Apfel- oder Birnenviez und natürlich ohne all die aufregenden, manchmal selbst unerhörten Neuigkeiten, die von der eigens angereisten, festmahlgeübten Verwandtschaft emsig aus den nahe umliegenden Ortschaften oder von weiter her zusammengetragen wurden?

Holle, der Neuling, hatte nicht die Spur einer Ahnung, wie die gebräuchlichen Abmachungen zwischen Jüngling und Mädchen im Vorfelde zum Fest zu treffen waren. So verstand er leider auch die Avancen nicht zu deuten, die ihm die schöne Katharina indirekt mit allerlei kecken Anspielungen machte, mit ihr die drei ersten Tänze auf der Kirmes zu wagen. Es war nämlich üblich, dass der Bursche die Maid seiner Wahl im Voraus für sich reservierte, meist schon Tage, ja sogar Wochen vor dem Ereignis.

Katharina hatte, wie man sich ob ihrer Anmut leicht denken kann, im Dorf den einen oder anderen heimlichen oder gar offen bekennenden Verehrer. Die schmachtenden Burschen umschlichen umeinander bald die Gärten der Schreinerei, ganz kecke Freier belagerten auch schon mal die Haustüre im Kirschgarten. Aber alle, ohne Ausnahme, handelten sich bei der ebenso kecken Schönen mal schüchtern gehauchte, mal in barschem Tone spitz platzierte Abfuhren und Körbe ein. Die Katharina wusste nur zu genau, was sie wollte. Nickel Beck, der dies alles mit viel Geduld, ja mit einiger Nachsicht hatte über seine Haushaltung ergehen lassen, konnte dem Ganzen schließlich nicht länger tatenlos zusehen. Er rang sich durch, seinen in diesen Dingen geradezu tölpelhaften Gesellen auf den Brauch hinzuweisen, aber nicht nur das: er empfahl ihm unverblümt, sich mit seiner Tochter gefälligst für die Tänze zu verabreden, damit das Gescharre und Gebalze der jungen Bauernburschen vor seiner Türe endlich ein Ende hatte. Es war ja bald nicht mehr zu ertragen.

Den Altbauern im Ort waren die Tanzbräuche der Jugend seit Gedenken vertraut, gleichwohl nicht weniger lästig. Die heimlichen Poussierhändel der Jugend untereinander waren nämlich keineswegs nach deren Kopf. Denn die eigenständigen Hinterhofflirts des halbflüggen Dorfachwuchses schafften nicht selten Verdruss. Sie waren den eigenen Überlegungen der Alten hinderlich, ja geradezu ein Dorn im Auge, weil sie ihre ausgefingerten Planungen für die *Sach* ärgerlich durcheinander brachten; entwickelte sich doch so manches Mal aus einem harmlosen Drehertanz mehr als den Voreltern und den Eltern mitunter in den Kram passen wollte. Die *Freierei* war damals nämlich insgesamt eine komplizierte Angelegenheit, die besonnen bedacht werden wollte, die rechterdings von langer Hand voreinzufädeln war. Da blieb kaum Platz für zärtliche Sympathien, viel weniger für spontane Schwärmereien unter den heranwachsenden Töchtern und Söhnen des Dorfes. Die künftigen jungen Familien wurden durchweg, fast ausnahmslos mit Blick auf die Lage der Äcker oder die Aussteuer der Bräute respektive der Hochzeiter zusammengehandelt und gefeilscht, damit das Ackerland, die Gärten, die Wiesen und Höfe nicht noch mehr als unausweichlich nötig zerstückelt wurden.

Hier aber, im Becke Haus, war es anders. Hier gab es solcherlei Überlegungen nicht. Hier sollte sich zuvorderst Herz zu Herze finden und nicht, wie sonst üblich, über den Misthaufen gefreit werden. Hier handelte der Hausherr mit seiner Margarete nach ihrem ureigenen Vorbild, nach ihrem höchst eigenen zärtlich verklärten Gefühl, das sogar die schwarzen Sturmzeiten der Pocken mitsamt der ungeheueren Schmerzen um ihre drei dahingegangenen Kindlein überstanden hatte.

Dieses ihr inniges Gefühl füreinander, das sie auch in den ärgsten Stunden nicht verlassen hatte, war ganz und gar durchtränkt von dem Zauber der eigenen Liebesgeschichte, welches die Beiden vor Jahren so wunderbar zusammengeführt hatte. Katharina sollte sich, ebenso, wie einst er und seine Frau, nach ihren Sympathien, nach ihrem eigenen Herzen entscheiden. Er erahnte natürlich längst die still aufkeimenden Neigungen seiner Tochter sowie ihre heimliche Wahl, mit wem sie am liebsten die ersten Auftritte auf dem Tanzplatz bestehen wollte. Daher musste er bei seinem wackeren Gehilfen noch ein paar Mal entschieden nachhelfen, aber, siehe da, eines schönen Abends geschah es dann schließlich doch.

Endlich rang sich der über seinem scheuen Schmachten und Sehnen nach der Tochter des Hauses schüchtern, ja sogar ein wenig schreckhaft gewordene Holle mühsam durch, seine heimliche Angebetete nach gemeinsamem Abendtisch um die drei Ersten für die Kerb zu bitten und das Mädel, es säuselte, es hauchte selig ein scheuleises „Ja“.

Als nun der Tag herangekommen war, musste sich der junge Mann von seinem Brotgeber ein sauberes Wams, Schnürschuhe und auch eine feinleinene Hose erbitten, die ihm natürlich um einiges zu kurz war, aber immerhin, er machte darin keine allzu schlechte Figur. Mit seinem eigenen Aufzug konnte er jedenfalls nicht beim Tanze auftreten, das war vollkommen ausgeschlossen. Der lange genug ersehnte Sonntag war nun endlich da, der Tag, um sich für den großen Auftritt in die Reihe zu machen, stand vor der Tür. Katharina, die bis zur Nervigkeit aufgekratzt umherlief, hüpfte unentwegt um Holle herum, zupfte da, bürstete dort, zog an diesem Zipfel, fingerte an jenem Knopfe. Zum Beschluss der Vorbereitungsprozedur band sie ihm um seinen Kragen noch ein sauberes blaues Halstuch mit weißen Punkten, dessen Spitzen sie keck nach allen Seiten abstehen ließ. Es war eine regelrechte Tourtour, bis es endlich am Nachmittag im Geleit der Eltern hinüber auf den Platz ging.

Aber Katharina: Alle Wetter, sie sah in ihrem sündhaft gewagten dunkelgrünen Crepe-de-Chine-Rock und in ihrem Spitzenmieder mit bestickter blassgelber Jacke nun wirklich atemberaubend aus! Wie da die Leute glotzten!

Der Tanzplatz befand sich schräg gegenüber der Kapelle, auf der anderen Seite des alten Fahrwegs nach St. Wendel, am Anfang des Gässchens, das in den Kirschgarten führte, also mitten im Dorf. Der Platz war mit Obstbäumen umstanden, er diente während der Sommerzeit einesteils als Kartoffelacker, andernteils als Heuwiese für den hiesigen Schweinehirt Schnable. Für den Kirmestanz wurde der Platz ordentlich vorgereinigt, geeggt, sodann sorgfältig eingeebnet und sohlenhoch mit gelbem Stroh bestreut. Nach drei Tagen war der Boden vom Tanzen meist so fest gesprungen und hart gestampft, dass hinterher die Ochsen ihre Mühe hatten, die geschlossene Bodenplatte mit den Holzpflügen für den Winter wieder aufzureißen. Bei schlechtem Wetter wurde eine Tenne geöffnet, das lederne Ackergeschirr sowie die diversen Geräte, wie Hacken, Dreschflegel, Karsten, Gabeln, Schippen wurden zur Seite geräumt. Oben auf dem Heustall standen dann die Ledereimer randvoll mit Wasser bereit. Es wurden im Heu die Schlafplätze für die Musikanten, die Spielmänner oder auch für die Betrunkenen hergerichtet und manchmal war es auch der still verträumte Ort für ein heimliches Stelldichein.

Die Musikanten oder die Marionettentheater kamen Jahr für Jahr um die Kirmeszeit ins Dorf herein um ihre Darbietungen unter das Landvolk zu bringen. Bei den Altsässern oder den Altbauern waren diese Wanderzirkusse, diese kecken Guckindielufts, diese Herumtreiber selten gut gelitten, denn sie fädelten mit ihrer verlockenden Musik so manche Romanze, so manches Liebesdrama ein, das ihnen, wie bereits erwähnt, ganz und gar gegen ihre Abmachungen ging. Wie häufig kam es überdies vor, dass die durch Spiel, Trank und Tanz erhitzte Jugend außer Rand und Band geriet und die Nachtruhe durch Pfeifen und Singen, durch Tanzen und Springen in den Gassen störte. Der Meier Adam Weiler hatte dann jedes Mal seine liebe Mühe mit der unruhigen Halbstarkenschar. In wiederholten Anordnungen des Oberamtes waren die Gemeinden angewiesen worden, Raufhändel und so manche nächtliche Unsitte zu unterbinden, störten sie doch nachhaltig die Ruhe und Ordnung auf den Dörfern.

Aber der Beck hatte für die Ausgelassenheiten der Heranwachsenden ein mitfühlendes Verständnis. Auch er war als junger Bursche mit dabei gewesen, auch er hatte sich seinen Spaß bei den nächtlichen Possen gemacht. Beim Kirmestanz geschah es denn auch, dass er seine Margarete kennen gelernt hatte. Er, der im ganzen Dorf von den Burschen Beneidete, ja bei manchem jungen Hitzkopf zutiefst Verhasste, hatte damals ihr zartes Herz für sich gewonnen. Sie hatte ihn auserwählt, hatte sich in ihn verliebt, ausgerechnet in einen der damals ärmsten Bauern des Dorfes. Die erst heimlichen, sehnsüchtigen Blicke und wenig später die volle Liebe dieser wahrhaft überirdisch schönen Margarete, sie war damals auf ihn gefallen. Diese strahlend junge Frau, der sogar die herrschaftlichen Jäger nachgejagt waren, vor der selbst der Fürst Wilhelm Heinrich deroselbst weiche Knie bekommen hatte, war überm Tanze zur Kirmes die Seine geworden. Auch sein eigener Urgroßvater, Johann Sebastian Beck, damals Hanns Bast Beck genannt, war einst als Spielmann aus Birkenfeld hierher gekommen, um mit seiner Fiedel zum Kirmestanz aufzuspielen. Auch er war bei der Kirchweih hier am Herz einer jungen Frau aus dem Orte hängen geblieben und hatte den Namen Beck ins Ostertal getragen. „Also“, würde Nickel Beck resümiert haben, „man soll die Jugend sich austoben lassen, man soll sie springen lassen, beugen müssen sie sich noch zeitig genug.“

Die beiden Kirmestage, der Samstag sowie der Sonntag, waren in Eintracht feierlich und geruhsam verlaufen, wenn man von den alljährlichen kleinen Aufregungen um das Tanzereignis am Nachmittag einmal absieht. Am frühen Sonntag wurde von der gesamten Ortschaft der traditionelle Kirchgang zur bald überfüllten Dorf-Kapelle vollzogen. Er wurde eingeleitet mit der gehörigen, in eiserner Tradition jedes Jahres von der roten Kanzel herunter gepolterten Predigt des ehrwürdigen Pfarrers Johann Daniel Engel, die er sich, trotz seiner zunehmenden Hinfälligkeit, von seinem Sohn, dem designierten Nachfolger im Amt, nicht abnehmen ließ. Hier, in der von jeher aufmüpfigen Filialkapelle, war er bereit, jedem seiner starrsinnigen Lämmer der Gemeinde zu bezeigen, wie er noch unbeirrt seinen Mann an der Front der Gläubigen stehen konnte. Wie treu er noch seinen Platz am Vorposten christlicher Wachsamkeit zu halten imstande war. Er hatte von jeher ein besonders streitbares, gleichwohl inniges Verhältnis zu seinen Schäfchen in Werschweiler unterhalten. Daher gefiel er sich auf der hiesigen Kanzel umso mehr darin, die versammelte Gemeinde, wie in jedem Jahre, wegen des unchristlichen Treibens ihrer Jugend auf den Straßen und in den Gassen beim Tanze und beim Singen mit seinem ihm eigenen, nicht wenig hingebungsvollen Gejohle zu schelten und die Gläubigen ernstlich zu ermahnen, es nicht herauszufordern, es ja nicht auf die Spitze zu treiben, mit der gnädigen Güte Gottes.

Aber er hatte auch versöhnliche, ja dankbare Worte für das nun schon bald wieder vergangene, in friedlicher und reicher Ernte gehaltene Jahr. Dabei lobpreiste er die Gnade des Herrn, die über allem schwebe und versäumte auch nicht, an die schweren Zeiten zu gemahnen, als damals im 1675er Jahr zur Kanzelweihe einer der Gläubigen achtsam oben an der Turmluke balancierte und ein anderer am halb geöffneten Kappellentor Wache hielt.

Hinterher wurde der alte Engel, wie jedes Jahr, vom Kirchenzensor Johann Valentin Beck nach Beckfritze zum bescheidenen Kirmesmahle gebeten. Der Pfarrer nahm die Ladung selbstverständlich an, denn der Appetit war ihm recht erst bei seiner Kanzelrede gekommen.

Keine Kirmes ohne das traditionelle Kirmesmahl! In der Geiswies, aber erst auf den Äckeren, da prangten die Meerrettichstauden dicht an dicht verschwenderisch duftend beisammen, bis drei Tage vor dem Festmahl. Dann wurden die Strünke geschabt und gerappt, sodann breiig durch die Linnen ausgedrückt, dass die Tränen nur so kullerten. Die Küche war in jeder Haushaltung am Sonntagvormittag ein Hort der Neugier ob der fettwürzigen Gerüche, des vorwitzigen in die brodelnden Kessel und Töpfe Schielens. Sowohl der Hausherr, als auch die Kinderschar und manchmal auch der eine oder andere grinsende zahnlose Alte standen der tätigen Hausfrau unnötig im Wege, bis es endlich so weit war.

Den ersten feierlichen Akt des Festmahls bestritt würzig die Kirmessuppe, abgeschmeckt mit nur einem Hauch sündhaft teuren Muskatstaubes und den wundervoll im Munde kullernden Rindermarkklößchen, die verlockend zwischen den Fettaugen mit Petersilienstrünken schwammen. Diese Ouvertüre verhieß am Sonntagmittag einen herrlichen Hauptakt. Bei Rindfleischlappen mit sekundengenau krustig geschmelzten Kartoffeln stand der dampfend heiße, der beißende, der Luft spendende, der allen Atem beraubende, ja sogar die Tränen hervorzaubernde, zimtbestäubte Meerrettichbrei und hielt vollmundig, was die Rindfleischsuppe vorher zum Auftakt versprach. Heruntergespült wurde, zur Feier des hohen Tages, mit einer Flasche Metzer Weines aus dem Keller; sauer und erfrischend perlte er im Glas. Bei der Nachspeise mit Backpflaumen und Apfelschnitz in Honigmantel waren sich am Mittagstisch im Kirschgarten die aufgekratzte Katharina mit ihrem Tänzer Holle schon fast ohne

Worte einig und dabei unausgesprochen nah in ihrer beider Erwartung des nachmittäglichen Tanzreigens auf dem Dorfplatze.

Die ersten Tänze auf dem Tanzplatz gehörten natürlich den Jungen, während die ältere Generation, die Mütter und Väter, die Witwer und die kichernden Alten, um den Platz herum standen, um die Paare eifrig nach ihren Schritten, sodann nach ihrem Gefühl für die Musik, aber am meisten nach ihrem *Pass* zueinander zu taxieren. Da tanzten sie nun wild ausgelassen zum Spiel der beiden Sängerinnen; zu den Pfeifen, im Takt der beiden Geigen, der Laute und zum Schlag der Tamburinen, dass die Strohhalme flogen, während die muntere Jugend sang und mitkreischte, dass von den herrlichen Klängen bald nichts mehr zu hören war. Ach Gott, es war ganz wie heutzutage bei der Blasmusik im fortgeschrittenen Festzeltstadium.

Zum Tanze da ging ein Mädel, das Lied *Vom klein wild Vögelein*, selbst *Ach Du lieber Augustin* und *Ich spring an diesem Ringe*, wurden dicht hintereinander gegeben. Da drehten und karambolierten sich die frisch gewaschenen Tänzer paarweise durch die Takte, dass es den Alten eine Freude war, dem Gewühle des Nachwuchses in verschämter Erinnerung an die einstige Zeit des eigenen Flüggewerdens zu folgen.

Die erste Einlage Holles mit seiner Partnerin war auf Anhieb ein durchschlagender Erfolg für die beiden. Der Tänzer hatte nämlich aus seiner Tanzschulzeit noch einige alte Standard-Schritte auf Lager, die er hier lässig auf dem Platz zum Besten gab. Da kam ein flotter Walzerdreher im Dreivierteltakt beim *Zum Tanze, da ging ein Mädel* zum Einsatz, aber erst die selige Katharina, man glaubt es kaum, die schwang mit, als würde sie schweben. Noch spektakulärer ging es beim *Klein wild Vögelein* zu, das im Sechsachtel gefiedelt wurde, zu welchem der Tänzer einen Blues-Boogie-Schritt mit seiner Angebeteten aufs Parkett legte, der sich mit seinen Drehungen und Promenadenschritten *cool* für Holle ausnahm, den erschreckten Zusehern hingegen eher taktlos und irgendwie storchenstelzig vorkam. Der Tanz ward von den beiden dermaßen wild ausgeführt, dass die erschreckten Zaungäste mit Fingern auf sie wiesen. Manche indes schüttelten heimlich oder auch offen den Kopf vor so viel befremdlicher Einfühlsamkeit für die Musiktakte, vor soviel schamloser Zurschaustellung ihrer Beine, ihrer Arme und - Gott bewahre -unzüchtiger Rumpfschwünge.

Aus dem *lieben Augustin* wurde von den beiden ein regelrechter bayerischer Ländler herausgearbeitet, ganz nach der Art und Weise, wie man hierzulande derlei Gehopse allenfalls dem Zweibrückischen hinüber verschrieb. Den jungen Tänzern jedenfalls war dies so recht ausgelassen nach ihrer lebensfrohen Art. Die Rockschöße ballten sich beim Drehen und die tanzselige Katharina bat nach dieser Einlage um eine Unterbrechung, weil sich alles hinterher einfach viel zu wild um sie und um ihren Tänzer weiterdrehte. Holle musste sie recht eng an sich halten, damit sie nicht taumelte. Katharinas Mutter stand mit Nickel ahnend am Rande des strohwirbelnden Tanzparketts. Sie hielt anerkennend einen Überwurf, ein Cape, für die Tochter bereit, damit sie sich in ihrer Überhitzung nicht verkühle.

Außer Atem geraten, verfolgten sie jetzt erst einmal die nächsten Ereignisse auf dem Tanzboden. Aus einem Korb wurde ein Kohlkopf in die Mitte der Tanzfläche platziert. Die Musik spielte jetzt auf ein Neues zum Tanze auf und brach nach einer Weile just wieder ab. In diesem Moment musste ein Bursche oder ein Mädel aus der Gruppe der Tänzer vom Rand der Fläche in die Mitte stürmen und versuchen, den Kohlkopf zu erhaschen. Der Tanz wurde sodann fortgeführt, während sich in der Mitte nun der Häscher oder die Häscherin des Kohlkopfes alleine befand, die übrigen sich indessen am Rande des Feldes im Takt der Musik tummelten. Stockte die Musik abermals, durfte sich der Kohltänzer einen Partner seiner oder ihrer Wahl ausdeuten und mit diesem, den Kohlkopf freihändig zwischen ihren Köpfen jonglierend, weitertanzen. Behielt der Kohl bis zum Ende der Musikeinlage seinen Standort zwischen den Köpfen der Partner bei, dann durften sich die beiden zum Abschlusse vor aller Augen küssen. Der Kohlkopf wurde nach diesem Akt an den nächsten Tänzer ihrer Wahl weitergeben. Das Spielchen ging so weiter in einem fort, bis der Tanzboden mit zerfletterten Kohlblättern übersät war und alle Beteiligten vor Erschöpfung nicht mehr weiter konnten. Das Gejohle und Geklatsche war jedes Mal groß, es war halt ein rechtes Ereignis für das ganze Dorf.

An diesem Kohl-Tanz, das wusste Katharina, würde sie nicht teilnehmen, obgleich Holle sich heimlich vorgestellt hatte, wie es so ablaufen könnte, mit ihr diesen leidenschaftlichen Balanceakt zwischen dem Rundgemüse zu bestehen. Katharina war es von ihren Eltern gestattet, die drei ersten Tänze mitzumachen. Dann gingen die Becks nach Hause, denn die Trauerzeit für Katharinas drei Schwestern war nach drei Jahren gerade erst abgelaufen. Die Eltern wollten hier nicht mehr Dorfgespräch zulassen, als sie verkraften konnten. Als sie gemeinsam mit Holle den Platz verließen, warfen die Burschen dem Schreinergesellen neidische, ja einige sogar gehässige Blicke hinterher, weil sie bei der anmutigen Dorfschönen nicht einmal beim obligaten Kohltanze zum Zuge gekommen waren. Holle aber war, wie man sich denken kann, beseelt von der Anmut seiner Partnerin und strotzte nur so vor Stolz und echter Lebensfreude. Die hübsche Katharina aber schmolz schon ganz dahin.

XXII.

Der Kirmessonntag war noch nicht recht ausgeduselt, in den Zwetschgengärten geisterten noch die verdampfenden Frühnebel des Montagmorgens, da kam neue, unerwartete Botschaft ins Dorf. Sie war adressiert an Peter Neufang in Werschweiler, Kleinbachstraße und landete, wie alle nicht direkt zustellbare Botenpost, beim herrschaftlichen Meier Adam Weiler. Um die frühe Nachmittagszeit brachte der einfältige Jakob den versiegelten Brief in die Schreinerei, wo Meister und Geselle schon wieder dabei waren, hölzerne Zinken in eine Egge hineinzutreiben, um sie sodann mit Stiften zu versplinten. Holle war noch vollkommen gefangen in seinen Traumphantasien des gestrigen Tanzes mit der schönen Tochter seines Meisters. Er ließ den Brief liegen und tat, als beachte er ihn nicht, er hatte zu tun. Er hatte kein Auge auf das Schreiben, sein Herz schwebte in verliebten Gefühlen, ach, wie herrlich beschwingt ging da das Arbeiten von der Hand. Am Abend sah er Katharina wieder, die ihm liebevolle Blicke schenkte, er schwamm in Augenblicken des Glücks. Nach der Nachtspeise gingen sie beide hinaus auf den Flur, er streifte ihr Haar, ihren Nacken mit seiner Hand, die Eltern dicht hinter ihnen. Holle zog sich in seine Kammer zurück und öffnete jetzt das Schreiben, dessen Adressat auf dem Umschlag nicht zu erkennen war. Die Adresse war in neuer lateinischer Schrift geschrieben. Er mochte es fast nicht glauben, was er dann las:

Zweibrücken, am Feitag, den 22. Oktober 1773

Lieber Herr Neufang! Sie werden sich jetzt wahrscheinlich sehr wundern, wer Ihnen diesen Brief schreibt, aber es ist wahr. Nicht nur Sie, auch ich bin hier in die *Alte Zeit* hineingeraten. Das Undenkbare ist denkbar, ist für mich Realität geworden. Ich hätte es selbst im Traume nicht für möglich gehalten, dass das, was Sie mir und dem Befragerteam in der Universitätsklinik preisgaben, nicht nur in Ihrem Kopf existiert, sondern die Wahrheit ist. Ich habe es gewagt, Ihnen das Absurde zu glauben und bin Ihnen nachgereist, vielmehr eigentlich vorausgereist in die Vergangenheit.

Ich schreibe Ihnen, weil Sie, wie Sie sich wohl denken können, die einzige Adresse sind, an die ich mich wenden kann. Ich schreibe es Ihnen rundheraus, ich brauche Ihre Hilfe! Ich werde hier in Zweibrücken arrestiert, weil ich einen Schaden angerichtet habe, den ich nicht begleichen kann. Ich werde Ihnen davon mündlich berichten, denn ich darf Besuch empfangen und auf den Ihren rechne ich fest. Ich darf desgleichen, wie Sie sehen, auch schreiben. Eine Freilassungskaution von fünfundzwanzig Reichstalern muss ich aufbringen und darüber hinaus einen Schaden von noch einmal fünfundzwanzig Reichstalern bezahlen. Das Geld kann ich selbstverständlich in meiner Lage nicht aufbringen. Ich weiß ja noch nicht einmal, wie viel das nach unserer Währungsrechnung ist, aber ich fürchte, es ist nicht wenig. Deshalb bitte ich Sie, mir zu helfen, denn ich bin hier einer

Lösung bezüglich des *Neufang-Virus* auf der Spur, von der ich noch nicht weiß, ob sie funktioniert. Aber es ist im Moment unsere einzige Hoffnung für die Zukunft. Alles Weitere werde ich Ihnen mündlich berichten. In der Hoffnung, Sie bald zu sehen, grüße ich Sie

Dr. Karl-Ernst Schönberger

Holle las den Brief ein zweites Mal, dann wieder. Wie zum Teufel konnte dieser Doktor Schönberger überhaupt hergefunden haben? Doch eigentlich nur indirekt durch ihn selbst. War der Mann demnach, ebenso wie er, durch den Tunnel im Kalkstollen gestiegen? Oder gab es mittlerweile schon einen anderen Weg, den er noch nicht kannte? Wenn dieser den Weg kannte, wer trieb sich dann noch alles hier herum? Vielleicht seine Häscher? Kam er überhaupt nicht zur Ruhe, ging der Alp schon wieder los, kaum dass er ihn hinter sich gelassen hatte?

Wo aber sollte er diese im Brief genannte Summe hernehmen, woher überhaupt Geld auftreiben? Fünfzig Reichstaler: das war ungefähr der Gegenwert von vier guten Ochsen! Von seinem Meister Beck jedenfalls konnte er nichts erwarten, genauso wenig von Jacob oder Adam. Was hatte Holle eigentlich mit diesem Doktor vom Ministerium, Schönberger, zu schaffen, außer, dass der ihn im Krankenhaus ständig mit unangenehmen Fragen belästigt hatte? Aber ihm war ja längst klar, dass er sich der Bitte des Briefschreibers nicht würde entziehen können, er war hier dessen einzige Kontaktperson.

Holle brauchte Nickels Rat. Trotz der abendlichen Stunde war hier im Haus noch nicht an Bettruhe zu denken. Drunten in der Stube saß der Hausherr mit seiner Frau zusammen, wo die beiden im Kerzenschein stets bis in die Nacht hinein arbeiteten. Es wurde hin und her gerechnet, Auftragsbücher wurden aktualisiert, Margarete strickte und das Spinnrad surrte auf den Dielen, dass selbst der Gehilfe in seiner Stube das leise vibrierende Sirren spürte. Nickel saß über den unerledigten Rechnungen und trug sich mit Überlegungen, ob er sich nicht doch noch einen Kredit vom Konker Juden Weyel erbitten solle. Die Missernten der beiden letzten Jahre hatten seine knappe Kalkulation so sehr durcheinander gebracht, dass er bereits mit der Abzahlung, selbst mit den Zinsen für seinen Hauskredit, nicht mehr so recht hinterher kam.

Beim letzten abendlichen Kontrollgang sah der Hausherr von der Schreinerwerkstatt aus, dass beim Knecht in der Alkovenkammer noch die Kerze flackerte. Er stieg zu ihm hinauf um nachzusehen, ob der nicht etwa überm brennendem Licht eingeschlafen war. Es pochte leise an die Kammertür, Holle öffnete, ein wenig überrascht, einen Spalt weit.

„Noch nicht müde? Hat Ihn das Schreiben am Einschlafen gehindert? Vergesse Er nicht, die Kerze zu löschen, wenn Er sich zu Bett legt“, riet der Schreiner. Holle öffnete die Türe jetzt weit und bat seinen Herrn, in die Kammer einzutreten: „So ist es, Nickel, der Brief dort macht mir zu schaffen. Er lässt mich nicht zur Ruhe kommen. Ich benötige, nein, ich erbitte Euren Rat.“

Nickel trat erstaunt ein, während er die Tür hinter sich ins Schloss fallen ließ. „Was ist vorgefallen, dass Er mich bemüht, gibt es unangenehme Nachricht, von der ich wissen sollte, schlechte Botschaft etwa für Ihn?“
„O nein, bewahre, es geht nicht um mich. Ich bin nicht die Ursache der Sorge aus dem Brief. Der Schreiber dieser Zeilen ist es, der mich beschäftigt, denn er befindet sich im

Zweibrücker Arrest wegen einer Sache, die ich nicht genau zu benennen weiß. Er hat sich schriftlich leider nicht näher geäußert, aus vielleicht verständlichen Gründen. Aber er hat wohl jemanden geschädigt, der ihn arrestieren ließ, bis jener sein Geld wieder bekommt, so jedenfalls habe ich den Inhalt seiner Zeilen verstanden. Nein, der Verfasser dieses Schreibens ist keiner von der liederlichen Sorte. Im Gegenteil, er ist ein Gelehrter, ein Arzt auch und er hat mir bei einer früheren Erkrankung beigestanden. Er hat mich begleitet, hat mich protegiert, beschützt, wenn man das so sagen kann, dafür schulde ich ihm meinen Dank. In seinem Brief hat er mich um Hilfe gebeten, eine Summe Geldes für ihn zu beschaffen, damit er aus dem Arrest herauskommt. Dieses Geld muss ich mir wohl leihen – Gott nein, nicht bei Ihm, lieber Nickel. Ich sehe, dass Er selbst Schuldenlasten bei Seinem Geldgeber hat, aber vielleicht kann ich dort ebenfalls um eine Summe angehen.“

Nickel wägte ab: „Was immer Er vorhat, junger Mann, Er wird’s wissen. Ich sage Ihm aber das Eine: lass Er sich von niemandem über's Ohr hauen, weder von Seinem Gelehrtenfreund noch von so genannten Geldverleihern, denn nur bei den wenigsten dieser Sorte kann Er’s ehrlich bekommen. Ich kenne selbst kaum Geldgeber, wo man ohne handfeste Sicherheiten überhaupt einen Gulden erhält. Wenn es denn wirklich sein muss, so rate ich Ihm, nach Konken zu gehen, zu dem Geldverleiher Weyel, dem jungen Marum Weyel. Der ist immerhin noch einer von den Rechtschaffenen, aber ich sage Ihm: achte Er genau auf die Abmachungen. Der Weyel verschenkt sein Geld nicht. Ich will nicht wissen, wie viel Er sich ausleihen muss. Ich denke, Er weiß selbst, was Er da aushandelt, alt genug dazu ist Er ja. Aber er tut gut daran, nicht mehr aufzunehmen, als Er durch Seinen Dienst in meiner Ackerwirtschaft und in der Schreinerei aufbringen kann, solange Er bei mir ist. Was Er noch wissen soll: der Weyel ist ein Schutzjude, er steht unter der Protektion des Zweibrücker Herzogs Christian, weil er seinen hohen Landesherrn durch seine Geschenke günstig zu stimmen weiß. Wenn der Jude in Händel gerät, wenn es Streitigkeiten gibt, dann weiß er sich mächtig zu wehren, denn er hat den Herzog auf seiner Seite."

Nickel wandte sich zum Gehen. Er wünschte Holle eine gute Nachtruhe, der erwiderte den ehrlichen Gruß dankbar. Nickel hielt noch einmal inne: „Was ich noch zu sagen habe", hob er an: „Er ist mir ein anstelliger, ein fleißiger Bursche. Ich möchte Ihn nicht gern loswerden, ich habe so viel Arbeit, dass ich nicht auf Ihn verzichten möchte, deshalb gebe ich Ihm ein anderes zu bedenken: die Kathrin ist meine einzig verbliebene Tochter. Also: treib Er mir keine leichtfertigen Scherze mit meinem Kind!"

Holle lehnte Nickels abschließendes Angebot dankend ab, sich für den Weg nach Konken seine Olga zu satteln. Er würde das Tier noch benötigen, wenn er den Weg nach Zweibrücken zu machen habe. Konken sei in dreieinhalb Stunden zu Fuß zu erreichen, der Marsch tue ihm sowie seinem Areus gut.

Am Kirmesdienstag, den 26. Oktober 1773, morgens mit dem ersten Hahnenschrei, machte sich Peter Neufang mit seinem Hund Areus, bepackt mit seinem Rucksack sowie reichlich Tagesproviant auf den Weg über das Zweibrückische Niederkirchen, Saal, Bubach, sodann vorbei an der knorrigen Hainbuchenallee hinunter nach dem Ort Langenbach und von dort aus wieder den Berg hinauf zum Geldverleiher Marum Weyel. Während der gesamten Strecke dachte der Wanderer an nichts anderes, als an Katharina.

„Ich will den Hund", sagte Marum Weyel.
„Den geb ich nicht her", sagte Holle.
„Was will Er für den Hund haben?" sagte Marum Weyel.
„Den geb ich nicht her", wiederholte Holle, „nicht für all Ihr Geld in Ihrer Schatulle!"
„Rede Er nicht so dreist daher", blaffte Weyel zurück, „alles hat seinen Preis, auch der Hund!"
„Was wollt Ihr eigentlich mit dem Hund? Dies ist ein besonderer Hund!" antwortete Holle.
„Der Hund ist für meinen Herzog, Hunde sind seine Leidenschaft", gab Marum abschätzig zu Bedenken.
Und jetzt fragte Holle: „Wie viel ist Ihnen sodann die Leidenschaft Ihres Landesherren wert?"
„Der Schuh wird anders geschnürt, was will Er für ihn haben? Ich bestimme die Preise nicht. Das tut Er und ich sage Ihm, ob ich den Preis bezahlen werde oder nicht."
„Na gut, wie Ihr wollt: Ich verlange - zehntausend Reichstaler!" polterte Holle heraus, Areus winselte. Er zog den Schweif ein und Marum wurde prächtig puterrot im Gesicht. Dann krähte er vor Vergnügen los, dass seine Adern an den Schläfen und am Hals nur so anschwollen.
Als er sich wieder eingekriegt hatte, war es still in seiner Stube und Marum flüsterte kaum hörbar: „Verschwinde, geh Er mir aus den Augen, Er ist ein Narr!"

Im Hinausgehen aus der Türe zog Holle der Schreinergehilfe seinen zusammengelegten Drilling aus dem Rucksack und präsentierte ihn Marum: „Ob dies nicht ein wirklich rechtschaffenes Präsent für den gnädigsten Herzog wäre

- statt des Hundes? Vielleicht könnt Ihr Euch den eher leisten!"

Marum, der zu sehr Geschäftsmann war, um sich auf seinem professionellen Groll lange auszubreiten, winkte den in der Tür Stehenden verärgert herbei: „Lass Er sehen, Narr, was hat Er da?"

„Das will ich Ihnen, äh, Euch sagen, das habe ich aus der Neuen Welt mitgebracht. Das ist eine wahrhafte Revolution in der Kunst der Ballistik und der Waffenschmiede. Das ist eine Jagdwaffe, gemacht wie aus dem zwanzigsten Jahrhundert. Das ist vollendete Präzision auf zweihundert Schritt. Schaut mal durch dieses Zielglas! Ihr wisst, was ein Zielglas ist?"

Marum tat noch beleidigter und blaffte zurück: „Schweig Er, das sehe ich", aber schon in selben Augenblick war er wie versteinert, als er den Drilling in die Hände nahm. So etwas hatte er, der schon so viel in Händen gehabt hatte, in der Tat niemals zuvor gesehen!

Holle schwieg bedeutungsvoll. Er wusste natürlich sofort, dass Marum Weyel von diesem Gerät nichts anderes, als bis zur Erschütterung beeindruckt war, denn es hatte nicht einen, nein gleich drei Läufe aufzuweisen; und obendrein war der Waffe ein aberwitzig brillantes Fernrohr mit einem Fadenkreuz aufgesetzt, mit einer nie gekannten Schärfe. Die Läufe an dieser Waffe aber, sie waren das Erstaunlichste, sie ließen sich nämlich abkippen! Es war unglaublich!

„Und wo bitte ist der Ladestock", wollte der Jude wissen?

„Was meint Ihr mit Ladestock, werter Herr Weyel", fragte Holle beflissen zurück?

„Na, den Ladestock, womit das Pulver und die Kugel im Lauf verdichtet wird, wo ist der? Gehört der vielleicht da unten hinein?" Dabei wies er auf den kleineren Kugellauf an der Waffe.

Holle antwortete nicht auf die Frage des Mannes, sondern fragte zurück: „und der Herzog, liebt er auch Jagdwaffen, Einzelstücke, absolute Unikate?" Er wartete erst gar nicht die Antwort des bis zur Statue Erstarrten ab, sondern klärte ihn in süffisant heiterem Tone auf: „Ehrbarer Herr Weyel, diese Waffe hat keinen Ladestock, weil sie keinen Ladestock benötigt. Diese Waffe ist ein Hinterlader!"

„Rede Er nicht so daher, wo ist der Ladestock?"

„Der Ladestock ist – hier!" parierte Holle und er präsentierte ihm eine Schrotpatrone sowie eine Kugelpatrone, die er in seiner eigenen Art, sorgfältig und kunstvoll von hinten in die abgekippten Läufe hineinzelebrierte um sodann das Laufbündel mit einem – Klick – zu verschließen.

„Und der Feuerstein, wo ist der Feuerstein, der den Zündfunken…?" zischte Marum Weyel, „wo ist der?"

„Da drinnen ist der Feuerstein und der Zündfunken sitzt gleich gratis mit dabei, der ist an dieser Waffe nicht mehr zu sehen, verschwunden eben. Soll ich abfeuern?"

„Neiiiin", schrie der Jude, „ist Er wahnsinnig, wir befinden und mitten im Dorf! Will Er mich hier durch sein Herumgefuchtele in den vollkommenen Verruf bringen? Aufhören! Ich gebe Ihm fünfhundert."

Holle entriss dem Juden die Waffe und entlud sie mit eleganter Bewegung. Dann nahm er sie vor den Augen des entsetzten Weyel mit den geschicktesten Handgriffen, dabei rasend schnell auseinander und ließ sie, wie ein Kaninchen in den Zylinder, wieder in den Tiefen seines Rucksacks verschwinden. „Auf Wiedersehen, Herr Weyel, Ihr seid ein erbärmlicher Geschäftsmann, der Herzog bekommt die Waffe dennoch – von jemand anderem!"

Der Jude war entsetzt. Er rang nach Atem und um Fassung. Holle war schon beinahe aus der Tür, da schrie Weyel: „Tausend Reichstaler auf die Hand und die Waffe gehört mir!“

Der Hund war schon draußen verschwunden, da streckte sein Herrchen nochmals den Kopf zur Türe herein und legte nach: „Zweitausend Reichstaler und die Waffe gehört Euch! Und das ist mein letztes Wort!“

Weyel, dem jetzt der Schweiß auf die Stirne getreten war, ob eines solch immensen Preises, gab sein letztes und presste heraus: „fünfzehnhundert Reichstaler und Er soll verflucht sein in alle Ewigkeit, Goi!“

Holle kehrte langsam in die Stube zurück. Er legte die Waffe auf den Tisch und zählte ab: „Fünfzehnhundert für die Waffe“, dann stellte er eine Patrone nach der anderen hochkant vor Weyels Nase auf den Tisch: „sechzehnhundert, siebzehnhundert, achtzehnhundert, neunzehnhundert – und – zweitausend! Et Voilà, Monsieur!“

Auf dem Rückweg, der ihn und seinen treuen Hund mitsamt der schönen Katharina in seinem Herzen über Selchenbach und über den Königreicher Hof nach dem Ort Bubach führte, von dort über den Lauberberg und Ortengefäll bis zur Spitze des Kuhberges, trug Holle die drückende Last seines Rucksackes, aber auch die der süßen Liebe mit aller erdenklichen Fassung, während sein Gefährte vor schierer Ausgelassenheit über den gelandeten Coup den Weg mindestens dreimal machte, so oft umrundete er seinen zweibeinigen Helden auf dem Heimweg. Naja, es klirrten und klimperten auf seinem Rücken immerhin eine ansehnliche Menge Louis d’Or, die ihn auf einen Schlag zu einem kleinen Vermögen gebracht hatten, den wohlhabenden Juden Weyel dennoch fortan nur ein klein wenig ärmer erscheinen ließ.

Aber jener hatte sein gutes Gold klug investiert, und zwar in ein dermaßen einzigartiges, ja ungeheures Geschenk für seinen höchsten Herrn und hohen Protektor Herzog Christian, dass dessen Bekanntwerden im Kreise der Waffenkundigen einer nie da gewesenen Sensation gleichgekommen wäre, hätte die wackere Hoheit sein neues Spielzeug nur die rechten Sachverständigen in Augenschein nehmen lassen. Leider konnte sich der sammelfreudige Landesfürst, der die Waffe eifersüchtig vor jedweden Blicken zu verbergen wusste, nur noch kurze Zeit in ungestörten Stunden an dem Unikat ergötzen. Denn er starb leider schon zwei Jahre später, im November 1775, auf seinem Jagdschloss Pettersheim an einer übergangenen Lungenentzündung. Bis zu seinem Tode aber landete er mit seiner ungeheuerlichen Waffe noch einige, wenn auch, für einen wirklichen Kenner der modernen Schießtechnik, wenig verblüffende Volltreffer auf einsamer Pirsch. Die Waffe wurde in keinem einzigen Dokument und in keiner Nachlassliste jemals erwähnt.

Es war noch nicht Abend, da werkte Holle schon wieder in der Schreinerei, wobei er anfangs einige Mühe hatte, seinen Gold-Coup für sich zu behalten. Aber er hielt stand. Er versicherte dem Schreiner Nickel Beck, er habe das Geld von Weyel zu einem leidlich annehmbaren Zins erhalten. Nickel könne jedoch unbesorgt sein, denn die aufgenommene Summe wäre er imstande durchaus ohne ungebührliche Anstrengung zurückzubezahlen, selbst wenn der arrestierte Arzt aus Zweibrücken nicht fähig wäre, den Kautionsbetrag wieder zu beschaffen. Er rechne jedoch fest damit, dass sich alles im Guten würde regeln lassen. Für den nächsten Tag erbat Holle sich das Pferd aus des Nickels Stall, damit er nach Zweibrücken reiten könne um den Doktor aus dem Kerker zu holen.

Holle hatte noch nie auf einem Pferd gesessen. Im Stall duselte mürrisch und ein wenig schieläugig die alte Olga, schwerfälligste aller Schindmähren mit herunterhängender, warnend vibrierender Unterlippe und scharrenden Hufen. Holle wurde umständlich hinaufgehievt und notdürftig in die Macken und Mucken des Gaules eingewiesen. Dann setzte sich Olga furzend und äppelnd in Bewegung, unaufhörlich vom treuen Areus warnend umrundet. Der Weg führte ihn in schmerzend breitbeiniger, aber doch auch erhabener Reiterperspektive behäbig das Ostertal hinunter über Fürth, Hangart, Wellesweiler, bis nach der neuen Ortschaft Ludwigsthal. Holle schwärmte schwankend in luftig verliebten Traumszenen mit seiner heimlichen Angebeteten, während die sture Kaltblutstute unter ihm mürrisch dahin schritt. Hinter Ludwigsthal wollte er absteigen um eine Rast einzulegen. Er lies es lieber bleiben. Im wogenden Gemachtrab trieb er die eingebildete Stute an bis nahe Limbach. Mühsam schunkelnd ging es an Einöd vorbei nach Zweibrücken. Er brauchte für den Weg fast einen vollen Tag und war nach dem Absteigen kaum noch bewegungsfähig. Die Nacht verbrachte er in einer etwas zwielichtigen, gehörig verräucherten Poststation am Rande Zweibrückens und war froh, dass er seinen Areus bei sich hatte, der mit angelegten Ohren bei eindrucksvoll gefletschten Reißzähnen jedwede Begehrlichkeit dubioser Mitgäste an seiner klimpernden Geldkatze im Zaume zu halten wusste.

Die Zweibrücker Gefängnisanlage war tief in dem weit verzweigten Stollengewirr des Himmelsbergkellers untergebracht. Holle war beeindruckt von der Weitläufigkeit und Höhe der in den Sandstein gehauenen Räume. Die Anlage mit einer Fläche von gut zehn Häusern war von den französischen Festungsingenieuren in den 1680er Jahren zum Schutze der französischen Ostgrenze errichtet worden. Sie diente dem Herzog seit einigen Jahren als Getreidemagazin und Gefängnis.

Der Besucher zeigte an der Wächterpforte das Schreiben von Doktor Schönberger vor. Daraufhin wurde er sofort eingelassen. Der Mann war anscheinend hier schon bestens bekannt. Die Wächter warfen verdächtig bewundernde Blicke auf Areus, den Holle draußen nicht alleine ließ. Die launisch mürrische Olga ließ er hingegen von einem zahnlosen, unrasiert frech dahergrinsenden Gefängnisbediensteten versorgen, der sich das Hafergeld im Voraus auszahlen ließ. Bevor der Besucher zum Insassen vorgelassen wurde, ließ er sich die üblichen Befragungen durch den Gefängniskommandanten gefallen. Das Verhör ließ sich zu seiner Erleichterung durch einen Silberling aus der Schatulle erheblich verkürzen. Der rotnasige Gefängniskommandant, der eine reich verzierte, weit ausladende Uniform vor sich hertrug, las ihm die Kurzanklageschrift sowie das Urteil herunter. Danach wurde der Besucher aufgefordert, das Geld auf den Tisch zu zählen. Holle zahlte in Goldstücken dividiert durch elf, denn auf elf Reichstaler kam ein Louis d'Or. Über die Summe wurde ihm eine gesiegelte Quittung mit umständlich verquirlter Signatur des Kommandanten ausgestellt. Ihm wurde anschließend bedeutet, dass er den Insassen nicht sofort mitnehmen könne, denn vorher hatte der Kommandeur einen Entlassungsschein auszustellen, der vom Richter und vom

Kellner, der das Geld in Empfang nähme, unterschrieben werden musste. Das würde ein paar Stunden dauern. So lange hätten die beiden im Gefängnisareal gefälligst zu warten.

Doktor Schönberger wurde von seiner Zelle in eine Halle geführt, wo sein Besucher auf ihn wartete. Die Schritte hallten laut durch die Gänge. Der Kerkerinsasse und sein Befreier reichten sich die Hand, dann wurden sie von einem Wachmann zu einem langen Holztisch geführt, der dem Gefängnispersonal offensichtlich als Speisetisch diente. Unter den Bänken lagen verschimmelte Essensreste sowie ein paar Knochen, an denen Areus sich sofort gütlich tat. In die Wandung des Tonnengewölbes waren halbrunde Luken in den Sandstein gehauen, durch die das spärliche Licht hereinflutete. Sie sahen aus wie tunneltiefe dunkelrote Schießscharten. Der Arrestant Schönberger bat den Wächter, sie alleine zu lassen. Dieser zog sich widerspenstig an einen kleinen Tisch zurück, der auf der gegenüberliegenden Seite der Halle aufgestellt war. Von dort aus ließ er die beiden nicht aus den Augen.

„Wer hätte das für möglich gehalten“, seufzte der Arzt erleichtert, „dass wir beide uns hier im Jahr 1773 in einem unterirdischen Zweibrücker Sandsteinverlies wieder treffen; ich als Gefängnisinsasse und Sie als mein Befreier. Ich bin Ihnen jedenfalls sehr dankbar, dass Sie hergekommen sind, um mich aus meiner desolaten Situation herauszubringen. Sie haben das Geld, nicht wahr?“ Holle nickte: „In ein paar Stunden sind Sie wieder draußen.“

„Dafür danke ich Ihnen und ich glaube, ich bin Ihnen eine ausführliche Erklärung schuldig. Es gibt so vieles zu berichten, dass ich in der Tat nicht weiß, wo ich anfangen soll. Um Sie genauer ins Bild meines Hierseins zu setzen, möchte ich

Ihnen vorneweg einiges über mich sowie meine Arbeit erzählen, natürlich auch über dies und das meines Auftrags, der uns beide damals in der Universitätsklinik zusammengeführt hat.

Ich bin in einer Stabsabteilung des Bundesministeriums als Sonderberater für Seuchen und Biowaffen eingesetzt, wo ich in beratender Eigenschaft die Verbindungsstelle zwischen meinem Ministerium und den zuständigen Landesbehörden repräsentiere. Meine Ansprechpartner sind bei einem Seuchenfall natürlich auch die Kliniken, daneben alle inländischen Universitäten, die sich auf wissenschaftlicher Basis mit den unterschiedlichen Seuchenproblematiken beschäftigen. Ich bin ausgebildeter Biochemiker sowie Mediziner und bin auch deshalb damals zu Ihnen in die Universitätsklinik geschickt worden, weil man sich von meinem Einsatz bei Ihnen versprach, bessere oder vielmehr glaubwürdigere Angaben aus Ihnen herausbekommen, als aus den ersten Befragungen der Ärzte vorlagen. Ich muss allerdings zugeben, dass es mir äußerst schwer fiel, mit dem, was Sie sowohl den Teams als auch mir erzählten, überhaupt etwas anzufangen. Vielleicht können Sie das nachvollziehen. Was Sie uns da auftischten, das alles war dermaßen absurd, dass Sie von uns sofort das Prädikat *verdächtig* erhielten. Wir blieben an Ihnen dran, wir mussten ja schließlich herausfinden, wo Sie sich angesteckt haben konnten, denn wir benötigten einen Anhaltspunkt, wo sich der Seuchenherd, an dem Sie sich infiziert hatten, befunden haben könnte. Später waren dann auch die Polizeibeamten sowie die Leute von den Diensten, die in Befragungen die eigentlichen Spezialisten sind, genau so ratlos wie wir Ärzte. Sie wurden in personam unter unserer Befundskala als *Hirnwäsche-Simulant* eingestuft. So bezeichnet man Leute, die selbst unter Hypnose, das war übrigens alles erst von einem Richter genehmigt worden, ihre zuvor gemachten Versionen beibehalten, selbst wenn diese zehnmal nicht der Wahrheit entsprechen. Diese Leute werden besonders argwöhnisch beobachtet, denn bei ihnen geht man davon aus, dass gerade sie etwas zu verbergen haben. Deshalb sind Sie nach Ihrer Entlassung sozusagen rund um die Uhr observiert worden. Weil Sie sich aber die gesamte Zeit über völlig unauffällig verhielten und nur mit harmlosen Dorfbewohnern Kontakt hatten, wurden Sie dadurch nur noch verdächtiger."

„Noch am Abend, nachdem ich Sie von der Klinik nach Hause fuhr, hatte ich in Ihrem Dorf noch eine kleine aber aufschlussreiche Unterhaltung mit einem Bauern, der uns wohl im Auto vor Ihrem Haus gesehen hatte. Er konnte seine Neugier offenbar nicht bremsen und sprach mich an, als Sie in Ihrem Haus verschwunden waren. An diesem Abend wurde ich zum ersten Mal stutzig, denn der redselige Mann aus dem Dorf berichtete mir unaufgefordert und ziemlich ausführlich, dass er während eines Spaziergangs im Mondschein auf seinem Rückweg gehört habe, wie jemand laut einen Hundenamen rief. Es hat sich dabei wohl um Ihren Hund gehandelt. Wie heißt er doch gleich? Areus? Ja, das war wohl der Name, den mir der Mann genannt hat."

Areus spitzte unter dem Tisch die Ohren, setzte dann aber, als er begriff, dass nicht mit ihm, sondern über ihn geredet wurde, seine Knochenarbeit wieder fort.

„Dieser Landwirt erwähnte auch", so Schönberger weiter, „er habe mehrmaliges hohes Trillern aus einer Hundepfeife gehört. Was der Bauer mir damals sagte, hatte er vorher auch schon einmal anderen, wahrscheinlich der Polizei, mitgeteilt, die interessierten sich für solche Dinge wohl nicht weiter, wie er sich ausdrückte. Nun gut, er wollte seine Beobachtungen unbedingt loswerden, und das war auch gut so, denn seine Version entsprach genau dem, was Sie uns wiederholt zu Protokoll gegeben hatten. Allerdings bin ich schon etwas früher einmal auf den Gedanken gekommen – gleichwohl es für mich als einen wissenschaftlich ausgebildetem Menschen eigentlich völlig absurd war – mir die hypothetische Frage zu stellen, was wohl wäre, wenn Sie die Wahrheit sagten, wenn Sie also kein professioneller Lügner seien? Sie werden sich auch fragen, warum gerade ich mir über Ihre Aussagen solche Gedanken gemacht habe, denn ich bin ja schließlich kein polizeibehördlicher Ermittler."

„Mein Interesse bestand keineswegs darin, Verbrecher und ihre Hintermänner aufzuspüren, das war und ist nicht meine Aufgabe, sondern in der Überlegung, wie wir an einen geeigneten Impfstoff herankommen können, der dem *Neufang-Virus*, so wird Ihr Pockenerreger übrigens jetzt genannt, gewachsen ist. Und dann hatte ich irgendwann meine Schlüsselidee im Kopf: wenn sich das Virus in seiner DNA durch natürliche Mutation und nicht durch gentechnische Eingriffe verändert hatte, dann war eine der Thesen, die unter den Fachleuten kursierten, dass diese Wandlung entweder lokale oder historische Ursachen haben konnte. Während fast alle meiner Kollegen, darunter auch die Wissenschaftler an der Klinik, an eine lokale, künstlich erzeugte Mutation dachten, schloss ich eine historische Veränderung des Pockenvirus nicht ganz aus. Lokale Mutationen sind solche, die in einem geografisch abgegrenzten Gebiet stattfinden. So gibt es beispielsweise eine Pockenvirus-Variante, die aus Indien stammt und die sich in ihrem Aufbau um einige Genome von der China-Variante unterscheidet. Während die Polizei und auch einige Virologen dem Verdacht nachgingen, Sie hätten sich Ihre Infektion entweder an einem künstlich hergestellten Virus, einer Rekombinante aus dem Labor, geholt oder sich die Krankheit von einer Reise aus, sagen wir Asien, mitgebracht, spielte ich die zunächst absurde Variante durch, dass Sie tatsächlich so etwas wie eine Reise in die Vergangenheit hinter sich gebracht hatten und dort infiziert worden waren. Wenn zutraf was ich mir zurechtlegte, dann gab es eine elegante Lösung für einen Impfstoff, nach dem wir alle fieberhaft fahndeten und noch suchen, denn die uns bisher verfügbaren Mittel wirkten allesamt entweder überhaupt nicht oder doch äußerst unsicher, fast zufällig, gegen Ihr Virus. Die Master-Lösung konnte daher also nur lauten: *Kuhpockenlymphe* aus ihrem *Alten Dorf*, respektive aus der Alten Zeit."

Holle verstand nicht. Er schüttelte den Kopf: „Was bitte meinen Sie mit Kuhpockenlymphe?"

„Die Impfung gegen das Pockenvirus kennt zwei verschiedene Versionen", fuhr Schönberger fort, „die eine Methode ist die Impfung mit abgeschwächten menschlichen Pockenviren, die so genannte Inokulation. Diese Art der Impfung ist schon alt. Sie wurde bereits im Mittelalter in Asien, in Nordafrika und dann auch bei den Turkvölkern verwendet, wo sie zu Anfang des achtzehnten Jahrhunderts von einer wachen englischen Lady aufgegriffen worden war und nach England gebracht wurde. Diese Einpflanzung mit den Viren war in der Tat einigermaßen wirksam, sie barg jedoch erhebliche Risiken. Zu viele auf diese Art Geimpfte erkrankten an den ihnen verabreichten Menschenpocken und starben, andere trugen schwere gesundheitliche Schäden davon. Erst in den 1790er Jahren, also noch gut zwanzig Jahre von heute an in die Zukunft gerechnet, entdeckte ein tüchtiger englischer Landarzt, er heißt Edward Jenner, dass Melkerinnen, die sich vorher mit den Kuhpocken angesteckt hatten, zwar

Bläschen an den Händen und Armen bekamen, aber durch diese *kleine Pockeninfektion* interessanterweise künftig gegen das menschliche Virus der Blattern immun waren. Das war eine wahrhaft segensreiche, eine zuverlässig wirksame und epochemachende Entdeckung!"

„Die Kuhpocken hatten sich übrigens wahrscheinlich von einer Viruserkrankung an Pferdefersen, sie wird auch *Mauke* genannt, durch den Umgang von Melkern mit Pferden und mit Kühen auf die Euter der Kühe übertragen. Wenn zufällig ein Bursche mit von Mauke-Viren behafteten Pferdefüßen in Berührung kam, wenn er anschließend mit seinen virenbeschmutzten Fingern an das Euter der Kühe fasste, dann übertrug sich die Krankheit auf die Kühe. Zu erkennen war diese Infektion an den Eutern in Form von unregelmäßigen Pusteln. Sie zeigten mitunter eine blassbläuliche oder rötliche Färbung, die von einer rotlaufartigen starken Entzündung umgeben war. Unbehandelt arteten diese Pusteln manchmal auch zu *fressenden Geschwüren* aus. Die Folge davon war, dass die Milchleistung der betroffenen Kühe erheblich absank. Die Melker steckten sich dort an und bald erschienen an den Händen oder Handgelenken der Stallburschen oder Mägde diese Pusteln, die dann rasch in Eiterung übergingen und sowohl die Form als auch das Aussehen von kleinen Brandblasen mit bläulicher Färbung annahmen. Die infizierten Menschen litten in Folge dieser Ansteckung meist an allgemeiner Mattigkeit, an Lenden- und Rückenschmerzen, manchmal an Brechreiz oder an Lymphschwellungen in den Achselhöhlen. Diese Symptome dauerten in der Regel drei bis vier Tage, dann waren die Beschwerden verschwunden. Die besondere Eigenschaft dieser Erkrankung mit den Kuhpocken war, dass der Erkrankte, wie schon erwähnt, späterhin gegen die Ansteckung mit Menschenpocken über viele Jahre vollkommen geschützt war."

„Der vorhin erwähnte englische Landarzt, wie gesagt, Edward Jenner ist sein Name, hatte diese Zusammenhänge richtig erkannt, worauf er dann seine Erkenntnisse konsequent in der Kuhpockenimpfung eingesetzt hatte. Alle seine Patienten, denen er das Kuhpockenserum in den Arm ritzte, Vakzination genannt, blieben für viele Jahre von den gefährlichen Menschenpocken verschont. Schon im Jahr 1803 war die Impfung mit Kuhpockenlymphe so populär, dass in vielen Ländern, auch hier bei uns, Impfgesetze in Kraft traten, die dazu geführt haben, dass die Kindersterblichkeit, denn Kinder waren in aller erster Linie von der verheerenden Seuche betroffen, drastisch zurück ging."

„Ich verstehe," bemerkte Holle jetzt, „wenn das Virus, das mich in die Klinik gezwungen hat, mit den neuzeitlichen Impfstoffen nicht behandelt werden kann, weil diese auf eine andere Variante eingestellt sind, dann muss man halt auf die Kuhpockenlymphe des Jahres 1773 zurückgreifen, denn diese hat wahrscheinlich das gleiche Mutationslevel, wie das Pockenvirus, welches durch meine Infektion in die neue Zeit gekommen ist."

„Genau, das war meine Idee, das ist leider auch unser derzeit einziger denkbarer Weg, wie wir im Falle einer Epidemie überhaupt helfen können. Deshalb bin ich durch diesen Stollen gegangen, den Sie schon zwei Mal genommen haben. Mein Plan ist simpel: Ich benötige von hier eine genügend große Menge Kuhpockenlymphe, die ich aufbereitet in die Zukunft mitnehmen kann. Dort wird sie dann in Labors in großen Mengen in einer Nährlösung zu einem Vakzin gezüchtet und fertig ist der Impfstoff gegen das *Neufang-Virus*!"

Es entstand eine Pause. „Aber jetzt sagen Sie mir doch bitte, warum Sie hier in Zweibrücken inhaftiert sind? Warum haben Sie sich nicht gleich mit mir im *Alten Dorf* in Verbindung gesetzt? Mich hätten Sie doch gewissermaßen gleich hinterm ersten Berg in Werschweiler, beim Schreiner Beck im Kirschgarten angetroffen. Dann hätten wir beide vielleicht gemeinsam auf die Suche gehen können."

„Nun, Herr Neufang, ich war mir darüber im Klaren", entgegnete Schönberger, „dass ich nicht einfach mal ins achtzehnte Jahrhundert spazieren konnte, um mir nichts Dir nichts im nächst besten Rinderstall eine Portion Kuhpockenlymphe abzuzapfen. So simpel ist das nicht. Ich habe mich vorher erkundigt, wo ich die besten Chancen haben würde, in dieser Gegend an das Virus heranzukommen. Im Internet konnte ich ziemlich schnell ausfindig machen, dass der damalige Herzog von Pfalz-Zweibrücken, Christian IV., schon im Jahr 1755 im großen Stil eine Warmblutzucht mit Pferden aufgezogen hatte, dass er daneben auch eine große Zuchtstation für ein spezifisches Pfälzer Rind, das Glanrind, betrieb. Es war zwar das bei weitem kleinste Landgestüt im damaligen Römischen Reich Deutscher Nationen, aber es war immerhin groß genug für einen hochwahrscheinlichen Infektionsbestand in ihrem Zuständigkeitsbereich. Ich hoffte, dort an die nötigen Informationen heranzukommen, die ich für mein Vorhaben brauchte. Denn hier in der zentralen Zuchtstation für Pferde und Rinder der Gegend laufen die Nachrichten über den gesundheitlichen Zustand des Rindviehs in den Bauernställen zusammen. Die männlichen Tiere werden den Bauern des gesamten Herzogtums zum Decken ihrer Tiere zur Verfügung gestellt. Ich hatte den Plan, mir von den Bediensteten der Station die notwendigen Informationen über etwaige Kuhpockenfälle aus erster Hand zu beschaffen. Diese Tipps hat man mir auch sofort bereitwillig gegen eine kleine Münze gegeben, sodass ich sogleich in dem Ort Glan-Münchweiler fündig geworden bin. Dort befand sich bei einem Bauern und Schmied ein mit Kuhpocken infizierter Rinderbestand, den ich dann von Zweibrücken aus schnellstmöglich aufgesucht habe."

„Bei einer Magd des Schmiedes, sie hieß Klärchen, stellte ich an den Händen die typischen Pockenmale fest. Sie hat sich gleich bereit erklärt, sich von der Blasenflüssigkeit der Pockenpustel an ihrem Handgelenk ein wenig abzapfen zu lassen. Sie war übrigens bass erstaunt, als ich ihr die Kanüle meiner Kunststoffspritze ansetzte. Nun, das nächste, was ich tat: ich ritzte mich als erste Versuchsperson noch an Ort und Stelle und erklärte dem Bauern und seiner Frau, was ich da tat. Ich bin ja bis zu dem Zeitpunkt meiner Eigenimpfung eine gefährdete Person gewesen, denn ich hätte mich, genau wie Sie, gleich in den ersten Tagen irgendwo anstecken können. Und was sage ich Ihnen: es bildeten sich kleine juckende Pusteln auf dem Arm. Dann stellten sich die typischen Symptome ein, wie erhöhte Temperatur in Verbindung mit ein wenig Mattigkeit, es war eigentlich ganz gut zu ertragen gewesen. Nach drei Tagen war die Sache überstanden. Ich bin von dort aus wieder nach Zweibrücken zurückgekehrt, weil der Hufschmied mir noch das Deckgeld für die Zuchtstation mitgegeben hatte. Das habe ich dann beim Verwalter abgeliefert. Geschlafen habe ich übrigens während dieser Tage im Heustall bei den Bullenställen der Zweibrücker Zuchtstation. Ich bin in jenen Tagen leider auch in den Boxen gewesen, um mir die Zuchtstiere genauer anzuschauen. Dann passierte, was nicht hätte geschehen dürfen: einer der guten Glanstiere bekam tatsächlich die Kuhpocken, er wollte nicht mehr springen. Da ich leichtsinnigerweise den Stallburschen von meiner Glan-Münchweiler Aktion berichtet habe, kam der Verdacht sofort auf mich. Ich war natürlich nicht in der Lage, die spontanen Verdächtigungen gegen mich zu entkräften. Die Schuld fiel auf mich und der Verwalter stellte mir die Rechnung, die ich nicht bezahlen konnte. Er schleppte mich zum Richter, worauf dieser solange den Arrest befahl, bis ich das nötige Geld für den Schadensausgleich beschafft hätte. Meinen Thermobehälter mit der bereits eingesammelten aktiven Kuhpockenlymphe hat der Richter konfisziert. Das ist jetzt fast zehn Tage her, so dass ich den Inhalt wahrscheinlich entsorgen muss. Er ist wahrscheinlich nicht mehr wirksam. Den Behälter muss ich aber unbedingt wieder haben, sonst bringe ich den Impfstoff nicht sicher hinüber. Den Rest wissen Sie."

„Jetzt bin ich im Bilde" resümierte Holle, „und dennoch verstehe ich nicht ganz, wieso Sie das ganze Risiko auf sich genommen haben, hierher zu kommen. Wollen Sie mit der Kuhpockenlymphe drüben reich werden oder wollen Sie die Menschheit retten?"

Schönberger lachte auf: „Das kann man wohl so sagen! Und Sie? Warum sind Sie selbst den Weg ein zweites Mal gegangen?"

Holle protestierte: „Na hören Sie mal, ich war auf der Flucht! Es gab für mich keinen anderen Ausweg, was glauben Sie denn, wer alles hinter mir her war?"

„Schon gut, schon gut", beschwichtigte Schönberger, „Sie verstehen wohl noch immer nicht, was Ihr Virus in unserer schönen Neuen Welt alles anrichten kann? Es geht nicht nur um all die Toten, um die Schäden, die Spätfolgen mit den Entstellungen im Gesicht, am Körper; nicht zu reden von den Schmerzen, die die Überlebenden für den Rest ihrer Tage zu ertragen haben. Es geht um die Kultur unter den Menschen, die zu einer Angstkultur, einer Kultur der Verunsicherung und der Abgrenzung, ja Isolation vom nächsten Nachbarn führen kann. In dieser Hinsicht bin ich bereit gewesen, das Risiko auf mich zu nehmen."

„Nein, im Ernst, Herr Neufang, ich sage es Ihnen ganz offen heraus: es war zunächst einmal die pure Neugier, die mich getrieben hat, in Ihren Kalkstollen hineinzukriechen. Ich war übrigens eine Weile vor Ihnen da, mindestens eine halbe Stunde, bevor der Mond an seinem höchsten Punkt stand, so wie Sie es andeuteten. Es war an jenem Abend, als ich bei Ihnen vorbeikam, als ich die Tür Ihres Hauses offen stehen fand. Da war mir klar, dass jemand hinter Ihnen her war. Und Ihr Versteck, das kannte ich ja. Eigentlich war ich an jenem Vollmondabend bei Ihnen vorbeigefahren, weil ich Sie bitten wollte, mit mir das Experiment zu wagen, gemeinsam in den Stollen zu steigen. Es war ein – Spiel; ein harmloser Versuch, den Seitengang zu erkunden, von dem Sie unaufhörlich bei Ihren Vernehmungen berichtet hatten, an dessen Ende ich eigentlich eine Wand erwartet hatte. Eine Wand, die mir bedeutete: Siehst Du, alles Quatsch mit dem Reise-Hokuspokus in die Vergangenheit, ein Traumrest aus Deiner Kindheit, ein letztes mickriges, sogar lächerliches Stück Aberglaube, Irrealitätsglaube, Glaube an ein Märchen. Dass es am Ende so gekommen ist, dass wir beide uns hier in einem Sandsteinkeller in Zweibrücken gegenübersitzen, nun - nie im Traume hätte ich soweit gedacht! Und doch bin ich den Schritt gegangen. Diesen Schritt gegangen zu sein, bedeutet mir im Nachhinein eine Menge mehr: er hält mir nämlich wieder die Einsicht vor Augen, die genau so banal wie weise ist, dass wir mit unserem Wissen noch lange nicht am Ende sind; dass wir nicht so tun sollten, als trügen wir den letzten Baustein der Weisheit mit uns herum. Mir hat diese Erfahrung gezeigt, dass es in dem engen Stollen der Erfahrung, der Einsicht und des Wissens weitergehen kann. Es ist ein Seitengang gewesen, den ich gegangen bin. Aber dieser Seitengang hat mich hierher in eine andere Welt gebracht, die uns am Ende vielleicht allen helfen wird, das werden wir sehen."

Holle dachte nach: „Warum haben Sie denn nach Ihrem Ausstieg aus dem Stollen nicht auf mich gewartet, Sie hätten mich doch ansprechen können? Wo sind Sie denn in dieser Nacht gewesen?"

„Glauben Sie es oder nicht: ich stand hinter der Eiche, direkt hinter Ihnen, ohne mich zu rühren. Ich war so verwirrt über die ganze Situation, dass ich es nicht wagte, Sie anzusprechen, wie soll ich es ausdrücken? Aber das wird Ihnen bei Ihrem ersten Ausflug hierher wohl nicht viel anders ergangen sein, da waren Sie vielleicht genau so platt wie ich. Ich bin Ihnen dann ins Dorf gefolgt, bis kurz vor die Kapelle. Einmal dachte ich sogar, Sie hätten mich bemerkt. Dann bin ich in eine Scheune eingestiegen und habe dort übernachtet. Am frühen Morgen zog ich los, in Richtung Neunkirchen, ich hatte mir ja schon einen genauen Spielplan zurechtgelegt, für den Fall, dass eintritt, was eigentlich nicht sein konnte. So habe ich mich in zwei Tagen bis zum Gestüt durchgeschlagen. Stellen Sie sich vor, ich hatte aus der Münzsammlung meines Vaters einige Stücke mitgenommen um mir etwas zu kaufen und das funktionierte sogar!

Aus den Tiefen der Sandsteinkaverne hallten Schritte, die schnell näher kamen. Es war der Kommandant, der den Entlassungsschein mit den Unterschriften und den Siegeln mitbrachte. Schon von weitem winkte er mit den Papieren und rief: „Gefangener Schönberger, Sie sind entlassen, Sie können gehen! Es soll alles seine Ordnung haben, hier müssen Sie noch quittieren." Am Tisch angekommen, legte er Karl-Ernst Schönberger eine Liste hin, auf der seine Sachen aufgeführt waren, die man ihm bei der Arrestierung abgenommen hatte. Diese zählte der herbeigeeilte Adjutant nun auf den Tisch, während Schönberger abhakte, was er der Reihe nach an seltsamen Schaustücken, wie sie der Kommandant abschätzig nannte, eingesteckt hatte. Am Ende der Prozedur fehlte immer noch das Wichtigste, der metallene Thermobehälter. Der Adjutant des bunt betressten Kommandanten hatte ihn in der Hand und wollte sie gerade seinem Herrn weiterreichen. „Der kostet extra", räusperte er sich.

Holle schaltete sich jetzt ein. Er gab dem Kommandanten einen Taler und nahm dem verdutzten Adjutanten die Kanne aus der Hand. Dann zückte er aus seiner Rocktasche eine Schrotpatrone, nahm sie zwischen Daumen und Zeigefinger und hielt sie dem Aufseher vor die Nase: „Geben Sie dieses wertvolle Kleinodium Ihrem obersten Landesherren, Herzog Christian von mir. Er wird Sie dafür belohnen, ich weiß es!"

Bei der Nennung des Namens zuckte der Kommandant augenblicklich in eine kerzensteife Hab-Acht-Position hinauf, vor sich die kleine Schrotpatrone, die ihm Holle auf den Tisch präsentierte: „Adieu, Herr Kommandant", salutierte der junge Schreinergehilfe, „wir haben noch einen weiten Weg."

Schönberger bestieg sogleich die mürrisch schielende, jetzt beleidigt lossabbernde Olga und in unbeholfen schaukelndem Gang setzten sie sich in Bewegung. Holle ging mit Areus lieber zu Fuß vorneweg. Der Weg zurück wurde ein Umweg und führte die Gruppe über den kleinen Ort Glan-Münchweiler. Dort beabsichtigte Schönberger, sich nochmals neues Impfmaterial bei der Schmiedemagd zu besorgen, falls ihre Pusteln noch nicht abgeheilt waren.

Aber zunächst schlugen sie die Route über Homburg ein. Hier wollte sich der Mediziner einen raschen Einblick in die gerade neu entstandenen spektakulären Anlagen der weitläufigen, in die Auenlandschaft hinein gestreuten zoologischen Gärten machen, über die ihm im Gestüt wiederholt mit großen Gesten berichtet worden war. Eine außergewöhnliche, ja unerhörte Besonderheit war dort zu bestaunen. Da gab es nämlich eine Anzahl von in die Anlagen hineinverstreuten Siedlungen, in denen Menschen aus aller Herren Länder, aus allen Himmelsrichtungen in ihren Häusern, Zelten, Jurten, Iglus, Kolibas und Blätterhütten hausten, ganz wie in ihrer ursprünglichen Heimat. Man hatte ihm ausführlich berichtet von Hottentotten, Siamesen, von Eskimos und Mohikanern, Walachen, Pygmäen, Kalmyken, Kirgisen und Mongolen, kurzum, ein beträchtlicher Reigen von Völkerkuriositäten war in einem Tal bei dem Städtchen Homburg wie in einem Menschenzoo eingepfercht. Dieses alles war dortselbst wohl arrangiert worden zum Zeitvertreib, wiewohl auch zum Staunen des Herzogs mitsamt seinem neugierigen hofstaatlichen Anhang. Der Siedlungsplatz wäre ein geeigneter Ort des Studiums für Probevakzinationen mit der Kuhpockenlymphe gewesen. Hier hätte Doktor Schönberger sogleich die Impfwirkung des Stoffes auf die unterschiedlichsten Völkerrassen gründlich nachvollziehen sowie ertesten können. Die Ergebnisse würden Aufschlüsse über die Möglichkeiten einer weltweiten Impfung im Falle eines Großangriffs mit dem Neufangschen Pockenvirus in der neuen Welt liefern. Diese fremdländischen Menschen, die man dort in dem Tal bei Homburg zusammengetrieben hatte, die bisher vielleicht allesamt noch von der Seuche verschont geblieben waren, würden, im Falle einer Erkrankung, dem aggressiven Virus ungeimpft womöglich zum großen Teil zum Opfer fallen, wie man ähnliches bei den Majas oder bei den Azteken bereits beim harmloseren europäischen Schnupfenvirus erlebt hatte. Eine präventive Impfung würde diese entwurzelten Menschen vielleicht vor den Blattern bewahren können. Als sie am Park ankamen, wurden die beiden Besucher von den Parkwächtern ohne viel Federlesens fortgejagt. Niemand durfte diesen Privatzoo des Herzogs betreten, jeglicher Kontakt zu den Bewohnern war strikt verboten.

Über die kleinen Nachbarweiler Mörsbach und Rosenkopf erreichten sie nach reichlich drei Stunden den Ort Miesau. Dort machten sie eine Kurzrast, bei welcher Doktor Schönberger beschloss, die restliche Strecke nach Münchweiler ebenfalls zu Fuß zu bewältigen. Von der launischen, hinterhältigen Kaltblutstute Olga hatte er genug. Unterwegs beschrieb er Holle seinen Plan. Er wollte bei seinem Vorhaben nichts überstürzen. Erst wenn er genau wusste, dass das gewonnene Serum aus den Pusteln nachweislich aktiv gegen das Variola-Virus wirkte, würde er, dann allerdings auf dem schnellsten Weg, wieder die Reise zurück in die Zukunft antreten. Die ersten Versuche plante er, vorausgesetzt, Holle würde ihn bei seinem Vorhaben unterstützen, in dem Orte Werschweiler durchzuführen, denn dort hatte der junge Schreinergeselle einen wichtigen Verbündeten, der das gesamte Projekt, so sei sein Eindruck von Neufangs Berichten, gewiss nicht blockieren, vielleicht sogar vorantreiben würde: das war Jacob Weiler.

So waren sie sich, bis der Ort Münchweiler im Tal in ihr Gesichtsfeld trat, einig über Schönbergers Vorschläge und sie zweifelten, zuversichtlich wie sie nach der Befreiung aus dem Gefängnis waren, auch keine Sekunde daran, dass sich der mysteriöse Kalkstollen in dem von ihnen berechneten Mondrhythmus wieder für den Rückweg öffnen würde.

Der Schmied Adam erkannte Schönberger sofort wieder, er begrüßte ihn herzlich. Zur freudigen Überraschung Holles stellte sich heraus, dass der Mann aus Münchweiler aus dem Ostertal stammte, dass er seit knapp vier Jahren hier eine Hufschmiede betrieb. Als er den beiden erzählte, dass er der Sohn des Werschweiler Meiers sei, wich die anfängliche Zurückhaltung von Holle schnell dahin und die Männer kamen rege ins Gespräch. Dabei wurde dem Schmied auch kundgetan, dass der Arzt Karl-Ernst Schönberger mit seinen ersten Impferfolgen in Zweibrücken zufrieden sei, was ihn zuversichtlich mache, demnächst im Nassauischen eine Pockenimpfung mit der Glan-Münchweilerschen Kuhpockenlymphe durchführen zu können. Bei der infizierten Magd, wo er sich den ersten Impfstoff besorgt hatte, waren die eitrigen Brandblasen in der Zwischenzeit eingetrocknet. Das Sekret aus den Pusteln war kaum noch zu gebrauchen, weil es neben dem Virus auch andere entzündliche Bestandteile enthielt, die bei der Vakzination mit der Lanzette zu riskanten Nebenwirkungen führen konnte. Jedoch hatte sich mittlerweile auch die Ehefrau des Hufschmiedes, Eva Katharina, mit Kuhpocken infiziert. Sie hatte sich sogleich bereit erklärt, sich mit der Spritze Flüssigkeit von dem Kuhblatternkontagium aus einer Hautblase am Unterarm abnehmen zu lassen. Bevor Holle und Schönberger aufbrachen, stärkten sie sich mit guter, kräftiger Milchsuppe in Adams Küche. Die beleidigte Olga und der treu hechelnde Areus wurden vor ihrem Aufbruch ins Ostertal ebenfalls versorgt. Der Rückweg nach Hause wurde unter beißenden Regenschauern angetreten, die der kalte Westwind ihnen mitten ins Gesicht fegte. Allein Holle kam bei so viel heiß sehnsüchtiger Erwartung, seiner Katharina bald wieder nahe zu sein, nicht schnell genug voran.

XXIII.

Peter Holger Neufang war bei der Polizei nun schon seit reichlich zehn Tagen von seinen Beschattern als vermisst gemeldet. Auch Holles Schwester Hanne hatte wegen ihres spurlos verschwundenen Bruders erneut bei der Polizeistelle Alarm geschlagen. Seit ebenfalls zehn Tagen fehlte von Karl-Ernst Schönberger ebenso jede Spur. Der Aufruf zur Fahndung nach Neufang sowie ein gesondertes Ersuchen nach dem Verbleib des Beraters im Bundesministerium, dem Biochemiker und Mediziner Doktor Schönberger, erging flächendeckend an alle Polizeidienststellen im Land. Die Geheimdienste wurden informiert, es wurde nicht ausgeschlossen, dass sich der Gesuchte Neufang heimlich ins Ausland, womöglich nach Pakistan oder nach dem benachbarten Afghanistan abgesetzt haben könnte, von wo er möglicherweise seine nächsten Schritte vorbereitete. Gleichfalls wurde vermutet, Neufang könne von irgendwelchen Hintermännern, die mit der Entführung seiner Schwester zu tun gehabt hatten, verschleppt worden sein. Beide, Neufang sowie Schönberger, waren, gleich lautenden Zeugenaussagen zufolge, zuletzt in der Gegend um den Ostertalort Werschweiler gesehen worden. Es gab Zeugen, die gesehen, beziehungsweise gehört haben wollten, dass in der fraglichen Nacht seines Verschwindens über dem nächtlichen Wingertsberger Wald ein Helikopter aufgestiegen und eine Zeit lang gekreist sei. Andere hatten davon berichtet, dass eine Limousine mit französischem Kennzeichen mit hoher Geschwindigkeit durch den Ort gefahren sei, wobei man in einem der Insassen den Gesuchten Peter Neufang erkannt haben wollte. Der fragliche Kalkstollen, von dem bei der Krankenhausbefragung von Peter Neufang immer wieder die Rede gewesen war, wurde erkennungsdienstlich Zentimeter für Zentimeter abgesucht. In den Stollengängen fanden sich, außer ein paar alten Knochen, es handelte sich hierbei sämtlich um harmlose Tierknochen sowie einem aufgestörten Dachs in Winterruhe, keinerlei verwertbare Spuren. Auch rückten abermals Spezialisten mit Messgeräten an, die der absurden Behauptung des Peter Neufang nachgingen, es gäbe einen geheimen Gang. Es fand sich nichts! Neufang und Schönberger blieben unauffindbar.

XXIV.

Der herrschaftliche Meier Adam Weiler, seine Heimeier aus Dörrenbach, Fürth, Lautenbach und Münchwies, sein Sohn Jacob sowie der kränkelnde Werschweiler Schöffe Johann Georg Fuchs, saßen zu ihrer monatlichen Zusammenkunft in der Meierstube zusammen. Auf dem letzten Punkt der Tagesliste stand ein von Jacob Weiler, dem designierten Meiernachfolger, eingebrachtes Thema, das nun zur Sprache kam. Doktor Schönberger trat ein. Er wurde den Anwesenden von Jacob als Medicus und Wundarzt aus Ulm vorgestellt, der auf seiner Reise durch die Lande eine vollkommen neue Form der Pockenimpfung propagiere. Man solle sich anhören, was der Weitgereiste über seine neue Methode zu berichten habe. Der Mann hielt der Runde zunächst die beeindruckenden Zahlen der Kinder vor, die in den vergangenen Jahren in der Grafschaft Nassau-Saarbrücken von der Blatternseuche dahingerafft worden waren. Er berichtete sodann des Weiteren über die Anstrengungen, die die Ärzteschaft bisher unternommen hatte, dieser Geisel Herr zu werden. Eine Einimpfung mit abgeschwächten Menschenblattern wäre zwar seit geraumer Zeit, seit mindestens vierzig Jahren, bedingt erfolgreich eingesetzt worden, doch waren hierbei die ernsthaften Risiken einer schweren Blatternerkrankung stets viel zu hoch gewesen, als dass diese Impfmethode sich hätte durchsetzen können. Dann ging er auf seine neue Impfvariante mit den für diese sprechenden Argumente ein, wobei er seine Erkenntnisse ruhig und sachlich, dabei klug und vollkommen verständlich vortrug.

Jacob Weiler war unbedingt dafür, diese auch in der hiesigen Meierei anzuwenden, er stimmte im Verlauf der Beratungen den Vorschlägen Doktor Schönbergers sofort ohne Wenn und Aber zu. Anders zunächst der Meier: er hatte sich, wie immer bei neuen Anliegen, sogleich rabiat dagegengestellt. Seine heftige Ablehnung konnte man, wie immer bei Neuerungen, die für ihn ungewohnt, vielleicht auch unkalkulierbar waren, an seinen hängenden Backentaschen ablesen, die sich über den hastig jonglierten Priemknäueln hin- und herbeulten. Je mehr die Bedenken einerseits sowie die Befürwortungen auf der anderen Seit hin und her pendelten, desto stärker neigte sich die Stimmung Satz für Satz gegen die störrische Haltung des Meiers. Gegen den Schluss hin fiel sein beharrlicher Widerstand dann jedoch allmählich in sich zusammen, denn die klaren Begründungen des Mediziners sprachen eine so deutliche Sprache, dass der Meier nicht umhin konnte, sie zum Ende doch noch samt und sonders anzuerkennen. Seine Heimeier schwenkten einer nach dem anderen ebenfalls auf des Meiers Seite ein, worauf schließlich auch sie sich der erdrückenden Last der vorgetragenen Argumente beugten.

Worin diese bestanden? Doktor Karl-Ernst Schönberger bat den Meier Adam, sich zu entsinnen, wann in der Vergangenheit im Ort die Kuhpocken ausgebrochen waren und wer jeweils zuvorderst davon betroffen war. Adam musste einräumen, dass von den vorher nicht infizierten Menschen, die sich an den Kuhpocken eitrige Hände und Arme geholt hatten, keiner hinterher je an den Menschenblattern erkrankt war. Das augenfälligste Beispiel für Doktor Schönbergers These aber war die junge Katharina Beck, des Schreiners Becks einzige Tochter, gewesen. Adam konnte sich in der Tat genau daran erinnern, dass das Mädel im Kindesalter an den Kuhpocken erkrankt war. Sie tat ihm damals leid, weil sie ständig die Gegenwart ihres Vaters gesucht hatte und erbärmlich über die Wasserblasen an den Händen und den Armbeugen geklagt hatte. Als dann einige Jahre später, im furchtbaren 1770er Jahr, ihre drei kleinen Schwestern, mit dem Pockenvirus infiziert, dahin siechten und starben, blieb sie als einzige verschont, obwohl sie mit ihnen in einer Stube, ja sogar in einem Bett gelegen hatte. Zu verdanken hatte das Kind ihre Verschonung von der Seuche dem Willen Gottes sowie der Wirkung der Kuhpocken. Die nämlich hatten den Körper dazu angeregt, einen Abwehrschild aufzubauen, der auch dem heftigsten Ansturm der tödlichen Menschenblattern standhielt.

So begann denn der fremde Arzt mit dem Segen der herrschaftlichen Instanz des Meiers im Rücken in den nächsten Tagen in dem Ostertalorte Werschweiler mit der Durchführung der Kuhpockenimpfung. Aufgerufen waren alle Einwohner über zwei Jahre, die bisher weder von den Menschen- noch von den Kuhblattern heimgesucht worden waren, sich morgens nach der Stallarbeit im Meierhause in der großen Stube einzufinden. Aus dem Hause Wagner wurden dem Doktor vier Kindlein über zwei Jahre gebracht. Heinrich Beck's, Georg und Adam Fuchsens Kinder erwarteten ängstlich verschüchtert den Piekser in den Arm. Des Georg Griesingers beide jüngsten Zöglinge brachen beim Erblicken der blitzenden Edelstahllanzette genau so in erbärmliches Geschrei aus, wie Adam Weilers jüngste Enkel. Sie blieben für den Rest ihres Lebens von den Blattern verschont. Der Doktor war inzwischen, für die Dauer seines wohltätigen ärztlichen Wirkens in den herrschaftlichen Meiergemeinden, vom jungen Jacob Weiler in seinem Hause im Schmidtseck aufgenommen worden. Er bekam den Alkovenverschlag zugewiesen, denselben, in dem Holle während seiner ersten Reise im *Alten Dorf* daheim gewesen war.

In den zur Meierei gehörenden übrigen Ortschaften war die Ablehnung unter der verunsicherten, bald jedoch wieder zuversichtlichen Bevölkerung, zunächst deutlich zutage getreten. Am heftigsten regte sich der geistliche Widerstand vonseiten des siebenundsiebzig Jahre zählenden Pfarrers Johann Daniel Engel. Und dies, obgleich er doch selbst im 1747er Jahr innerhalb einer Woche die drei jüngsten seiner eigenen Kinderschar an den Pocken dahinscheiden sah. Bei ihm war dennoch kein Einsehen, im Gegenteil: er warnte, wetterte, wütete von der Dörrenbacher sowie von der Werschweiler Kanzel herab, des Herren Wille nicht zu versuchen. Denn dessen Wille allein geschehe im Himmel wie auf Erden - und nicht der Wille des Menschen, wenn er sich hochmütig erhebe über seine Bestimmung. Wie könne er es wagen, der dreiste Sünder, der sich Wundarzt nennt, in seinem irdischen Stolze ungebührlich Einfluss und Macht zu erheischen über die getauften Menschenkreaturen, die Gott der Herr alleine erschaffen hat? Wer sich erhebe, um gegen die gerechte Strafe des alleinigen Gottes seine menschliche List und Tücke zu stellen mit der Absicht, dieser entgehen zu wollen, der sei verflucht, der werde dereinst nicht Gnade noch Milde finden vor dem höchsten Richterstuhle!

Doch so sehr der störrische Alte die heidnischen, gegen die Worte der Schrift gerichteten Versuchungen des fremden Wundarztes in den Gemeinden mit Strafpredigten von der Kanzel aufzuhalten gedachte, um so mehr waren es die armen Geprüften im Tal mit der Zeit leid, ihre Kinder, die doch auch Gottes Kindlein waren, leiden und sterben zu sehen. Einen um den anderen Tag erschienen die von ihren Weibern vorgeschickten Bauern aus den Nachbarorten mit ihrem Kindergeheck am herrschaftlichen Meierhause zu Werschweiler, um sich nach dem Wundarzt zu erkundigen, ob jener auch ihre Familie vor den Pocken zu schützen wüsste. Der Doktor half einem jeden ohne Ansehung seiner Herkunft noch seiner Religion. Im Nassauischen Ort Remmesweiler wurde Schönberger in jenen Tagen das Auftreten von Kuhpocken gemeldet, wo er sich neu mit Impfmaterial versorgen konnte, denn sein Vorrat aus der Schmiede in Münchweiler ging dem Ende entgegen.

In den Dörfern Roschberg und Furschweiler, die beide zur Kurtrierischen Herrschaft gehörten, waren in den Tagen des Wirkens von Doktor Schönberger die Pocken ausgebrochen. Als der Arzt gerufen wurde, begab er sich auf direktem Wege in die bei St. Wendel gelegenen Dörfer, wo er sich bei den Angehörigen erbat, mit allen an Blattern Erkrankten in Kontakt treten zu dürfen. Von diesen nahm er reichlich Blatternmaterial, wobei er hier auch die Angehörigen sowie die übrigen Kinder impfte, die noch nicht von dem Virus erfasst worden waren. In Werschweiler wieder angekommen, setzte er die beiden Jüngsten von Georg Weiler mit dem Einverständnis der Eltern den Pockenviren aus. Es geschah ihnen nichts. Das war ein weiterer Hinweis, dass der Mann etwas von seinem Handwerk verstand und dass Gott der Herr dem Manne gnädig gesonnen war.

Holle nahm unterdessen das emsige Werken und Wirken des Arztes nur durch die trüben Augen des verzagten Verliebten wahr. Der Mann ging in der Schreinerwerkstatt bis zur Tölpelhaftigkeit ungeschickt und mit heftigem Herzpochen ans Werk, wenn die anmutige Katharina zufällig mal vorbei kam. Nickel Beck musste ihn wiederholt dazu anhalten, seine sieben Sinne und Hände bei der Arbeit zusammenzuhalten. Er hatte längst durchschaut, was seinen Gesellen so kopflos machte, allerdings wusste er zunächst nicht recht, was er von der ganzen Sache zu halten hatte.

Wie erging es Nickel Becks Tochter Katharina, der bald sechzehnjährigen schüchternen Schönen? Sie hatte nur noch Augen für Peter, sie litt Höllenqualen während seiner Abwesenheit und redete sich unentwegt ein, er könne sie gar nicht lieben, so unscheinbar und schüchtern wie sie immer daherkomme. Dann aber war sie wieder selig, als er endlich aus dem fernen Zweibrücken zurückgekehrt war.

Es geschah im Stall, als Holle die sture, hinterhältige Olga wieder einmal von der Feldarbeit in ihre Box führte. Da trafen die beiden alleine aufeinander. Das war der Ort, das war der Augenblick, an dem sich jetzt alles zu entscheiden hatte, denn die ganze Sache duldete keinen Aufschub mehr. Katharina kam mit einem randvollen Bottich Milch aus der Futterküche. Sie erschrak, als sie seiner gewahr wurde:
„Peter, ich, ich muss ...“, mehr brachte sie nicht über ihre bebenden Lippen.

„Ich hab Dir was mitgebracht, aus dem Zweibrückischen, - liebe - Katharina. Wollte ich Dir schon vor zwei Tagen geben, aber...es hat sich keine Gelegenheit...“

Mehr brachte auch Holle in diesem Augenblick nicht zustande. Durch die trennende Pferdebox hindurch, fast wie aus dem sicheren Abstand harmloser, noch ahnungsloser Zutraulichkeit, oder war es eher die letzte Barriere schmachtend sehnsüchtigen Verlangens? - streckte er ihr seine Arme, seine geschlossene Hand entgegen: „Da!“ hauchte er.

Sie streckte ihre Hand der seinen entgegen. Ihre Finger berührten sich und ein silbernes Herz, ein schweißgebadetes Medaillon an einer winzigen Kette war es, was aus Holles Hand in die zittrigen Finger Katharinas hinüberwechselte. Das Mädchen musste augenblicklich den Bottich abstellen, denn die Milch schwappte über. Ihr Herz raste. Seines überschlug sich vor Panik. Ihre strahlenden Blicke trafen sich durch die Pferdebox hindurch, während sich ihre Hände fest umfangen hielten. Es war ein herzlich einfältiges Bild der Rührung. Das tiefe Gefühl inniger Gewissheit umfing die beiden Liebenden und ihre Herzen jubilierten in jenem Augenblick. Mehr war nicht nötig. Dann gingen sie wortlos auseinander, wieder ihrer Arbeit nach. Beide schwebten im Taumel der süßen Liebe.

Noch am selben Abend beichtete die selige Katharina ihrer Mutter, was sich im Stall zugetragen hatte. Margarete war erleichtert, ja glücklich, denn auch sie fühlte mit ihrer Tochter. Katharina konnte ihr Glück nicht fassen. Sie herzte und küsste ihre Mutter und bat sie, ihren Vater mit allem Respekt darum anzuhalten, es Peter nicht zu schwer zu machen. Aber Holle hatte auch jemanden, dem er beichten konnte, was sich da zwischen ihm und seiner Katharina gerade anbahnte.

Es war der einfältige Jakob, den er schon seit Tagen nicht in der Schreinerei gesehen hatte. Ihn suchte der Glückliche noch am selben Abend mit Areus auf, um ihm zu gestehen, was dieser längst vorausgesehen hatte. Er fand Jakob nicht im Stall und nicht in der Küche, auch nicht bei seinem Vater, dem Meier Adam. Die alte Kath, die in der Küchennische auf ihrem Stühlchen saß und zahnlos kaute, schickte ihn hinauf in die winzige Stube, wo Jakob, auf seinem Strohsack kauernd, mit geschlossenen Augen vor sich hindämmerte. Areus winselte, stupste ihn mit seiner Nase an. Jakob aber reagierte nicht, weil er nicht anwesend war. In der Küche erfuhr er von Jacob dem Jüngeren sowie von seiner Frau, dass der Bruder und Schwager seit ein paar Tagen schon kein Essen zu sich genommen habe, dass er immer nur darum gebeten habe, in Ruhe gelassen zu werden. Die alte Kath in ihrer Fensternische kaute vor sich hin und kommentierte: „Der Jokkob, der brütet was aus!"

Jacob holte den alten Zensor Veltin Beck aus Beckfritze Eck ins Haus, denn der kannte sich mit Kräutern, gar auch mit dem streng christlichen Brauchen aus. Zusammen mit dem Doktor Schönberger beriet der fromme Kräutersieder eine Zusammenstellung aus seinem ansehnlichen Kräuterfundus, der in Leinensäckchen in luftiger Höhe auf dem oberen Kornspeicher des Alten baumelte. Schönberger war erstaunt über die Mittel, die damals schon, vielleicht zufällig oder auch intuitiv richtig, manche auch völlig daneben, für die diversen Leiden und Gebresten zum Einsatz kamen. Schönberger stellte bei Jakob eine Diagnose, der Becke Veltin hielt die seine dagegen; der Velt setzte sich durch. Die Mischung wurde dem armen Jakob als Sud heiß eingeflößt. Aus den abgeseihten Kräutern wurde ein heißer Umschlag gewickelt. Der kam dem stoischen Jakob auf die Stirn. Bereits nach zwei Tagen hatte sich Jakobs Verstockung fast völlig gelöst. Er war beinahe wieder ganz der Alte geworden, der alleine, meist aber mit Areus an seiner Seite und seinem Spazierstock mit dem gähnenden Areusknauf, die Gassen hinauf und wieder zurück wandelte, dabei leise murmelnd wichtige Gedanken zurecht spann. Nach einer Weile des Abschreitens scherte er dann aus seinem Geleise aus und trippelte meist hinüber in den Kirschgarten, wo er sich neugierig um die Arbeit von Holle und Nickel in der Schreinerwerkstatt kümmerte und um sie herumschlich, während sie hämmerten und hobelten. Das störte den Einfältigen nicht weiter, auch die beiden Werkenden sahen sich nicht veranlasst, von ihrer Arbeit aufzublicken, es war wie immer. Jakob zupfte Holle am Ärmel, wenn der sich nicht nach ihm umdrehte, dann zwickte der ihn auch mal in den Arm. Das tat er jetzt, worauf Holle hocherfreut registrierte, dass sein Freund Jakob wieder ganz der Alte geworden war. „Holle liebt Kathrin und Kathrin liebt Holle!" singsangte Jakob, „Holle und Kathrin sind bald ein Paar!"

Was soll man sagen, Holle wurde natürlich sofort puterrot im Gesicht, Jakob krähte vor Vergnügen und was tat Nickel? Der ging erst einmal aus der Werkstatt hinaus, um im Schuppen nach einem Stück Werkholz zu sehen.

Holle war in diesem Augenblick ziemlich verlegen, aber auch daran störte sich Jakob nicht im Geringsten. War es nicht die natürlichste Sache der Welt, eine fröhliche dazu, wenn sich zwei Menschen liebten, sich zueinander hingezogen fühlten? Wer das nicht erkannte, wer dieses Vibrieren, dieses Glühen der Seelen nicht mit heller Freude mitempfand, wie es der einfältige Jakob tat, wie er es natürlich unverblümt nach allen Seiten kundtat, der hatte die Welt nicht verstanden! Das war doch so, oder nicht? Wenn das nicht die einleuchtende Philosophie eines wahren Menschenfreundes war, was war es dann?

Naja, Holle schickte Jakob wieder nach Hause, er hatte jetzt keine Zeit, sich mit ihm abzugeben. Er würde noch am Abend zu ihm kommen. Jakob trollte sich mit Areus davon und bald erschien Nickel wieder in der Werkstatt, wo er seinen Gehilfen zur Rede stellte: Wie er sich das vorstelle mit sich und seiner Katharina? Das Kind sei ja nicht wieder zu erkennen. Sie sei fahrig, ganz nach innen gekehrt sei sie, er erkenne sein Mädel ja bald nicht wieder. Er, Nickel, habe den Knecht und Gesellen schon vor Tagen gewarnt, mit seiner Tochter keine Scherze zu treiben und nun habe er ihr so den Kopf verdreht, dass sie zu nichts mehr zu gebrauchen sei. Er solle sich jetzt und hier auf der Stelle dazu erklären.

Holle schlug das Herz bis in die Ohren, er musste sich an der Werkbank abstützen, er wusste, jetzt gab es kein Zurück: „Ehrwürdiger Meister Beck, ich möchte Ihm sagen, dass ich redliche Absichten habe, ich möchte Ihm sagen, dass es mir ferne liegt, Scherze mit Seiner lieben Tochter zu treiben. Ich möchte mich, Ihn, meinen Meister - um die - Hand Eurer Tochter bitten! Ich verspreche Euch, ich bin ein tüchtiger Schreinergeselle, ich kann anpacken, das weiß Er doch, ich kann mich auch im Stall und auf dem Acker nützlich machen für Seine Haushaltung, ich könnte Euch eine große Hilfe sein – und – so weiter.“

Holle fand keine Worte mehr. Ebenso erging es dem Nickel, der, wie vom Schlag gerührt, mit weit aufgerissenen Augen vor ihm stand. „Waaaas trägt Er mir da an? Er will um die Hand meiner Tochter bitten?“ polterte er lauthals durch die Werkstatt: „Weiß Er eigentlich, was Er da von mir verlangt?“ dröhnte es durch den Raum. Und dann, als wäre ein Schalter umgelegt worden, sagte er, wie beiläufig: „Das muss ich mir überlegen.“

Von da an ging es wieder wie gewohnt an die Arbeit, für den Rest des Werkstatttages aber wurde über das Thema Katharina kein Wort mehr verloren. Am Abendtisch waren die Verlegenheit und die Verwirrung groß. Holle wagte es in seiner redlichen Verschüchterung kaum, einen Blick zu Katharina hinüberzuwerfen, während das junge Mädchen flehend eine kleine Aufmerksamkeit, und sei es auch nur die kleinste Geste, von Holle ersehnte. Nickels Frau, die anmutige Margarete, erkannte die stille Pein des Augenblickes, sie richtete jetzt das Wort liebevoll, sanft, aber bestimmt, an ihren Ehemann. „Lieber Mann, siehst Du nicht, wie die Kinder leiden? So sprich doch einmal ein Wort zu ihnen". Nickel löffelte noch immer verstockt an seiner Suppe herum. Seine Frau berührte zart seine Hände, während sie ihm ermutigend zunickte.

„Ja, ähm, Kinder, da haben wir ja eine schöne Situation hier im Hause. Der Knecht und Gehilfe hat mir seine Absichten gestanden. Er hat mich, ähm, er hat heute bei mir - um Deine Hand, mein Kind - angehalten, aber", und in diesem Moment erstrahlte das Gesicht der lieblichen Katharina, „aber", nahm Nickel das Wort wieder auf, „das muss ich mir noch einmal reiflich durch den Kopf gehen lassen. Das Ja-Wort ist schnell so dahergesagt, das will gut überdacht sein. Also, Kinder, jetzt kein Ja und auch kein Nein. Wartet, bis ich, bis wir zu unserer Entscheidung gekommen sind. Bis dahin seid still und zufrieden, vor allem: macht dieser Haushaltung keine Schande vor Gott, vor dem Dorfe und vor Euren Eltern." Damit war das Wort des Abends gesprochen und Katharina jubelte innerlich – Holle aber zitterte am ganzen Leibe vor Verschüchterung.

Am nächsten Tag kam ein Bote aus Konken herüber nach dem Schreinerhaus. Er brachte Nachricht vom Juden Marum Weyel an den Schreinermeister Nickel Beck. Es war keine gute Botschaft, denn der Geldverleiher forderte in seinem Schreiben den Adressaten auf, binnen zehn Tagen seine Rate sowie die überfälligen Zinsen zu bezahlen. Das lastete schwer auf dem Manne, denn er konnte nicht zahlen, nicht einmal die Zinsen. Nickel war den ganzen Tag bei der Arbeit in Sorge, so sehr, das er seinem Gesellen gegenüber von diesem ärgerlichen Schreiben beiläufig Nachricht gab. Er tat jedoch so, als sei die Sache für ihn nur wenig mehr als lästig. In Wahrheit war sie weit mehr als das: sie ließ dem Nickel nur die Möglichkeit, bei seinen Kunden im Dorf um einige Vorauszahlungen, bei anderen Gemeindsleuten um die baldige Zahlung von fälligen ausstehenden Geldern zu bitten, um seinerseits seine Schuld beim Konker Juden begleichen zu können. Eine bis zwei Wochen Aufschub hätten dem Schreiner schon geholfen, allein, er konnte sich die Zeit nicht nehmen, jetzt nach Konken zu gehen, oder gar um ein Moratorium zu bitten, die ihm der Jude womöglich nicht einräumen würde. Auch hatte er einfach zu viel Arbeit in der Werkstatt, redete er sich ein. Auch mit dieser war er hier und da bereits in Verzug. Er verlor über dieses Sinnen jedoch kein weiteres Wort gegenüber Holle und tat, als sei die Sache nicht weiter wichtig für ihn.

Abends im Stall, als Holle und Margarete einen Moment alleine nebeneinander beim Melken zwischen den wedelnden Kühen saßen, vertraute sich die Ehefrau des Schreiners mit wenigen Worten dem Knecht über die wirkliche finanzielle Lage in der Haushaltung an und machte ihm auch Andeutungen über die ganzen Umstände des Botenbriefes aus Konken. Der aufmerksame Schreinergeselle erkannte die Bedeutung jener offen vertraulichen Information sofort. Daher erbot er sich sogleich ohne Umschweife, nach Konken zu gehen, um bei dem Juden um Aufschub für die Zahlung zu bitten. Bei dieser Gelegenheit wolle er selbst auch eine erste Abzahlung seiner eigenen Schulden bei dem Geldgeber vornehmen. Margarete war erleichtert, man kann sogar sagen, sie war zufrieden, in gewisser Hinsicht sogar zuversichtlich angesichts der bereitwilligen Initiative des jungen Mannes.

Tags darauf trat Holle wieder bei Marum Weyel ins Kontor ein. Er hatte seinen Rucksack mitgebracht, den edlen Areus ebenso.

„Was will Er hier bei mir, ich habe Seinen Meister erwartet, oder bringt Er mir als sein Bote die Rate und die Zinsen Seines Herren und Meisters Beck?“

„Nein, ehrwürdiger Herr Weyel, die bringe ich Euch nicht, ich bin eher zufällig auf der Durchreise. Bei der Gelegenheit möchte ich mich lediglich nach Eurem Wohlergehen sowie dem Eures hohen Herrn, des Herzogs Christian, erkundigen. Ist er denn noch zufrieden mit Eurem kleinen Präsent?“

„Das geht Ihn überhaupt nichts an“, blaffte Weyel ihn an, „Er ist doch wohl nicht hierher gekommen, um mir Honig ums Maul zu streichen? Er kommt, die Rate und die Zinsen zu zahlen für Seinen Herrn! Also, stehle Er mir nicht meine wertvolle Zeit und komme Er zur Sache, rede Er!“

„Ich - möchte Euch einen kleinen Tausch vorschlagen, der Euch bestimmt zupass kommen wird. Wie hoch, sagtet Ihr, sind die Schulden, die mein Herr bei Euch hat?“

„Ich habe gar nichts gesagt! Und außerdem von was für einem Tausch redet Er da? Ich pflege keine Tauschgeschäfte zu machen, ich bin Geldverleiher, kein Warenkrämer!“

„Was haltet Ihr davon, wenn ich Euch mit Euren, pardonnez-moi, mit meinen Louis d’Or die Schuldscheine des Nickel Beck auslöse? Das Geld habe ich bei mir, sicher bewacht von meinem treuen Arius. Na wie ist es damit? Wieviel schuldet er Euch?“

„Ach, bevor ich es vergesse, dann aber, ich will es Euch gleich kundtun, ist kein Raum mehr für ein paar schöne schlanke Patronen für die dreiläufige Waffe Eures Herrn. Ich bin sicher, die paar Ladungen, die ich Euch bei meinem letzten Besuch überlassen habe, hat er längst auf seine Hirsche und Wildschweine abgefeuert!“

Weyel stutzte und horchte auf. Damit hatte er nicht gerechnet. Die Wut stieg ihm heiß in die Schläfen, es platzte aus ihm heraus: „Was will Er mir da für einen Handel abringen, unverschämter Goi!“

Weyel war in den letzten Tagen von einem der Pettersheimer Hofjäger des Herzogs in der Tat dringend angegangen worden, ihm neue Munition für die Waffe seines Herrn zu besorgen. So schön sie auch sei, ohne passende Ladung sei sie wertlos – ein Geschenk, mit dem der Herzog dann nichts mehr anfangen könne.

Der Jude war Geschäftsmann genug, um sofort zu erkennen, dass es keinen Zweck hatte, mit diesem Halunken zu feilschen. Würde er auch nur einen Louis d’Or von ihm haben wollen, dann verweigerte dieser die Munition, die Weyel dringend brauchte, um seinen Landesherrn nicht zu verärgern. Der Mann stand auf, ging zu seinem Schrank und holte zwei gesiegelte Schuldscheine über jeweils vierhundert rheinische Gulden, ausgestellt auf den Namen Johann Nickel Beck von Werschweiler, heraus. Diese hielt er dem Besucher vor die Nase. Dafür zählte ihm Holle, großmütig wie er war, mitsamt den ausstehenden Zinsen, aus seinem Rucksack fünfzehn Schrotpatronen, auch ebenso viele Kugelpatronen auf den Tisch und empfahl sich ihm für weitere, fruchtbare Geschäfte.

Der Abendtisch im Kirschgarten war bereits gedeckt, als Holle mit seinem Areus ins Haus eintrat. In seiner Kammer legte er seinen Rucksack ab, der von seinem Weimaraner argwöhnisch bewacht wurde und ging hinunter in die Stube. Die Familie saß schon beisammen, sie begrüßte betreten erwartungsvoll den Gesellen. Holle erkannte sogleich, dass die Reihe an ihm war, jetzt etwas zu seinem Gang nach Konken zu sagen. Er lächelte Katharina an, dann Margaretha und an seinen Meister gewandt, bedeutete er in gewichtigen Worten: „Ich habe eine wirklich gute Nachricht aus Konken mitgebracht. Ich kann Euch berichten, dass der Jude Euch noch einmal einen Aufschub für die Zinsen gewährt hat, und zwar auf unbestimmte Zeit…“

Nickels Gesicht hellte sich sofort erleichtert auf! Dann aber fragte er nach: „Was meint der Weyel mit unbestimmte Zeit? Meint er damit drei Wochen, drei Monate, ein halbes Jahr?“ Holle berichtigte ihn sofort: „Verehrter Meister, unbestimmte Zeit meint keinen Zeitraum, unbestimmte Zeit meint, dass Ihr ihm das Geld übergeben mögt, wenn Ihr meint, dass Ihr es entbehren könnt, so jedenfalls habe ich den Weyel verstanden. Lasst Euch also Zeit mit der unbestimmten Zeit, das kann ich bestimmen, denn ich habe mit ihm verabredet, dass ich der Bote sein werde, Ihr könnt mir also vertrauen. Denkt erst einmal an einen Zeitraum von - sagen wir - einem Jahr, für die nächste Abzahlung? Wie ist es damit? Ich kann Euch bestimmt versichern, dass auch diese Verabredung mit rechten Dingen geschehen ist, also bitte keinen Argwohn, Ihr könnt mir vertrauen!“

Was hatte er hier vor sich doch für einen tüchtigen Gesellen sitzen, der ein wackerer Verhandler dazu war, dass er mit jenem bissigen Konker Geldverleiher aus dem Zweibrückischen fertig geworden war, der für ihn noch dazu eine solch günstige Abmachung getroffen hatte. Auch Margarete war's unbedingt zufrieden, auch ihr war ein Stein vom Herzen gefallen über den günstigen Verlauf der Dinge. Jetzt wurde die ganze Runde gesprächig, selbst Katharina beteiligte sich mit zunehmender Begeisterung über das Geschick ihres Holle an der lebhaften Konversation.

Er musste unbedingt, sofort, auf der Stelle erzählen, wie er das geschafft hatte und der junge Geselle flunkerte, angestrahlt von seiner schönen und seligen Katharina, nach Herzenslust eine ordentliche Geschichte zusammen, wobei sich in ihm doch bloß ein leidliches, ein überschaubar schlechtes Gewissen über seine Flunkereien regte, denn auch er war rundheraus frohen Herzens über diesen guten Tag gewesen. Diese Freude teilte er redlich mit der ganzen Familie, die hier um den Tisch herum zusammen saß. Als Holle seine letzten Episoden ausgesponnen hatte, ergriff endlich Nickel wieder das Wort, das nun mit der passenden Feierlichkeit gesprochen wurde: „Frau, Kinder", hub er an, „auch ich habe Euch etwas mitzuteilen. Ich habe es mir reiflich durch den Kopf gehen lassen, denn so etwas will von allen Seiten heraus wohl überlegt sein. Ich habe mich mit meiner Frau besprochen und ich, nein, wir sind zu der Entscheidung gekommen", und dabei ergriff er die Hand seiner Gattin, „dass Du, Katharina und Er, Peter, füreinander bestimmt seid. Daher geben wir Euch beiden hier und jetzt unseren Segen!"

Katharina saß wie angewurzelt, schaute zuerst ihren Vater, dann ihre Mutter an und dann fiel sie ihrem einzigen Holle in die Arme und küsste und herzte ihn, dass ihm der Löffel aus der Hand fiel. Der Hausherr Nickel blickte verschämt zur Seite, aber die noch immer sehr hübsche Margarethe strahlte über ihr anmutiges Gesicht, wie man es lange nicht mehr bei ihr gesehen hatte.

XXV.

Die Neuigkeit des bevorstehenden Verlöbnisses hatte sich bald im kleinen Dorf, das nur wenig mehr als gerade achtzehn Häuser sowie dreißig Haushaltungen zählte, wie ein Lauffeuer verbreitet. Die jungen Burschen, die vordem ein Auge auf Katharina geworfen hatten, hatten es bereits geahnt und daher auch längst von der jungen Schönen abgelassen. Aber alle zusammen fragten sich insgeheim, woher dieser Schreinergeselle dreihundert Gulden als Nachweis für seine Heiratsfähigkeit vor dem herrschaftlichen Oberamt Ottweiler aufgeboten haben mochte, noch dazu, wo Nickel Beck mit seinem neuen Haus inklusive seiner Schreinerei tief in den Schulden stecke. Es war ein Gekeifere und ein Gewäsch, wie immer, wenn sich Freudiges für eine Familie in dem kleinen Ort anbahnte. Solche Ereignisse waren Wasser auf die Mühlen der Weiber, die am Waschtrog an der Kleinbach sowie in der Bleichwies gebührlich austraktiert werden wollten. Aber ein freudiges Mitgefühl schwang hier und da zum Glück auch mit, war es doch ein ansehnliches Paar, was sich da demnächst vor dem Altar das Ja-Wort geben sollte.

Das feierliche Verlöbnis wurde in kleinem Kreis in der Werschweiler Kapelle am Mittwoch, dem 23. November 1773, genau an dem Tage von Katharinas sechzehntem Geburtstag, vollzogen. Katharina strahlte in ihrem neuen Gewand. Über dem engen dunkelgrünen Manteau de Lit blinkte auf der Brust das schlichte Medaillon aus Silber und am Ringfinger der linken Hand stak ein ebenso einfacher Opalring. Holle hatte sich zu St. Wendel ein dunkelblaues Gewand mit vorne geknöpftem, knielangem Mantelrock mit Umlegekragen und zartblauer Halsbinde, mit einer engen, hellgrau ledernen Kniehose mitsamt blassgelber Weste anfertigen lassen. Grobe Strümpfe, grauer Dreispitz sowie solide Schuhe vervollständigten seinen bescheidenen, aber sauberen Auftritt. Es fehlte natürlich die Perücke, die passte keineswegs hierher, denn sie war dem praktisch denkenden Holle insgesamt zu dekadent für ein Bauerndorf. Alles dieses war vom Schneider Jacob Hallauer mit ordentlichen Stoffen von mittlerer Qualität angefertigt worden. Dennoch kam der junge Mann mit seiner Gewandung derart sauber herausgeputzt daher, dass die Bauern, die Weiber und Kinder, die vor der Kapelle zusammengelaufen waren, allesamt genugsam Läster- und Gesprächsstoff für drei volle Tage hatten.

In Gegenwart des Dörrenbacher Pfarrers, des vergreisten, daher verständnislos mit dem Kopf wackelnden Johann Daniel Engel, des Meiers Adam Weiler und seiner beiden Gerichtsschöffen sowie Jacob und Jakob Weiler, Doktor Karl-Ernst Schönberger und den Eltern der Braut, fragte der Pfarrer die Brautleute: „Wollt Ihr hier vor Gott und Euren Zeugen Euch feierlich die Ehe versprechen, Euch bis zu dem Tage Eurer Eheschließung nicht gegeneinander mit Eurem

Fleische versündigen, Euren Eltern und Eurer Herrschaft die Treue halten, indem Ihr nicht aus dem Lande gedenkt zu entweichen, Eure dereinstigen Kinder in christlich frommer und gottgefälliger Glaubenslehre unterweisen und erziehen, unserer Kirche immer die Treue halten und allezeit gegen Euren Nächsten Euch christlich in tätiger Nächstenliebe bekennen, so antwortet: „Ja, mit Gottes treuer Hilfe und mit Seinem Segen!“

Die Feierlichkeit zu diesem freudigen Ereignis war nur eine bescheidene, um nicht zu sagen unpassende, ja dürftige Zusammenkunft. Was war da schon zu machen? Der Landesherr hatte in einem persönlichen Dekret jegliche Ausschweifungen zu Verlobungen, Hochzeiten und auch zu Kindstaufen, wie sie nur zu oft in seinen zugehörigen Dörfern vorkamen, als da waren Tanzen und Springen, Würfeln, Wettern und Pfeifen, in den Gassen und in den Straßen randalieren und unmäßiges Branntweintrinken, bei hoher Strafe verboten. So kam man nach dem kirchlichen Gelöbnis denn im Becke Haus am Kirschgarten zu einem in aller Bescheidenheit auserlesenen Kaffee aus den portugiesischen Kolonien, den Holle spendiert hatte und dazu flaumig frischem Milch-Kranzkuchen und krachendem Buttergebäck zusammen und ging nach reichlich drei Stunden gesittet und zufrieden wieder auseinander an die Tagesarbeit.

In das Becke Haus schien nach soviel Leid und Tod, nach soviel Pein und Verderben der letzten Jahre endlich das Glück und die Freude zurückgekehrt zu sein. Es herrschte eine Herzensgüte und Wärme, es war ein reges Tun und Treiben, die Arbeit flutschte nur so von der Hand, dass es eine Wohltat war, hier zu sein und in ihren bescheidenen und zufriedenen Seelen erstrahlte die Sonne ihrer Zuversicht mitten in den tristen Herbst der letzten Novembertage hinein. Selbst die stille Margareta blühte allmählich wieder auf. Katharina indes wurde ausgelassen kindisch gegen ihren guten Bräutigam, den sie unaufhörlich verliebt und liebevoll neckte und der Vater Nickel schaffte sich mit Holles Hilfe eine kleine Arbeitsmaschine an. Es ging sichtlich bergauf, denn Marum Weyel meldete sich noch immer nicht wegen der Rückzahlungsraten und der anstehenden Zinsen, was Nickel Beck zwar recht war, ihn aber dennoch ein wenig verunsicherte. Aber die Neider waren auch schon wieder da, wie überall, wo es plötzlich voran geht. Im Dorf kursierten allerlei Gerüchte, von denen natürlich keines stimmte.

Die Adventszeit war mit dem ersten starken Frost herangekommen. Die Weiden waren geschnitten, die Besen fürs kommende Jahr gebunden, es war die rechte Zeit für Adam Schwingel, Jacobs Schwiegervater, der jetzt an der Herdstelle saß und Korb um Körbchen für die Weihnachtszeit in allen erdenklichen Mustern und Farben flocht, wie keiner im Dorfe es fertigbrachte.

Doktor Schönberger, der Hausgast in Jacobs Hof, war unterdessen unentwegt fleißig in den Meierorten zugange, wo er die Kinder, auch die Jugend und selbst den einen oder anderen Erwachsenen piesackte, vielmehr kuhpockte, der von den Blattern bisher verschont geblieben war. In jedem Dorf gewann er sogar manchen Mutigen, der sich stolz dem Pockenkontakt aus dem eigenartigen Stahlbehälter des Doktors aussetzte. Wie sollte es schon anders sein? Natürlich waren diese Tapferen allesamt von einer Infektion verschont geblieben. Die wohltätige Wirkung des sonderbaren Ulmer Wundarztes sprach sich von einem Flecken zum anderen herum. Der Mann war diskret genug, seine wahre Herkunft nicht preiszugeben, auch wenn sein Habit und seine Instrumente zu manchem Argwohn Anlass gaben. Immer häufiger sprach Schönberger gegenüber Holle jetzt davon, dass allmählich die Zeit nahe, aus dem Dorf Abschied zu nehmen, denn er hatte mit seinem Impfmaterial in der Zwischenzeit schon so viel Erfahrung gewonnen, dass er es wagen konnte, damit in die andere Welt zurückzukehren. Dennoch genoss er sein sichtlich wachsendes Ansehen im Dorf. Ein um das andere Mal wurde, wenn ein Leiden zu lindern war, wenn eine Wunde nicht ausheilen wollte oder die Schmerzen allzu groß geworden waren, nach ihm, statt nach dem alten heilkundigen Beckfritz, geschickt.

Seine neue Auffassung von den Vorgängen im Körper, von den Säften und vom medizinisch Notwendigen war so grundverschieden von dem, was die hier gängigen Lehren verkündeten, dass die verdutzten Patienten mitunter nicht schlecht staunten, wenn der Arzt etwa den Aderlass, der in jenen Tagen noch als Heilungsmittel schlechthin angepriesen worden war, schlichtweg zum Unsinn erklärte. Er sprach von Blutdruck oder von einseitiger Ernährung statt von Miasmenlehre, respektive von schlechten Dünsten. Er gebot Reinlichkeit und Hygiene bei den Gebärenden, statt von einer Einsegnung der unreinen Bettlaken zu sprechen. Und er wetterte geradezu ungeheuerlich von der Schuld der Flohstiche bei der schwarzen Pest und nicht vom wütenden Strafgericht Gottes, wenn irgendwo die Pestilenz in Schüben wieder übers Land gegangen war. Dabei hatte er immer Erklärungen bereit, die so einleuchtend waren, gleichzeitig jedoch so losgelöst von einem zornigen Willen des Allmächtigen, dass sich auch die anhänglichsten Menschen mitunter auch ein wenig in Acht vor ihm nahmen, denn sie fürchteten sich vor dem Wort des mürrischen Pfarrers, der in all diesem seltsamen Treiben nur die gotteslästerlichen Verführungen eines unchristlichen Heiden witterte.

Der junge Jacob, der zu Holle und Doktor Schönberger bald ein innig freundschaftliches Verhältnis gefasst hatte, sah die segensreichen Entwicklungen im Hause Beck, wie auch die Wohltaten des Arztes in den Orten der Meierei Werschweiler mit Freude, ja mit großer Genugtuung. Mit seinem Interesse für alles Neue, mit dem wachen Verstand und seiner raschen Auffassungsgabe, erfasste er sofort ohne Mühen die Ideen, Meinungen und Zusammenhänge des Arztes, den er bei sich in seinem Hause wohnen hatte. Mehr noch, all diese wunderlichen Dinge waren ihm eine große, wenn man das so sagen kann, intellektuelle Herausforderung. Er fragte ihn aus, er wollte dies und das wissen, er sog den Mediziner förmlich aus vor Begeisterung und Wissensdurst. Jacobs einfältiger Bruder war bei diesen Sitzungen anfangs stets zugegen gewesen, was die beiden lebhaft an ihre ferne Schulzeit in Dörrenbach erinnerte, nur dass sie das Psalmen lesen sowie das Gebete lernen, leider auch das Singen, weit hinter sich gelassen hatten.

Manchmal mochte Jacob gar nicht glauben, wie so viel neues, faszinierendes Wissen auf einmal in einen einzigen Kopf gehen konnte. Vor allem hatte er nie in seinem Leben derartig Neues gehört. Jakob der Ältere indes schien dies alles als wenig ungewöhnlich, ja als schiere Selbstverständlichkeit zu betrachten. Er tat jedenfalls kopfnickend oder schulterzuckend so, als hätte er dies alles längst verstanden; was es daran denn überhaupt misszuverstehen gäbe? Jakob war wirklich nicht sonderlich beeindruckt von den Lektionen. Alles, was Schönberger vortrug, war für den wissbegierigen jüngeren Jacob wie eine verheißungsvolle, eine neue, eine schillernde und faszinierende Welt. Es kam vor, dass sie zu dritt nächtelang beisammen saßen, Schönberger als Lehrer, die beiden Jakobs als seine Schüler. Die Rollen waren bisweilen durchaus schonmal vertauscht, so dass auch der Arzt einiges von dem Ackerer und von seinem sonderlichen Bruder lernen konnte. Manches Mal verstieg sich der Doktor bei seinen Belehrungen über die Medizin, die Mathematik, die Technik, die Geschichte oder die Alchemie in Sphären, dass Jacob dabei geradezu unheimlich zumute wurde. Nicht so erging es dem älteren Jakob. Der winkte ab und tat so, als sei das alles nichts Neues. Hatte er überhaupt begriffen, was da gesprochen wurde?

Aus dem Schlagfluss wurde ein Schlaganfall, der auf einen zu hohen Blutdruck zurückzuführen war, der böse Husten wurde von winzigen Lebewesen, die man Bakterien nennen würde, ausgelöst, die man dereinst mittels bestimmter Schimmelpilze erfolgreich würde bekämpfen können. Der allwissende Arzt jonglierte wie ein Magier, wie ein Hexenmeister mit Zahlen und Buchstaben, mit Ideen, wie das Land kunstfertig zu düngen sei, um den Ertrag um ein vielfaches zu steigern und vieles mehr. Kann man dem sonst gelehrigen Schüler verdenken, dass alles dies dazu führte, Jacob den Jüngeren irgendwann an seine Grenzen, an den Horizont seiner Auffassungsgabe zu bringen? Er vermochte nicht mehr zu begreifen, er konnte nur noch staunen. Nicht so Jakob. Der tat so, als sei ihm all dies längst bekannt und dann benahm er sich ganz so, als würde er sich langweilen. Dann beschäftigte er sich mitunter mit anderen Dingen, zum Beispiel mit seiner Hundepfeife, die er einst von Caspar Dibo geschenkt bekommen hatte. Jakob störte den Unterricht.

Immerhin, der lernende, staunende Jacob bekam durch diese nächtlichen Lektionen des Mannes aus Ulm eine Ahnung, eine schemenhafte Idee von den faszinierenden, ja beinahe unfassbaren Geheimnissen der Welt, von dem, was der Menschverstand alles hervorbringen würde und er kam in seinen durchwachten Nächten wieder zurück auf Gott. Wie konnte dieser getreue Gott zornig sein, wenn er solche Menschen hervorbrachte, die so viel Gutes tun konnten, die sich bemühten, aus der himmlischen Schöpfung zu lernen und diese zu verstehen. Dass es Mittel in und aus der Natur gab, die, derart einfach und intelligent genutzt, wie etwa die Kuhblattern, die ihrerseits ja doch selbst angebliche Gottesstrafen, wie die Pocken, in die Schranken zu weisen imstande waren, zeigte ihm, dass Gott nicht böse, nicht einmal zornig sein konnte. Zornig und böse mochten vielmehr die Menschen sein, die in ihrem Unwissen um die reichen Zusammenhänge der Natur, alles Unheilbringende als eine nicht zu ändernde Gottes-Fügung auslegten. Jacob dankte daher seinem Schöpfer von Herzen dafür, dass Er ihm in Gestalt eines solchen Menschen, wie Schönberger, so wunderbar die Augen geöffnet hatte.

Die Spitze des Unfassbaren aber bekam er von dem Arzt dargeboten, als dieser ihm für seine Gastfreundschaft ein Geschenk verehrte. Er vermochte es nicht zu erfassen, so gewaltig erschien es Jacob in dessen Einfachheit. Ihm, der in seinem Leben nichts anderes kannte, als sein Herdfeuer mit Zunder und Schlageisen sowie dem Silexstein zu entfachen, schenkte der Doktor ein giftgrünes – Bic-Gasfeuerzeug aus billigem Kunststoff – offensichtlich aus Pennsylvanien, Jacob traute sich nicht zu fragen.

Die Funktionsweise des kleinen Wunderdinges leuchtete dem Geblendeten, der zuerst fast aus seiner Haut fuhr vor erschrecktem Erstaunen, nach dessen simpler Erklärung so schnell ein – dass Jacob jetzt selbst an diesem kleinen erhellenden Werkzeug erkannte, dass der allgütige Gott es doch eigentlich nur gut mit den Menschen meinen konnte. Er verstand die Funktionsweise des entflammenden Gases noch nicht recht. Dieser Unverstand war jedoch bald beseitigt. Schönberger ließ seinen gelehrigen Schüler über einem Kuhfladen riechen: „Sieht Er, was Er da riecht und nicht sieht – das ist Gas und dieses Gas brennt, wenn man es entzündet.“ Ein Versuch mit einem umgekehrt über einen frischen Fladen gehaltenen Blechtrichter konnte Jacob sofort überzeugen, denn am Trichterrohr züngelte beim Entzünden desselben eine blassblaue Flamme. Jacob war außer sich vor schierer Erkenntnis.

Die weiteren Lektionen des Doktors schwänzte Jakob, der Eigensinnige. Sie interessierten ihn nicht mehr. Er zog sich in seine Kammer zurück und vertiefte sich in sein philosophisches Dämmerdasein, das er von Tag zu Tag zusehends ausdehnte und bei dem er nicht behelligt werden wollte. Er war auch nicht an dem primitiven Mechanismus der angeblich aberwitzigen Flammenhervorbringung des kleinen grünen Feuerzeuges interessiert, mit dem ihn sein mehr und mehr beunruhigter Bruder Jacob aus der Reserve zu locken suchte. Dieser kannte seinen großen Bruder jedoch nur zu gut um zu wissen, dass die Veränderungen seines Verhaltens in den vergangenen Tagen nichts Gutes verhießen. Nicht dass Jakob ernsthaft erkrankt war. Es war nur dies: Jakob schied sich einfach ab. Er entschwand, wie ein Boot sich entfernt, wenn es unvertäut fast unmerklich von der kaum wahrnehmbaren Strömung, dem leisen Sog mitgelockt wird und langsam vom Ufer wegtreibt; das sich einfach treiben lässt, bis es sich plötzlich uneinholbar fern draußen, mitten auf dem Meer befindet und hinterm Horizont verschwindet.

Die Zeit des Vollmondes kam wieder heran. Schönberger wurde unruhig, er drängte sich selbst zum Abschied. Er hatte bei all der Beschaulichkeit seines Aufenthaltes im *Alten Dorf*, bei all den Wohltaten, die er hier spenden konnte, seine Verantwortung für die Gefahr, die in der Zukunft immer größer wurde, nicht vergessen. Gewiss würden ihm die Menschen, die er hier durch seine Hilfe vor Leid und Verderben erretten konnte, weitaus dankbarer sein, als vielleicht in der anonymen Gesellschaft des einundzwanzigsten Jahrhunderts, die alles Unmögliche als schiere Selbstverständlichkeit möglich zu machen erwartete. Dennoch gebot ihm sein Gewissen, zurückzukehren.

Am Montagabend, dem 29. November 1773 stand der helle Vollmond über den Hügeln und schien in das Ostertal. Schönberger stand am Abend in der Schreinerei, wo noch immer die Talglichter brannten. Holle hatte bereits auf ihn gewartet. Er wusste, dass der Arzt seine Vorbereitungen für die Rückkehr abgeschlossen hatte und in dieser Nacht den Rückweg durch den Tunnel antreten wollte. Während der letzten Nächte war der Schreinergeselle immerzu mit größerer Unruhe in Gedanken über den bevorstehenden Abschied des Arztes beschäftigt gewesen. Er grübelte ständig nach, war hin- und hergerissen von der Überlegung, ob er bleiben oder mitgehen solle. Das *Alte Dorf*, das schon beinahe das seine geworden war, würde er ja doch nur für ein paar Stunden verlassen um auf dem Rückweg nach hier wichtige Dinge mitzunehmen, über die er sich bereits eine ausführliche Materialliste angelegt hatte. Seiner geliebten Katharina hatte er vorsichtshalber davon berichtet, dass er noch einmal für ein paar Tage mit Doktor Schönberger zurück nach Ulm reisen wolle, um längst fällige, notwendige Erledigungen zu machen. Auch Werkzeuge für die Schreinerei würde er auf dem Wege noch besorgen.

Als Holle jedoch Doktor Schönberger seinen Vorschlag, mitzukommen, unterbreitete, war dieser alles, nur nicht einverstanden. Nicht, dass er ihn nicht dabei haben wollte. Neufang wäre Schönberger auf dem Weg durch den Tunnel vielleicht sogar unentbehrlich gewesen, nur nicht unter diesen Vorzeichen und Umständen. Der Arzt riet dem jungen Schreinergesellen ohne Umschweife daher dringend von seinem Vorhaben ab: „Ich sage Ihnen, was ich von Ihrem Vorschlag halte, nämlich nichts. Sie können jetzt nicht Ihre Verlobte einfach hier zurücklassen, Sie sind verantwortlich für das Mädel! Sie haben ihr die Ehe gelobt, vor dem Pfarrer, vor Zeugen! Was glauben Sie, wie Sie ihren Ruf ruinieren werden, wenn Sie schon wieder für ein paar Wochen verschwinden, irgendwo hin, wo keiner Sie findet? Wir sind nicht im einundzwanzigsten, wir sind hier im alten achtzehnten Jahrhundert, das sollten Sie sich mal wieder vor Augen halten. Außerdem, was wollen Sie ausgerechnet jetzt drüben in der Zukunft? Warten Sie doch wenigstens, bis sich Drüben die Lage wieder beruhigt hat, die Wogen geglättet sind. Ich sage Ihnen was: Heiraten Sie hier erst einmal ihre Braut und dann machen Sie irgendwann später mit ihr einen Ausflug nach Drüben in Ihre alte Heimat. Kommen Sie mich besuchen, bleiben Sie meinethalben für ein paar Wochen oder auch Monate in Ihrem Hirtenhäuschen. Sie können sich das Haus als kleines Ferienhaus für die Sommermonate herrichten, wo Sie dann immer mal Urlaub aus der Vergangenheit machen. Es wird auch Ihrer Frau gefallen. Sie wird sich dort nicht völlig fremd fühlen, kann mit ihren Ururenkeln spazieren gehen und denen von der alten Zeit erzählen und sie wird ganz schön staunen, wie komfortabel man im künftigen Werschweiler leben kann. Vielleicht entschließen Sie sich dann irgendwann, ganz dort zu bleiben, holen die Schwiegereltern vielleicht nach, alles steht Ihnen noch offen. Oder Sie können auch immer noch sagen, sie wollten in die Neue Welt, nach Pennsylvanien auswandern, wenn Ihnen das zu direkt ist. Dann bleiben Sie meinetwegen mit Ihrer Frau bei uns, aber lassen Sie um Himmels Willen Ihre Verlobte jetzt nicht im Stich!“

Holle musste bei diesem Vorschlag schmunzeln. Es war ein verlockender und zugleich absurder Gedanke, nicht mitzugehen. „Drüben, hat er gesagt, alte Heimat hat er gesagt. Das hört sich so an“, dachte sich Holle, „wie man früher bei uns die DDR genannt hat, oder meinetwegen von der anderen Seite aus die BRD – Drüben, alte Heimat, was für Worte! Drüben, das lag für ihn längst schon im Trüben.“

Aber auch er hatte über sein Tun Rechenschaft gegen seine Zeit, in die er hineingeboren und wo er aufgewachsen war, abzulegen. Er war es, der die Pocken wieder in die Welt eingeschleppt hatte und er war nicht der Mann, der sich aus der Verantwortung stahl, indem er sich in das *Alte Dorf* verkroch. Das Wenige, was er tun konnte, um ein Stück Wiedergutmachung - wie sich das anhörte - für seine Gesellschaft beizutragen, bestand in dem Mitgehen, im Zurückkehren durch den Stollen. Es bestand darin, den Arzt mit seinem Impfmaterial sicher hinüber zu begleiten, soweit er damit überhaupt seinen Teil dazu beitragen konnte. Was, wenn Schönberger sich in dem weitläufigen Labyrinth verirren würde? Was, wenn diese Irren ihm auflauerten und irgendwelche Dunkelmänner, die gab es ja dort genug, ihm das Material abnähmen, ihn vielleicht sogar töteten? Nein, sein Entschluss stand fest.

„Wenn Sie schon unbedingt wieder zurück wollen, Herr Neufang, dann bleiben Sie wenigstens noch eine Zeitlang hier. Es gibt dort Leute, die nach wie vor hinter Ihnen her sind. Wollen Sie, kaum dass Sie dort angekommen sind, schon wieder auf der Flucht sein?“

„Was können denn die noch von mir wollen? Die Pocken brauche ich denen wohl nicht mehr beizubringen, die sind ja schon in ihren Händen! Außerdem sind Sie bei mir und ich denke, dass ich zuerst einmal von der Polizei in Sicherheit gebracht werde, solange, bis mir niemand mehr an den Kragen will.“

Schönberger legte die Stirn in Falten: „Unterschätzen Sie die kriminellen Energien bestimmter Gruppen nicht. Die haben Sie schneller, als die Polizei agieren kann. Würde mich nicht wundern, wenn die uns sogar irgendwo vor dem Loch da drüben abpassen. Und was die von Ihnen wollen, fragen Sie? Das kann ich mir denken: Es gibt Leute, die brauchen Sie, die wollen an Ihr Blut, weil man mit den Antikörpern, die Sie zwischenzeitlich aufgebaut haben, in der Industrie einiges anfangen kann. Und wenn es die Pharma-Industrie nicht ist, dann sind es andere. Dann mögen es die Dunkelmänner, Terrororganisationen sein, die nicht daran interessiert sind, dass in der Welt ein menschlicher Antikörperspeicher wie Sie einer sind, herumläuft, der deren Terrorpläne mit seinem Dasein durchkreuzen könnte. Vielleicht stehen Sie bei denen schon auf der Abschussliste. Seien Sie doch nicht so naiv, zu glauben, Sie wären für die nicht mehr interessant! Warten Sie lieber, bis ein Impfstoff aus meinem Material entwickelt wurde und auf dem Markt ist, dann werden bestimmte Leute kein Auge mehr auf Sie werfen. Dann sind Sie uninteressant und Sie können wieder zurück!“

Holle ließ all diese dünnen Argumente nicht gelten, sie waren ihm, im Gegenteil, sogar zum Teil noch mehr Ansporn dazu, den Arzt hinüber zu begleiten. Er setzte Schönberger seine Argumente auseinander und nach allem Für und Wider ging er noch einmal in sich.

Nein, es stand für ihn fest: Er fühlte sich verantwortlich, für das, was er selbst mit seiner Infektion in seiner eigentlichen Welt angerichtet hatte, er würde es unerträglich finden, wenn er nicht seinen Teil zur Lösung dieses ganzen Desasters hätte beitragen können. Er war sich darüber im Klaren, dass er nicht einfach hier bleiben konnte, um mit seiner Katharina ein Leben in der stillen Beschaulichkeit des achtzehnten Jahrhunderts zu führen. Die ganze Last seiner Schuldgefühle wogen ihm jetzt schon schwer genug. Er würde, so sein Vorhaben, Schönberger begleiten und dann, wenn der Impfstoff in die Labors gelangt war, auf dem kürzesten Weg in *Alte Dorf* zurückkehren, um seine Braut zu heiraten.

Schönberger gab, auch weil die Zeit schon bald gegen die Nacht vorangeschritten war, seinen Widerstand auf, es war zwecklos. So eilte Holle nochmals hinüber in Jacobs Haus und verabschiedete sich aufs herzlichste von diesem, sodann von dessen Schwiegereltern und dem dahinsiechenden, schon fernen Jakob, dem er seinen Hund Areus als Pfand in der Kammer zurückließ. Seinen Leuten im Kirschgarten sagte er, mit dem Versprechen auf ein baldiges Wiedersehen, ein herzliches Adieu. Katharina, die in Tränen aufgelöst war, gab er einen Brief, den sie erst öffnen sollte, wenn er nach drei Wochen noch immer nicht zurückgekehrt war. Er herzte und küsste sie, er umarmte auch seine künftigen

Schwiegereltern und vor Mitternacht zogen sie hinaus aus dem Dorf.

Im Morgengrauen, gegen die fünfte Frühstunde, waren die beiden Zeitreisenden enttäuscht, ja ernüchtert ins alte Dorf zurückgekehrt. Der volle Mond hatte vergeblich in den verbuschten Hang an der schwarzmächtigen Banneiche gelächelt, aber einen Eingang fanden sie nicht, solange sie auch die gesamte Gegend am Wingertsberg durchstreiften und absuchten.

XXVI.

Die Nachricht auf den Tickern schlug wie eine Bombe ein: „Pockenanschlag in der Berliner U-Bahn!“ Verkündet auf allen Kanälen, durch mehrere Anrufe bestätigt und begleitet von eindeutigen Bekennerschreiben eines „Kommandos der Befreiungsarmee Heilsbringender Himmelskrieger“, gab es nur noch eine Schlagzeile, einen Weltfokus an diesem Morgen: „Terror über Berlin mit Biowaffen!“ In der Hauptstadt befanden sich hunderte von Berichterstattern und Korrespondenten der Radio- und Fernsehsender und Nachrichtenagenturen aus aller Welt in ständigem Einsatz vor den Orten des Geschehens sowie im Regierungsviertel am Spreebogen.

Tausende Fahrgäste waren am frühen Morgen auf dem Weg zu ihrer Arbeit in Panik aus den qualmenden Schächten und beißend stinkenden U-Bahn-Stationen geflohen. Es gab unter den U-Bahn-Benutzern, die in Panik geflüchtet waren, etliche Verletzte. Viele, vor allem Kleinkinder sowie zahlreiche ältere Menschen, mussten an Ort und Stelle mit Verdacht auf Vergiftungen ärztlich notversorgt werden. Vor den Kliniken, vor den Krankenhäusern der Stadt, den Ärztepraxen und in den Gesundheitsämtern drängten sich die auf schnelle Versorgung wartenden Verängstigten. Bereits am späten Vormittag wurden von den Medien die ersten Plünderungen von Supermärkten und Apotheken gemeldet. Die Berliner Bevölkerung war, teils mit ihren Wagen, teils zu Fuß, mit Handkarren, auf der Flucht vor den Pocken. Auf den Autobahnen, an den Flughäfen, in Bus- und Bahnstationen ging nichts mehr. Es wurden in den ersten drei Stunden nach dem Anschlag bereits mehrere tausend Verkehrsunfälle gemeldet. Weder die Polizei, noch die Feuerwehr oder die Rettungswagen kamen bis zu den Unfallorten durch. In der Hauptstadt herrschte das schiere Chaos. Vom THW und dem Roten Kreuz wurden an die Helfer spezielle Atemschutzmasken ausgegeben, weil sich immer mehr Bedienstete geweigert hatten, sich in die Nähe der Einsatzorte bringen zu lassen. Der von einem Krisenstab der Regierung verabschiedete, mit den Länderkommissionen abgestimmte Kriseninterventionsplan der Bundesregierung sowie des Berliner Innensenats wurde gestartet.

Aus allen Teilen der Republik wurden eilends alle noch verfügbaren Helikopter von Rettungsdiensten, Bundeswehr, Bergrettung, Technischem Hilfswerk, Wasserschutzpolizei und den Länderpolizeien zusammengezogen. In allen Teilen der Stadt patrouillierte die berittene Polizei. Sie befahl durch Megaphone, absolute Ruhe zu bewahren. Die Menschen wurden aufgefordert, in ihren Häusern zu bleiben sowie Fenster und Türen geschlossen zu halten. Es war eine Farce.

Ein eilends zusammengerufener Krisenstab der Bundesregierung rief den Notstand über Berlin aus, er verhängte auch eine dreitägige Ausgangssperre. Mit Hilfe von Einheiten der Bundeswehr wurde die Stadt abgeriegelt. Zu viele waren schon entkommen, als dass der Supergau noch hätte verhindert werden können. Sonderflugzeuge und Helikopter

der Bundeswehr brachten abertausende von Impfampullen in die Stadt. In den Sonderausgaben aller Zeitungen prangten die Schlagzeilen: „Killer-Virus-Terror in Berlin - Lage außer Kontrolle - Deutschland im Ausnahmezustand“. Andere Blätter brachten Aufmacher, wie: „Schuld an allem ist das *Neufang-Virus*“, oder „Müssen wir jetzt alle sterben?“ Nach einem Tag wurde das Notstandsgebiet auf alle nationalen Flughäfen, Bahn- und Busstationen ausgeweitet. Die Briefpost von und nach Berlin wurde für die nächsten Tage eingestellt. Desgleichen waren, bis auf wenige strenge Ausnahmen, Personenbeförderungen sowie Warentransporte nach und aus der Metropole strikt untersagt worden.
Die Bevölkerung wurde unterdessen in ständigen bundesweit ausgestrahlten Sonderberichterstattungen über den Anschlag auf dem Laufenden gehalten. Sie wurde aufgerufen, sich umsichtig und ruhig zu verhalten. In speziellen Sendungen wurde an die Menschen appelliert, keinerlei Besucher zu empfangen, wenn diese entweder selbst kürzlich aus Berlin angereist waren oder wenn sie aktuellen Kontakt zu anderen Menschen unterhielten, die sich in den letzten Tagen oder Stunden in der Bundeshauptstadt aufgehalten hatten. Den Zuschauern wurden aktuelle Telefonnummern sowie Internetadressen zur Verfügung gestellt, wo sie sich ständig über die nächstgelegenen Impfstellen erkundigen konnten oder was sie in den nächsten beiden Tagen tun und lassen sollten. Der Name Peter Holger Neufang mit seinem nach ihm benannten Virus wurde auf einen Schlag berühmt. Die Nation war gelähmt.

Im Laufe des Nachmittags wurden die Staubfilter aus den Luftschächten entnommen, um sie auf das *Neufang-Virus* genauestens zu untersuchen. Es fanden sich zunächst keinerlei Anhaltspunkte, keine Spuren verdächtigen Materials.

Auch die Kontamination der Bahnsteige, wie der Geleise, der Fahrzeuge und der direkt betroffenen Personen, wie Dienstpersonal, Putzkolonnen oder der Fahrgäste war nach eingehenden Untersuchungen gleich Null.

Die ausgetretenen Dämpfe hatten sich als das Produkt von Signal-, Stink-, beziehungsweise Rauchbomben erwiesen, die, außer heftigen Atemwegsreizungen, keinerlei ernstere Gefahr für die Betroffenen darstellten. Die Medien berichteten sofort und umfassend über die neue Lage. Dennoch mahnten die zuständigen Sicherheitskräfte an den Mikrophonen zu höchster Vorsicht. In der Stadt schöpfte man erste zaghafte Zuversicht. Der Notstand über Berlin konnte aufgehoben werden und die aufgeregten Kommentatoren in den Zeitungen oder in den Rundfunkanstalten sprachen von einem gefährlichen und makabren Szenario, das sicher noch Folgen haben werde. Als am Abend des nächsten Tages von den Offiziellen, zur Erleichterung aller, endgültig Entwarnung gegeben werden konnte, fanden sich auch schon die ersten Mutigen zu ausgelassenen Open-Air Rauchbomben-Parties auf dem Ku'damm ein, der von den Ordnungskräften ohne größere Zwischenfälle nach wenigen Stunden wieder aufgelöst werden konnte. Auch hierüber berichteten noch einige Medien, viele waren es aber nicht mehr. Der Qualm hatte sich verzogen, die Stadt gewann schnell ihre geschäftige Normalität wieder.

Die Anrufe sowie die Bekennerschreiben hatten sich als übler Scherz herausgestellt. Die Anrufer, harmlose Schüler, die sich wohl aus Langeweile diese Aktion ausgedacht hatten, waren schnell gefasst worden. Sie würden für den Rest ihres Lebens nicht mehr froh werden, wie man so schön sagt. Die Schadensersatzforderungen, die sich auf fast eine Milliarde Euro beliefen, ruinierten ihre Zukunft und die ihrer Eltern, denn hierfür war keine Versicherung bereit, aufzukommen.

Vier Tage nach der Entwarnung brachte ein vermummter Motorradbote ein Paket ins Robert-Koch-Institut. Das Paket stand nicht auf der Anmeldeliste der Eingangspost. Es war daher verdächtig, ging den üblichen Weg der Sicherheitskontrolle. Im Inneren fand sich ein Zettel sowie ein kleines verschlossenes Metalldöschen. Die Sendung wurde vorsichtshalber im dortigen Sicherheitsbereich der Stufe vier geöffnet und untersucht. Auf dem Zettel stand zu lesen: „Das war nur ein Vorwarnung, unser Saat wächst schnell, bald können Ernte gehalten werden“. In der Metalldose steckte ein verschlossenes Kunststoffröhrchen mit einer milchig opalhellen, changierenden Flüssigkeit. Dieses Röhrchen war bis oben hin mit hochaktiven Pockenviren des *Neufang-Virus* gefüllt.

XXVII.

Katharina weinte vor Glück, dass sie ihren Holle wieder hatte. Er selbst war in seliger Wiedersehensfreude, aber zugleich in heftiger Verwirrung darüber, dass der vermutete Zusammenhang zwischen dem Vollmond und der Eröffnung des Stolleneingangs nicht eingetreten war. So hielten sich die beiden Jungverliebten in der Stube lange und fest umschlungen, bis sich der junge Schreinergehilfe seiner Braut und seinen Schwiegereltern umständlich erklären konnte. Das Mädchen ließ sich nur mit Widerwillen von ihrem Bräutigam trennen.

Trotz der lebhaft schwankenden Gefühle spürte Holle jetzt deutlich, dass er hierher gehörte, dass sein Platz im *Alten Dorf*, bei seiner jungen Braut und ihren Leuten war. Jetzt, wo er wieder in der kleinen Stube stand, lag die Zukunft, in die er nicht zurück konnte, fremd und weit entfernt im Ungewissen. Dabei spürte er, dass er sie noch lange nicht vermissen würde.

Auch Doktor Schönberger ging zu seinen Leuten ins Schmidts-Eck und meldete sich bei seinem Gastgeber zurück. Ihm erklärte er, er habe einige wichtige Impftests noch nicht berücksichtigt. Die müsse er eiligst nachholen. Am

Abend kam Holle beim jungen Jacob vorbei. Sie saßen zu dritt zusammen und beratschlagten über die fehlenden Tests, die Schönberger noch zu machen gedachte, bevor er seine *Mission*, wie er sich ausdrückte, im Ostertal vollständig beendet haben würde.

Die Sprache kam jedoch auch auf den Bruder, um dessen Zustand Jacob in ernster Sorge war. Er berichtete von Jakobs Schweigen und von dessen Weigerung, Nahrung zu sich zu nehmen. Schon seit Tagen würde das so gehen und nicht einmal ihn, der immer im engsten Kontakt zu seinem Bruder gestanden hatte und auch den innigsten Zugang zu dessen Eigenheiten und Einsichten besaß, nicht einmal ihn ließ er noch an sich heran. Sogar Areus war in der vorigen Nacht aus der Kammer geschlichen, hatte sich winselnd vor die Türe gelegt. Jacob bat Schönberger, nach dem Manne zu sehen. Vielleicht konnte der Arzt seinem Bruder helfen.

Droben in der Kammer des Schweigers roch es muffig nach alten Holzdielen und sauer nach Schweiß und Urin, nach ungelüftetem Bettzeug und Hund. Jakob verharrte in der Ecke seiner Bettstatt in vollkommener Apathie. Er starrte an die Decke. Er reagierte auch nicht auf die beiden Besucher, die nacheinander eintraten. Auch als sich Schönberger ihm näherte, um ihn abzuhorchen, ließ er alles vollkommen unbeteiligt über sich ergehen. Körperlich war Jakob gesund, der Doktor konnte keine Auffälligkeiten, bis auf den sehr langsamen Puls sowie seine ausgesprochen hagere Physiognomie, die er schon immer hatte, feststellen. Jakobs Pupillen waren für die Dunkelheit der Kammer entsprechend geweitet. Hielt er das Öllicht vor dessen Gesicht, dann reagierten die Pupillen völlig normal. Die Handreflexe, ebenso die Fußreflexe funktionierten, wie sie bei einem Gesunden zu funktionieren haben. Sogar seinen Mund ließ sich Jakob bereitwillig öffnen. Auch hier konnte der Arzt, bis auf die verrotteten Zähne, keine Auffälligkeiten finden. Nur ansprechbar war der arme Kerl nicht.

Die beiden Ratlosen blieben noch vielleicht eine halbe Stunde bei dem Manne, bis sich Schönberger kapitulierend verabschiedete. Holle blieb auf dem Bett sitzen, nahm Jakobs Hände in die seinen. Dann streichelte und massierte er sie. Fast die gesamte Nacht blieb er bei dem Menschen, der immer tiefer in Apathie verfiel und schon außer der Welt zu sein schien. Was war nur geschehen, dass sich Jakob so in sich zurückgezogen hatte, dass er nichts mehr um sich herum wahrnahm?

Gegen den Morgen hin, es war noch stockfinster, gab es plötzlich ein jähes Erwachen. Wie von ferner Macht gelenkt und geleitet sprach da zu ihm eine Stimme, die nicht Jakobs gewesen sein konnte und doch war er es, der Holle mit einem Male sein großes Geheimnis preisgab.

Im Jahre des Herren, 1748, Jakob war fast noch ein Kind, er zählte keine dreizehn Jahre, wurde ihm diese Botschaft zuteil. Er hatte an jenem sonnigen Morgen im Juli Wichtigeres zu tun, als mit seinem jungen Bruder Jacob nach Dörrenbach in die Schule zu ziehen. Der unruhige Jüngling schritt, wie so oft des Morgens, die Gasse auf und ab. Es zog ihn den Berg hinauf bis ans alte Schäferhaus am Erwesrech und von dort aus wieder in gemächlichem Trott zurück, bis hinunter, auf den Dörrenbacher Weg. Und von da aus im Kehrtmarsch auf der anderen Gassenseite retour, immer die Strecke mit wichtigen Sprüchen abzählend.

Unterwegs beschäftigte ihn unablässig, ja fast zwanghaft, eine kuriose gestische Eigenart, die er sich beim Dorfschulmeister aus Dörrenbach, Heinrich Jakob Niess, abgeschaut und beim Abschreiten seiner Strecke eingewöhnt hatte. Es war ein eigentümliches, unbewusstes Bohren in seiner Handfläche, das ihn besänftigte und antrieb zugleich. Wie ging dieses Stochern in den flatternden Händen vor sich? Der stumpfsinnige Jakob drückte dabei den ausgestreckten Mittelfinger der Linken mitten in den Handteller der Rechten hinein und versenkte in schneller und schaukelnder Hin- und Herbewegung seinen Finger förmlich in die Handinnenfläche hinein. Was hatte dieses nervöse Fingerspiel mit dem großen Geheimnis zu tun? Eigentlich nichts, es war bloß der Ausdruck seiner heftigen seelischen Empfindung, die entweder Jakobs großes Vergnügen oder sein noch größeres Missvergnügen zum Ausdruck brachten. Es war ganz so, wie es den alten Dörrenbacher Schulmeister Jakob Niess auch jeweils unweigerlich und wie von selbst, sozusagen automatisch überkam, wenn entweder einer seiner Schüler seine Lektionen besonders gut oder aber besonders schlecht repetiert hatte.

Dieses unentwegte Handbohren fiel dem fast erblindeten, dem dreiundneunzig Jahre alten senilen, selbst schon im Geiste verwirrten Johann Jakob Sander auf, als dieser vor seinem Hause in *Koorts* auf seinem Steinbänkchen in der Morgensonne saß und die Umrisse einer stets auf dem Wege hin und her defilierenden Schattengestalt zu erkennen glaubte. Vielleicht dachte sich der Alte, da würde jemand einen flatternden Vogel in der Hand vor sich her tragen. Möglich, dass es sich um den Schütz handele, der pflichtschuldig die Wege und Stege mit eifriger Geste inspizierte und sich Notizen in sein Diarium eintrug. Oder dort am Wege erschiene ihm wohl gar der Hüter der Unterwelt, der ihn mit seinen hastigen Handbewegungen locken wollte?

Die denkwürdige Enthüllung von Sanders Geheimnis ergab sich gewissermaßen aus der zufälligen Anwesenheit Jakobs sowie aus der besonnten Neugier des alten staräugigen Sander, der wissen wollte, was jener Schattenmann da Kostbares in seinen Händen hielt. Er winkte den Knaben also mit zitternder Hand herbei und bedeutete ihm, sich neben ihn auf dem kalten Stein niederzulassen. Jakob tat ein wenig zögerlich, wie ihm geheißen, wobei er den vermeintlichen Vogel sofort in die Freiheit entließ.

Ihm sabberte, stammelte der Greis seine Beichte, die sich fast wie eine Abbitte für erduldete Lebensverdrießlichkeiten ausnahm, sein Geheimnis ins Ohr. Dieses umfasste im Wesentlichen seine eigene Geschichte sowie die seines lange schon selig im Herren ruhenden Vaters, des Meiers Adam Sander und noch wenige beachtliche Dinge mehr.

Sein Bericht an den jungen Jakob, der neben ihm saß, begann mit folgendem Ereignisse: Es geschah im Jahre Anno Domini 1677, dem schwarz schwelenden Kriegsjahr in der Pfalz, als der französische König, der Vierzehnte Ludwig, seinen Truppen befahl, alle Städte und Dörfer der besetzten Gebiete, unter ihnen etwa St. Wendel, das Städtchen Kusel, Landau, Heidelberg, Wimpfen und viele arme Orte der geschundenen Gegend niederzubrennen und so weit auszurauben „…bis dass den Bauern nichts mehr blieb, als ihre Augen zum Weinen."

Adam Sander, der damals noch junge Meier, floh in jener Nacht, als die sengenden Horden über die Dörfer des Ostertales herfielen, mit seiner Familie, auch mit dem jungen Jakob sowie ein paar Getreuen, mit all ihrer tragbaren Habe und ihrem Vieh in die umliegenden Wälder. Zuvor trieb es die Fliehenden jedoch hinauf bis zu der mächtigen Banneiche am Wingertshügel. In seiner höchsten Not fiel er und die Seinen vor dem Baume auf die Knie, wobei Sander die Madonna in der Eiche anrief, ihm und seinen Leuten beizustehen.

Die verzweifelten und verängstigten Menschen harrten wochenlang in den Gräben und Hecken aus. Hin und wieder schickten sie Kundschafter hinunter ins Dorf, das in Schutt und Asche gelegt worden war. Die Brandstifter waren meist nicht die Soldaten selbst. Diese wiesen die paar Menschen an, welche störrisch im Dorfe aushielten, ihre eigenen Häuser in Brand zu setzen, andernfalls man sie totschlagen würde. Und die Wenigen, die sich dann immer noch geweigert hatten, ihre gerade erst aufgebauten Hütten anzufackeln, die Brandmauern abzutragen und ihr Vieh zu erschlagen, unter ihnen der aus Weimar gebürtige Jakob Hoffmann, der sich gerade das verlassene Meierhaus wieder errichtet hatte, wurden in ihren Kammern eingeschlossen und verbrannten mitsamt ihrer ganzen Habe. Ein paar Tage zuvor hatte dieser Unglückliche sein vierjähriges Töchterlein aus der Jauchegrube herausgezogen. Dort hatten sie das unschuldige Kind ersäuft. Und fünf Tage nach seinem eigenen qualvollen Flammentod musste sein jüngstes Söhnchen, das sie blutüberströmt von Stich- und Hiebwunden aus dem schwelenden Misthaufen gescharrt hatten, in den Armen ihrer vor Schmerz und Pein irrsinnig gewordenen Mutter sterben.

Der Meier Adam Sander war mitsamt seiner Frau sowie seinen beiden Kindern, Angelika oder „Engel" und Jakob geheißen, nach den Brenn- und Mordzügen der Horden als letzter der Gemeindsleute wieder ins Dorf zurückgekehrt. Er und die Seinen waren längst für tot gehalten worden. Wochenlang waren sie verschollen, spurlos aus der Gegend verschwunden. Eines Tages standen sie wieder vor den Trümmern ihrer einstigen Wohnstätte. Bei sich führten sie ein wahrhaft ungewöhnliches Mitbringsel. Die unerwartet heimgekehrten Verschollenen, sie brachten damals längst Verschollenes zurück: es war nämlich die über ein halbes Jahrhundert verschwundene, knapp zentnerschwere Glocke, die einst den Turm der kleinen Kapelle geziert hatte.

Dieses verschrammte Geläute mit der Aufschrift „O Rex Glorie, XPE veni cum pace“, *König der Herrlichkeit, Christus komme mit Frieden*, stammte noch aus ganz alter Zeit und war angeblich im frühen vierzehnten Jahrhundert, so um dreizehnhundertzwanzig, im benachbarten, zu dem Nachbarorte Saal gehörenden Kloster im Klosterwald gegossen worden. So erzählte man es sich von Generation zu Generation in den Spinn- und Kunkelstuben des Dorfes weiter.

Die Glocke, die über Jahrhunderte lang mit ihrem hohen Klang die Gemeinde zum Gottesdienst gerufen hatte, an der man rührte, wenn im Dorf jemand geboren oder gestorben war, die erschallte, wenn Feuer ausbrach, ein Sturm bevorstand, wenn feindliche Truppen in die Gegend kamen; sie war endlich wieder in ihren Händen, wie zum Zeichen, dass nun die ärgsten Zeiten endlich überstanden waren.

Man wähnte sie nach ihrem Verschwinden lange Zeit in der Kuhberger Himes in der Erde liegen. Aber in der dortigen Gegend hatten die Gläubigen Jahr um Jahr vergeblich die Erde umgegraben, bis sie irgendwann die Schippen hinlegten und aufgaben. Wo hatte sie der Sander stattdessen aus dem Boden geholt? Er hatte sie nicht ausgegraben. Fast alleine, mit seinen bloßen Händen hatte er sie aus ihrem unterirdischen Verlies unter der Banneiche des Wingertsberger Hanges herausgeschleift, nachdem die marodierenden Truppen weiter gezogen waren, weil es in diesem Tal nichts mehr zu morden und zu brennen gab.

Um zu verstehen, was das für eine Madonna, was das für eine Gruft am Wingertsberger Hübel war, von welcher der greise Sander zum törichten Jakob gesprochen hatte und wie dessen Vater damals mit den Seinen dort hineingelangt war, muss der Aussage von Jakob dem Älteren, vielmehr der Stimme, die da im Morgengrauen aus des erschöpften Jakobs Mund sprach und die Holle anfangs nicht recht zuordnen konnte, nochmals nachgegangen werden:

Zur ersten Weihe des Werschweiler Kirchleins, die im dunklen dreizehnten Jahrhundert gelegen haben soll, hatte in jener fernen Zeit der Abt des Klosters Wörschweiler im Bliesgau der kleinen Kapelle im Ostertal eine Madonnenstatue aus fein gehauenem Basaltstein verehrt. Diese Heiligenfigur hatte ihren Ehrenplatz durch die Jahrhunderte hindurch in einer kleinen Mauernische des Gotteshauses direkt hinter dem Altar behauptet. Sie überstand sogar die Plünderungen sowie die Unruhen der Bauernaufstände zur Zeit der kirchlichen Reformation völlig unangetastet. Selbst als die Gemeinde längst zu den Reformierten befehligt worden war und die papistischen Heiligenreliquien längst in protestantische Ungnade gefallen waren, blieb sie noch in dem kleinen Kirchlein in ihrer Nische unbehelligt verwahrt und wurde umhegt und verehrt.

Die Menschen des Weilers focht das Hin und Her der kirchlichen Streitereien herzlich wenig an. Ihre Pfarrer jedoch, allesamt wie sie kamen und wieder gingen, klagten lange Jahre hindurch darüber, dass im Ort von den Gläubigen, auch ohne den protestantischen Segen ihres Hirten, in jedem Jahr feierlich blumenumkränzte Fronleichnamsprozessionen mit ihrer Madonna abgehalten wurden. Sie galt den Bauern als die Beschützerin ihrer Gemeinde und wurde von den Gemeindsleuten im Ort tief andächtig verehrt. Niemand sollte sich wagen, diese Urheilige der kleinen Ortschaft durch ihre Launen zu entweihen.

Man sagte, die wundertätigen rubinsteinernen Augen, die ihr Antlitz funkelnd zierten, seien noch gemeinsam von dem Heiligen Ingobertus und dem heiligen Wendalinus gesegnet worden. Die Augen der Madonna, so die Legende, bestünden aus zu Stein gewordenen Tränen der Maria Magdalena, die sie am Kreuze Jesu vergossen hatte. Es waren ihre Tränen, die sich mit dem Blute des Herrn Jesus unter seiner Kreuzigungsstätte auf dem Berge Golgatha vermählt hatten, die im Augenblicke Seines Todes zu funkelnden Rubinen mit jener ureigenen Kraft, die nur ihnen zukamen, erstarrt waren.

Die Statue wurde von den Ahnen des Dorfes seit jeher *die Zuversichtliche* genannt, da sie das verheißungsvolle Sinnbild für Maria Magdalenas Hoffnung von der Auferstehung Jesu Christi gewesen sei. So erzählte man sich durch die alten Zeiten hindurch.

Diese kostbare Statue aber wurde zusammen mit der kleinen Kapellenglocke im allertraurigsten 1635er Jahr in einer Brandnacht mitten im tosenden Pestjahr des unheiligen Dreißigjährigen Krieges in Panik vor den anrückenden Kroaten und Schweden aus dem kleinen Gotteshaus hinausgeschafft. Im nächtlichen Fackelschein der Fliehenden war sie mit ihnen auf halber Höhe zum Wingertsberg gestrandet. An der Banneiche war die Flucht zu Ende, denn die ausgehungerten und ausgezehrten Menschen hatte die Kraft verlassen. In einem großen Astloche der alten Eiche stellten die Gläubigen ihre Madonna auf, vor der die Armseligen auf die

Knie gingen, um in ihrer allerhöchsten Not ihre Zuversicht und ihren heiligen Beistand zu erflehen.

In besagter Vollmondnacht geschah es: als im Widerschein des vollen Mondes sowie des Flackerlichts ihrer Fackeln der Widerglanz aus den rubinroten Augen der Madonna auf die Betenden fiel, da tat sich, dort, wo sie die Glocke abgestellt hatten, wunderbar der Boden auf und verschluckte das Glöcklein mitsamt den Gläubigen im dunklen Schoß der Wingertsberger Erde. Keiner der damaligen Werschweiler Einwohner, nur wenige im gesamten Ostertale, überlebte das entsetzliche Wüten der Kriegshydra des großen Dreißigjährigen Krieges. Überlebte wirklich niemand?

Viele Jahre lang lag das Ostertal öde und unbewohnt. Der Leib der Madonna aber wurde währenddessen langsam vom Wuchs des Baumes umschlossen, er wohnte dort, von der wuchernden Natur wohl verwahrt, dann jedoch gänzlich eingewachsen sowie späterhin von wenigen wissenden Bewohnern heimlich besucht und verehrt. Bis zu jener Sommernacht des Jahres 1854 blinzelte sie vom Baume herab. Dann fällte ein Grellblitz die ehrwürdige Eiche, die mehr als achthundert Jahre Wacht auf dem Banne der Gemeinde gestanden hatte. Die getreue Hüterin des Dorfes, die *Zuversichtliche Madonna,* sie verschwand in dieser tosend gewaltigen Sintflutwut auf Nimmerwiedersehen. Vielleicht war sie im hellen Gottesblitz endgültig zerschmolzen. Die kleine Glocke aus dunkler Vorzeit aber, sie prangt als letztes Zeichen dieses Wunders ihrer Rettung noch heute auf dem Turm der Werschweiler Kirche.

Im Morgengrauen verließ Holle Jakobs Kammer. Er ging in den Kirschgarten hinüber und legte sich in seinen Alkoven. Dort schlief er tief erschöpft bis zum Morgen des übernächsten Tages. Dann weckte ihn der Schreiner Nickel Beck und sie gingen an die Arbeit, denn es gab vor Weihnachten noch viel zu erledigen. An seiner Werkbank nahm Holle wieder fleißig seine Schnitzereien auf, als wäre nichts vorgefallen.

Seit ein paar Jahren war es auch in diesem kleinen Tal zur Gepflogenheit geworden, ein Nadelbäumchen, das mit seinem Wurzelwerk in einer Kiste stand, mit allerlei Wachslichtern, Zuckerwerk, Äpfeln und gemalten Nüssen zu verzieren. Seit neuestem war es Brauch, seine Nadeläste mit schön zusammengefassten Holzspänen in Stern- und Kreuzesform zu schmücken. Die Buben- und die Mädchenschar sollte alljährlich mit diesem wunderbaren Zierrat sowie mit kleinen hölzernen Figuren bedacht werden. Sie gerieten darüber jedes Mal in eine wirklich helle Freude, manche waren gar in paradiesisches Entzücken ausgebrochen und rührten mit ihrem Strahlen auch die Herzen ihrer Eltern aufs tiefste an. Die hölzernen Figuren fertigte Holle mit seiner gewohnten Sorgfalt und Kunstfertigkeit. Für seine Katharina aber schnitzte er in peinlichster, in wahrhaft liebevoller Akribie einen hölzernen Schwippbogen für das Fenster ihrer Kammer mit allerhand kleinen Figuren aus ihrer Umgebung.

Das waren zuvorderst der Hund Areus, der, zu Katharina aufblickend, ein Henkelkörbchen im Fang hielt. Es war wie im Märchen vom Rotkäppchen und dem Wolf. Dann durfte Frau Holle selbstverständlich nicht fehlen; das war Katharinens Mutter: sie saß auf einer Wolke und lies es schneien. Hinzu gesellte sich die Figur des Zwergnasen mit der mächtig großen Nase ihres Vaters. Schneewittchen und die sieben Zwerge waren ebenfalls lebhaft zugegen. Klar, das war wieder Katharina im Kreise ihrer heimlichen Verehrer aus dem Dorf, er selbst war natürlich ihr Prinz. Das Hinkel Gackeleia auf dem Nussberg sowie das wilde Rumpelstilzchen waren schließlich genauso auf dem kleinen Meisterwerk vereint, wie der Schinderhannes mit der heiligen Genoveva. Jedes dieser Märchen und Geschichten, so dachte es Holle sich aus, würde er seiner Katharina an Heilig Abend vom kerzenbeleuchteten Schwippbogen feierlich heruntererzählen. Er wusste natürlich, dass die meisten dieser Erzählungen erst fünfzig Jahre später von den Gebrüdern Grimm gesammelt und aufgeschrieben worden waren. So ging er davon aus, dass seine Braut die meisten dieser kleinen Kostbarkeiten aus dem Volke noch nicht kannte.

Solchermaßen beschäftigt, konnte sich der junge Schreinergehilfe während seiner Arbeit in der Werkstatt ganz und gar in das Geheimnis hineinversenken, welches ihm vom armen Jakob in seiner stillen Kammer offenbart wurde. Dabei bewegte ihn unentwegt die Frage, ob er diese Ungeheuerlichkeiten allesamt für sich alleine behalten solle und falls nicht, wem er sich mit diesem großen Mysterium würde anvertrauen können. Sollte er sich überhaupt jemandem mitteilen? Katharina, seine Braut war der Mensch, der ihm hier, der ihm überhaupt am nächsten stand, sie sollte es wissen. Jedoch: war es vernünftig, ihr dies alles aufzubürden; die zukünftige Welt auf der anderen Seite des Stollens, den Zugang dorthin? Die Wunderkraft der Madonna im Baume? Würde Katharina dann nicht vielleicht genau so irritiert, ja am Ende vielleicht so irrewerden, wie das inzwischen womöglich mit Jakob geschehen sein mochte?

Holle ahnte die Zusammenhänge, er war sich beinahe gewiss: Jakob hatte dieses alles nicht mehr verkraftet. Er hatte sich mit seiner einfältigen Ordnung seines in Jahren selbst erschaffenen Kosmos durch seinen Rückzug aus der Zeitlichkeit, durch seine totale Abschottung von allen Äußerlichkeiten zu schützen gesucht. Katharina, so sehr er sie liebte, durfte in diese Unzumutbarkeiten nicht mit hineingezogen werden. Was wollte Holle mit einer Braut, der das alles über ihr Herz und ihren Verstand ging? Sollte er, statt ihrer, vielleicht seinen Schwiegervater oder gar seine Schwiegermutter ins Vertrauen ziehen? Gott bewahre, niemals!

Sie würden sofort denken, nunmehr sei der leibhaftige Antichrist, der Gottseibeiuns in ihn gefahren, jetzt habe sich ihr baldiger Schwiegersohn in einen Verrückten gewandelt, der ihnen ihre einzige Tochter wegnehmen und ins Verderben führen würde. Das war ganz und gar ausgeschlossen! Blieben eigentlich nur noch Schönberger und Jacob. Schönberger kam natürlich nicht in Frage. Denn es musste jemand erfahren, der den Schlüssel zum Tor in die Zukunft würde in Händen halten können. Der Schlüssel aber schloss nur von dieser Seite her auf, dort wo der Augenglanz der zuversichtlichen Madonna auf den wahrhaft gläubigen Menschen fiel. Nein, Schönberger also nicht. Vielleicht sollte er selbst der einzige aus der neuen Welt bleiben, der die Idee mit sich trug. Also blieb noch Jacob der Jüngere übrig. Der musste es erfahren, denn er war der Einzige, der für dieses ungeheure Geheimnis offen war, wenn er nicht schon längst durch seinen Bruder davon ins Bild gesetzt worden war.

Mit Jacob aber würde er sich nicht mehr austauschen können. Denn am selben Abend, als Holle sich entschloss, den Sohn des Meiers aufzusuchen, stand eine Escadron uniformierter Reiter vom herrschaftlichen Oberamt zu Ottweiler auf dem Hof des Ortsvorstehers und übergab dem Hausherrn mit großem Getöse sowie viel Gelärm und Getue einen Auslieferungsbefehl. Er war ausgestellt auf den Doktor Karl-Ernst Schönberger zu Ulm. Dieser habe ohne herrschaftliche Genehmigung mit seiner Impferei mit Kuhgift sein Unwesen in den Dörfern des herrschaftlichen Oberamtes getrieben und Schaden angerichtet. Hierüber sei Beschwerde von verschiedenen anerkannten Wundärzten, auch von der Ottweiler Apotheke geführt worden. Wer diesem Arzt ohne Zustimmung der Landesherrschaft die Genehmigung zum Quacksalbern gegeben habe, der habe sich ebenso zu verantworten und sich dem Gericht zu stellen, wie der Übeltäter selbst. Jacob, der den Tumult mitbekommen hatte, wollte Schönberger warnen, doch er wurde von einem der Reiter aufgehalten. Dieser stieg ab und begleitete Jacob in dessen Haus, um Schönberger abzuführen. Doch der Gesuchte war nicht da. Der hatte den Tumult aus der Küche des Meierhauses durch den Hausgang mitverfolgt und war durch die Hintertüre, dann durch das Brennhaus auf der Rückseite hindurch in den Kirschgarten geflüchtet. Da er gerade von einem Gang zu einem Impfling zurückgekommen war, hatte er seine Tasche mit seinen Materialien bei sich.

Schönberger riss Holle in der Werkstatt mitten aus der Arbeit. Er erklärte ihm in kurzen und hastigen Worten, welche Lage soeben im Dorfe eingetreten war. Es gab in dieser Situation kein Hinhalten, kein Zögern mehr, er musste fliehen. Dann ging alles ganz schnell. Holle bedeutete dem Arzt, er werde ihn von hier wegbringen. Er erklärte sich in kurzen Worten seinem Schwiegervater Nikolaus, dass man schnellstmöglich nach Ulm aufbrechen müsse, denn der Arzt sei von einigen neidenden Kollegen aus der Gegend verleumdet worden. Die Häscher vom Oberamt stünden vor dem Meierhaus, um ihn abzuführen. Das dürfe er, Peter Neufang, unter keinen Umständen zulassen, dass dieser Mann bei ihm zu Schaden käme. Nickel verstand, verstand auch wieder nicht, aber er war einverstanden und gab Holle seinen Segen. Dieser nahm hastig von Margaretha Abschied und umarmte seine Braut mit dem heiligen Versprechen, bald wieder bei ihr zu sein. Noch vor Weihnachten sei er zurück. Dann bat er seine Geliebte, sie möge inniglich und in großer Zuversicht an ihm festhalten, sie dürfe nicht verzagen. Sie gab ihm schluchzend das Versprechen, sie hielt sich an seine Worte. Areus bemerkte von all diesen Vorgängen nichts, denn er lag wie hingepflanzt vor der Tür des abscheidenden Jakob und ließ niemanden in die Kammer.

Im Schatten der dunklen Erlen und Weidenbüsche flüchteten Holle und Doktor Schönberger aus dem Dorf, von dort hinüber über den Rumpelweg in den Dankelsbacher Graben hinein, bis sie am Heckenrand standen, der zur Banneiche hinaufführte. Der Himmel war schwarz, es herrschte Neumond. An der riesigen Banneiche angekommen, stieg Holle ins mächtige Geäst des Baumes um die Borke mit seiner Lampe abzuleuchten. Dort fand er endlich die Stelle. Hastig schob er vertrocknetes Laub und Gezweig aus einer Achsel eines mächtig ausladenden Astes zur Seite. Dann verharrte der Lichtkegel seiner LED-Lampe in großer Konzentration auf einer Stelle und – plötzlich, wie von Geisterhand aufgetan, klaffte zwischen dem Wurzelwerk des Ahnbaumes ein Schlund, dunkler als die schwärzeste Nacht!
„Schnell, hinein mit Ihnen, ich komme sofort nach!“ rief Holle dem ungläubig staunenden Schönberger zu, „dort drunten schwenken sie schon ihre Lichter und Fackeln, sie sind hinter uns her!“ Holle sprang hinunter, schliefte dem Arzt hinterher in das Loch ein, das schon unter seiner Lampe verblasste, stob hindurch in den Gang, erreichte die große Halle. Auch diese verlor überm Hinsehen bereits immer mehr ihre Konturen. Jetzt schnell Schönberger hinterher,

dann hinauf über den Hügel, in den Ausgangsschacht, der sich bei ihrem Hindurchhetzen bereits zusehends verengte und kaum, dass sie im Seitenarm des Kalkstollens angelangt waren, schloss sich hinter ihnen, wie ein Vorhang, der Weg zur Alten Welt, der Weg zu seiner geliebten Katharina.

XXVIII.

Dort, direkt hinter der Stollenwand, jenseits der Grenze zwischen den Zeiten und den Welten, hielten die Flüchtenden atemlos inne, dort verschnauften sie für einen Augenblick. Schönberger strahlte: „Es hat funktioniert! Wie haben Sie das nur zustande gebracht?“ Holle zischte: „Unser Mut war das, unser Glaube, unsere Zuversicht, nichts anderes!“

Schon weit vor dem Ausgang des Kalkstollens, der in die Katzenlocher Dunkelheit hinausführte, bemerkten die beiden Neuankömmlinge die Lichtkegel, die vor dem nachtfahlen Stollenschlund langsam hin und herwanderten. Fragendes Schulterantippen, aufmerksames Atemanhalten, aber jetzt war da zugleich längst die Gewissheit, dass die Suche dort draußen alleine ihnen galt. In gebückter, bald schmerzender Hockestellung verharrten sie lauschend und sahen sich, kaum dass sie in der Welt des einundzwanzigsten Jahrhunderts wieder angekommen waren, erneut auf der Flucht. Von draußen drangen noch keine Stimmen zu ihnen hinein in den Berg. Nur ein diffuses, unbestimmtes Umherwandern von Lichtstrahlen verriet die Anwesenheit ihrer Häscher, die auf die Rückkehrer warteten. Wer weiß, wie lange sie dort draußen schon ihre Wache hielten? In einem Moment, da die

Helligkeit vor dem Eingang erlosch, die Lichter weiter wanderten, bedeutete Holle seinem Begleiter mit einem Stups sowie dem leise ins Ohr gepressten Flüsterkommando, ihm tastend durch die Dunkelheit zu folgen. Sie schlichen sich in den Hauptstollen hinüber. Von da aus ging es in das endlos lange Tunnellabyrinth hinein, das sie irgendwann hoffentlich zum rettenden Luftschacht bringen würde, der mitten auf der Wingertsberger Höhe fast senkrecht nach oben an die Erdoberfläche führte.

Der Höhlengänger eilte voraus, Schönberger trippelte auf Fußspitzen hinterher. Alle zwanzig Schritte machten sie halt, um auch nach jedem noch so geringen verdächtigen Geräusch zu lauschen. Nach etwa vierhundertfünfzig Schritten, die sie jetzt sorgsam abzählend Fuß vor Fuß setzten, erreichten die Flüchtenden einen bescheidenen kleinen Raum, der doch immerhin hoch genug war, um sich aufzurichten, um sich zu strecken. Der Arzt spürte sein Kreuz nicht mehr, er stöhnte leise auf vor Schmerzen. Hier hielten sie ein paar Minuten aus, aber Holle drängte ungeduldig darauf, weiterzugehen. Nochmals kurzes, bei geschlossenen Augen angestrengtes Zurücklauschen sowie intensives Vorwärtshorchen in die schwarzen Schlünde. Dann hastige Neuorientierung unter dem gedämpften Lichtschein der Taschenlampe. Weiter ging's.

Von diesem Kessel führten weitere vier Stollengänge in alle Richtungen auseinander. Sie schlugen den Weg durch den zweiten ein, indem sie, dem gehauenen Gang folgend, einen weiten Bogen nach rechts machten, der leicht abwärts führte. In der Sohle angekommen, in der kniehoch das Sickerwasser stand, gingen wieder zwei schmale Gänge schräg nach oben ab. Holle bestimmte den linken der beiden, der sich rasch immer steiler aufwärts zog, bis zuletzt regelrechtes Klettern erforderlich war. Der Luftzug wurde bald deutlich stärker. Bei einer erneut eingelegten Atempause konnten sie über sich jetzt auch schon das Rauschen der Fichtenwipfel hören. Hier blickten die Stollenwandler allmählich aus der schwarzen Dunkelheit hinauf in das Dämmerlicht der Waldnacht.

Tatsächlich war der Ausgang noch da, er war noch immer frei. Holle konnte es mit suchenden Augen, mit tastenden Händen begreifen. Knapp unterhalb der Öffnung verharrten die beiden noch einmal in konzentriertem Lauschen. Sie blieben solange in Deckung, bis sie die Schmerzen in den Beinen nicht mehr ertragen konnten, dann wagten sie es, endgültig aufzutauchen. Oben angekommen, spähten sie zunächst das Umfeld ab. Als sich nichts Verdächtiges rührte, stiegen sie nacheinander ganz aus. Dann robbten sie auf Maul und Nase unter den kahlen Aststrünken der Fichtendickung auf den Ziehpfad zu, den Holle von vielen Gängen in diesem Distrikt gut kannte. Der Pfad würde sie auf einen kleinen geschotterten Waldweg bringen, der entweder auf der Landstraße nach St. Wendel aus dem Wald führte oder in entgegen gesetzter Richtung auf die Gemarkung Rutzweiler stieß. Ihr Weg sollte sie möglichst rasch weg von dem Ort bringen, wo die Häscher auf sie warteten. Also am besten auf der anderen Seite hinunter, durch einen weiteren Fichtenbestand bis zum Keimbacher Tal, wo ein Forsthaus stand. Dort wollten sie, wenn alles gut ging, eine erste längere Rast einlegen.

Kaum aber dass sie aus der Dickung heraus getreten waren und eben gerade dazu ansetzten, mit einem beherzten Sprung den schmalen Waldweg hinüberzuqueren, geschah es. Sie bemerkten eben noch huschende Schatten um sich herum, zwei dumpfe Schläge folgten, dann sackten beide bewusstlos in den Graben. Mit einem gekonnten Genickstoß hatten die Verfolger sie sofort außer Gefecht gesetzt, auf den Rücken gedreht, gefesselt, geknebelt und in einen dort bereitstehenden Transportwagen gehievt, der mit Standlicht den Waldweg in Richtung St. Wendel hinunter raste. Die Ankömmlinge waren im Stollen längst Schritt für Schritt mit dort installierten Wanzen verfolgt worden.

Als sie wieder zu sich kamen, starrten sie in maskierte Gesichter über sich. Die Männer saßen auf Holzbänken im Wagen. Sie hielten den Geknebelten ihre Stiefel auf die Brust gesetzt. Es wurde während der rasend schnellen Fahrt kein Wort gesprochen. Die Vermummten verständigten sich ausschließlich durch Kopfnicken oder mit Handzeichen. Auf das Protestieren von Doktor Schönberger reagierten die Fremden mit keinem Deut. Holle erkannte den kahlen Himmel des Kastenwagens und musste dabei unwillkürlich an seine Kammer denken: „so rasch kann sich die Perspektive ändern".

Der Wagen hielt nach einer schier unendlich langen Fahrt in einem weitläufigen, grell beleuchteten Innenhof eines Gebäudekomplexes, der an eine Militär-Kaserne erinnerte. Die Hecktüren wurden aufgeriegelt, währenddessen mehrere andere ebenfalls vermummte Männer heranstürmten. Sie hebelten die beiden Gefesselten aus dem Wageninneren heraus und brachten sie, weiter untergehakt, im Laufschritt in ein Kellergewölbe, wo mehrere Türen hinter ihnen automatisch geschlossen wurden. Dann kamen sie in benachbarte Räume, wurden an Stühle fixiert und man nahm ihnen die Handfesseln ab. Ihnen wurden ihre Rechte heruntergelesen, worauf Holle und Schönberger sofort erleichtert reagierten. Ihnen wurde mitgeteilt, dass sie sich im Gewahrsam des Grenzschutzes in der Polizeikaserne befänden. Sie wurden nochmals ausführlich über ihre Rechte belehrt. Erst jetzt konnte Doktor Schönberger nach seiner Box fragen. Er klärte die Männer über seinen Namen sowie über seinen Auftrag auf und bat darum, umgehend mit seinen Ansprechpartnern beim Bundesministerium sowie dem Bundeskriminalamt und mit seinem Anwalt sprechen zu dürfen. Sie telefonierten und siehe da, im Nu waren andere Herren dazu gestoßen, die die Aussagen von Schönberger allesamt bestätigen konnten. Als der Arzt darauf hinwies, dass er wahrscheinlich mit Pockenviren kontaminiert sei, handelten sie schnell.

Über die Aussagen von Schönberger und Neufang wurden eilends vertrauliche Protokolle angefertigt. Anschließend wurde abermals ausgiebig mit verschiedenen Stellen telefoniert. Die mitgebrachte Kuhpockenlymphe war zum Glück noch aktiv, die ebenfalls in der Thermobox befindlichen Pockenviren allerdings auch. Tiefgefroren ging das Material nach Berlin, wo von der Kuhpockenlymphe mit dem Einverständnis von Doktor Schönberger zahlreiche Zuchtkulturen angelegt wurden. Die Pockenviren wurden nach einer eingehenden Untersuchung als vom gleichen Bestand, wie die in Atlanta lagernden Proben, bestätigt und sodann nach Rücksprache mit den obersten Stellen der WHO vernichtet. Eine Infizierung von Doktor Schönberger war nicht festzustellen gewesen. Auch Peter Neufang hatte keine Spuren von Pockenviren an oder in seinem Körper. Beide wurden dennoch sorgfältig dekontaminiert. Allerdings hatte ein Mitarbeiter des Grenzschutzes die Metallbox noch in der Polizeikaserne geöffnet und war mit den Variolaviren in Kontakt gekommen. Er ließ sich mit dem neuen Impfmaterial ritzen, das bei ihm seine schützende Wirkung zeigte. Er blieb gesund. Die Angaben von beiden, Neufang sowie

Schönberger, waren und blieben weiterhin, wie alle bisherigen Aussagen zu dem *Alten Dorf*, die von Holle noch in der Klinik gemacht wurden, übereinstimmend abwegig für die Fachleute. Sie waren nach wie vor vollkommen unglaubwürdig und damit nicht verwertbar. Eine abermalige intensive Überprüfung des Schachtes am Wingertsberg brachte, wie schon so viele Male vorher, keinerlei Erkenntnisse, die die Aussagen der beiden hätten glaubwürdiger erscheinen lassen. Für die Behörden blieb die Herkunft der Lymphe, wie auch der zehntägige Verbleib der Zeugen Peter Holger Neufang und Doktor Karl-Ernst Schönberger weiterhin ein Mysterium, das sich nicht aufklären ließ. Keinem der beiden konnte, bis auf den illegalen Besitz von Pockenviren und dem ungenehmigten Aufenthalt in einem nicht mehr genutzten Kalkstollen der Bergwerksbehörden, irgendein Vergehen von offizieller Seite vorgeworfen werden.

Doktor Schönberger wurde nach vier Tagen eingehender Verhöre aus dem Polizeigewahrsam entlassen und vom Bundesministerium an eine andere Stelle versetzt, wo er sich selbst um den Fortgang der Impfstoffentwicklung mit dem von ihm entwickelten neuen Vakzin kümmern konnte. Er hatte schließlich alle sogleich zum Patent eingereichten vorläufigen Rechte auf dieses neue Material, denn er war der Besitzer gewesen. Auch die Beschlagnahme des Materials war vorher offiziell aufgehoben worden, denn es stellte sich, in eiligst bei Java-Makaken, einer Affenart, durchgeführten Reihenversuchen heraus, dass die Tiere allesamt von einer Infektion verschont geblieben waren. Das neue Pockenimpfmittel hatte somit hundertprozentige Wirkung gezeigt. Die Affen wurden nach den Tests, wie es die Regularien der dortigen strengen Bestimmungen über Tierversuche vorschrieben, allesamt getötet und obduziert.

Nach Anordnung der zuständigen Bergwerksbehörden wurden die zugänglichen Kalkstolleneingänge sowie der Luftschacht am Werschweiler Wingertsberg, aus dem die Zeitreisenden ausgestiegen waren, mit festen Eisengittern so verschlossen, dass zwar kein Mensch mehr hineinkommen konnte, jedoch für Fledermäuse und Wildkatzen aus Gründen des Artenschutzes ein Ein- und Auswechseln in ihre unterirdischen Unterkünfte störungsfrei möglich war. Damit war auch für Holle der Rückweg ins Alte Dorf verschlossen.

Holle war, ebenso wie Doktor Karl-Ernst Schönberger, nach vier Tagen entlassen worden, weil er nichts ausgefressen hatte. Er kam dennoch unter Personenschutz, den er sich auserbeten hatte und kehrte in sein Haus zurück, das zwischenzeitlich von seiner Schwester wieder in Ordnung gebracht worden war. Sie war froh, dass er wieder zu Hause war. Holle war das nicht.

Trotz aller Zuversicht, die er sich eingeredet hatte, verfiel er stunden-, ja tageweise in tiefe Melancholie, ja geradezu in Verzweiflung. Er kannte das Geheimnis, wie man von der anderen Seite des Dorfes, vom *Alten Dorf* aus, den Zugang ins Neue Dorf öffnen konnte, aber das nützte ihm nichts. Er war ja wieder in der Neuzeit angekommen, hatte es allerdings versäumt, Jacob, den er einweihen wollte, noch rechtzeitig zu informieren. Die Verbindung zu seiner Katharina, zu der Welt, die längst zu der seinen geworden war, war unwiederbringlich abgeschnitten. Es half nichts, er musste sich hier allmählich wieder neu einrichten, so schwer es ihm auch fiel. Am schlimmsten aber lastete auf seinem Gewissen, dass er Katharina mitsamt ihren Leuten ein Versprechen gegeben hatte, das er niemals würde einlösen können.

Der erste aus Werschweiler, der sieben Tage nach seiner Rückkehr bei ihm hereinschaute, war Norbert. Holle bat ihn um dessen Familienchronik. Er erinnerte sich wieder daran, dass dieser im Zusammenhang mit dem Abriss des Becke Hauses davon gesprochen hatte, einmal die Linie der ehemaligen Hausbewohner zurückzuverfolgen, denn da gäbe es Interessantes nachzulesen.

Dort drinnen blätterte, suchte er. Holle fand die Stelle, die ihm die Botschaft verkündete. Ihm rannen Tränen über die Wangen, er versank in abgrundtiefe Trauer.

Unter der Rubrik Nr. 2264 der Chronik stand geschrieben: Johann Jakob Weiler, geb. 26. Februar 1737, gest. Jan. 1774. Das war die ganze Notiz im Kirchenbuch. Da stand es und damit war es geschehen, es war Geschichte. Es war nicht mehr aufzuhalten, nicht mehr zu verhindern. Holle würde ihn nie mehr wiedersehen.

Jakob der Ältere, der Weise, der Seher. Jakob, der einfältige, wunderbare Philosoph, der Magier, der ihm, Holle, sein großes Geheimnis anvertraut hatte, er war tot. Jakob, der Mensch aus dem achtzehnten Jahrhundert, dem er noch vor wenigen Tagen in seiner Kammer beigestanden hatte, er war zurückgekehrt in sein ewiges Licht, weil er der Welt überdrüssig geworden war.

Wie hatte man diesen Menschen, diesen Einzigartigen unter der Sonne doch verkannt. Einzig sein Bruder, Jacob, der ihm von Kindheit an so nahe war, hatte ihn in seiner vorbehaltlosen Bruderliebe nahezu erkannt. Und dennoch hatte niemand ihm helfen können, niemand ihn zu retten vermocht. Aber was heißt schon retten? Retten aus welcher

Lage? Erretten, wovon? Was ist es um diesen Menschen? Was wird bleiben? Holle blickte noch einmal in die Rubrik. Es wird nichts bleiben, als eine sterile Zahl, eine Nummer, eine knappe Notiz über Geburts- und Sterbedatum. Auch sie wird verblassen und nichts wird mehr von dem Geist künden, der da einst unter den Menschen eines vergangenen Jahrhunderts gelebt hatte. Er war der mysteriöse Geheimnisträger, er war der Botschafter und der Vermittler zwischen den Welten.

Er war nicht mehr.

Es würde für Holle kein Zurück mehr geben.

Was gab es jetzt noch zu tun? Gedankenverloren blätterte Holle durch den dicken Folianten und er war gerade im Begriff, das Buch wieder zuzuschlagen, da fiel sein Blick auf die Rubrik: es war die Nummer 2847.

Als würde in seiner inneren Düsternis ein Licht angezündet werden, das versuchte, die Weite des Universums zu erhellen, kam behutsam unter der Last seiner Verzweiflung eine große und feste Zuversicht wieder zurück, die ihn hoffen, ja wissen ließ.

Dort standen sein eigener Name und der Name von Katharina Beck, gemeinsam eingeschrieben in das Kirchenbuch unter dem Datum im Jahre des Herrn, dem 21. Februar 1775!

In einer mondhellen Nacht, der Pockenmond lächelte voll und rund und hell ins Ostertal, gab ein Hund vor seiner Haustür Laut. Es war Areus. Holle hatte schon alles für seine Rückkehr in sein *Altes Dorf* bereitgestellt.